# 生命不息

## Life After Life

［英］凯特·阿特金森（Kate Atkinson）著

何静芝 译

湖南文艺出版社 HUNAN LITERATURE AND ART PUBLISHING HOUSE　博集天卷 CS-BOOKY

致

艾丽莎

●假如某一天，某一个夜晚，恶魔偷偷进入你最难耐的孤独，对你耳语说："你至今的生活，便是你此后的生活，你将重复经历无数次，永无休止。"……你是会扑倒在地，咬牙诅咒它口出此言，抑或你过往的经历伟大而美妙，使你对恶魔说："神啊，这话是我听过最神圣的一句？"

——尼采，《快乐的科学》

●一切皆流，无一静止。

——柏拉图，《克拉底鲁篇》

●"要是我们能不断死而复生，直到最后活得万无一失，难道不是很棒吗？"

——爱德华·贝瑞斯福德·托德

# 目 录

这是排演了上百次的动作。只需一枪。关键是速度。然而在她拔枪对准他的心脏后，总有一瞬，时光中似乎浮动着一只泡泡，一切仿佛暂停。

厄苏拉睁开她雾蒙蒙的眼睛，似乎盯住了雪花莲。摇啊摇，宝宝，希尔维轻声呢喃。家里多么安静。多少危险掩藏在静谧中。一个人在一眨眼、一失足间，就能失去一切。"一个人即使失去一切，也要想着光明的事。"她对厄苏拉说。

厄苏拉不知道。她不知道自己是否有度量快乐的尺码。她模糊地记得升腾的愉悦，记得黑暗中的坠落，但它们似乎都只属于那个梦影重叠的世界，那个世界从未消失，却飘忽不定。

她告诉弗里姐，如果可以保护她，自己愿意余生永远在刀尖上行走；如果能拯救她，她愿在地狱的烈火中煎熬；如果她能够浮起，她愿在最深的河底溺水身亡。现在她要为她做这最后也是最难的一件事了。

时间到了，她想。与此同时，一口钟在某处敲响，仿佛明白她的心思。她想着泰迪与伍尔芙小姐，罗兰和小安吉拉，南希与希尔维。她想着科莱特大夫和品达。想着他所说的，明白你是谁，成为你自己。她已经明白了。她是厄苏拉·贝瑞斯福德·托德，是历史的见证。

# *Prologue*

## 楔子

　　这是排演了上百次的动作。只需一枪。关键是速度。然而在她拔枪对准他的心脏后，总有一瞬，时光中似乎浮动着一只泡泡，一切仿佛暂停。

# 要做勇敢的人

## 1930年11月

她走进咖啡厅，迎面扑来一阵香烟的浓雾，空气潮湿且黏。屋外下着雨，店内某些女人的皮草大衣上，雨滴还像露珠一样在颤巍巍地发光。一群白围裙招待生手脚飞快，忙着为闲暇中的慕尼黑人端茶送水，满足他们对咖啡、糕点和八卦新闻的需要。

他坐在靠里的一张桌边，身边仍围着那几个熟识的朋友——那几个极尽谄媚之能事的拥趸。其中有一个女人，她觉得以前没有见过：她化着浓妆，披一头白金色电烫波浪卷，看样子是演员。金发女人点起一支烟，假装它是男根，做了几个猥亵动作。谁都知道他喜欢女人温静、娴雅，最好是巴伐利亚人，最好统统穿着巴伐利亚背心连衣裙和及膝白袜。

桌上摆满了糕点，有蜂蜇蛋糕①、古格霍夫蛋糕②、芝士蛋糕③。他正吃

---

本书所有注释均为译者注。
① 原文此处为德语：Bienenstich。
② 原文此处为德语：Gugelhupf。
③ 原文此处为德语：Käsekuchen。

着一块黑森林蛋糕①。他爱吃蛋糕。难怪他看起来软绵绵的，她奇怪这人怎么不得糖尿病。他令人反感的绵软肉体（她脑海中浮现出一块面团）缺乏男性气概，永远包裹在衣服里，从不示众。他看见她，微笑欠身，说："你好，亲爱的女士②。"并示意她坐到他身边。

原先坐在他身边对他恭迎奉承的家伙迅速腾身离开。

"我们的英国朋友③。"他对金发女人说。后者慢条斯理地吹出一阵烟圈，漠然审视他良久，终于说："你好。"听口音是柏林人。

她将装有重物的手袋挨着椅子放在地上，点了杯热巧克力④。他要她一定尝尝洋李菠萝酥派⑤。

"下雨了⑥。"她闲聊似的说，"在下雨。"

"对，在下雨。"他说的英语里带有浓重的德国口音。他笑了，似乎为自己说出的英语感到满意，"英语是个好东西。"他看来心情很好，用食指轻叩嘴唇，唇间带笑，仿佛脑中正演奏一段小曲。

热巧克力相当美味。

"不好意思⑦。"她轻声说，弯腰从手袋底掏出一块手帕。蕾丝包边，绣有她姓名的首字母"UBT"。这是帕米拉送的生日礼物。她礼貌地轻拭唇上的蛋糕渣，弯腰放回手帕，同时拿出包中藏着的重器。一把韦伯利马克五代左轮手枪，她父亲一战时在军中使用的手枪。

这是排演了上百次的动作。只需一枪。关键是速度。然而在她拔枪对准他的心脏后，总有一瞬，时光中似乎浮动着一只泡泡，一切仿佛暂停。

---

① 原文此处为德语：Kirschtorte。
② 原文此处为德语：Guten Tag, gnädige Fräulein。
③ 原文此处为德语：Unsere Englische Freundin。
④ 原文此处为德语：Schokolade。
⑤ 原文此处为德语：Pflaumen Streusel。
⑥ 原文此处为德语：Es regnet。
⑦ 原文此处为德语：Entschuldigung。

直到她说出"元首，这一枪献给你①"，时间才再度流淌。

四下枪套里纷纷拔出许多手枪。她呼吸。射击。

厄苏拉一指扣下。

黑暗降临。

---

① 原文此处为德语：Führer，Für Sie。

# Part 1

## 第一部分

　　厄苏拉睁开她雾蒙蒙的眼睛，似乎盯住了雪花莲。摇啊摇，宝宝，希尔维轻声呢喃。家里多么安静。多少危险掩藏在静谧中。一个人在一眨眼、一失足间，就能失去一切。"一个人即使失去一切，也要想着光明的事。"她对厄苏拉说。

# 雪

## 1910年2月11日

刺骨的气流，如冰雪，拍打新生的肌肤。她毫无准备便从一边来到另一边。熟悉的湿润温热一瞬间消失。暴露于环境之险，像一只虾子、一只坚果，被去了壳。

她没有呼吸。整个世界悬在这一次呼吸上。

幼小的肺像异境中无法震动的虫翼。勒死的气管无法畅通。一千只蜜蜂在形状姣好、散发珍珠般光泽的小耳朵里发出嗡嗡嗡的声音。

失措。溺水的女婴。坠空的鸟。


"费洛维大夫该到了，"希尔维呻吟着，"怎么还不来？他去哪儿了呀？"大滴汗珠沁出来，希尔维仿佛一匹做最后冲刺的赛马。卧室的火旺得像轮船蒸汽炉。厚织花窗帘拉得严丝合缝，把夜晚挡在外面。也把黑蝙蝠挡在外面。

"可能被雪困住了，夫人。天气糟糕透顶。路大概也封了。"

这场磨难只有希尔维和布丽奇特两人面对。杂务女佣艾丽斯已经回家去看望病中的母亲。休正在巴黎找他那个疯疯癫癫的妹妹伊索贝尔。阁楼里，格洛弗太太猪一般打着鼾，希尔维不想找她。希尔维认为自己能像军士长在操场上左右士兵一样，左右事态的发展。但孩子来得太早。希尔维以为它会像其他几个一样晚。所谓谋事在人，成事在天。

"噢，夫人。"布丽奇特突喊，"她浑身发青了。"

"是女孩？"

"脐带缠住脖子了。噢，圣母马利亚。可怜的小东西一直被勒着。"

"没有呼吸吗？让我看看。我们得救她。我们怎么救她？"

"噢，托德太太，我的夫人，她已经去了。还没来得及活就去了。真令人难过。她当然已经进了天堂，成了小天使。噢，托德先生在就好了。真令人难过。我去把格洛弗太太叫醒吧？"


小小的心脏。小小的、无助的心脏，疯狂搏动着。如同一只坠空的鸟，搏动戛然而止。砰。

黑暗降临。

# 雪

1910年2月11日

"看在上帝的分儿上，别跑来跑去，像个无头鸡崽似的，拿些毛巾和热水来。你不是什么都不懂吧？是在乡下长大的？"

"对不起，先生。"布丽奇特歉疚得直行屈膝礼，仿佛费洛维大夫是个爵爷。

"是女孩吗，费洛维大夫？让我看看。"

"是女孩，托德太太，瘦而不弱、生龙活虎、惹人怜爱。"希尔维知道费洛维大夫一定是为了转文才说得这样言过其实。他平常就算心情再好也不至于这样热情。病人的健康生死对他来说只是些令人心烦的事。

"本来要被脐带勒死的。幸亏我在最后关头及时赶到狐狸角。"费洛维大夫举起剪子，希尔维满怀崇敬地看着。这把剪子小而精致、刀尖锋利、微微上翘。"咔嚓，咔嚓。"大夫说。希尔维暗自做出决定，但因为眼下她累坏了，这个决定便做得又小又模糊：自己也要买一把同样的剪子，以便类似的情况下使用；或者买把刀，一把质量好的利刃，以便像《冰雪皇后》中的小强盗那样随身携带。

"我能及时赶到真是您的运气。"费洛维大夫说，"正好雪还没把路封上。我还叫了产婆哈莫太太，不过她可能困在查尔芬特-圣彼得，过不来了。"

"什么，蛤蟆太太？"希尔维说着皱起眉头。布丽奇特闻言大笑，接着马上压低声音道歉："对不起，对不起，先生。"希尔维想，自己和布丽奇特一定都快累出神经病了。考虑到目前的状况，这也不奇怪。

"讨厌的爱尔兰人。"费洛维大夫嘟囔道。

"布丽奇特只是帮厨的，还是孩子。我已经很感谢她。毕竟事出突然。"希尔维很想一个人待着，她想到自己似乎总也没有机会独处，"您最好明早再走，大夫。"她不太情愿地说。

"嗯，是呀，我想现在走也不成啊。"费洛维大夫同样不情愿。

希尔维叹了一口气，建议大夫去厨房为自己倒一杯白兰地，吃点火腿、酸黄瓜。"让布丽奇特带您。"她想让他赶紧些。他替她接生三次（三次！）。可她一点也不喜欢他。只有做丈夫的才应该看见的东西他全看见了。他用手摸、用器械窥探了她最私密、最脆弱的部分。（不过，难道她更希望让那个叫"蛤蟆"的产婆来接生？）女人的身体应该让女人自己来料理。虽然她知道可行性微乎其微。

费洛维大夫还待在房里不走，絮絮叨叨，哼着小曲，监督面红耳赤的布丽奇特将新生儿洗净裹好。布丽奇特家有七个孩子，她排行老大，自然懂怎样包裹婴儿。她十四岁，比希尔维小十岁。希尔维十四岁时还穿着短裙，忙着爱她的小马——蒂芬，宝宝从哪儿来那是完全不知道，到了新婚之夜也还懵懂无知。母亲洛提给了些暗示，但也拉不下脸来深入生理结构的细节，只神秘地说夫妻房事好比云雀于黎明一飞冲天。洛提是个闷声不响的女人。有人说她患有嗜睡的毛病。她的丈夫，也就是希尔维的父亲卢埃林·贝瑞斯福德，是著名的皇家美术学会成员，但毫无波希米亚浪漫自由情调。家里不准出现裸体和任何有伤风化的举动。他在亚历山德拉女王还是公主时曾为她画像，说她举止得体，令人愉快。

那时，他们住着梅菲尔区的一幢高档房子，把蒂芬养在海德公园附近的马厩。每当遇到不顺，希尔维就想象自己又回到了美好的过去，整装横坐在蒂芬的背上，在一个晴朗的春日早晨，在海德公园的林荫路上迎着满树明丽的花朵策马小跑。

"您想喝点热茶，吃块香喷喷的黄油吐司吗，托德太太？"布丽奇特说。

"这是个好主意，布丽奇特。"

婴儿终于抱给希尔维看了，小东西被包得像木乃伊。希尔维轻轻抚摸她桃子般茸茸的脸颊，说："你好，小家伙。"费洛维大夫立即转身，以免继续目睹这糖浆般浓黏甜蜜的柔情。如果可能，他愿意把所有的孩子都送到斯巴达去任其生死。

"嗯，来点冷餐对改善我目前的处境恐怕不会毫无帮助。"他说，"你们不会碰巧还有格洛弗太太做的那种美味的黄芥末酸菜酱吧？"

# 一年四季

## 1910年2月11日

　　阳光灿烂，如银剑般刺破窗帘，照醒了希尔维。她慵懒无力，睡在蕾丝和开司米中。格洛弗太太端着一大盘早餐昂首走进来。如果不是事关重大，格洛弗太太很少走出自己的小窝。餐盘上的花器中插着一朵垂头雪花莲，呈半冻僵状态。"噢，雪花莲！"希尔维说，"破土的第一朵花。多么勇敢！"

　　格洛弗太太不相信花朵可以具备勇气这种品质，事实上，花朵不可能具备任何性格品质，无论好品质还是坏品质。格洛弗太太是个寡妇，来狐狸角掌厨才几周时间。在她之前，做这份工的女人叫玛丽，手脚怠惰，什么都能烤焦；而格洛弗太太喜欢将食物做得半生不熟。希尔维幼时井然有序的家政班组中，厨子就叫"厨子"；但格洛弗太太坚持要别人叫她"格洛弗太太"，显得她独一无二。不过，希尔维仍难改叫她"厨子"的老习惯。

　　"谢谢你，厨子。"格洛弗太太像蜥蜴一样无动于衷地眨了眨眼，"我是说'格洛弗太太'。"希尔维改口道。

　　格洛弗太太将餐盘放在床上，拉开窗帘。阳光耀眼，黑蝙蝠落败了。

　　"真亮。"希尔维说着蒙住了眼睛。

“雪真大。”格洛弗太太说，不知是惊叹还是厌恶，她摇起头来。格洛弗太太的心思是很难摸透的。

“费洛维大夫呢？”希尔维问。

“出急诊去了。有个农夫被牛踩了。”

“真可怕。”

“村里出了些人，想把大夫的汽车挖出来，最后还是我的乔治来把他接走了。”

“哦——”希尔维一波三折地说，仿佛突然明白了一件让她困扰的事。

“他们还说马力多厉害呢。”格洛弗太太粗声地不屑道，仿佛一头牛，“这就是相信花哨新机器的下场。”

“嗯——”希尔维说，无心对如此强硬的观点做出反驳。费洛维大夫既未检查自己，又未检查婴儿，竟就这么走了，她感到有些惊讶。

“他来看过你，不过你正睡着。”格洛弗太太说。有时，希尔维怀疑格洛弗太太能洞悉别人的想法。果真如此该多么可怕。

“走前还吃了早餐。”格洛弗太太说。语气既仿佛赞许，又似乎不很高兴，“那位先生的饭量大。”

“我现在也吃得下一匹马呢。”希尔维笑道。她当然吃不了一匹马。此时，蒂芬的形象短暂滑过脑际。她拿起匕首一般沉重的银刀叉，准备对付格洛弗太太做的黄芥末焗羊腰。“好吃。”她说（真的好吃吗？）。格洛弗太太已经忙着检查摇篮里的婴儿去了。（“像只圆鼓鼓的小猪。”）希尔维恍惚想到，不知哈莫太太是不是还困在查尔芬特-圣彼得的某处。

“我听说差点死了。”格洛弗太太说。

“唉……”希尔维说。生与死真是一线之隔。她做皇家美术学会肖像画家的父亲，一天傍晚喝了许多上好干邑，被一块伊斯法罕地垫绊倒，从楼梯上摔下来，次日早晨在楼下被发现时已经断气了。谁也没听见他摔倒，也没听见他喊人。他才刚开始画贝尔福伯爵的一幅肖像，最后自然没有完成。

死后人们才发觉，他挥霍钱财比他妻女所意料的更为无度。竟是个赌徒，全城欠债。完全没有想过自己可能猝死，于是也没有为母女做任何安排。很快，梅菲尔区的高档房子里，债主开始络绎不绝。美好生活南柯一梦。只得将蒂芬送走。这让希尔维心碎，比她父亲死时更伤心欲绝。

"我还以为他只是玩女人。"母亲说。她坐在一个行李箱上，摆出圣母怜子的造型。

就这样，她们没落了，过起虚摆排场的清贫生活。希尔维的母亲衰弱下去，云雀再也不为她一飞冲天。为生计所迫，她逐渐变得苍白无趣。十七岁的希尔维险些要去给画家做模特，却在邮局柜台前遇上了救她于水火的男人。休，金融界冉冉上升的一颗新星，资产阶级尊严的代表。一个一文不名的美丽小姐难道还能向往得更多？

洛提死得毫无波折，希尔维十八岁生日那天，休毫不张扬地将她娶了过去。（"好了，"休说，"这下你不可能忘记我们的结婚纪念日了。"）他们去法国度蜜月，在多维尔度过了愉快的两周①，此后便在比肯斯菲尔德附近一幢约莫有些鲁琴斯风格的住宅里过起了幸福的田园生活。家中设施一应俱全——大厨房，客厅带法式落地窗，开窗即通花园，一间漂亮的起居室和几间为尚未出生的孩子们准备的卧房。房后甚至建了小屋，专做休的密室。"我隐居的地方。"他这样戏称它。

此地房屋外形均近似，房屋与房屋间都被谨慎地隔开距离。远处有草坡，有小树林，一条溪涧透迤其间，一到春天遍地铃兰。一站不到便有火车，方便休在一小时内赶到银行上班。

"此乃世外桃源。"休将希尔维翩然带进门时曾笑着说。相对而言，这是一个朴实无华的居所（与梅菲尔有云泥之别），不过已超出了他们的能力范围，两人都没想到会做出这样一次财政上的鲁莽之举。

"我们得给房子取个名。"休说，"比如月桂居、松柏居、大叶榆小屋。"

"可花园里又没有这些树。"希尔维指出。他们站在新房的落地窗前，

---

① 原文此处为法语：quinzaine。

看后院里丛生的乱草。"我们得雇个园丁。"休说。房子太空，所以有回音。他们还未购置沃伊齐织毯和莫里斯装饰布，以及其他为二十世纪家居增添美学享受的物件。她想与其住这个婚房，真还不如住在自由百货①来得高兴。

"那叫绿地居、美景居、阳光草园？"休揽过新娘，继续提议。

"不好。"

前屋主把所有产业变现，搬到意大利去了。"想象一下意大利。"希尔维带着梦寐以求的语气说。她小时候母亲去伊斯特本疗养她的肺时，父亲曾带她周游过意大利。

"不就是遍地意大利人嘛。"休不屑。

"很正确。但就连这也令人向往。"希尔维说着，从休的怀抱里挣脱出来。

"山墙居、田园居？"

"快住嘴。"希尔维说。

一只狐狸从草坪后的树丛里冒出来。"你看，"希尔维说，"胆子真大，也许习惯了这房里没有人。"

"希望别被猎人捕了去，"休说，"这东西真瘦。"

"这只是雌的。正在哺乳，看乳头就明白。"

休听自己不久前才失去处子之身的妻子的嘴里竟吐出这样直白的词汇，不禁眨了眨眼。（男人总有这样的心理设定和期望。）

两只幼崽也窜到草地上，嬉闹着滚到一起。"你瞧，"希尔维悄声说，"多漂亮的小家伙！"

"有些人觉得狐狸讨厌呢。"

"恐怕狐狸看我们也觉得讨厌。"希尔维说，"狐狸角——我们的房子应该叫这个名字。还没有谁给自己的房子取这个名字呢，这不是正好吗？"

"真的要叫狐狸角？"休迟疑道，"这就定下来不是太随意了吗？而且听起来像个儿童故事，《狐狸角的大屋》。"

---

① 自由百货（Liberty's），创建于1875年，20世纪初专营日本等东方国家进口的家居饰品。

"偶尔随意一下没有害处。"

"不过严格说，"休说，"房子可以称为'角'吗？它不是应该处在某个角上才对吗？"

婚姻真是不过如此，希尔维暗想。

两个小孩谨慎地从门口探头。"原来你们在这儿。"希尔维笑道，"莫里斯、帕米拉，过来跟你们的小妹妹问好。"

两人警觉地向摇篮靠近，仿佛不知道里面睡的是什么。希尔维想起自己去工艺繁复的包铜橡木棺材里（由皇家学会同人募资赠送）看父亲遗体时，也有这样的感觉。又或者他们是怕摇篮边的格洛弗太太。

"又是个女的。"莫里斯不高兴。他今年五岁，比帕米拉大两岁，休不在时，他是家里唯一的男人。"他出差去了。"希尔维这样对人说，其实休过海去了，恨不能日行千里，去救他跟有妇之夫私奔到巴黎去的傻妹妹。

莫里斯用手指戳戳婴儿的脸，婴儿醒了，受到惊吓，扯开嗓子哭起来。格洛弗太太拧住莫里斯的耳朵。希尔维见状疼得闭上了眼，莫里斯却面无表情地忍受着。希尔维心想，等自己身体好一点，一定要同格洛弗太太谈谈。

"您准备叫她什么？"格洛弗太太问。

"厄苏拉。"希尔维说，"我想叫她厄苏拉。意思是'变成熊的小女孩'。"

格洛弗太太不甚赞许地点点头。中产阶级真是无法无天。她那虎头虎脑的儿子名字就简单直白，叫"乔治"。"是希腊语'犁'的意思。"为乔治行洗礼的牧师这样说。事实上，乔治在附近艾特林汉庄园农场做的正是犁地的工作，他的名字仿佛引导了他的命运。不过，格洛弗太太对命运或希腊语都不怎么感兴趣。

"该起床了。"格洛弗太太说，"午饭有美味的牛排，餐后有埃及米布丁。"

埃及米布丁是什么，希尔维完全不知道。她想象着金字塔。

"我们都得恢复恢复体力。"格洛弗太太说。

　　"太对了。"希尔维说，"正因如此，我恐怕应该再给厄苏拉喂一次奶！"她不太喜欢自己口吻中的感叹语气。不知为何，希尔维发现自己同格洛弗太太对话时常强作高昂，仿佛要同格洛弗太太形成对比，以便使世间的情绪达到一种平衡。

　　希尔维青筋暴露的苍白乳房，从细纱大袍下汹涌而出，格洛弗太太不禁打了个冷战。她赶紧嘘着把孩子们赶出了房间。"快去喝粥。"她凶巴巴地命令道。

　　同日早晨，布丽奇特又端着一碗牛肉高汤走进来，她说："是上帝把她送回了人间。"

　　"上边看了看，"希尔维说，"决定不要她。"

　　"只是这回不要，难保下一回。"布丽奇特说。

## 1910年5月

"有封电报。"休说。他突然闯进保育室,吵醒了给厄苏拉喂奶时睡着的希尔维。她迅速盖好自己的身体,说:"电报?有人去世了?"因为休的面部表情似乎预示了噩耗。

"威斯巴登来的。"

"啊,"希尔维说,"这么说,伊兹①的宝宝诞生了。"

"要是那个登徒子没结婚就好了,"休说,"这样我妹妹就能够清白。"

"清白?"希尔维心想,"这世上真有清白的女人?"(她不是说出声了吧?)"反正,她要结婚还嫌太小。"

休皱起眉头,这个表情让他更英俊。"只比你嫁我时小两岁嘛。"

"但在某种意义上又似乎比那时的我成熟许多。"希尔维说,"一切都好吗?孩子好吗?"

据说休将伊兹拖上接驳火车,准备乘船离开巴黎时,她怀孕的事实已经掩藏不住。他的母亲阿德莱德说,她宁可伊兹被白奴贩子绑走,也不愿见她如此热切地对那个淫徒投怀送抱。希尔维挺喜欢被白奴贩子绑走的主意。她

---

① 伊索贝尔的乳名。

想象着沙漠里的酋长骑着阿拉伯骏马将自己掳走，自己穿戴绸衣面纱，躺进软垫，吃糖喝雪芭，听泉水叮咚。（她明白真实情况可能并非如此。）成为众多妻妾中的一员，为正房分担做妻子的义务，希尔维觉得这种生活很好。

阿德莱德英勇捍卫维多利亚式美德，据说见到自己挺着肚子的女儿，竟将门堵上，着其返回海对岸，把丑出在外面，宝宝一生下来就送人。"对方是受人尊敬但不孕不育的德国夫妇。"阿德莱德说。希尔维试想将孩子送人的感觉。（"难道我们再也不管他了？"她问。"我倒希望这样。"阿德莱德说。）接着，伊兹将被送往瑞士的一所学校，完成家政与社交礼仪的学习。虽然，从很多方面来说，她的人生已经完了。

"是个男孩，"休说，仿佛摇旗般挥舞着电报，"生龙活虎，等等。"

厄苏拉生命中的第一个春天降临大地。她躺在山毛榉下的摇篮车里，看见清风吹动树梢时，阳光穿过树叶，嫩叶摇曳，光影闪烁，变幻出不同的图形。树枝为臂，树叶为手。整棵树都在为她跳舞。*摇啊摇，宝宝*，希尔维唱，*坐在树梢*。

*我有棵果树*，帕米拉也口齿不清地唱，*啥也不结。只结枚金桃，和肉豆蔻*。

摇篮车篷上挂着一只小兔子，在风中转着圈，晶莹地反着光。小兔端正地坐在一只小篮子里。这只小兔曾经装点过希尔维小时候玩的一支摇摇棒。摇摇棒正如希尔维的童年一样早已逝去了。

秃枝、新芽、绿叶——世界在厄苏拉眼前流逝。她看见四季。冬季在她出生时侵入她的骨骼，然而紧接着，春日汹涌，带来了希望。她经历了鼓胀的春芽、肆虐的夏暑、秋天的霉菌和蘑菇。在摇篮车四边所限定的视野中，她看到这一切。也看到四季中随机出现的点缀——一轮太阳，几朵云，几只鸟，一个安静飞过头顶的板球，一两道彩虹，和大量她希望少下一点的雨。（有时，别人不能及时推她去躲雨。）

有一次，因为被忘在户外的秋夜中，她甚至看见了星空和初升的月亮——感到又惊奇又害怕。布丽奇特受到了严惩。希尔维的母亲洛提年轻时曾赴瑞士疗养，整天裹着毯子坐在露台上遥望阿尔卑斯的茫茫雪山。希尔维于是养成了一种对新鲜空气的依赖，也因此，厄苏拉的摇篮无论风雨寒暑，一直放在户外。

山毛榉落叶了，黄铜色纸片在头顶漫天飞舞。十一月的一天，狂风呼啸，出现了一个吓人的影子，往摇篮车里看。那是莫里斯。他一边做鬼脸，一边念念有词："咕——咕——咕——"拿小树枝捅了捅厄苏拉身上的毯子。"笨蛋。"他说，动手用树叶埋她。她在树叶做的新毯子下面马上又要睡着时，飞来一只手，拍在莫里斯脑袋上。"哎哟！"人影不见了，小银兔一圈圈转起来，一双大手将她抱出摇篮车。休说："她在这儿。"仿佛她刚才不知去了哪里。

"像只冬眠的刺猬。"他对希尔维说。

"可怜的老刺猬。"她笑起来。


冬天又来了。她见过一次，于是认了出来。

## 1914年6月

厄苏拉平安无事地来到她生命的第五个夏天。母亲松了口气。不知是孩子早年生活的波折使然（老天要在之后补偿她），还是因为母亲悉心的看护（又或许不那么悉心反而更好），反正厄苏拉长成了结实沉稳的孩子。她不像帕米拉心事太多，也不像莫里斯没心没肺。

一群小兵，希尔维看厄苏拉紧跟莫里斯和帕米拉沿海滩走去，心里这样想。他们真小——当然他们都还是孩子嘛，这个她明白。不过，有时她为自己竟有那么多爱去分给这么多孩子而感到惊讶。其中最小的一个——爱德华——躺在她身边沙滩上的藤编篮里，还很乖，还不知道战争和侵略。

他们在康沃尔（海滨胜地）租到一间房子，准备度一个月假。休只住一周。布丽奇特全程陪伴。她与希尔维一起轮流解决做饭问题（做得很差），格洛弗太太从希尔维那里得到一个月假，去索尔福德陪她死了儿子的姐姐。格洛弗太太宽阔的背影消失在火车车厢里时，站台上的希尔维不禁松了口气。"其实你不必送她。"休说。

"我是专门为了看着她走，让自己高兴高兴。"希尔维说。

假期有灼热的阳光、呼啸的海风、陌生的床铺。在这张硬床上，希尔维不受打扰，整夜安眠。她们买肉饼、炸薯、苹果酥，背靠岩石，席地坐在沙滩上吃。出租海滩小屋解决了公共场所给孩子喂奶的问题。有时，两人脱靴，壮着胆子把脚趾伸进水里；有时，她们坐在太阳伞下看书。希尔维读康拉德，布丽奇特忘了带自己的哥特言情小说，只好读希尔维的《简·爱》。布丽奇特阅读时反应巨大，一会儿受惊，一会儿发愁，一会儿又显出高兴的样子，相比之下，希尔维手里的《特派员》仿佛是一本十分无聊的书。

　　而且她因为常居内陆，总是对潮水的涨落时间不放心，看来并不知道它有规律。"每天都会产生一点变化。"希尔维耐心地解释。

　　"但究竟为什么呢？"布丽奇特很纳闷。

　　"嗯……"希尔维也不知道。"为什么不呢？"她草草总结。


　　孩子们捕完鱼，从沙滩远处的潮池提网往回走。帕米拉和厄苏拉停在半路，在岸边拍水，莫里斯加紧向希尔维冲过来，险些摔在沙里。他手上拿着一只小螃蟹，手捏一只蟹螯，布丽奇特吓得惊叫起来。

　　"还有肉饼吗？"他问。

　　"别没大没小，莫里斯。"希尔维提醒道。过完暑假，他将离家去寄宿学校。她为此很感欣慰。


　　"来，我们来跳浪。"帕米拉说。帕米拉爱发号施令，但她态度友善，因此厄苏拉愿意听其号令，就算自己不做也绝不会妨碍她。

　　比如此时，一只呼啦圈滚过沙滩。厄苏拉想追上它，帮它与主人团聚。可是帕米拉说："别去，来，我们来打水。"于是两人就放下手里的网，涉入了浪中。真奇怪呀，不管外面多么热，水总是冰冰凉的。她们像往常那样嬉笑尖叫了一会儿，然后牵起手，等待浪花来袭。浪花来了，但是浪花小得令人失望，不过是几朵镶了蕾丝花边的涟漪。她们向更深处涉去。

　　深处的浪又简直不像浪花了。它变成水体的涌动，它拖拽她们，将她们提起，从她们身边掠过。这种浪一来，厄苏拉牵帕米拉的手就攥得更紧。水已没到厄苏拉的腰。帕米拉被浪推向深处，像船头雕塑，破浪而去。水漫到厄苏拉的胳肢窝了，她哭起来，扯住帕米拉的手，不让她再走了。帕米拉转头说："小心，你这样，我们都会摔倒的。"她没有看到她身后正在升起的巨浪。一眨眼工夫，巨浪照着她们的头顶压过来，把她们像树叶一样轻易地卷跑了。

厄苏拉觉得自己被往下拖，越拖越深，好像被拖出去好几英里，再也看不见岸。她蹬着两条小小的腿，寻找可以站住的沙地。只要能站起来与浪潮搏斗就行。但是已经踩不到沙地，她呛了几口水，惊慌失措地扑腾起来。总会有人来吧？布丽奇特或者希尔维？总会有人来救她吧？总会有人来救帕米拉吧？帕米拉在哪儿？

没有人来。只有水。水而复水。她无助的小心脏疯狂地跳，仿佛有只小鸟困在了胸膛里。珍珠般漂亮的小耳朵里，一千只蜜蜂发出嗡嗡嗡的声音。她不能呼吸。女孩如小鸟在空中坠落，沉入水底。

黑暗降临。

# 雪

## 1910年2月11日

布丽奇特正要拿走早餐盘，希尔维说："把雪花莲留下吧。就放在我床头。"她把婴儿也搂在身旁。火烧得很旺，明亮的雪光从窗户照进来，显得活泼，同时有一种奇怪的凝重与不祥。雪向房墙移动，挤压着它，要掩埋它。房墙好像蚕，被茧包裹起来。她想象着休无畏地挖通积雪回家的样子。为了找妹妹伊索贝尔，他离家已三日。昨天（昨天显得多么遥远）从巴黎来了电报，说：目标遁地句号正在搜寻句号。虽然休并不是猎人。她得回个电报。该说什么呢？说些语带玄机的话吧。休喜欢猜谜。比如：家中原有四人句号你走后仍有四人句号。（布丽奇特和格洛弗太太不算。）或平铺直叙：宝宝降生了句号一切都好句号。能说一切都好吗？宝宝不是差一点就死了？她不是一直都不能呼吸吗？万一有什么后遗症呢？今晚她们战胜了死神，可谁知死神什么时候又会回来寻仇？

最后，希尔维睡着了。她梦见自己搬了新家，正在陌生的房间里逡巡，寻找她的孩子，呼喊他们的名字，但心里明白他们已经消失，再也找不到了。她惊醒过来，欣慰地看到至少最小的宝宝还在身边，睡在雪地一般松软净白的床单上。女婴厄苏拉。希尔维已经事先想好名字，如果是男孩就叫爱德华。给孩子起名是她的特权，休似乎不管，不过希尔维觉得，倘若取得太离谱，休恐怕也受不了，比如山鲁佐德①，比如圭尼维尔②。

厄苏拉睁开她雾蒙蒙的眼睛，似乎盯住了雪花莲。**摇啊摇，宝宝，**希尔维轻声呢喃。家里多么安静。多少危险掩藏在静谧中。一个人在一眨眼、一失足间，就能失去一切。"一个人即使失去一切，也要想着光明的事。"她对厄苏拉说。

---

① 《天方夜谭》中用讲故事的方法拖延自己死期的波斯女王。
② 亚瑟王的妻子，曾背叛丈夫，与圆桌骑士朗斯洛有一段私情。

# 战争

## 1914年6月

文登（阿奇博尔德）先生在沙滩上支好画架，准备用蓝绿两色——普鲁士蓝和钴蓝，淡墨绿和铬绿——绘一幅海景淡彩。他在画中天上模糊地抹了几只海鸥，这片天与波涛之间的分界实在也很模糊。他想到自己一回家就要拿出这幅画来，对人们说："你们要明白，这是印象派。"

文登先生是个单身汉，在伯明翰一家别针场做高级职员，但天性浪漫。他参加自行车俱乐部，每到周日便骑车尽可能远离伯明翰的浓雾，年假则去海滨，以便呼吸新鲜空气，以便能有一周的时间感到自己是个艺术家。

他正想着要不要画些人，这样一来可以给画面增添生气，二来也能增添夜校老师（他在夜校修习美术）鼓励他纳入作品的"动感"。画那两个海边的小女孩就挺合适。她们戴着遮阳帽，他就不必画脸，反正他也画不来。

"来，我们来跳浪。"帕米拉说。

"嗯。"厄苏拉答应着却往后缩。帕米拉牵住她的手，将她拖下水。

"没什么好怕的。"她越往水里走，厄苏拉就越紧张，恐惧澎湃汹涌，然而帕米拉浑然不知，欢笑着蹚进了水里。厄苏拉只好跟着。她努力思索能让帕米拉回到沙滩上的事——一张藏宝图，或男人手里牵的小狗。但是已经晚了。巨浪已经升起，在她们头顶弯下了腰，将她们拍下去，拍进水的世界。

希尔维从书中抬头，惊讶地看到一个陌生男人一边一个夹着她的孩子，好像夹着鸡、鸭，沿沙滩走来。两个孩子浑身湿透、泪眼模糊。"玩得离了岸。"男人说，"不过没有大碍。"

她们在临海宾馆请这位救命恩人——（高级）小职员文登先生——吃蛋糕喝茶。"至少让我请顿茶吧。"希尔维说，"您把靴子弄脏了。"

"小事一桩。"文登先生礼让。

"怎么是小事。"希尔维说。


"回来了高不高兴？"休在车站笑脸相迎。

"你呢？"希尔维有些无理取闹地反问。

"家里给你准备了惊喜。"休说。谁都知道，希尔维讨厌惊喜。

"你猜是什么？"休说。

她们猜是小狗，与实际上休在地窖里安装的培特发电机相去甚远。他们一起走下陡直的地窖石级，一起看到了油腻、吭哧的它，以及它身上的玻璃蓄电池。"要有光。"休模仿上帝说。

此后很长一段时间，每次开灯他们都提心吊胆，害怕发电机会爆炸。灯自然是它唯一能发动的电器。布丽奇特曾希望能换掉扫帚，用上吸尘器，怎奈电压不足。"幸亏不足。"希尔维说。

## 1914年7月

　　希尔维立在落地窗前看莫里斯组装球网。从旁看来，所谓组装就是拿一把木槌，对可见范围内的一切加以大力敲打。对希尔维来说，男童的心态是谜样的。他们能从连续数小时对木棍和石头进行抛掷的活动中得到满足，喜欢搜集各种静物，摧毁周遭脆弱无依的环境。他们在幼时所呈现出的状态，与他们长大成人的样子几乎可说南辕北辙。

　　门厅里起了喧哗。玛格丽特和莉莉欢天喜地地来了。两人曾是希尔维的同学，如今不常走动，这次特为爱德华降生登门送礼。

　　玛格丽特是个画家，誓死不肯嫁人，但看得出是某个有妇之夫的情妇。希尔维没把这不光彩的可能性去对休说。莉莉是费边主义者①，主张妇女享有选举权②，但不肯为自己的理想放弃任何现实利益。希尔维想象女性呼吸困难、喉部插管的景象，不禁抬起手摸了摸自己又白又美的脖颈，庆幸它安然无恙。莉莉的丈夫卡文迪许（这难道不是伦敦一家宾馆的名字？）曾在一次茶会上，用充满淫欲和雪茄气的身体将希尔维逼到一根柱子前，做出过某个

---

① 费边主义者（Fabian），英国社会主义派别，主张通过渐进温和的改良，而非马克思主义所主张的阶级革命，来实现社会主义，并强调通过教育的途径让权力回到知识精英手中。
② 主张女性选举权的女性，英文称为"suffragette"，与"suffocate"和"suffer"貌似同源，故此希尔维在下文做出了那番想象。

至今想起仍令她羞赧的提议。

"啊,新鲜空气。"希尔维领二人走进花园,莉莉感叹道,"这里真乡野。"她们俯在摇篮上,像白鸽(或更难看些的灰鸽)一样对婴儿发出咕咕咕的呢喃,夸他多么可爱,又称赞说希尔维多么苗条。

"我打铃开茶吧。"希尔维说。她已感到疲倦。

他们养了只狗。一只三花法国獒,名叫宝森。"拜伦的狗也叫宝森。"希尔维说。母亲嘴里这个神秘的拜伦是谁?厄苏拉不知道。但这个拜伦似乎并不会来家里把宝森领走。宝森的皮肤软软的、松松的,长着蓬松的毛,厄苏拉用手指一捏,皮肤就像波浪一般滚动起来,它的呼吸像格洛弗太太给它炖的碎羊羔肉——格洛弗太太觉得那东西很恶心。它是条好狗,休说,是条恪尽职守的狗,是条能救人于水火的狗。

帕米拉喜欢给宝森戴旧娃娃帽,围披肩,假装它是她新生的孩子。虽然他们现在真的有一个新生儿了,是个叫爱德华的男婴。大家都叫他泰迪。他们的母亲似乎对婴儿的出现感到万分惊讶。"我也不知他是从哪儿来的。"希尔维的笑声尖促,仿佛抽冷嗝。眼下,她正与两个来看新生儿的"伦敦时代"的同学吃茶。三人都穿薄如蝉翼的华服,戴宽檐大草帽,坐在藤椅中喝茶,吃格洛弗太太做的雪利蛋糕。厄苏拉和宝森坐在草坪上,礼貌地隔开一段距离,期待能吃到蛋糕渣。

莫里斯装好球网,正意兴阑珊地教帕米拉打网球。厄苏拉忙着用雏菊给宝森做花冠。厄苏拉的手指粗短笨拙。希尔维的手指纤长灵巧,像画师,像钢琴师。希尔维在客厅里弹钢琴("肖邦")。有时他们吃完下午茶轮流唱歌,厄苏拉从来没有一次唱对拍。("多么笨的笨蛋。"莫里斯说。"实践造就完美。"希尔维说。)钢琴盖一打开,就从里面涌出一股打开旧箱子时的气味。这让厄苏拉想起奶奶阿德莱德,一个拿黑衣服把自己一层层裹起、小口啜饮马德拉酒度日的女人。

男婴睡在山毛榉树下的大摇篮车里。在场众人都见证了这一刻,然而谁也不会记得它。这一刻摇篮篷檐挂着一只小银兔,婴儿舒适地躺在"由修女刺绣"的盖毯下，虽然谁也不知道是哪些修女，又是为了什么将自己的生命奉献给了绣小黄鸭的事业。

"爱德华。"希尔维的朋友说，"你们叫他泰迪？"

"厄苏拉和泰迪。我的一对小熊。"希尔维说着呵呵笑了两声。厄苏拉不想当小熊。她要当小狗。她平躺下来，看着天。宝森也一声呼噜，紧挨着展身躺下。燕子刀一般在蓝天纷乱切割。她听见杯碟轻叩，听见隔壁柯尔家的花园里，老汤姆推着除草机发出咯吱声。她闻见草坪边粉色石竹辛辣的香甜，新刈的草地发出浓郁的青草味。

"啊，"希尔维的伦敦朋友伸直双腿，露出一对包裹着白丝袜的优雅脚踝，"这漫长炎热的夏天，多么美妙。"

话音刚落，莫里斯忍无可忍地将球拍掼下，安详的气氛被打破了。球拍发出闷响，弹跳起来。"我教不会她——她是女的！"他吼完，怒气冲冲地扎进矮树丛，开始用一根木枝胡乱抽打起周遭来。虽然在他心里，他正身处丛林，手持砍刀。夏天过完，他就要去寄宿制学校了。那所学校休上过，休的父亲也上过。（"自从诺曼人入侵英格兰开始，祖祖辈辈大概都是在那儿上的学。"希尔维说。）休说，学校将助莫里斯"长大成人"。虽然在厄苏拉看来，莫里斯已经长得很大了。休说自己上学时，一开始每天一到晚上就哭，但似乎并不介意让莫里斯也去受这个折磨。莫里斯鼓起胸膛说，他绝不会哭。

"那我们呢？"帕米拉忧心忡忡地问，"将来我们也得去寄宿制学校吗？"

"要是你们不乖的话。"休笑着说。

帕米拉气红了脸，攥起拳头叉住腰，对莫里斯正在远去的冷漠背影吼道："你这只猪！"她把"猪"说得仿佛很不好。其实猪是一种很可爱的动物。

"帕米拉，"希尔维温和地说，"你刚才说话像个泼妇①。"

---

① "泼妇"，原文作"fishwife"，直译为"鱼的妻子"，故此有下文厄苏拉的疑问。

厄苏拉向蛋糕的方向又挪近了一些。

"你，过来，"女友之一对她说，"让我看看你。"厄苏拉害羞了，准备撤，但希尔维牢牢牵住了她。"她真漂亮，不是吗？"女友之一说，"像你，希尔维。"

"鱼也有太太吗？"厄苏拉问母亲。女友笑起来，发出银铃般的声响。"多好玩的小家伙。"一个朋友说。

"是呀，她简直笑死人。"希尔维说。

❄

"儿童真会闹笑话，"玛格丽特说，"不是吗？"

儿童可远远不只闹笑话这么简单，希尔维想，可是你如何与没做过母亲的人解释做母亲的烦琐？希尔维感到自己的形象在二人面前变得无比成熟起来，而这两个少女时代的故交，在婚姻带来的踏实感面前，似乎也变得无足轻重了。

布丽奇特端餐盘出来收拾茶具。每天早上，布丽奇特做家务时都穿一条带条纹的连衣裙，到下午则换上白袖、白领的黑裙子，围白围裙，戴小白帽。她已升职，不再做杂务。艾丽斯回乡结婚后，希尔维又从村上找来一个叫玛乔丽的女孩，专门干粗活，此人十三岁，有斜视。（"布丽奇特和G太太两人不够吗？"休小心质疑，"我们的房子又不大。""不够。"希尔维一锤定音。）

小白帽对布丽奇特来说太大，总滑下来盖住眼睛。她正穿过草坪走向房子，突然帽子又把她的眼睛蒙上了，她往前一绊，及时站稳，避免了一次舞台事故，只有银质糖盅糖钳飞了出去。一块块白糖撒向草地，像骰子。莫里斯见状哈哈大笑。希尔维呵斥他："莫里斯，不许笑。"

她看宝森和厄苏拉一起收拾空投下来的糖块，宝森用它粉红色的大舌头，厄苏拉偏要用糖钳。宝森嚼也不嚼就咽下去，厄苏拉则一块块地慢慢吸吮。希尔维想，厄苏拉长大可能会不合群。作为独生子女，希尔维常为自己孩子复杂的手足关系而困扰。

"你也上伦敦城里来吧，"玛格丽特突然说，"就在我那里住，好好玩一玩。"

"有这些孩子，"希尔维说，"又有个新来的，我走不开。"

"干吗走不开？"莉莉说，"让保姆带几天嘛。"

"我没雇保姆。"希尔维说。莉莉环顾花园，仿佛怀疑希尔维将保姆藏在了绣球花丛里。"也不想雇。"希尔维补充道。（也许她想？）育子是她的责任，她的命运。做母亲就是她生命的全部，反正其他东西她也没有。（再说，这世上除了做母亲还有什么别的事好做？）英格兰的未来正依偎在她鼓胀的胸前。这个位置岂能轻易让别人来替？就好像没了她比有她更加了不得。"而且我自己哺乳。"她又补充道。女友震惊了。莉莉仿佛害怕自己的胸也受到侵犯，下意识地抬手护住。

"这是上帝的旨意。"希尔维说，虽然她自失去蒂芬后就不再相信上帝。休的出现为希尔维解了围。他大踏步穿过草坪而来，仿佛一个人心怀决断。他笑着说："这是怎么啦？"他抱起厄苏拉，往空中扔了好几次，直到厄苏拉差点被糖块噎住才住手。他微笑地看着希尔维说："这些是你的朋友。"仿佛怕希尔维忘了他们是谁。

"星期五傍晚，"休一边说一边放下厄苏拉，"工作暂告段落，太阳也快下山了。可爱的女士们难道不想喝点比茶更烈的东西吗？来点金司令①如何？"休有四个妹妹，因此惯于与年轻女性相处。这种自如本身就足以让她们着迷。希尔维知道，休本意是照应年轻人，而非追求她们。不过有时她也为他受女人欢迎的事而略有隐忧，不知这会发展成什么，或已经发展成了什么。

莫里斯和帕米拉之间的紧张情绪缓和了。希尔维吩咐布丽奇特在小露台摆上桌子，让孩子们能在户外用茶——鲱鱼子吐司，和某种颤巍巍的粉色软东西。那东西的样子让希尔维觉得恶心。"幼儿食品。"休看着孩子们吃

① 金司令（Gin Sling），是一种以金酒（杜松子酒）为基酒的鸡尾酒饮料。

茶，似乎觉得那东西很好吃。

"奥地利向塞尔维亚宣战了。"休聊起天来。玛格丽特说："多么愚蠢。去年，我在维也纳的帝国酒店度了一个美妙的周末。您知道帝国酒店吗？"

"不怎么熟。"休说。

希尔维知道，但什么也没说。

夜深了。在酒雾中醺醺然的希尔维，猛然想到父亲因为喝干邑白兰地而摔死的事，仿佛要拍死一只讨厌的苍蝇那样，她拍了拍手宣布："孩子们，睡觉了。"她看着布丽奇特艰难地将笨重的摇篮车推过草地，轻轻叹一口气。休即刻上前把她从椅子里扶出来，吻了吻她的脸颊。

希尔维打开并支好育儿室的小天窗。房间逼仄。他们叫它"育儿室"，其实它不过是阁楼一角，夏日闷热不通风，冬天则冷得要命，完全不适合安置柔弱的婴儿。但希尔维与休都认为，孩子要从小锻炼，才能更好地应对未来生活的残酷。（比如失去梅菲尔的一幢高档住宅，失去心爱的小马，失去对某个无所不知的神明的信仰一类的残酷。）她坐在天鹅绒钉扣软榻上，给爱德华喂奶。"泰迪。"希尔维亲昵地说。爱德华咕咕地打着嗝，就要沉入香甜无比的睡眠。希尔维最喜欢孩子的婴儿期。那时他们簇新、发光，就像小猫咪粉红的小肉垫。但这个婴儿又比其他三个更惹她怜爱。她吻着他头上细软的毛发。

轻柔的空气中，传来说话声。"好事都有结束的时候，"她听见休一边带莉莉和玛格丽特进屋用餐，一边这样说，"我想，充满诗趣的格洛弗太太可能已经为大家烤了一条鳎鱼。不过首先，你们有兴趣看看我装的培特发电机吗？"两个女人仍像做学生时那样，咪咪地傻笑着。

厄苏拉被一阵欢呼和鼓掌声吵醒。"电！"她听见希尔维的朋友说，"棒极了！"

她与帕米拉共用一间阁楼房。她们有一模一样的小床，当中有一块地垫、一个床头柜。帕米拉睡觉喜欢把手放在头附近，时而发出轻呼，仿佛被针刺痛（莫里斯最喜欢用针刺人）。隔壁一边是打起鼾来如火车进站的格洛弗太太，一边是整夜吟语低喃的布丽奇特。宝森睡在她们门外。宝森即使睡着了，也仍然死死看着门。有时宝森也轻轻地呻吟，不过听不出究竟是因为高兴还是痛苦。阁楼层就是这么一个拥挤而吵闹的地方。

稍后客人离开时，厄苏拉又一次被吵醒。（"这孩子睡得实在太浅。"格洛弗太太曾说。仿佛睡得浅是一种应当纠正的缺陷。）她爬下床，悄无声息地走到窗前。虽然家里严禁她们爬上椅子向窗外张望，但若此时她敢于这么做，就会看到下方草坪上希尔维和她的朋友们。她们的裙衫在暮色中仿佛飞蛾的翅翼般扑闪。休站在后门，准备送她们过小路去火车站。

有时，布丽奇特会带孩子们去火车站接休下班。莫里斯曾说自己长大了要开火车，或者像欧内斯特·沙克尔顿爵士那样到南极去探险。或者就到银行做事也不错，像他父亲那样。

休工作的地方在伦敦，他们不常去，即便去，也只是到汉普斯泰德的奶奶家，在客厅里度过拘谨的下午。莫里斯和帕米拉之间时而爆发的争吵搅得希尔维"神经衰弱"。于是在回程火车上，她总闷闷不乐。

大家都走了，人声渐远。希尔维穿过草坪往回走。一个像蝙蝠的黑影此时慢慢展开了双翼。一只狐狸躲开希尔维，踏着她的脚印，一溜烟消失在矮树丛里。


"你听见声音了吗？"希尔维问。她背靠枕头，正读一本福斯特早期的作品，"可能是孩子？"

休侧耳倾听。这个动作让希尔维想起宝森。

"不是。"他说。

婴儿通常一觉到天亮。就像天使。好在是人间的天使，尚未被上帝收去。

"不过他最惹人爱。"

"是呀，我觉得应该让他留在家里。"

"他长得不像我。"休说。

"是不像。"她愉快地回答，"一点都不像。"

休笑了，充满柔情地吻了吻她，说："晚安，我要关灯了。"

"我再读会儿书。"

几天后一个炎热的下午，她们跑去田里看丰收。

希尔维和布丽奇特带着女孩一起走，布丽奇特还用披巾扎了个包，把小宝宝捆在希尔维身上。"像爱尔兰农妇。"休忍俊不禁。那是一个周六，摆脱银行枯燥工作的休正坐在露台的藤榻上，仿佛怀抱赞美诗集般无比爱恋地抱着《威斯登板球年谱》阅读。

莫里斯吃完早饭就不见了。他已经九岁，家里允许他随便出去玩，也不限玩伴。但他似乎只爱跟其他九岁的男孩一起玩。希尔维不知他们究竟玩些什么，但他每次回家从头到脚都是泥，还总带回些恶心的战利品。比如一瓶青蛙或蚯蚓、一只死鸟，或一颗雪白的小动物头骨。

等到她们终于背着婴儿，提着餐篮，戴着遮阳帽，打着遮阳伞，步履蹒跚地出门时，太阳已经往中天爬了不少。宝森像一匹小马，在他们身边小跑前进。"天哪，我们这样大包小包地好像逃难。"希尔维说，"好像犹太人逃出以色列。"

"犹太人？"布丽奇特说，没化妆的脸上拧出一副厌恶的表情。

她们攀过田间护栏，走过被骄阳晒硬的坑洼。泰迪一直在头巾中熟睡。布丽奇特被钉子钩破了裙子，还说自己脚上起了泡。希尔维恨不得脱下胸衣，扔在路边，她想象着经过的人将要浮想联翩。白昼耀眼，田里站着许多母牛，她突然忆起一件完全不相干的事。她想起休在多维尔蜜月之行的宾馆里解开自己胸衣蕾丝飘带的事。当时从窗外飘进海鸥的啼鸣，还有一男一女用法语机关枪似的粗声争执。从瑟堡回英国的船上，希尔维就已经怀上了莫里斯。虽然那时她还不知道，还沉浸在无忧的欢乐中。

　　"夫人？"布丽奇特打断了她的回忆，"托德太太？田里站的不是母牛。"

* * *

　　中途她们停下来，欣赏一番为乔治·格洛弗拖犁的马。那是两匹高头夏尔马，一匹叫萨姆森，一匹叫尼尔森。一见有人来，二马纷纷打起响鼻，摇起头。厄苏拉有点紧张，但希尔维上前给马儿喂苹果，两匹马都用柔软的粉红色嘴唇，矜持地把苹果从她掌中卷走吃了。希尔维说这两匹马是"雪地灰"，比人可要漂亮。帕米拉问："比小孩也漂亮吗？"希尔维说："就是尤其要比小孩漂亮。"然后笑了。

　　她们发现了正帮忙收割的乔治。后者一见她们便大踏步穿过田野，前来问候。"夫人，"他脱下帽子对希尔维说，拿出红白点的大手帕擦额头上的汗。他的手臂上沾着一粒粒麦穗。麦穗和他手臂上的毛发一起，在太阳的照耀下放射着金光。"天热。"他纯属多余地解释道。他英俊的蓝眼睛，透过常年耷拉在前额的一簇头发，看着希尔维。希尔维的脸红了。

　　除了自己的午饭——烟熏鲱鱼泥三明治、奶油柠檬夹心饼、姜汁啤酒和葛缕子蛋糕——她们还应格洛弗太太的要求，为乔治带了昨晚剩下的猪肉派和一小罐格洛弗太太最拿手的黄芥末酸菜酱。由于布丽奇特忘记将葛缕子蛋糕放进罐中储存，它在温热的厨房里放了一晚上，已经有了陈味。"大概蚂蚁也已经在里面下过蛋了。"格洛弗太太说。于是，厄苏拉吃蛋糕时坚持要把密密麻麻的葛缕子剃干净，以免吃到蚂蚁蛋。

　　田里做事的人都歇下手吃起了饭，多半是吃面包、奶酪，喝啤酒。布丽奇特把猪肉派递给乔治时，一边脸红一边咯咯地笑。帕米拉告诉厄苏拉，莫里斯说布丽奇特暗恋乔治。虽然两人都觉得莫里斯不懂揣摩心思，从莫里斯嘴里传出的绯闻并不可靠。她们在麦茬边野餐。乔治往地上随便一倒，便像马嚼干草一样大口吃起了猪肉派，布丽奇特出神地看着，仿佛他是希腊一位俊美的神。希尔维逗弄着怀里的婴儿。

希尔维四下走，想找一片隐蔽的所在，好给泰迪喂奶。梅菲尔高档住宅里长大的女孩，一般不习惯躲在树篱后喂奶。那岂不成了爱尔兰农妇？她满心向往地想起康沃尔的海滩小屋。等她好不容易在树篱避风处找到僻静处，泰迪已经哭得震天动地。两只小拳紧紧握起，像要与这世界的不公打一架。她将他在胸前安顿下来，刚一抬头，就看见乔治·格洛弗从田野远处的树丛中钻了出来。他也发现了她，愣住了，只顾盯着看，仿佛一只发现了人迹的鹿。过了一两秒，他才摘下帽子说："还是很热，夫人。"

"是啊。"希尔维匆忙应道，密切注视着乔治·格洛弗快步往田间树篱缺口处的五栅木门走去。他仿佛一匹懂马术的大马，轻轻跃过了跨栏。

她们离得很远，观看巨型割麦机吃麦子。"真叫人眼花缭乱。"布丽奇特说。她新近刚学会这个词。希尔维拿出帕米拉特别想据为己有的金色小怀表说："天堂在上，快看现在都几点了。"但是大家谁也没看，"我们该回家了。"

她们刚要走，乔治·格洛弗边喊"喂，等一等"，边三步并作两步地穿过田野跑来，手里似乎拿帽子装着什么，结果竟是两只小兔。"噢。"帕米拉激动得快哭了。

"荷兰兔。"乔治·格洛弗说，"田中有一窝，妈妈走了。你们一人拿一只吧。"

回家的路上，帕米拉用自己罩裙的裙摆把两只兔子兜住，像布丽奇特捧餐盘时那样得意地捧着。

"瞧你们，"见她们精疲力竭地走进后花园，休说，"得到了太阳的亲吻，现在浑身发着金光，真的变成乡下女人了。"

"什么金光，明明晒红了。"希尔维悔恨地说。

园丁正在工作。园丁名叫老汤姆（"像猫的名字。"希尔维说，"你们觉得他小时候是不是也叫小汤姆？"），一周工作六天。同时照管托德和邻居家的花园。邻居姓柯尔。柯尔家称园丁为"瑞格力先生"。园丁究竟偏爱哪个名字，谁也不知道。柯尔家的房子跟托德家的房子极为相像。柯尔先生也像休一样在银行做金融。"信犹太教。"希尔维说"信犹太教"时语气同说"信天主教"是一样的：都是一种被异端吸引却又略显不安的语气。

"可他们似乎并不修炼。"休说。犹太教练什么？厄苏拉思考着。反正帕米拉每天晚茶前要练钢琴音阶，乒乒乓乓，并不悦耳。

据柯尔先生的大儿子西蒙说，柯尔先生原来不姓柯尔，其姓氏佶屈聱牙，英国人念不出，于是改成柯尔。二儿子丹尼尔是莫里斯的朋友。大人虽不走动，孩子们却彼此熟悉。书呆子西蒙（莫里斯这样说）每周一傍晚给莫里斯辅导数学。献身于如此糟心的工作，希尔维真不知拿什么去谢他。因为他是犹太人。"万一我送的东西冒犯了他们怎么办？"她陷入沉思，"如果给钱，他们可能以为我在暗示他们嗜财。如果给糖，又不知合不合他们清苦饮食的规矩。"

"他们不持戒。"休重复强调，"这方面是睁一只眼闭一只眼的。"

"可是本杰明的眼睛就睁得很大啊。"帕米拉反驳，"昨天他找到了一个乌鸦窝呢。"她说时怒视莫里斯。昨天她和本杰明正在观察蓝地褐斑乌鸦鸟蛋，感慨它们多么漂亮，莫里斯突然来了，拿起所有蛋砸在石头上。他自己觉得玩笑开得绝妙。帕米拉拿起一块小石头（反正不大），砸向莫里斯的头。"来呀，"她说，"让你也尝尝破壳的滋味。"莫里斯的太阳穴上留下一道血口子和一块瘀青。"我自己摔的。"希尔维问时，他也不愿详谈。原本按照莫里斯的天性，他肯定要状告帕米拉的，但是那样一来自己的过失也要昭然于天下。希尔维要是知道他打碎乌鸦蛋，非狠狠罚他不可。上回他只是偷蛋就挨了她两耳光。希尔维说人不该毁坏自然，而应"敬重"它。不幸，莫里斯的字典里找不到"敬重"二字。

"那个——西蒙是不是在学小提琴？"希尔维说，"犹太人通常乐感都好，不是吗？要不我送些乐谱之类的东西给他吧。"此番就冒犯犹太人之恶劣后果的讨论是在早餐桌上进行的。休只要意识到自己在和孩子们同桌吃饭，就会显出隐隐的讶异。他自己长到十二岁才离开保育室，上餐桌与父母共进早餐。他年幼时家住汉普斯泰德，由一个做事勤快的保姆一手带大，脱手时又健康又结实。希尔维不同，还是婴儿时就很晚用餐，就有高级榨鸭①吃，就被草草安置在危险的软垫堆里，看烛火摇曳、银器闪烁，听高处自己父母的谈话声，昏昏欲睡。现在想来，如此童年可能算不上正常。

老汤姆正在挖二道沟，他说新近要种一片芦笋。休早就不看《威斯登板球年谱》了，正拿着一个搪瓷大碗，在地里捡野莓。莫里斯不久前用这个碗养过蝌蚪，帕米拉和厄苏拉都认出了它，但什么也没说。"做农活真容易渴。"休说着给自己倒了杯啤酒。大家都笑了。老汤姆没笑。

格洛弗太太走出来，吩咐老汤姆挖些马铃薯给她炖牛肉。她看见小兔，说："还不够炖碗肉。"帕米拉惊叫一声，不得不喝了口休的啤酒才镇静下来。

帕米拉和厄苏拉一起在花园荒芜的一角上用草叶和棉花筑了个窝，装饰以玫瑰花瓣，将小兔放了进去。帕米拉给小兔唱了摇篮曲，她的音很准，不过，小兔从乔治·格洛弗手里交过来时就已经睡着了，一直没醒。

"也许它们太小了。"希尔维说。太小了？所以呢？厄苏拉疑惑着。但是希尔维没有说。

他们坐在草地上，吃加了奶油和白糖的野莓。休抬头看着蓝蓝的天说："你们听见雷声了吗？马上就要来一场大暴雨了。我已经感觉到了。你呢，

---

① 榨鸭（Canard à la presse）是一道相当复杂的法国料理。其做法为：活鸭放血，取肝磨碎、腌制备用。整鸭烤熟，去胸肉、腿肉，将剩下部分放入压榨机，榨出汁液，在此精华中加入备好的鸭肝、黄油、干邑白兰地（或可替换为鹅肝、波尔图葡萄酒、马德拉葡萄酒或柠檬汁）烹制成酱。鸭胸切片，与酱料一同盛盘，此为头菜；鸭腿白灼后，作为第二道菜。

老汤姆？"他说最后一句时提高了嗓门，好让远处菜圃里的老汤姆听见。休认为，既然老汤姆是个园丁，就一定懂得看天。老汤姆啥也没说，顾自挖着地。

"他真聋。"休说。

"他才不聋。"希尔维说。她一边将野莓往浓稠的奶油里碾，碾出一片玫红，一边突如其来地想到了乔治·格洛弗。一个土地的儿子。他有力的大手，他那两匹像摇木马一样漂亮的"雪地灰"，他躺在草坡上吃饭时恣意伸展的身体，俨然西斯廷教堂穹顶上米开朗琪罗的大卫。虽然他展臂不是要跟创世主握手，而是要再拿一块猪肉派。（希尔维陪父亲卢埃林去意大利时，看到这么多男性裸体以艺术的名义坦然呈现，感到无比惊讶。）她想象乔治·格洛弗从自己手里吃苹果的样子，不禁笑出声。

"笑什么？"休问。希尔维说："乔治·格洛弗长得真好看。"

"那他肯定不是亲生的。"休说。

那天晚上，希尔维不看福斯特，转而进行更为放松的活动，火热的肢体便在婚床上纠缠起来。雄鹿气喘吁吁，云雀却迟迟没有冲天。希尔维发现自己脑中想着的并不是光滑细瘦的休，而是半人马兽一般健美的乔治·格洛弗。"你真是……"累坏了的休一边巡视卧室天花板的贴边，一边搜肠刮肚寻找合适的词语，"活跃。"他终于找到了。

"因为白天吸了新鲜空气。"希尔维说。

她一边滑入梦乡，一边想起休说的"得到了太阳的亲吻，浑身散发金光"。突然，莎士比亚的诗句不期而至。**无论金色男女，抑或烟囱匠人，皆归于尘土，皆终有一死。**她突然害怕起来。

"暴雨终于来了。"休说，"我关灯了，好吗？"

周日上午，懒觉中的希尔维和休，被帕米拉的号啕大哭惊醒。她和厄苏拉早早就起来，激动地去花园里找小兔，发现它们不见了，只留下一揪毛茸茸、圆滚滚的小尾巴，白里带红。

"是狐狸干的。"格洛弗太太似乎挺满意，"放在这里还能有别的下场？"

## 1915年1月

"您听说了吗？"布丽奇特问。

希尔维叹了口气，放下休寄来的枯叶般发脆的信。他去前线才数月，她已经觉得自己好像并没嫁给过他。休现在牛津巴克炮兵连任一员上尉。去年夏天他还在银行工作。世界真奇妙。

他的来信情绪积极，内容空泛。（人人奋勇，个个志坚。）他一度使用名字称呼他的战友（波特、阿拉弗雷德、威尔弗雷德），但伊珀尔战役后，他们就变成了"人人""个个"，希尔维想，也许波特、阿拉弗雷德和威尔弗雷德已经死了。休不提死伤，好像他们离家是去旅游了，去野餐了。（这个礼拜一直下雨。到处泥泞。希望你们的天气比我们的好！）

"参军？你要参军？"得知他入伍时，她曾向他大吼。她以前似乎没有对他吼过。也许她应该早点开始吼。

如果战争打起来，休解释道，他不愿在以后回忆时，后悔自己错过了它，不愿别人都冲在前面保卫了国家，而他没有。"这可能是我此生唯一的冒险。"休说。

"冒险？"她难以置信地重复他的话，"那你的孩子怎么办？你的妻子怎么办？"

"就是因为你们我才要参军呀。"他说，他看起来相当痛苦，好像遭到误解的忒修斯①。希尔维极讨厌休这一刻的样子。"就是为了保护我们的家园呀。"他坚持,"就是为了保卫我们所信仰的一切呀。"

"我只听到你说要冒险。"希尔维转身不看他。

吵归吵,她当然还是到伦敦去送他出征。他们被一大堆狂舞旗帜的人推来搡去,人们欢呼雀跃的样子,仿佛国家已经打胜。希尔维被站台上洋溢着疯狂爱国热情的妇女们惊得目瞪口呆,战争难道不应该让女性更向往和平吗?

休将她紧紧搂在身边,仿佛新婚宴尔,直到最后一刻才跳上火车,旋即就被无数身穿军服的男人吞没。她心想,这就是他的军团。他像人群一样,也呈现出一种癫狂而愚蠢的欢欣鼓舞。多么荒诞。

火车缓缓离站,欢呼声炸了锅,人们疯狂挥舞手中的旗帜,将帽子扔向空中。希尔维怔怔地望着火车车窗,它们从缓慢移动加速,直至呼啸而过,直至完全模糊成一条彼此不分的线。她看不见休的影子,她想他恐怕也看不见她。

所有人都走了,她还留在站台上遥望地平线上火车消失的那一点。

希尔维放下信笺,拿起棒针。

"您究竟听说了没有?"布丽奇特一边往茶几上摆餐具,一边坚持问。她对着棒针上的毛线活皱眉,心想,从布丽奇特那里得来的消息恐怕不值一听。她想着,就给莫里斯灰毛衣的插肩袖收了针。如今只要在家的妇女,都把大量时间花在织毛线上——织围巾、织手套。连指手套、分指手套。织袜子、织帽子、织背心、织毛衣——好让她们的男人不受冻。

格洛弗太太每到傍晚就坐在厨房火炉边织连指手套,手套很大,足以装下乔治那两匹耕马的马蹄,当然不是给萨姆森和尼尔森的,而是给乔治的。

---

① 忒修斯(Theseus),希腊神话人物,出征米诺斯的迷官时,曾与父亲埃勾斯约定,征船上挂的是黑帆。如果活着回来,就换成白帆,如果仍见到黑帆,说明儿子已经死了。忒修斯出征胜利,凯旋时,阴差阳错,忘了换帆。其父远远见到黑帆,悲痛欲绝,投海自尽。忒修斯上岸才知父亲因为误解而死,立即也晕倒了。这里应该是影射这一段神话故事。

乔治最早入伍，格洛弗太太一有机会就骄傲地说一说，让希尔维心烦。杂务女佣玛乔丽也加入了编织大潮，午饭一过就织起一块貌似抹布的东西，虽然她的活计还配不上"编织"二字。格洛弗太太宣判她的作品是"洞眼比毛线还多"，然后请她吃了耳光，就叫她赶紧回去干杂务了。

布丽奇特开始热衷于织奇形怪状的袜子——她怎么也没法儿给脚跟拐弯。她"一心爱上"了艾特林汉庄园一个叫山姆·威灵顿的小伙子。"顾名思义，他是个皮实的家伙①。"这个笑话她每天要讲好几遍，每讲一遍都像头一遍讲一样被自己逗得直不起腰。布丽奇特给山姆·威灵顿寄画面伤感的明信片，上有妇女坐在富丽大堂中铺着雪尼尔布的桌前哭泣，妇女头上天使飞旋。希尔维暗示布丽奇特，也许她应该往前线寄一些风格欢快的东西。

布丽奇特在房中装饰得极为简陋的梳妆台上放有一张山姆·威灵顿去照相馆拍的艺术照。照片边上放着一套希尔维送给她的珐琅发刷，因为休在希尔维生日时给她买了一套纯银的。

格洛弗太太的床头柜上装点着一张类似的照片。照片中乔治包着军服，别扭地站在布景前，幕布上绘的似乎是阿马尔菲海岸，照片中乔治·格洛弗不再像西斯廷教堂里的大卫。希尔维意识到所有奔赴前线的男人都要照这么一张相，留给后方的母亲和恋人，有些人此生就只照过这么一次。"他万一死了，"布丽奇特这样说她的恋人，"我可不想忘了他的模样。"希尔维有许多休的照片。休过着一种记录完备的生活。

除了帕米拉，所有孩子都在楼上。泰迪睡在他的小床里。也许睡着了，也许没有，无论处于哪种状态，至少没有吵闹。莫里斯和厄苏拉正在做什么，希尔维不知道，也不想知道。起居室里安静异常。只有楼上偶尔传来一两声可疑的响动，厨房传来锅碗碰撞的金属音。那是格洛弗太太在发泄情绪，希尔维知道情绪因何而起：不是战争，就是笨手笨脚的玛乔丽，抑或二

---

① 山姆·威灵顿的姓氏"威灵顿"是一种很有名的靴子，以耐用、结实著称，故此有这样一句完全不好笑的笑话。

者兼有。

自从战争在欧陆打响，家里用餐就改在起居室。摄政风格的大餐桌过分奢华，不合战时艰苦朴素的氛围，大家因此投奔小桌子。（"不在餐厅用餐难道能打胜仗？"格洛弗太太质疑。）

希尔维一挥手，帕米拉就乖乖地听从了这一无声的指示，跟在布丽奇特身后，绕着桌子重新摆了一遍餐具。布丽奇特方向感极差，上下左右完全是一本糊涂账。

帕米拉为远征军做出的贡献是一大堆长度夸张、完全不适合使用的驼色围巾。希尔维看到自己长女颇有安于枯燥乏味的能力，感到又惊又喜。这种能力对她未来的生活是有好处的。希尔维想着，织漏了一针，暗自骂出一句脏话，吓了帕米拉和布丽奇特一跳。"听说什么？"她终于不情愿地问。

"轰炸诺福克了。"布丽奇特说，对自己掌握着信息感到很是自豪。

"轰炸？"希尔维不禁抬起头，"在诺福克？"

"是空袭。"布丽奇特郑重其事地说，"德国佬干的。他们才不管炸死谁呢。他们就是一群恶魔。在比利时，他们还吃小孩呢。"

"这个嘛……"希尔维钩上漏掉的一针说，"多少有些夸夸其谈。"

帕米拉愣住了，一手拿着甜点叉，一手拿着甜点勺，仿佛马上要袭击格洛弗太太做的大份布丁。"吃？"她重复道，"小孩？"

"不。"希尔维不耐烦地说，"怎么可能？"

格洛弗太太的声音从厨房深处传来，布丽奇特立即赶去复命。接着，希尔维听到布丽奇特对在楼上的其他孩子喊道："茶准备好了！"

帕米拉像迟暮的老人那样叹了一口气，在桌边坐下，目光空洞地看着桌布，然后说："我想爸爸了。"

"我也想他，亲爱的。"希尔维说，"我也想。别垂头丧气，快去叫他们洗手。"

圣诞节时，希尔维给休装了一大包东西：有不能不装的袜子和手套；有一条帕米拉织的长的没有尽头的围脖；有一条弥补围脖过失的双面开司米长围巾，由希尔维亲手织就，并洒上她最喜欢的法国香水杰奎米诺红蔷薇[1]，好让他想家。她想象休在战场上围着围巾的样子：一个努力驾驭女性香氛的长枪骑士。即便如此也令人安慰，比可怕的现实好得多。她们在布罗德斯泰斯，包着护腿、胸衣，戴着巴拉克拉瓦套头帽，度过寒冷的圣诞。听了一周末河对岸隆隆的枪炮声。

圣诞礼包里还放了一块格洛弗太太烤的梅子蛋糕、一罐畸形薄荷奶油饼干，由帕米拉烤制，一些香烟，一瓶上好威士忌，一本诗集——收录轻松的英国田园诗，一些莫里斯自制的小东西（轻木小飞机）和一幅厄苏拉的画，上面画了蓝天、绿草和一只七扭八歪的狗。希尔维在狗的上方写了"宝森"，以方便识别。她不知道休究竟是否收到了这个礼盒。

圣诞节年年过，都过得没劲了。伊兹来家里做客，先东拉西扯一大堆毫无意义的事（她自己的事），才说起自己加入了志愿救护队，圣诞一过就要赴巴黎上任。

"但是伊兹，"希尔维说，"你不会护理，不会做饭，不会打字，去做什么？"希尔维说完才发觉话有点重。但伊兹也的确太离谱。（格洛弗太太说她"满嘴跑火车"。）

"去就去吧，"布丽奇特听到伊兹要献身志愿队，说，"反正我们的队伍也撑不到大斋祭了。"伊兹从没提过孩子的事。希尔维想，孩子是被德国人领养的，那么他现在就是德国公民。虽然他比厄苏拉还小一点，战争面前却已是个敌人，这多么奇怪。

新年到了。孩子们一个个生了水痘。伊兹一见帕米拉脸上长出第一粒水痘，立即马不停蹄地乘火车跑了。"我看这个弗罗伦斯·南丁格尔也不过如此。"希尔维对布丽奇特说。


虽然厄苏拉手指粗笨，她也融入了家里的编织大潮。圣诞节她收到一样礼物，一个木偶法式编织器，娃娃有个法国名字，希尔维说翻译过来叫

---

[1] 原文此处为法语：La Rose Jacqueminot.

"索兰洁女王"，虽然她对历史上是否有这么个人物"表示怀疑"。索兰洁女王通体皇室色彩（紫蓝红金），头戴黄色精美王冠，编织时，毛线就穿进皇冠的四个尖角。厄苏拉对她相当热衷，一空下来就编，她空闲的时间又无穷无尽，编出的蛇形套筒也就无穷无尽。而且除了卷成餐垫或勉强作为茶壶套（"壶嘴和把手怎么伸出来呢？"布丽奇特很疑惑）外，没有其他任何用处。

"亲爱的布丽奇特，"希尔维一边检查再加工后成形的小餐垫，一边说，"别忘了实践造就完美。"这块餐垫在她手中慢慢散开，仿佛某种动物经历漫长冬眠，刚刚醒了过来。


"茶准备好了！"

厄苏拉毫不理会。她坐在床上，弯腰驼背，全神贯注地面对女王陛下，正往她的王冠上穿一种希尔维让她"将就用一下"的灰黄色毛纱线。

莫里斯本来应该回校，但他的水痘在三人中发得最厉害，脸上还千疮百孔，像被鸟啄过。"在家多待几天吧，年轻人。"费洛维大夫说。厄苏拉觉得莫里斯已经好透了，浑身喷涌着过剩的精力。

他像一头百无聊赖的狮子，在房中到处走。在床下找到一只帕米拉的拖鞋，开始踢足球。接着拿起一个瓷娃娃，一位裙摆蓬松宽大的女士，那是帕米拉的宝贝。他把它高高扔起，它摔下来，碰在琉璃灯罩上，令人担心地叮了一声。厄苏拉吓坏了，扔下编织器，捂住了嘴。还没等裙撑女士在帕米拉的丝面鸭绒被上找到一处蓬松的地方降落，莫里斯已经抓起厄苏拉扔下的编织娃娃，把它当小飞机，拿着它在屋里到处跑起来。厄苏拉看着可怜的索兰洁女王在屋里飞旋，身体里拖出一截毛纱线，仿佛一条小飘带。

接下来，莫里斯做了一件尤其邪恶的事。他打开老虎窗，立即，一阵恼人的冷气扑面而至。莫里斯将木娃娃朝黑暗这个敌人狠狠地扔了出去。

厄苏拉立即拖了一把椅子到窗前，爬上去往外仔细看。借着室内的灯光，她发现索兰洁女王困在了两扇老虎窗之间的屋顶上。

此时，莫里斯土著生番一般地从一张床跳到另一张床，嘴里发出呜呜声。

"茶准备好了！"布丽奇特站在楼梯脚，一声紧一声地招呼。厄苏拉义无反顾，向外爬去，英勇的小心脏怦怦直跳，任务固然艰难，但她决意要救回她至高无上的主人。斜坡有冰雪，又湿又滑，厄苏拉将小脚丫放在窗外斜坡上，一下都还没站稳，便滑走了。她发出一声轻叫，趴倒在屋顶上，仿佛一个没有雪橇的滑雪者，脚朝下往下滑去，在经过编织娃娃时向它伸出手。斜顶下没有平顶，也没有任何东西把她截住，她就这样向夜的怀抱投去，急速地、战栗着冲进了无底的深渊与虚无。

黑暗降临。

# 雪

## 1910年2月11日

黄芥末酸菜酱的颜色很黄，比黄疸病人的脸更鲜艳。费洛维大夫坐在厨房桌边，借一盏冒着黑烟的油灯吃点心。他把酱涂在黄油面包上，又盖上一块肥厚的火腿，遥想起自家食柜里冷存的熏肉。猪是他自己选的，他将它指出来，给农夫看。这头猪虽不爱动，却是解剖学课程的范本——后腰、肘蹄、面颊、肚皮，一切清清楚楚，还有两条肥美的后腿可以清炖。这许多肉让他想起自己刚用手术剪刀咔嚓一声从死亡嘴里救下的婴儿。"这是生命的奇迹。"他毫无喜悦之情地对粗枝大叶的爱尔兰小女佣陈述道。（"我叫布丽奇特，先生。"）"今天晚上我不走。"他又补充说，"因为这场雪太大。"

其实费洛维大夫不爱在狐狸角耽搁。它这个名字究竟是怎么取的？有什么理由要去纪念这样一种狡猾的恶兽？费洛维大夫年轻时也曾一身猩红，骑马打猎。他忖度，不知那小女佣明早会不会端着热茶和面包溜进他的房间。他想象着她将热水壶里的水倒进脸盆，像他母亲在好几十年前一样，在卧室火炉前为他打香皂。费洛维大夫对他太太是绝对忠贞不贰的，虽然他的思绪已经驰骋到了遥远的地方。

布丽奇特手持蜡烛领他上楼，烛光摇曳，他跟随女佣瘦削的背影来到冷飕飕的客房。她为他点亮房中矮柜上的蜡烛，匆匆道一声"晚安，先生"，就消失在了走廊的黑暗中。

他睡在凉飕飕的床上，口中泛出黄芥末酸菜酱味，令人不快。他想回家，想睡在费洛维太太松垮、温热的身边。这个女人不得上天眷顾，既无高雅可言，浑身还总隐约散发出炒洋葱的气味，但也并不能说太难闻。

# 战争

## 1915年1月20日

"你们就不能快点吗？"布丽奇特生气了。她怀抱泰迪，在走廊里不耐烦地站着。"说几遍才行？茶准备好了。"泰迪在她怀抱的牢笼中挣扎。莫里斯全神贯注于印第安蛮族复杂的舞步，对她完全充耳不闻。"看在上帝的分儿上，快从窗子上下来，厄苏拉。为什么开窗？外面这么冷，别把你冻死。"

厄苏拉刚要随索兰洁女王投身窗外，把她从屋顶的荒蛮之地救回来，一丝疑虑摄住了她。脚下发虚怎么办？屋顶这么高，天又这么黑。闪念间，帕米拉走来说："妈妈叫你们洗手吃茶。"紧接着，布丽奇特就咚咚咚地上了楼，不屈地重复着那句"茶准备好了"。拯救皇室的希望彻底落空。"至于你，莫里斯，"布丽奇特说，"简直是野蛮小鬼。"

"我就是野人，"他说，"我是阿帕切人①。"

"你就算是霍屯督人酋长也不关我的事，茶准备好了。"

莫里斯为了表现得目中无人，又继续喊了一声才冲下楼去，把楼梯踩得吱嘎乱响。帕米拉在拐杖头上绑了一只打兜网球用的旧球拍，将女王索兰洁

---

① 美国原住民之一种。

从屋顶的冰天雪地里捞了回来。

茶点是一只白煮鸡。泰迪吃溏心蛋。希尔维叹息着想到，自从家里养了鸡后，好像每餐都在吃鸡。家里有鸡舍，还在战前种芦笋的那块地上开了一个散养场。老汤姆已经离开，但柯尔家的"瑞格力先生"听说没有走。看来，他到底还是不喜欢别人叫他"老汤姆"。

"这不是我们养的鸡吧？"厄苏拉问。

"不，亲爱的，"希尔维说，"不是。"

鸡肉老得像弹簧。自从乔治在毒气战中受伤后，格洛弗太太的料理便与往日不可同日而语。他住在法国一家战地医院，希尔维问及伤势，格洛弗太太说不清楚。"多可怜。"希尔维心想，如果自己的儿子在远方负伤，她肯定掘地三尺也要把他找出来，亲自照料她可怜的孩子。若是莫里斯也许不至于，若是泰迪她一定会这样做。想到受伤的泰迪无助地躺着，热泪就刺痛了她的双眼。

"你怎么了，妈妈？"帕米拉问。

"没事。"希尔维说。她在鸡架子里找到许愿骨，让厄苏拉许愿，厄苏拉说自己不知如何许愿。"怎么说呢，一般我们许愿都希望自己的梦能够成真。"希尔维说。

"我的梦不会成真吧？"厄苏拉说着，脸上露出惊恐的神色。

"我的梦不会成真吧？"厄苏拉说，她想到梦中追了自己一晚上的巨型割草机，以及将自己绑在木桩上，手持弓箭围住她的印第安蛮族。

"这就是我们自己养的鸡，对吧？"莫里斯说。

厄苏拉喜欢家里的鸡，喜欢鸡舍里暖融融的干草和漫天的鸡毛，喜欢从母鸡温热的身下掏出更温热的鸡蛋来。

"这只是亨利埃塔，对吗？"莫里斯坚持道，"格洛弗太太说它老了，已经可以吃了。"

厄苏拉仔仔细细看了一遍自己的盘子。她特别喜欢亨利埃塔，从白色的老肉块上看不出什么端倪。

"亨利埃塔？"帕米拉恐惧地惊呼。

"是你把它杀了？"莫里斯焦急地询问希尔维，"场面血腥吗？"

狐狸已经吃掉了好几只她们的鸡。希尔维说，她真没想到鸡的智力如此低下。不比人类差多少，格洛弗太太说。去年夏天，狐狸还吃了帕米拉的小兔。兔子由乔治·格洛弗救下，分赠帕米拉和厄苏拉。帕米拉为自己这只在花园里搭了窝。厄苏拉竭力争取，把小兔带进家门，安顿在玩偶之家里。小兔撞翻了屋内的小摆设，留下了甘草丹似的黑色粪便。

布丽奇特发现后，将它转移到室外的一间茅厕中，便再没有人见过它了。

甜点是果酱板油布丁和吉士饼干。果酱是用去年夏天的野莓做的。希尔维说，去年夏天就像一场梦。

"在我们学校，"莫里斯口无遮拦地说，"这种布丁叫'死婴'。"寄宿制学校对他说话不经大脑的习惯似乎没有修正效果，反而让它越发严重了。

"好好说话，莫里斯。"希尔维警告他，"别老是这样恶形恶状的。"

"死婴？"厄苏拉说着，放下小勺，惊恐地看着面前的碟子。

"德国人最喜欢吃。"帕米拉用一种吓人的声音说。

"布丁吗？"厄苏拉糊涂了。敌人当然也吃布丁，谁不吃布丁？

"不，是小孩。"帕米拉说，"不过他们只吃比利时小孩。"


希尔维看着布丁，看着一层层血一样的果酱，打了个冷战。这天早晨，她目睹格洛弗太太面带刽子手的冷漠表情处决了可怜的老亨利埃塔，将它的脖子摁在扫帚柄上一折为二。非常时期这也是没办法，希尔维心想。"外面正打着仗，"格洛弗太太说，"就不要大惊小怪了。"

帕米拉不肯罢休。"到底是不是，妈妈？"她平静地追问，"是不是亨利埃塔？"

"不是，亲爱的。"希尔维说，"我以人格担保，绝不是亨利埃塔。"

突然，后门传来敲门声，打断了讨论。大家安静下来，面面相觑，仿佛做坏事被捉了现行。厄苏拉不明白为什么。"希望别是坏消息。"希尔维说。是坏消息。几秒钟后，厨房传来一声尖叫。那个"皮实"的山姆·威灵顿死了。

"战争多可怕。"希尔维喃喃自语。

帕米拉将自己用剩的一小团驼色粗羊绒给了厄苏拉，厄苏拉保证，因帕米拉救驾有功，女王索兰洁将为她编一块杯垫。

那天晚上睡觉时，两人将面对敌人勇敢保全了性命的撑裙女士和索兰洁女王，肩并肩地放在床头柜上。

# 休战

## 1918年6月

泰迪过生日。泰迪降生于巨蟹星座下。希尔维说，巨蟹座是一个谜样的星座，虽然她认为星座纯属"无稽之谈"。"四岁能谜样到哪里去？"布丽奇特说。

为了给泰迪"一个惊喜"，希尔维和格洛弗太太准备办一个小型茶会。希尔维爱自己的每一个孩子。莫里斯可能要爱得少一些，但对泰迪她是最最尽心的。

泰迪根本不知道自己要过生日。几天来大家都严禁提及"生日"二字。厄苏拉没想到严守秘密居然这样难。希尔维对此却驾轻就熟。她叫大家把"要过生日的孩子"带到外面去，好让她布置一切。帕米拉抱怨说，怎么从来没人给她过生日惊喜？希尔维说："当然给过你啦，只是你不记得了。"这是真的吗？如今已经不可考证，帕米拉皱起眉头。厄苏拉完全想不起自己生日办过惊喜茶会，别说惊喜茶会，似乎连普通茶会也没有办过。帕米拉的脑中，过去是一条直线；厄苏拉的脑中，过去是一团乱麻。

布丽奇特说："来吧，我们去散步。"希尔维说："对呀，再给杜德兹太太带些果酱去吧。"昨日，希尔维卷起袖子，用围巾包头，帮格洛弗太太做了一天果酱，她们攒下配给得到的糖，用这些糖煮了好几铜锅从花园采来的野莓。"好像在军需用品厂干活。"希尔维一边用漏斗给果酱装瓶，一边说。"这哪儿算得上。"格洛弗太太喃喃反驳。

花园里野莓丰收。希尔维读了许多讲水果种植的书，宣布自己已经是大半个园丁。格洛弗太太干巴巴地说，种野莓容易，等到种花菜时她就知道难了。希尔维雇来山姆·威灵顿的故交克拉伦斯·杜德兹，负责花园重活。战前他是庄园副园丁。负伤遣返后，他戴上锡面具，遮住半张脸，想去杂货店工作。厄苏拉与他初次见面时，他正在地里准备种胡萝卜。他一转身，她看到他的脸，顾不上懂礼貌，尖叫了一声。面具上画着一只圆睁的眼睛，涂成与真眼一样的蓝色。"马看了也怕。"他说着微微一笑。面具没有遮住他的嘴。她觉得他还不如不笑。他的嘴唇皱作一团，模样古怪，好像出生时没有长在脸上，是后来加上去的。

"我这是运气好。"他对她说，"火炮轰炸，厉害极了。"厄苏拉觉得他运气一点也不好。

胡萝卜还来不及冒头，布丽奇特就开始同克拉伦斯出双入对了。到希尔维挖出第一个成熟的爱德华七世马铃薯时，布丽奇特已经订婚了。因为克拉伦斯买不起戒指，希尔维就送给她一枚自己"常年拥有"但从不佩戴的镶钻戒指。"不过是小玩意。"她说，"不值多少钱。"其实这是帕米拉出生后，休从新邦德街上花大价钱为她买来的礼物。

山姆·威灵顿的照片被贬到仓库里的一只木箱中。"我不能留着，"布丽奇特烦恼地对格洛弗太太说，"又舍不得扔掉。"

"你可以把它埋起来，"格洛弗太太的建议让布丽奇特打了个冷战，"就像巫蛊术那样。"

大家向杜德兹太太家进发，满载果酱，还带了一捧麝香豌豆花。希尔维对自己种出了这些花很感自豪。"你就说品种叫'参议员'，万一杜德兹太太对花艺有兴趣。"她对布丽奇特说。

"她没有。"布丽奇特说。

莫里斯当然不去。早饭刚过，他就背着午餐骑车去找他的朋友，要在外面玩一天。厄苏拉和帕米拉对莫里斯的生活不感兴趣，莫里斯对她们的生活也毫无兴趣可言。小弟弟泰迪则完全不同，他像小狗一样忠诚友爱，大家也像爱护小狗一样爱护他。

克拉伦斯的母亲仍在庄园留任，据希尔维说，她负责一种"半封建时期遗留下来的职务"，在庄园上住一间散发死水和陈墙灰气的小屋。屋顶受潮，墙皮像松弛的皮肤一样鼓出来。宝森在前一年因为犬疫死了，希尔维专门订了波旁玫瑰，来装点它的坟。"这个品种叫'路易·欧德'。"希尔维说，"我想你可能有兴趣知道。"眼下，他们又养了一只狗，一只躁动不安的黑色杂种小猎狗，取名特里克西，其实不如叫"小麻烦"，希尔维总是笑着说它："哎呀，小麻烦又来了。"帕米拉曾见格洛弗太太拿穿靴子的脚照准它狠狠踢下去，希尔维于是不得不"同她谈谈"。布丽奇特不肯带特里克西去杜德兹太太家，她说杜德兹太太一定会唠叨个没完。"她不欣赏狗的天性。"布丽奇特说。

"狗本来就不是一种供人欣赏的动物。"希尔维说。

克拉伦斯在庄园入口等她们。庄园主屋位于榆树夹道的大路尽头，离入口还有好几英里远。唐兹一家世代深居此处，只在庆典和赶集时偶尔露面，还每年短暂莅临市政厅圣诞派对。他们有自己的礼拜堂，因此在公共教堂里见不到他们。如今他们更是完全不露面了。战争一个接一个掠走了他们的三个儿子，此后唐兹一家仿佛从人间消失了。

避而不看克拉伦斯的锡面具（"是镀铜面具。"他纠正道）是难以办到的。大家生活在一种害怕他取下面具的恐惧中。他睡觉时取下来吗？如果布丽奇特嫁给他，是否会发现面具下的恐怖画面？"那下面呀，"孩子们听到布丽奇特对格洛弗太太这么说，"没有的，比有的多。"

杜德兹太太（布丽奇特叫她"杜德兹老妈妈"，仿佛她是一个儿歌人物）给大人做了茶，布丽奇特后来说它"淡得像饮羊水"。布丽奇特喜欢"茶匙放进去能站得住"的浓茶。无论帕米拉还是厄苏拉都弄不明白饮羊水是什么滋味，但这三个字读来有一种悦耳的声音。杜德兹太太给孩子们喝泛着奶泡的牛奶。满满一瓷扎庄园自产的牛奶，新鲜出世还存着余温，用一只大汤匙舀给孩子们喝。厄苏拉喝了要吐。大家将果酱和麝香豌豆花递给杜德兹太太时，她悄声对克拉伦斯说："来这儿搞慈善了。""妈妈！"克拉伦斯呵斥她。杜德兹太太将花束递给布丽奇特，后者新娘一般将麝香豌豆花一直捧在怀里，直到杜德兹太太说"放到水里去呀，你这个傻姑娘"。

"要饼干吗？"克拉伦斯的母亲拿出貌似与她的小屋同样潮湿的姜饼分给众人。"真高兴见到孩子们。"杜德兹太太仿佛看异兽般看着泰迪。泰迪不肯放下姜饼和牛奶，一心一意地吃着，唇上沾了两撇胡子样的奶沫。帕米拉用手绢替他擦了。厄苏拉心想，杜德兹太太见到孩子大概并不高兴，她深深觉得杜德兹太太对孩子的态度肯定与格洛弗太太差不多。当然泰迪例外。泰迪无人不爱，连莫里斯有时候都爱他。

杜德兹太太像拔许愿骨一般拉过布丽奇特的手指，检视她新上手的镶钻戒指。"又是红宝石，又是钻石，"她说，"真华丽。"

"几颗小石头罢了，"布丽奇特警觉地说，"只是个不值钱的小玩意儿。"

孩子们帮布丽奇特洗茶具，泰迪被临时托给杜德兹太太。她们在水房一个没有龙头只有水泵的石水池里洗。布丽奇特说，她小时候"在基尔肯尼郡"，大家只有走路去井边才打得到水。布丽奇特将麝香豌豆花漂漂亮亮地插在一只邓迪柑橘酱瓶中，放在木制控水架上。她们用杜德兹太太又旧又薄（自然也非常潮湿）的茶巾擦瓷器时，克拉伦斯来问她们想不想去庄园主屋看看围墙里的花园。"你不该再去了，儿子，"杜德兹太太说，"每次去完你都不痛快。"

他们经由墙上一扇木门进入。门有些卡，克拉伦斯用肩将它顶开，布丽奇特发出了一声短促的尖叫。厄苏拉期待看到奇迹——期待看到闪闪发亮的喷泉和露台、雕塑和花廊，希望看到一眼望不到尽头的鲜花——但墙内只有一片荒草丛生的农田，遍地黑莓树，四处大蓟花。

"对，就像片乱糟糟的丛林。"克拉伦斯说，"以前是厨房专用的蔬果园，战前庄园上有十二个园丁。"只有墙头的蔷薇还开得茂盛，果园中果树也结满了果实。梅子在树梢熟得发烂。黄蜂在空中飞舞。"今年没有采摘。"克拉伦斯说，"庄园主的三个儿子都他妈死了，眼下恐怕没心思吃梅子派。"

"啧，"布丽奇特说，"注意用词。"

园中有一间玻璃房，房上玻璃所剩无几，透过框架可见里面枯萎的桃树和杏树。"真他妈可惜。"克拉伦斯说。布丽奇特又啧一声，学希尔维的样子说："有孩子在场呢。"克拉伦斯仿佛没听见，只顾道："什么都荒了，我都要哭了。"

"唉，你总还能回庄园做事的，"布丽奇特说，"我肯定他们还会要你，你还能干活，虽然你……"她略一踌躇，虚拢拢地指了指克拉伦斯的脸。

"我不想回来做事。"克拉伦斯粗声说，"我给那些趾高气扬的富人做牛马的日子早就结束了。我想念的是花园，不是过去那种生活。花园是美丽的一种。"

"我们可以自己弄个小花园。"布丽奇特说，"或者在出租地弄一小块自己的花园。"布丽奇特似乎总在为克拉伦斯打气。厄苏拉觉得，她肯定是在为婚后生活做预演。

"对呀，干吗不呢？"克拉伦斯听起来对这个畅想不抱什么兴趣。他从地上捡起一个还没熟的酸苹果，像板球手般猛力掷出，玻璃房上本来没剩多少玻璃，现在又被打碎一块。"靠。"克拉伦斯说。布丽奇特挥手赶他，一边说："有孩子。"

（"花园是美丽的一种。"那天晚上，孩子们用法兰绒毛巾和药皂洗脸时，帕米拉怀着欣赏之情说，"原来克拉伦斯是个诗人。"）

回家的路上，厄苏拉觉得留在杜德兹太太处的麝香豌豆花仍然隐约可闻。把花留在那个无人欣赏的地方真是太可惜了。此时厄苏拉已完全忘记了生日茶会的事，等到了家，发觉门厅里到处张挂着彩旗彩布，希尔维笑容满面，手捧一架包有礼品包装纸的玩具飞机时，厄苏拉与泰迪一样感到了吃惊。

"生日快乐！"希尔维说。

## 1918年11月11日

　　"真是一年中最伤感的时节。"希尔维自言自语。

　　草坪上铺了厚厚一层落叶。夏季再次恍若梦境。厄苏拉发觉每年的夏季都像一场梦境。最后几片树叶渐次飘落，参天山毛榉树只剩下一具骸骨。战争的休止似乎比战争的延续更让希尔维沮丧。（"可怜的年轻人再也回不来了。即便和平也唤不回他们。"）

　　因为战胜，学校全天放假，他们被打发到户外，冒着晨间的小雨玩耍。托德家有了新邻居：肖克洛斯少校和太太。孩子们在树篱后躲了一上午，想透过树叶缝隙看看肖克洛斯家的女儿们。家附近没有与她们同龄的女孩。柯尔家全是儿子。但他们不像莫里斯，都很懂礼貌，不惹厄苏拉和帕米拉讨厌。

　　"她们好像在玩捉迷藏。"躲在肖克洛斯家正门树篱前的帕米拉报告。厄苏拉也想看，却被邪恶的冬青树叶刮伤了脸。"貌似与我们同岁。"帕米拉又说，"还有个年龄较小，正好适合你，泰迪。"泰迪抬了抬眉，说了声"噢"。泰迪喜欢小姑娘。小姑娘也都喜欢泰迪。"噢，等等，又出来一个，"帕米拉说，"两个。"

　　"大的还是小的？"厄苏拉问。

　　"还要小；是个女孩。确切说是个女婴，抱在一个大点的孩子怀里。"

厄苏拉已经数不清肖克洛斯家到底有多少个女儿了。

"五个！"帕米拉得到总数，激动得喘不过气，"五个女孩子！"

此时，特里克西费尽力气，贴地钻过树篱，三人随即听见冬青树屏另一边传来女孩们兴奋的尖叫声。

"你们好，"帕米拉高声说，"能把狗还给我们吗？"

午餐吃蟾蜍在洞①和女王布丁②。"你们去哪儿了？"希尔维问，"厄苏拉，你的头发里居然有树枝。真是个野丫头。"

"是冬青树篱弄的。"帕米拉说，"我们到隔壁去了。拜访了肖克洛斯家的女儿。一共有五个。"

"我知道。"希尔维掰着手指说，"维妮、戈尔蒂、梅丽、南希和……"

"毕阿特丽斯。"帕米拉补充。

"是她们请你们去的吗？"一贯主张非礼勿行的格洛弗太太问。

"我们在冬青树篱上找到一个洞。"帕米拉说。

"那是该死的狐狸出入的地方。"格洛弗太太怒道。"不不，它们是从灌木林那儿过来的。"希尔维为格洛弗太太的不当用词皱了皱眉，又因为时值举国欢庆，不想破坏欢乐气氛，于是什么也没说。希尔维、布丽奇特和格洛弗太太正人手一杯雪利酒"为和平干杯"。无论是希尔维还是格洛弗太太都无心庆贺。休和伊兹尚在前线，希尔维说她只有见到休走进家门才能放心。伊兹在战场上开救护车，希尔维和格洛弗太太想不出那是一个什么工作。乔治·格洛弗正在科茨沃尔德某处接受"康复训练"。格洛弗太太去看了他一次，说乔治再也不是原来的乔治了，除此之外再不肯多说。"谁还是原来的自己？"希尔维说。厄苏拉想象自己也不是厄苏拉了，但她想不出。

---

① 蟾蜍在洞（toad in the hole）是一种英式菜肴，将香肠（或整片猪肉）放进约克郡布丁中烤制而成。
② 女王布丁（queen of puddings）是一种英式甜点，将面糊加牛奶烘烤后加上果酱和甜蛋糊制成。

两个妇女务农队队员接手了乔治在庄园上的工作。两人都来自北安普敦郡，都是粗放的大个子。希尔维说，早知庄园会让女人与萨姆森和尼尔森一起工作，她自己也会去应聘的。两个姑娘曾来喝过茶，腿上缠着泥泞的绑腿坐在厨房里，格洛弗太太觉得很恶心。

※

布丽奇特戴好帽子刚要出门，克拉伦斯腼腆地出现在后门，怯生生地向希尔维和格洛弗太太打了招呼。格洛弗太太称这对新人为"快乐小两口"，语气中毫无祝福之意。两人准备搭火车去伦敦参加胜利庆典。布丽奇特已经激动得晕头转向。"你真的不跟我们一起来吗，格洛弗太太？我打赌庆典一定相当带劲。"格洛弗太太像一头憎恶环境的母牛般翻了个白眼。因为流感爆发，她对人群正"唯恐避之不及"。她的一个侄子就死在街上，吃早饭时还生龙活虎，"中午就死了"。希尔维认为对流感不必太恐惧。"生活还要继续。"她说。

布丽奇特和克拉伦斯出发去车站，格洛弗太太和希尔维继续在厨房里坐着，各人又倒了一杯雪利酒。"居然说什么带劲。"格洛弗太太不满道。后来泰迪也来到厨房，催问"大家是否忘了午餐"。跟来的特里克西摇着尾巴，表示自己也饿了。此时，女王布丁上的甜蛋清，作为殉战的最后一员，已经塌陷，而且全都烧煳了。

她们等不及布丽奇特回来，就在床上看着书睡着了。帕米拉痴迷地读着《北风的背后》，厄苏拉艰难地啃着《柳林风声》。她最喜欢的人物是摩尔。她的读写都很慢（"实践造就完美，亲爱的。"），喜欢让帕米拉念给她听。两人都爱读童话故事，收齐了安德鲁·兰格的十二色童话，是休在生日和圣诞时陆续买来的礼物。"它们是美丽的一种。"帕米拉说。

布丽奇特回来的声响吵醒了厄苏拉，她叫醒帕米拉，两人蹑足潜踪下楼去，听兴奋的布丽奇特和镇静的克拉伦斯声情并茂地给她们讲庆典上的见闻，讲"人山人海"，讲人们呼唤国王至声嘶力竭（"国王！国王！"布丽奇特投入地表演着），讲他最后终于出现在白金汉宫阳台上。"还有那钟声，"克拉伦斯补充道，"从没有听过这样的钟声，全伦敦所有的钟都为和平而鸣响。"

"这是美丽的一种。"帕米拉说。

布丽奇特在人群里挤丢了帽子和几枚发针，以及衬衣领口最上面的一粒纽扣。"真挤，我只好踮脚站着。"她愉快地说。

"真热闹。"希尔维出现在厨房，穿着蕾丝睡裙，长发披散，满脸倦容，尤其显得可爱动人。克拉伦斯红了脸，低头看着脚上的靴子。希尔维给大家做了热可可，听布丽奇特讲述见闻，直至大家又累又困，连熬夜的新鲜感都无法支撑他们继续聊下去为止。

"明天开始恢复作息。"克拉伦斯说完，大胆地在布丽奇特脸上亲了一口，才回家去。反正这是特殊的一天，什么都可以搞一下特殊。

"没叫格洛弗太太一起听，她会不会生气？"上楼时，希尔维轻声问帕米拉。

"会气死。"帕米拉答道。两人大笑，仿佛共同策划了一起阴谋。


再次入睡的厄苏拉梦到了克拉伦斯和布丽奇特。他们在杂草丛生的花园里找布丽奇特的帽子。克拉伦斯在哭泣。好的一半脸上流淌着真实的眼泪，另一半的面具上画有泪珠，仿佛图画里玻璃窗上的假雨滴。

第二天厄苏拉醒来，浑身燥热疼痛。希尔维请格洛弗太太来鉴定病情，后者说她"烫得像刚出锅的龙虾"。布丽奇特也病倒在床了。"我早知道会这样。"格洛弗太太说着，两只胳膊在她丰腴却拒人千里的胸部下面不满地叉起来。厄苏拉希望自己不要被安排给格洛弗太太照料。

厄苏拉嗤嗤作响地呼吸着，感觉自己的呼吸阻塞在胸腔里。世界像一枚大贝壳周围的海水，涌出，涌进。一切事物的边缘都模糊得令人惬意。特里克西趴在她床脚，帕米拉为她念《红色童话》，然而她一个字也听不懂了。

帕米拉的脸时而清晰时而模糊。希尔维进来，想喂她喝牛肉清汤，但她的喉头似乎缩小了，喝进去的汤都咳在了床上。

车道上传来轮胎碾压声，希尔维对帕米拉说："一定是费洛维大夫来了。"接着迅速起身，又补充说："守着厄苏拉，帕米拉，但别让泰迪进来，听见了吗？"

✳

家里异常安静。过了很久，希尔维没有回来。帕米拉说："我去找妈妈。马上就回来。"厄苏拉听见房子的某处传来私语和哭泣，但无法理解它们的意义。

费洛维大夫突然在床侧出现，她正浮在一场古怪而不安的浅睡中。希尔维坐在床的另一边，握住厄苏拉的手说："她的皮肤都发紫了，布丽奇特的也是。"紫色皮肤四字念起来非常好听，就像《紫色童话》。希尔维的声音听起来十分有趣，哽咽而慌张，很像她看见电报派送员向家走来那次发出的声音，其实那封电报是伊兹拍的，为祝泰迪生日快乐。（"做事真欠考虑。"希尔维说。）

厄苏拉呼吸困难，但可以闻到母亲身上的香水味，可以听见她的声音，像夏天里的一只蜜蜂，在她耳边嗡嗡低语。她累了，睁不开眼。她听见希尔维起身离开，裙摆擦过床侧，窸窣作响。又听见开窗声。"这样你可以呼吸到新鲜空气。"希尔维说，她回到厄苏拉身边，把她抱起，紧贴自己发脆的泡泡棉衬衣，上面有浆洗剂和玫瑰花的香气，安抚人心。篝火的烟卷着木头的清香，飘进窗来，飘进阁楼上的这个小房间。她听见蹄声，听见运煤工将煤倒入煤屋的声音。生活如常。这是美丽的一种。

一口气。这就是她所需要的一切。但是她不能。

黑暗迅速降临，起先还是敌人，后来变成了朋友。

# 雪

## 1910年2月11日

费洛维被一个女人吵醒，此女胳膊仿佛牲畜般粗壮，她在他的床头哐当放下一套杯碟，又呼啦一声扯开窗帘，虽然外头仍旧一片漆黑。费洛维大夫反应了一会儿，这才想起自己身处狐狸角冰冷的客房，而这个端来杯碟的吓人女子是托德家的厨子。费洛维大夫在积灰的大脑里搜寻一个几小时前还记得的名字。

"格洛弗太太。"她仿佛看透他的心思一般提醒道。

"哦，对。酸菜一绝。"他觉得自己脑中塞满稻草，想起破棉被下的自己只穿了一件连体睡衣，感到颇不自在。他注意到卧室壁炉是冷的，里面什么也没有。

"下面叫您了。"格洛弗太太说，"出了桩意外。"

"意外？"费洛维大夫反问，"婴儿出事了？"

"是一个种地的被牛踩了。"

# 休战

## 1918年11月12日

厄苏拉惊醒了。屋里很黑，但她听见楼下传来声音。关门声、嬉笑声、窸窣声。她听见一种尖细刺耳的欢笑，知道那是布丽奇特，她还听见一个男低音。无疑是布丽奇特和克拉伦斯从伦敦回来了。

厄苏拉想爬起来叫帕米拉，好一道下楼去向布丽奇特打探狂欢的究竟，但被一种情绪慑住了。就在她静静聆听黑夜时，一种灭顶的恐惧潮水般涌来，仿佛某件危险的事就要发生。这种恐惧与大战前去康沃尔度假时她跟随帕米拉涉入海中所感到的恐惧极其相似。那次她们有幸得到陌生人的解救。那以后，希尔维送她们去镇游泳池，向一个布尔战争退下来的前少校学游泳。少校教学穷凶极恶，采取一种狂吠的方式发号施令，直吓得两人再也不敢往水里沉，如此学会了游泳。希尔维很喜欢重述这段往事，仿佛它是多么有趣的冒险（"文登先生真是英雄！"），虽然在厄苏拉的心里，那段经历的恐怖仍历历在目。

帕米拉在睡梦中呢喃了一句什么。厄苏拉说："嘘——"帕米拉绝不能醒。她俩绝不能下楼，绝不能见布丽奇特。厄苏拉不知为何如此，也不知这强烈的恐惧从何而来。她将毯子拉到头上，为躲避外面的世界。她希望那可怕的东西确实在外面，而不在她体内。她决定假装睡着。很快，真实的睡眠击中了她。

✳

这天早晨，因为布丽奇特卧病在床，大家不得不在厨房吃饭。"我早就知道会这样。"格洛弗太太一边分粥，一边毫无同情地说，"真不敢想象她昨晚跌进家门的样子。"

希尔维端着一口也没碰的早餐下楼来。"我觉得布丽奇特真的不大好，格洛弗太太。"她说。

"喝多了呗。"格洛弗太太叱道，一边狠狠打着鸡蛋，仿佛要对它们施以惩罚。厄苏拉咳嗽起来，希尔维警觉地看了她一眼。"我觉得我们应该去请费洛维大夫。"希尔维对格洛弗太太说。

"就为了布丽奇特？"格洛弗太太说，"那姑娘壮得像匹马。他闻了她身上的酒味一定会觉得你大惊小怪。"

"格洛弗太太！"希尔维用一种希望对方倾听的严肃语气说（脚上有泥不许进屋，无论别人怎么捉弄你，也不许背后使坏），"我觉得布丽奇特真的病了。"突然，格洛弗太太似乎明白了。

"您能照看一下孩子吗？"希尔维说，"我去给费洛维大夫打电话，然后上楼去陪布丽奇特。"

"孩子们不上学？"格洛弗太太问。

"当然，当然要上学。"希尔维说，"不过，或许不该上。不——对——还是去上吧。还是不去了呢？"她踌躇着，因为拿不定主意而犯愁，与此同时，格洛弗太太站在厨房门口，怀着惊人的耐心等她下决定。

"我想今天还是让他们留在家里吧。"希尔维最后说，"教室里人多拥挤。"她深吸一口气，眼望天花板，"但暂时别让他们上楼去。"帕米拉对厄苏拉抬了抬眉毛。虽然不明白这是要传达什么信息，厄苏拉也对帕米拉抬了抬眉毛。这信息可能是恐惧，她想，因为大家马上要落到格洛弗太太手里了。

为了让格洛弗太太"照看"，大家不得不坐在厨房桌边，尽管众人竭力反抗，格洛弗太太仍成功地让大家拿出课本来学习。帕米拉做加法，泰迪写字母（Q是quail的Q，R是rain的R）。厄苏拉的书法惨不忍睹，被勒令练字。厄苏拉觉得一个除购物清单（板油、炉膛涂料、羊肉块、戴恩福德氧化镁乳液）外什么也不曾写过的人，竟然挑剔自己艰难写成的字母，简直天理难容。

与此同时，格洛弗太太正忙着压牛舌：去软骨硬骨，卷起，塞入压舌器。看她做这件事比抄写"劲风西来吹起勇敢的吉姆"或者"五个巫师跳来跳去打拳击"要有趣多了。"我要是上了她当校长的学校，一定会恨死。"帕米拉一边与算术题搏斗，一边悄悄说。

肉铺家送肉的小孩打着车铃来了，他的到来让三人分了心。这个孩子叫弗雷德·史密斯，今年十四岁，托德家不仅女儿，就连莫里斯都崇拜他。女孩们亲昵地称他"弗雷迪"，以表钦慕。莫里斯称他"史密西"，以表同志间的友谊。有一回，帕米拉说莫里斯爱上了弗雷德，不慎被格洛弗太太听见，在她腿上用打蛋器重重抽了一下。帕米拉相当气恼，完全不明白自己为何受罚。弗雷德·史密斯称呼女孩时一律叫"小姐"，称莫里斯时则叫"托德少爷"，他对这些人都毫无兴趣。格洛弗太太叫他"小弗雷德"，希尔维有时叫他"送肉的孩子"，有时叫他"送肉的好孩子"，与前任送肉的孩子列昂纳德·阿什区别开。格洛弗太太曾抓到列昂纳德在鸡窝偷蛋，称他为"贼头贼脑的坏小子"。列昂纳德·阿什谎报年龄入伍，死在索姆河战役中。格洛弗太太不念斯人已去，说他死得好，死得十分应该。

弗雷德递给格洛弗太太一只白纸包，说："这是您要的牛百叶。"接着将一只又长又软的死兔子放在控水板上，"已经挂了五天，格洛弗太太，真是只漂亮的兔子。"素来对赞许十分吝啬的格洛弗太太，此时为表对兔子质量的认可，打开饼干罐，让弗雷德自己从那片禁土中挑一块最大的松饼去吃。

格洛弗太太将牛舌头安顿在压榨器中，立即给兔子剥起皮来。这个过程看了令人压抑，却又欲罢不能。直到这可怜的生物从自己的皮毛中完全剥离，赤条条露着亮闪闪的骨肉，大家才回过神来，发觉泰迪不见了。

"快去找。"格洛弗太太对厄苏拉说，"找到后可以喝一杯牛奶，吃一块大松饼，虽然上帝知道你们谁都不配。"

泰迪喜欢捉迷藏，厄苏拉看大家怎么叫他都不应，便去检查他的秘密基地：客厅窗帘后、餐厅桌下。确认哪里都找不到，又朝楼上卧室走去。

紧接着，前门响起一阵急促的铃声。她在楼梯角转过身，看见希尔维穿过门厅，替费洛维大夫开了门。厄苏拉想，母亲一定是从后楼梯下来的，不可能变魔术似的把自己变出来。费洛维大夫和希尔维压低声音展开一场激烈对话。很可能有关布丽奇特，虽然厄苏拉一个字也听不清。

泰迪不在希尔维房里（他们已经很久不把那房间当作父母二人的房间了），也不在莫里斯房里。对一个一半时间待在学校的人来说，这个房间有些大而无当。他不在主客房，也不在副客房。也不在自己塞满了火车玩具的卧房里。浴室里没有，放床上用品和毛巾的柜子里也没有。床底下、衣柜里、其他橱柜中，也都没有泰迪的影子。他也没有使出他最喜欢的一招，在希尔维的鸭绒被下挺尸。

"楼下有蛋糕吃哦，泰迪。"她对空无一人的房间说。一般只要说有蛋糕，无论真假，泰迪都会自己出来的。

厄苏拉朝通往阁楼的黑暗狭窄的楼梯走去，踏上第一级楼梯，心马上被恐惧狠狠地刺了一下，她不明白恐惧从何而来，不明白自己为什么害怕。

"泰迪！泰迪你在哪儿？"明明想大呼，却只发出了很轻的声音。

泰迪不在厄苏拉和帕米拉的卧室，不在格洛弗太太的房里，也不在原来的育儿室——现在放满箱柜和旧衣旧玩具的仓库里。只剩下布丽奇特的房间没有找了。

门是虚掩的，厄苏拉强迫自己向它走去。开启的门后藏着可怕的东西。她不想看到，又不得不看到。

"泰迪！"她一见泰迪，就欢喜得把一切抛到了脑后。泰迪坐在布丽奇特的床上，膝头放着他生日时收到的小飞机。"我到处找你。"厄苏拉说。特里克西躺在床角地上，此时也激动地站起来。

"我想，布丽奇特见了飞机就会好起来。"泰迪边说边摸着小飞机。泰迪对玩具火车和玩具飞机对疾病的治疗作用深信不疑。（他对大家说，自己长大了一定会成为一名飞行员。）"布丽奇特睁着眼，但我觉得她好像睡着了。"他说。

她的确睁着眼睛，睁得很大，空洞地瞪着天花板。眼睛神色不安，表面蒙了一层蓝汪汪的水。她的皮肤微微发紫，是厄苏拉的温莎·牛顿牌彩笔套装里的钴紫色。她看见布丽奇特的舌尖外露，一瞬间想起了格洛弗太太往压榨器里塞牛舌的画面。

厄苏拉从没见过死人，但她知道，布丽奇特已经是一个死人了。"快下来，泰迪。"她的语气小心翼翼，仿佛她弟弟是一只随时要冲出去的野兽。她开始发抖，不仅因为布丽奇特已死，虽然死相已足够骇人，也因为房里有着另一样东西，比那死人要危险得多。那光秃秃的四壁，床上单薄的机织床单，梳妆台上的珐琅发刷，地上的粗布地毯，仿佛都不再是单纯的物件，而变成一种巨大的威胁。厄苏拉听见楼梯上传来希尔维和费洛维大夫的声音。希尔维听来焦急，费洛维大夫的声音则无动于衷。

希尔维走进来，看见布丽奇特房中的两个孩子，吓得惊呼"上帝"。她一把将泰迪从床上抱起，拽着厄苏拉的胳膊来到走廊上。特里克西兴奋地摇着尾紧随其后。"回房间去，"希尔维说，"不，去泰迪房间。不不，去我的房里。现在就去！"她急得要发疯，不再是孩子们熟悉的样子。希尔维回到布丽奇特屋中，二话不说关上门。两人只听见门后希尔维和费洛维大夫模糊不清的交谈。厄苏拉牵起泰迪的手，说："来吧。"泰迪乖乖地任其带下楼，来到希尔维的房间。"你刚才说有蛋糕？"他问。

"泰迪的皮肤变得和布丽奇特一样紫了。"希尔维说。恐惧使她胃里感到一阵空虚。她知道自己看见的是什么。厄苏拉的脸色发白，合上的眼皮正在发黑，皮肤散发出一种病态的光泽。

"应该说是紫黑色。"费洛维大夫一边给泰迪听诊一边说，"看见他脸颊上乌红色的斑点了吗？怕是染上了最强的一种流感啊。"

"别说了，请别说了。"希尔维喉咙嘶哑地说，"别像给医科学生上课似的。我是他们的母亲呀！"那一刻她恨透了费洛维大夫。布丽奇特还躺在楼上，虽然身体还有余温，但已经像坟头的大理石那样死透了。"流感，"费洛维大夫只顾继续说下去，"你家女佣昨天在伦敦与人群摩肩接踵——那是传染的最佳时机。流感一眨眼就能杀死人。"

"不会的，"希尔维疯子般死死抓住泰迪的手，"我的泰迪不会死。我的孩子们不会死。"她改口道，伸手又摸了厄苏拉滚烫的额头。

帕米拉在门外徘徊，希尔维哄她走。帕米拉哭了。希尔维不能哭，她需要与死亡对峙。

"一定还有什么我能做的事吧？"她问费洛维大夫。

"你可以祈祷。"

"祈祷？"

希尔维不信上帝。她（因蒂芬的死和其他种种不幸）觉得《圣经》里这个神荒唐透顶且报复心强，并不比宙斯或潘神更可信。不过她周日照样去教堂，免得休奇怪，维持表面和谐。此时她祷告起来，毫无信仰但极度虔诚。她觉得反正没有区别。

当一种仿佛植物茎秆分泌的乳白色汁液带着血丝从泰迪的鼻孔里流出时，希尔维发出了野兽受伤般的叫喊。格洛弗太太和帕米拉在门后听见了，一反常态地结盟，紧紧握住对方的双手。希尔维抢过泰迪，紧紧贴在胸前痛哭起来。

亲爱的上帝，费洛维大夫心想，这个女人悲痛起来太可怕了。


他们躺在希尔维的床上，裹着亚麻床单发汗。泰迪四肢舒张，倒在一堆枕头里。希尔维想抱紧他，但他浑身滚烫，她于是只握住他的脚踝，仿佛怕他跑了。厄苏拉觉得自己的肺堵住了。她想象肺中塞满了蛋黄酱，想象这淡黄色的蛋黄酱既浓稠又甜蜜。

入夜时分，泰迪死了。厄苏拉知道他死了。她在心里感觉到了他的死亡。她听到希尔维发出一声痛苦的呻吟，有人将泰迪抱走。虽然他又轻又小，厄苏拉却觉得似乎有一件沉甸甸的东西被移开了，而她被孤零零地留了下来。她听见希尔维泣不成声，那是一种不忍卒听的声音，仿佛她的四肢被割去了一条。

每一口吸气都在挤压她胸中的蛋黄酱。随着此世逐渐模糊，她心里出现一种期盼的感觉，仿佛前方等待她的是圣诞节，或她自己的生日。很快，黑蝙蝠般的夜晚降临了，它用翅膀笼罩她。她将迎来最后一次呼吸。她向泰迪的方向伸出手，忘了他已经不在那儿。

黑暗降临。

# 雪

## 1910年2月11日

希尔维点燃一支蜡烛。卧室壁炉上马车形的小金钟显示五点，冬日清晨是黑暗的。钟是英国钟（"比法国钟好。"她母亲教导她），曾是她父母的结婚礼物。皇家肖像师死后债主上门，寡妇一边将这只钟往裙摆下藏，一边悼念裙撑时代的便利。洛提每十五分钟一次当着债主的面报时。幸好报整点时，他们已经走了。

新生婴儿在摇篮里睡熟了。希尔维突然想到柯勒律治的那句"我的婴儿安睡在身侧的襁褓"。是哪首诗里的？

炉架上火焰已衰弱，只剩几朵小火苗在炭条上舞动。宝宝发出咿呀的呢喃，希尔维立即坐起。生育是件十分粗暴的工作。倘若让她设计造人的方式，她会做出全然不同的安排。（或许让受孕简单到只需往耳内射入一道金光，且在某个朴素的地方安排一处舒适房间，让九个月后的准妈妈待产。）她从暖床上下来，将厄苏拉抱出摇篮。突然，在白雪覆盖的寂静中，她似乎听见了马匹的响动，这反常的声音在她心底激起一阵小小的涟漪。她抱起厄苏拉来到窗前，拉开厚窗帘往外看。雪将一切熟悉的景物掩盖住，万物银装素裹。在这纯白当中出现一幅令人心醉的画面：乔治·格洛弗骡骑夏尔马

（她判断这匹是尼尔森），踏车道而来。他看起来十分高大，仿佛古时英雄。希尔维拉上窗帘，折腾了一晚上，她想自己一定是产生了幻觉。

　　她将厄苏拉抱回床上。婴儿寻觅她的乳头。希尔维坚持亲自为孩子哺乳。她觉得玻璃奶瓶和橡胶奶嘴有悖自然，虽然如此，哺乳时她仍不禁觉得自己像一头被挤的奶牛。婴儿置身新奇的环境，觉得很好奇，缓慢摸索着。还有多久才开早饭呢？希尔维暗自想。

# 休战

## 1918年11月11日

亲爱的布丽奇特，我把所有的门都锁上了。村里来了一伙贼——"贼"怎么写？厄苏拉使劲想，直想到把笔杆咬出了木刺，仍拿不定主意。她划掉写了一半的"贼"，写上"强盗"。村里来了一伙强盗，请您同克拉伦斯的母亲待在一起，好吗？为了加强效果，她又加上：请别敲门，我头疼。她在末尾署上"托德太太"。等到厨房里一个人也没有时，才走出去将字条钉在厨房后门上。

"你在干吗？"格洛弗太太走进来问她。厄苏拉吓了一跳。格洛弗太太走路像猫一样。

"没干吗。"厄苏拉说，"我看看布丽奇特回来了没有。"

"哦，"格洛弗太太说，"她乘最后一班火车，还得过几小时才回来。快睡觉去，你早该睡了。家里都快无法无天了。"

厄苏拉不知道无法无天是什么，但它听起来是件好事。

第二天早晨，布丽奇特没有回来。更奇怪的是，帕米拉也不见了。厄苏拉感到一阵欣慰。这种欣慰与前夜促使她写下字条的恐惧感一样来得毫无道理。

"昨晚门上有张字条，是一个愚蠢的恶作剧。"希尔维说，"布丽奇特被锁在外面。字看来是你的笔迹，厄苏拉，我想你没什么好解释的吧？"

"我没有什么要解释。"厄苏拉面不改色地说。

"我让帕米拉去杜德兹太太那里接布丽奇特了。"希尔维说。

"你让帕米拉去？"厄苏拉的声音充满恐惧。

"对，让帕米拉去了。"

"帕米拉和布丽奇特在一起？"

"对，"希尔维说，"跟布丽奇特在一起。有什么问题？"

厄苏拉夺门而去。虽然希尔维在身后叫，她却一步也不停。八年来她从来没有跑得这么快过，连莫里斯要拧她胳膊时都没有。她沿着小路往北，朝杜德兹太太的小屋去，双脚溅起无数泥点。终于迎上帕米拉和布丽奇特时，她已经脏得像一只泥猴。

"怎么啦？"帕米拉紧张地问，"是不是爸爸出事啦？"布丽奇特画了个十字。厄苏拉向帕米拉飞扑过去，抱住她哭起来。

"到底怎么了？快告诉我！"帕米拉害怕着。

"我不知道。"厄苏拉抽泣着，"我就是很担心你。"

"你这个傻瓜。"帕米拉紧紧抱住厄苏拉，深情地说。

"我有点头疼，"布丽奇特说，"我们快回家吧。"


很快，黑暗又降临了。

# 雪

## 1910年2月11日

"费洛维大夫说这是个奇迹。"布丽奇特对格洛弗太太说。二人在早茶上庆贺新生儿的降生。按格洛弗太太的理解,分娩在母婴的杀戮史里没有奇迹可言,奇迹只有《圣经》里才有。"可能她生完这个就不会再要孩子了。"她说。

"为什么不再要?她生的哪一个不是又健康又可爱?她家里又这样有钱,要什么有什么。"

格洛弗太太起身离开餐桌,对反驳不予理会,只说:"我得给托德太太准备早餐了。"她从食橱里端出一碗浸在牛奶中的腰子,着手去除包在外面胎膜一般肥腻的膜。布丽奇特瞥了眼碗中点缀血珠的白牛奶,突然觉得有点恶心。

费洛维大夫已经吃过早饭——熏肉、血肠、煎蛋吐司——走了。村上来了人,想帮他把汽车从雪中挖出来,发现挖不动,便有人去叫乔治。乔治骑着他的夏尔马来了。格洛弗太太在一瞬间想到了英格兰的保护神圣徒乔治,但觉得这个念头太猖狂,马上打消。不大一会儿工夫,格洛弗太太的儿子就将费洛维大夫的车拖了出来,两人一个骑马一个坐在车里,犁着雪离开了。

　　一个种田的被公牛踩了一脚，但还活着。格洛弗太太自己的父亲就是在奶场工作时被奶牛踩死的。年幼但勇敢的格洛弗太太，当时与自己的父亲还不太熟，亲眼在挤奶棚里撞见了倒地而死的他。稻草上的鲜血至今仍历历在目，肇事奶牛脸上诧异的表情她也还记得。那是她父亲最喜欢的一头奶牛，名叫梅西。

　　布丽奇特在茶壶上暖手，格洛弗太太说："嗯，我得弄我的腰子了。替我为托德太太找一朵点缀餐盘的花来。"

　　"花？"布丽奇特望着窗外的雪犯愁，"这时候找花？"

# 休战

## 1918年11月11日

希尔维打开后门："是你呀，克拉伦斯。布丽奇特出了点小事。她绊了一跤。只扭伤了脚踝，我想。不过可能去不了伦敦庆典了。"

布丽奇特坐在灶台边格洛弗太太专用的高背温莎椅上，小口啜饮白兰地。受伤的脚搁在板凳上，兴致勃勃地讲述着自己摔倒的故事。

"我正要走进厨房，只是要进厨房。前面我一直在外面洗衣服，不知道洗它干什么，这天眼看又要下雨了。突然我觉得背上被推了一下，就摔倒了，就疼得不得了。推我的是一双小手。"她补充说，"就像是一双鬼娃的手。"

"哦，是吗？"希尔维说，"这家里可没有鬼，无论是鬼娃还是鬼大人。你看见什么了吗，厄苏拉？当时你在花园里，对吧？"

"嗨，这傻姑娘肯定是自己绊倒的，"格洛弗太太说，"她笨手笨脚，您又不是不知道。总之，"她语气里透着幸灾乐祸，"这下没法儿去伦敦'带劲'了。"

"就去，"布丽奇特无畏地说，"什么也拦不住我。来，克拉伦斯，你来扶我，我蹦也要蹦到伦敦去。"

黑暗，又是黑暗。

# 雪

## 1910年2月11日

"我知道你们肯定要问——小孩取名叫厄苏拉。"格洛弗太太说着，在莫里斯和帕米拉的碗里分别盛了一大勺粥。两人坐在厨房的木桌前。

"厄苏拉。"布丽奇特赞美道，"这个名字好。她喜欢那朵雪花莲吗？"

# 休战

## 1918年11月11日

不知为何许多事都似曾相识。希尔维说这叫"即视感"，是意识玩弄的小把戏，而意识又是最神秘不可测的东西。厄苏拉坚信自己记得躺在树下摇篮里的事。"不可能，"希尔维说，"谁都不可能记得那么小的时候发生的事。"然而厄苏拉记得。她记得叶子，仿佛风中挥动的绿色巨手。记得摇篮篷檐挂的银色小兔在她面前转圈。希尔维叹息道："你的想象力真丰富，厄苏拉。"厄苏拉不知这话是不是夸奖，但她确实常感到分不清想象和现实，也常为心中可怕的惧意——某种恐怖的可怕事物——而感到困惑。那是一派黑暗的景观。"别总想这些，"希尔维说，"想想光明的事。"

有时她在别人开口前就知道了他们要说什么，在事情发生前就有了预测——碟子掉在地上，苹果砸向花房——仿佛这些事情已经发生了许多次。词句不断反复，初次见面的人们看来都很面熟。

"每个人都会时而有奇怪的感觉。"希尔维说，"记住，亲爱的——想光明的事。"

布丽奇特相信厄苏拉的话，她说，厄苏拉"有天眼"。她说，此世与下世之间有一扇门，只有特殊的人才能通过。厄苏拉并不想成为特殊的人。

去年圣诞时，希尔维曾给厄苏拉一只盒子，盒子包装精美，扎有蝴蝶结，看不见里面装了什么。希尔维说："圣诞快乐，亲爱的。"厄苏拉说："噢，太好了，是一套放在玩偶之家的餐具。"立即被指责事先偷看了礼物。

"我没看。"事后她在厨房里对布丽奇特坚持道。布丽奇特正用白色王冠形小纸套套住砍掉了双脚的鹅腿尖。（这只鹅让厄苏拉想起村上一个男人，确切说还不是男人，只是个男孩，男孩在康布雷战役中炸掉了双脚。）"我没看，我就是知道。"

"啊，我明白，"布丽奇特说，"你有第六感。"

正在做梅子布丁的格洛弗太太对此嗤之以鼻。她觉得五感已经太多，再加一个简直要造反。


早晨，他们被关在屋外花园里。"我们就这么庆祝胜利吗？"大家在山毛榉树下躲毛毛雨，帕米拉悻悻地说。只有特里克西兴高采烈。特里克西喜欢花园，喜欢花园里的兔子，虽然狐狸虎视眈眈，部分兔子还是侥幸活了下来，享受着园中蔬菜的好处。战前，乔治·格洛弗曾送给厄苏拉和帕米拉两只幼兔。厄苏拉百般劝说，终于说动帕米拉将它们养在室内，两人将幼兔藏在床头柜抽屉里，从药箱里找了一只眼药水瓶喂食。直到有一天，幼兔跳出抽屉，差点把布丽奇特吓得灵魂出窍。

"木已成舟[1]。"希尔维被请到抽屉前时这样说，"但你们不能再把兔子养在屋里。你们得请老汤姆给它们造一间兔舍。"

兔舍没能关住兔子。兔子跑出来，进行了愉快的繁殖。老汤姆四处布置了毒药和陷阱，均属徒劳。（"天哪，"某日早晨，希尔维看到窗外草坪上聚众用餐的兔子说，"简直变成澳大利亚了。"）莫里斯在学校里的少年空军备战团学会了射击，常有一搭没一搭地用一杆被休淘汰的卫斯理·理查德猎枪从自己卧室的窗口打兔子，这样消磨了去年整整一个暑假。帕米拉气得

---

[1] 原文此处为法语：A fait accompli.

往莫里斯的床单上撒了一把他自己储备的痒痒粉（莫里斯一直都在恶作剧商店里选购商品）。很快，莫里斯将此事怪在厄苏拉头上，后者准备背黑锅，但是帕米拉站出来澄清了事实。帕米拉就是这样，对公正公平有着相当的执着。

他们听见隔壁花园里有响动，那是尚未谋面的新邻居，肖克洛斯一家。帕米拉说："来，我们去偷偷看上一眼。不知她们叫什么名字？"

维妮、戈尔蒂、梅丽、南希和女婴毕阿特丽斯。厄苏拉心中默念，但嘴上什么也没说。在保守秘密方面，她已经像希尔维一样驾轻就熟。


布丽奇特衔住发卡，举手调整帽子。她用纸在帽子上新缝了一捧紫罗兰，专门为了胜利庆典。她身处楼梯顶，嘴中哼唱"凯－凯－凯蒂"，心里想着克拉伦斯。等他们结了婚，（最近他改口说"春天就结"，虽然不久前还是"圣诞以前"）她就能离开狐狸角，就能有自己的房子、自己的孩子了。


希尔维认为，楼梯是一个危险的地方。许多人死在楼梯上。希尔维常叮嘱他们切勿在楼梯顶玩耍。

厄苏拉脚步轻悄，偷偷踏着地毯走来。她无声提气，两只手伸出去，仿佛要拦截一辆火车，大力推向布丽奇特的后腰。布丽奇特扭头见是厄苏拉，惊骇得睁圆了眼睛，张大了嘴。她飞出去，四肢凌乱地翻滚下楼。厄苏拉险些没跟着一起跌下去。

所谓实践造就完美。


"胳膊折了，"费洛维大夫说，"你摔得真不轻呀。"

"她一直都笨手笨脚的。"格洛弗太太说。

"是有人推了我。"布丽奇特说，脑门上肿着亮紫的瘀青，帽子拿在手里，紫罗兰纸花皱成了团。

"有人？"希尔维说，"谁？谁会把你推下楼，布丽奇特？"她环视厨房众人。"泰迪？"泰迪用手捂住嘴，仿佛要捂住即将奔涌而出的语词。希尔维转向帕米拉："帕米拉？"

"我？"帕米拉说，她双手合十在胸前，仿佛受了不公的殉难者。希尔维看着布丽奇特，后者将头微微偏向厄苏拉。

"厄苏拉？"希尔维皱起眉头。厄苏拉眼望前方，眼神空洞，准备为自己有意犯下的错接受惩罚。"厄苏拉，"希尔维的语气严厉起来，"你知道这事？"

厄苏拉干了坏事，她把布丽奇特推下了楼梯。如果布丽奇特不幸死去，她等于犯下了谋杀罪。但她知道她必须这么做。巨大的恐惧俘虏了她，让她不得不把布丽奇特推下去。

她跑出去，躲进楼梯下的收纳柜。这是泰迪的秘密基地之一，片刻后，橱门打开，泰迪溜进来，在她身边坐下。"我觉得你没有推布丽奇特。"他边说边用自己温暖的小手握住她的手。

"谢谢你。但我推了。"

"好吧，我还是爱你。"

要不是门铃响起，门厅里一阵慌乱，她也许再也不会从橱柜里走出来。泰迪打开门，向外张望，继而钻回橱里报告说："妈妈在亲一个男人。她在哭。男人也在哭。"厄苏拉也探出头去，惊讶地回到橱里。"好像是爸爸。"她说。

# 和平

厄苏拉谨慎地穿过马路。路上险情莫测——冰封的路面布满高低不平的车辙。人行道的路况更恶劣，积雪被压得敦敦实实，成为一整块脏雪板，更有因学校停课而无事可做的孩子驾驶雪橇在这块丑陋的大雪板上熨过来、熨过去。噢，上帝，厄苏拉心想，我的脾气怎么变得这样坏？似乎战争与和平都不能让我高兴起来。

待终于将钥匙插进临街的家门，她已经累坏了。过去，甚至在伦敦大轰炸时，购物也从未这样艰难过。刀一般的寒风吹皲了她的皮肤，脚趾也冻麻了。好几周温度没有上过零度，比1941年的冬天还要更冷。厄苏拉回忆着未来的日子，试图想起某个同今天一样冰封雪吼的大冷天，但怎么也想不起来。这是真正意义上的冷，似乎能切实冻裂骨骼和皮肤。昨天在街上，她见两个男人为了开窨井盖竟动用了火焰喷射器似的设备。也许雪再也不会有融化的一天，人类不再享有温煦的天气，也许今天就是二次冰河时代的新开始。战火初歇，寒冰又至。

战争使她对修饰丧失了兴趣，她想这也许反而是好事。她从里到外依次穿着——短袖棉衫、长袖棉衫、长袖套头衫、毛开衫，在这一切之外，罩着二战打响前两年她在彼得·鲁宾逊商场买的冬令大衣，大衣已经破败不堪。下身不用说，自然是肉灰色耐用内裤、厚花格裙、灰色厚羊毛长筒袜。分指手套，连指手套，脖子上是围脖，头上是帽子，脚上是母亲的毛胆皮靴。要是有男人此时起了冲动，要把她剥光，将遇到巨大阻碍。"真能碰上倒不错。"以前做秘书时的同事伊妮德·巴克曾在喝茶时间这样说过。伊妮德自1940年决定跻身伦敦独立大胆的妇女一员，至今一直兢兢业业扮演这一角色。厄苏拉为脑中又闪现这样刻薄的念头而自责了一番。其实伊妮德是个好姑娘，尤其擅长使用打字机制作表格。相反，厄苏拉在秘书学院学习时最不能驾驭这项技艺。她曾报班学过打字和速记，算来已是很久以前的事——战前一切似乎都可归作古代史（她自己的古代史）。学习期间成绩出人意料地好。办秘书学校的卡夫先生曾说，凭她的速记功力，假以时日甚至能去老贝利①当法庭书记员。要是那样的话，她的生活将完全不同，也许会更好。当然，如今已经无法回去验证了。

她在黑暗中踏着梯级往自己家走。现在她一个人住。梅丽嫁给一个美国空军军官，搬到了纽约州——（"我竟然嫁给了大兵！谁想得到？"）。楼梯的侧壁覆有一层沙土一层油。这是一栋SOHO区的老楼（"该将就时还得将就"，她仿佛听到母亲的声音这样说）。住在楼上的女孩常年有各种先生给她打电话，厄苏拉对天花板上床垫弹簧的吱呀声和穿插其间的古怪人声已经习以为常。然而这个女孩其实很讨人喜欢，每次见面都很欢乐，总是主动问好，且轮到她扫楼梯时从不缺勤。

楼体外观焦黑，带有狄更斯小说中贫民区的氛围，不仅如此，更日渐缺乏修护。反正整个伦敦遍处皆如此。脏乱、阴暗。她记得伍尔芙小姐曾说，"可怜的老伦敦"再不会有干净的日子。（"到处都很破。"）也许她说得没错。

"不知道的还以为我们打输了。"吉米来看她时这样说。他穿一身从美国买来的衣服，固然好看，但缺乏正气，闪耀着希望的光芒。她很快

---

① 老贝利（Old Bailey），即英国中央刑事法庭，因其所在街道得名。

原谅了弟弟从新世界带回的这种志得意满，毕竟他参与了一场艰难的战争，正像所有奔赴前线的人。丘吉尔曾说"战争将持久而艰难"。所言不虚。

这地方只是临时的。她有钱，能租个更好的地方，然而她并不在乎。公寓只有一间房，洗脸池上方开有唯一的窗扇，房内有片热水汀，公用厕所在走廊尽头。厄苏拉怀念在肯辛顿与梅丽合租的老公寓。1941年5月的轰炸后，两人不得不搬走。厄苏拉想起贝西·史密斯唱的那首《仿佛没有窝的狐狸》。不过，她后来又搬回去住了几周，虽然房子已经没有屋顶。房内很冷，但她善于露营。这是在德国少女联盟①学的，虽然这种事在今天这样黑暗的日子里，你已经不会到处去说了。

但是今天有一个惊喜等着她。一件帕米拉寄来的礼物——那是一只装得满满当当的木箱子，有马铃薯、大葱、洋葱，还有一大棵碧绿的皱叶包心菜（它是美丽的一种），在这些东西上面还放了半打鸡蛋，用休的一顶软毡帽兜着，帽中还垫了棉球。鸡蛋模样可爱，褐色带有斑纹，像天然宝石一样粗糙、珍贵，这里那里还粘有小羽毛。木箱上的卡片写着：狐狸角赠。它像一只寄自红十字会的包裹。但它究竟是怎么寄过来的？火车已经不通，帕米拉肯定又被大雪困在家里。更费解的是，姐姐究竟是如何在"坚硬如铁的地表"下挖出了这么多冬天的蔬菜？

她打开门，在地上发现一张小字条。为了读字条，她不得不戴上眼镜。这是一张毕阿·肖克洛斯留下的字条：来看你，但你不在。会再来。毕阿，×××。厄苏拉为错过毕阿而遗憾，要是能遇上她，那这个下午一定能比在敌托邦②似的伦敦西区东游西逛要过得更美好。仅仅是看一眼包心菜，她的心情就好了不少。但是包心菜——美好的时刻照例有出乎意料的一面——又唤起了一段不快的回忆，关于阿盖尔街地窖里的一小包东西，她于是重又消沉了下去。近来她的情绪总是起伏不定。真是的，她责怪自己，看在上帝的分

---

① 原文此处为德语：Bund Deutscher Mädel。
② 敌托邦（Dystopia），即乌托邦的反面，形容令人唯恐避之不及的地方。

儿上，打起精神来呀！

屋里比屋外更冷。她长了不少冻疮，痛得要命。她的耳朵也冷。她希望自己有一对耳套，或一顶巴拉克拉瓦套头帽，类似泰迪和吉米戴去上学的那种。济慈的《圣阿格尼斯之夜》里有这么一句话，是怎么说的？总之提到了"冰冷的头巾和铠甲"之类的东西。以前她每次背这句都觉得天寒地冻。这首长诗厄苏拉在学校时学过，现在已无从回忆，而且说到底，既然连一句都想不完全，又有什么必要回忆全诗？她突然思念起希尔维的大衣。那是一件希尔维不要了的貂皮大衣，仿佛一只友善的大型动物。它现在属于帕米拉了。欧洲胜利日时，其他女人都为举办茶会奔走筹食，在英国大街小巷上跳舞，希尔维则选择了死亡。希尔维在泰迪小时候睡过的床上躺下来，吞了一瓶安眠药。她没有留下只言片语，但她留在世上的家人们都很清楚她的目的和动机。狐狸角举办了一场哀痛的追悼茶会。帕米拉指责母亲的逃避是懦夫的行为，厄苏拉对此不能苟同。她认为母亲的行为显示了一种决绝，令人佩服。希尔维作为又一个死于战争的人，为伤亡的统计数字贡献了一份力量。

"你知道吗？"帕米拉说，"我以前跟她吵过，因为她说科学使世界恶化，她说科学无非是一群人消灭另一群人的一系列新途径。现在我觉得，她好像不无道理。"这番话当然是在广岛原子弹爆炸之前说的。

厄苏拉往计时器内投入硬币，打燃锐迪安特煤气炉。这台煤气炉很老了，仿佛从上世纪起就投入了使用。传闻说，国内的硬币就快流失殆尽了。厄苏拉不懂大家为何不能把武器熔掉，可以打成犁刀。

她把帕米拉寄来的箱子清空，将所有东西放在木制的小控水板上，组成一幅穷人家的静物画。蔬菜都很脏，但水管冻住了，要清洗似乎不太可能。就连阿斯科特小茶壶里的水，也冻得结结实实。不过反正煤气太小，就算有水也烧不烫。**石头一般的水**。她在木箱最下面找到半瓶威士忌。好帕米拉，总是想得很周到。

她从桶里舀出一瓢从街上的龙头里接来的水，盛入锅中，放在火上，准备煮几个鸡蛋。炉上只有一圈很小的火苗，发出虚弱的蓝光，煮起来想必旷日持久。煤气炉上贴有小心煤气泄漏的警告——以防火灭后仍有煤气溢出。

毒气致死难道真有这么糟？厄苏拉心想。**毒气致死**。她想到奥斯威辛，想到特雷布林卡。吉米曾是一名指挥官，他说自己在战争末期出于机缘巧合加入了反坦克步兵团（在吉米身上发生的所有事似乎统统都出于机缘巧合），参与了解放贝尔根-贝尔森集中营的行动。厄苏拉坚持要他说出自己的所见。他欲言又止地说了一些，隐瞒了最残酷的部分，即便如此她也要听。一个人必须见证历史。（她似乎听见伍尔芙小姐的声音在自己脑中这样说：**即使未来生活安稳，我们也必须记住死去的人。**）

大战期间，她曾负责统计伤亡数字。无数死于空袭、死于轰炸的人名流经她的办公桌，被编排、被归档。汹涌的数字已经让她难以承受，集中营的数据——六百万、五千万、无尽的难以计数的亡灵——更是远远超出了她的理解范围。

桶里的水是厄苏拉昨天打的。他们——这个"他们"究竟是谁？六年战事使所有人习惯了服从"他们"的领导，英国成了一条唯命是从的狗——他们在隔街装了一个龙头，厄苏拉就从那个龙头里给自己的水壶和水桶装满了水。排在她前面的女人身穿银灰色及地紫貂大衣，光彩令人艳羡，仍被迫在天寒地冻中提着水桶耐心等待。她看来与SOHO区格格不入，不过谁又知道她经历了什么呢？

水井边的女人们。厄苏拉隐约记得耶稣似乎曾与水井边的女人发生过对话。那是一个撒马利亚女人，照例在《圣经》中没有名字。厄苏拉想起她有五个丈夫，却与一个不是她丈夫的人同居。英王詹姆斯一世编译的钦定版《圣经》没有说明那五个丈夫的下落。她想，可能那女人给水井下了毒。

厄苏拉记得布丽奇特曾说自己在爱尔兰做小姑娘的时候，每天都要去井边打水。世界看来并未进步多少。文明轻易就在自身的邪恶面前瓦解。德国人作为世上最有文化、最懂礼貌的民族，却建造了奥斯威辛、特雷布林卡和贝尔根-贝尔森。倘若英国具备同等条件，无疑也会做出同样的事。但这又是件无法验证的事。伍尔芙小姐对此深信不疑。她曾说——

　　"喂，"穿紫貂大衣的女人打断了她的思绪，"你知道为什么我家的水管冻上了，而这里的龙头却没有吗？"她说话带着一种切玻璃般清晰干练的上等人口音。

　　"不知道，"厄苏拉说，"我什么也不知道。"女人笑了，说："相信我，我也一样。"厄苏拉刚刚想到同这个女人交朋友或许不错，排在后面的女人抱怨了："快着点，亲爱的。"穿紫貂大衣的女人闻声提起水桶，动作敏捷麻利，像个务农队员："我走了，祝你好运。"

　　她打开无线电。这段时间收不到BBC三台了。信号与天气作战，最终败北。走运时能收到家庭台或娱乐台，但电波干扰相当剧烈。她需要声音，需要往昔生活中业已熟悉的事物。吉米离开时留下了他的老留声机。她自己的在肯辛顿弄丢了，同时遗失的还有她收集的大部分唱片。只奇迹般地保全了几张，现在她拿起其中一张，放入留声机。贝西·史密斯唱道："不如死了好，埋进土里不烦恼。"厄苏拉笑了。她聆听老唱片刮擦唱针的咝咝声，也许她和贝西·史密斯的想法一致。

　　她看了一眼钟。那是希尔维的小马车金钟。葬礼后她将钟带回了家。钟上说现在才四点。日子过得多么缓慢。她不耐烦起来，干脆关了新闻。听不听有什么关系？

　　为了有事做，她在牛津街和摄政街逛了一下午——完全为了离开那个修道院宿舍般的小单间。街上的商店昏暗压抑。斯旺与埃德加百货里点着煤油灯，高档商场塞尔弗里奇点起了蜡烛。人们的脸都显得疲惫黯淡，仿佛弗朗西斯科·戈雅①的画中人。店里什么也买不到，反正她想买的一样也没有，又或者终于有了一样，比如一对看起来相当舒适美观的镶毛小皮靴，价钱又贵得离谱（要15基尼②！），真令人沮丧。"还不如打仗的时候。"同事福塞特

---

① 弗朗西斯科·戈雅（Francisco José de Goya），西班牙皇家画师，晚期作品风格相当黑暗。
② 基尼（Guinea），英国货币，含黄金，1基尼相当于21先令。1816年时，此货币被英镑代替，其后此说法仍然继续使用，1基尼仍然相当于21先令的价值。

小姐这样说。因为她马上要结婚，办公室同事把钱凑在一起，给她买了样毫无创意的礼物：一只花瓶。厄苏拉想再买一件更特别、更有针对性的东西，却想不出买什么好。她一度期望在伦敦西区的百货里能找到灵感。最终却没有找到。

她进里昂茶屋喝了杯淡茶，布丽奇特一定会说它像"饮羊的水"。她还吃了块除了管饱没有其他作用的茶糕。茶糕里只数出两颗坚硬无比的葡萄干。茶糕上只涂了一抹薄薄的人造黄油。但她努力想象自己在吃了不起的美味——一块甘美醇浓的奶油千层酥①，或一片多伯斯蛋糕②。她又想，德国人目前恐怕也吃不到什么好甜点了。

她喃喃自语着黑森林蛋糕③，竟说出声来（多么独特的名字，多么不凡的蛋糕），不慎引起隔桌一个女人的注意，对方正面无表情地解决一个上面凝了奶油的面包卷。"你是难民？"她问厄苏拉，语气中出人意料地带有同情。

"差不多吧。"厄苏拉说。


等待鸡蛋煮熟的过程中——水才刚热了一点——她开始翻检自从离开肯辛顿后就没有动过的书。她找到一本伊兹送给她的但丁作品集，套有精美红色真皮封面，内页已发霉褪色，一本多恩④（她的最爱）。一本T.S.艾略特的《荒原》（极为罕见的第一版，是从伊兹处偷拿的），一本《莎士比亚选集》，她喜欢的玄学派诗歌。箱底还找到一本上学时学校发的济慈，书上写着：赠予表现优秀的厄苏拉·托德。她突然觉得这句话很适合做墓志铭。她翻着许久无人问津的内页，找到了那首《圣阿格尼斯之夜》。

---

① 原文此处为德语：Cremeschnitte。
② 原文此处为德语：Dobostorte。
③ 原文此处为德语：Schwarzwälder Kirschtorte
④ 约翰·多恩（John Donne，1572-1631），17世纪英国玄学派诗人。

啊，多么冷峭！

夜枭的羽毛虽厚，也深感严寒；

兔儿颤抖着瘸过冰地的草，

羊栏里的绵羊都噤若寒蝉。①

　　她出声地念着。词句让她发抖。应该念一些暖和的东西。比如济慈和他的蜜蜂。因为夏季早填满它们的黏巢。济慈应该死在英国的土地上。应该在夏季午后，在英国的一个花园里长眠。就像休一样。

　　她边吃鸡蛋边读一份昨天的《泰晤士报》。这是霍布斯先生在发报室给她的，他自己读完就会给她，这是他们之间建立的协议。近来报纸版面缩水，不知为何看上去有些滑稽，就好像上面的新闻也不怎么重要了。不过，想来确实如此。

❋

　　窗外飘着肥皂泡一般灰蒙蒙的雪。她想起柯尔一家的波兰族人——升起在奥斯威辛上空，仿佛火山灰般铺天盖地、遮天蔽日，撒向世界各地。可如今虽然大家都了解了集中营和诸如此类的种种暴行，反犹太情绪却仍然普遍。昨天她就听到有人被鄙夷地称为"犹太佬"，而当安德鲁斯小姐决定不为福塞特小姐的结婚礼物出资时，伊妮德·巴克曾开玩笑说，她是"典型的犹太人"。仿佛这种程度的冒犯算不得什么。

　　近来办公室日渐无趣，甚至有些惹人烦闷——很可能是严寒和营养匮乏所引起的疲劳造成的。工作本身也毫无趣味，没完没了的统计数字等待被汇总、整合、归档——她想，这肯定是为了将来的历史学家能够细细察看。莫里斯会说他们还在"给房子做大扫除"，仿佛死伤人数与垃圾无异，应被清理、被遗忘。民防工程已暂停一年半有余，然而科层制度的琐碎低效致使

---

① 此处采用穆旦译本。

她到今天还在处理收尾工作。上帝（或说政府）的磨盘，委实转动得缓慢至极[1]。

鸡蛋很好吃，仿佛那天早上刚下的一般，新鲜极了。她找出一张（与克莱顿一起）去布赖顿时买的画有皇家穹顶官的旧明信片，她还没有用过它。她在上面写了对帕米拉的感谢之辞——真棒！像红十字会包裹！——将它支在壁炉台上希尔维的马车金钟旁边。另一边立着泰迪的相片。一张泰迪与哈利法克斯轰炸机机组人员的合照。那是一个阳光明媚的下午，他们坐在式样各异的老式扶手椅里休息。照片记录了永远不会老去的青春。小狗"幸运儿"像船头的破浪神般，骄傲地蹲在泰迪膝头。要是幸运儿还在该多好。相框上靠着一枚泰迪的十字勋章。厄苏拉自己也有一枚，但她并不重视。

她将把明信片混在明天下午的办公室邮件中寄出。她估计最终寄到狐狸角需要好长时间。

五点了。她把盘子放进水池，加入其他待洗盘子的队伍中去。漫天的骨灰已经转为黑暗中的暴风雪，她勉强拉了拉薄如蝉翼的棉布窗帘，好遮蔽外面的景色。窗帘在轨道上卡得毫无希望，为了不把整匹窗帘拉下来，她只好放弃。窗户老化了，无法关死，刺骨的空气从缝隙钻进来。

忽然又停了电。她在壁炉台上摸索蜡烛。境况还能更恶劣吗？厄苏拉拿起蜡烛和威士忌，走向卧床，和衣钻进被窝。她累极了。

锐迪安特煤气炉上的小火苗抖了抖，令人心里一紧。在午夜里溘然魂离人间[2]并没有那么惨。比这更不堪的死法还有很多。比如奥斯威辛，比如特雷布林卡，比如泰迪随哈利法克斯轰炸机坠入火海。饮酒是唯一止泪的方法，好帕米拉。锐迪安特煤气炉上的火苗颤抖着熄灭了。引火器也灭了。她不知煤气什么时候会泄漏。不知气味是否会将自己惊醒，不知自己是否会起身重

---

[1] 西谚说"上帝的磨盘转动得很慢，但十分细致绝不疏漏"，意思与中国的"天网恢恢，疏而不漏"同，指坏东西迟早会被消灭。
[2] 语出济慈诗歌《夜莺颂》。

新把火打燃。她没想到自己会像一只狐狸一般，冻死在窝里。帕米拉会看到明信片的，她会明白自己心中的感激。厄苏拉闭上眼睛。她觉得自己已经一百多年没睡过觉，已经非常非常累了。

黑暗笼罩下来。

# *Part 2*

## 第二部分

厄苏拉不知道。她不知道自己是否有度量快乐的尺码。她模糊地记得升腾的愉悦，记得黑暗中的坠落，但它们似乎都只属于那个梦影重叠的世界，那个世界从未消失，却飘忽不定。

# 雪

一种温热、陌生的奶香惊动了昆妮。昆妮是只猫，严格来说属于格洛弗太太，虽然后者对此浑然不觉。这只大三花与格洛弗太太同时来到狐狸角，来时装在一个毯织包中，仿佛一个小号的格洛弗太太，它很快将灶台边格洛弗太太的专用温莎椅据为自己的地盘。虽然有了自己的椅子，三花并不停止在家中所有其他坐具上留下自己的毛发，这其中也包括床。休不大喜欢猫，时常因为那"脏兮兮的东西"不知为何总有办法把毛弄在他的礼服上而抱怨。

这只三花的心肠比其他猫都坏，谁离它太近它就打谁，像斗兔比赛中的兔子那么凶。同样不大喜欢猫的布丽奇特说，它肯定有恶魔附体。

这股陌生而又美妙的香味究竟从哪儿来呢？昆妮无声地踏上楼梯，来到二楼主卧。炭火温暖着房间。这是一个好房间，床上铺着松软的厚鸭绒被，熟睡的人类躯体发出有节奏的轻柔呼吸。一张与猫的尺寸完美契合的小床上摆着一块与猫的尺寸完美契合的有温度的小垫子。昆妮反复踩着这块肉乎乎的小垫子，突然被带回了自己的童年。它趴下来，将自己安顿得更为舒适，喉中发出了低沉而幸福的呼噜声。

尖针刺在她柔软的皮肤上，这种触感将她从梦中惊醒。这是一种陌生的疼法，但她很不喜欢。突然她的嘴又被什么捂上了。某种东西闭塞了她的口鼻。她越是猛力吸气，就越是无法呼吸。她被压住了，没有了空气，没有人救援。坠落，坠落，像只被枪打中的小鸟。

昆妮很快乐，正在忘乎所以的当口，突然听见一声尖叫，感到自己被一把抓起，从房间这一头扔到了那一头。它一边愤怒地发着咝咝声，一边退出门外。它知道自己反抗的胜算很小。


毫无生命迹象。小小的胸腔松懈着，完全静止不动。希尔维自己的心脏像一只处于体内的拳头，在胸膛上砸着，仿佛要砸出个洞。竟然还有这种威胁！可怕的战栗潮水般涌过她的全身。

她本能地将嘴凑到婴儿脸上，罩住她小小的口鼻。她轻轻地往里吹气。吹呀。吹呀。

婴儿活了过来。几乎不费周折。（"肯定是凑巧。"费洛维大夫听说这一医学奇迹后表示，"您采取的办法听上去不太可能救活什么人。"）


布丽奇特送完牛肉清汤，下楼回到厨房，严肃地对格洛弗太太说："托德太太让我告诉厨子——也就是您，格洛弗太太——猫不能再留着了。最好杀掉。"

"杀掉？"格洛弗太太感到无比愤怒。重新回到火炉边老位置的猫咪，此时抬起头，恶狠狠地盯住布丽奇特。

"我只是传达她的意思。"

"让她先杀了我！"格洛弗太太说。


哈莫太太尽量做淑女状，小口啜饮热朗姆酒。这已经是第三杯，她已经面红耳赤。她本来要去一户人家接生，被风雪堵在半路，无奈进入查尔芬特－圣彼得外的蓝狮酒馆的雅座上休息。除非迫不得已，此类地方她平常不会来。不料酒馆内竟有一炉旺火，气氛和谐愉快，身边的人竟也都很友善。黄铜马饰、锡制酒壶交相映着炉火。从雅座可以看到吧台另一侧，觥筹交错的大酒池，酒精流量比这边雅座要频繁得多，粗放狂野，毫无秩序。大家正齐声高唱一首歌。哈莫太太惊讶地发现，自己的脚也和着节奏在地板上踏起来。

"您该看看外头的雪，"酒馆老板凑过擦得锃亮的黄铜大吧台说，"说不定大伙儿都得在这儿困上好几天。"

"好几天？"

"您不妨再来一小杯朗姆酒。反正今晚您哪儿也去不了了。"

# 仿佛洞中之狐

## 1923年9月

"所以你再也不去看科莱特大夫了？"伊兹问，她打开珐琅烟盒，盒中整齐陈列着一排寿百年黑俄罗斯。"抽不抽？"伊兹把所有人都当作同龄人来相处。这出于她的懒惰，但也给她增添了一种迷人之处。

"我今年十三岁。"厄苏拉说，认为这句话应该可以同时回答对方的两个问题。

"这年头十三岁可以算大人。生命可以很短，你知道。"伊兹补充说，拿出一个乌木和象牙镶嵌而成的烟嘴。她四周扫了一眼，想找个能打火的招待。"我真想念你常去伦敦的日子。陪你去哈利路，然后请你到萨沃伊酒店喝茶。顺便也请我自己。"

"我已经一年多没看科莱特大夫了。"厄苏拉说，"他们说我已经好了。"

"那就好。我则相反，全家人①说我无药可救。你嘛，当然啦，是个有

---

① 原文此处为法语：la famille。

教养的小姐①，从来不懂什么是为别人的罪孽付出代价。"

"哦，这可说不好。我想我还是懂一些的。"

正是周六的午饭时间，两人在辛普森之家吃饭。"这就是女人闲暇时的消遣。"伊兹说。两人眼前摆着大块血淋淋的去骨牛排。梅丽的母亲肖克洛斯太太是个素食主义者。厄苏拉想象着她面对这样大块的腿肉时会多么惊惧。休说，肖克洛斯太太是个波希米亚浪漫主义者。格洛弗太太说，她是疯子。

伊兹凑近火速赶来给她点烟的男招待。"多谢，亲爱的。"她含糊地说，双眼定定盯着对方，看得对方的脸红成了盘中牛排的颜色。"烤牛肉②。"伊兹对厄苏拉说，挥挥手赶走了招待。她说话总是夹着法语词（"我幼时在巴黎待过一段，当然，还有战争的缘故……"），"你会说法语吗？"

"嗯，我们在学校说。"厄苏拉说，"但这不代表我会说。"

"你挺爱开玩笑，对吧？"伊兹深吸香烟，噘起她弓得很厉害的嘴唇，仿佛在呼出香烟以前她准备先吹一会儿小号。坐在近旁的几个男人纷纷转头，痴痴地看着。她对厄苏拉眨眨眼。"你学的第一个法语词肯定是即视感③。可怜的小东西。也许你小时候摔跤撞了头。我真希望自己也撞过。来，吃吧。我饿死了。你呢？其实我正在节食。不过说真的，生活中需要忍耐的事已经够多了。"伊兹说着，兴致勃勃地切起牛肉来。

这说明她的胃口已经恢复。她在玛丽勒本的火车站接厄苏拉时，脸色发绿，说自己因为在哲曼路酒吧里一场"有伤风化"的派对后吃喝了牡蛎和朗姆酒（"永远不要将它们搭配在一起"），所以"有些晕乎"。现在她显然已经完全忘了牡蛎的事，像闹饥荒一样吃着，虽然她照例声称自己正在"控制体重"。另外她还声称自己"穷得叮当响"，但花钱仍似行云流水。"没有乐趣的人生还有什么意义？"她说。（"她的人生除了乐趣就没有别

---

① 原文此处为法语：jeune fille bien élevée。
② 原文此处为法语：Le rosbif。
③ 原文此处为法语：déjà vu。

的。"休曾经这样气鼓鼓地说。）

乐趣——以及与之伴生的一系列好处——对她是很有必要的，伊兹说，这可以缓解她"加入工人阶级"，必须"终日狂敲"打字机来赚取生活费的苦楚。"苦楚！天哪，不知道的还以为她在煤窑里敲煤为生呢！"在狐狸角一次气氛紧张的家庭午餐后，希尔维不快地说。伊兹走后，她同布丽奇特一起收拾餐桌，气得将皇家伍斯特骨瓷果盘掼在桌上，发狠道："她从会说话开始就没有一句人话，除了胡说什么也不会。"

"这可是家传的宝贝。"休说着抢下伍斯特果盘。

伊兹曾设法在报社找到一份写专栏的工作（"天知道怎么找到的。"休说），专栏面向"单身群体"，名叫"现代单身女性的多彩生活"，一周发一篇。"谁都知道，现在单身男性的数量已经周转不过来。"她坐在狐狸角摄政风格的华丽餐桌前，一边撕面包卷一边说。（"没见你缺过。"休低声数落。）"可怜的年轻人都死光了。"伊兹只当没听见，继续道。她毫不体谅母牛的辛勤劳作，大方气派地往面包卷上抹着黄油。"我们无力改变这一事实，只能尽量在没有他们的前提下活得更好。现代妇女必须学会自食其力，不能再将希望系于家庭保护。女人们必须在心理、经济上达到独立，最重要的是还必须在精神上达到独立。"（"一派胡言。"又是休说。）"大战牺牲的不仅仅是男性。"（"区别是他们死了，你还活着。"希尔维发出冷冷的声音。）

"当然，"伊兹说，心里惦记着身边格洛弗太太端的那锅温莎浓汤，"下等阶级的女人世世代代都在工作。"格洛弗太太狠狠瞪了她一眼，捏汤勺柄的手攥紧了。（"温莎浓汤，多么美味的东西，格洛弗太太。你往里放了什么竟这样好喝？是吗？是吗？真是太有意思了。"）"我们正向无阶级分别的社会转型。"这句话是针对休说的，却从格洛弗太太处收获了冷嘲热讽的"哼"的一声。

"这么说，从本周起你变成布尔什维克了？"休问。

"如今人人都是布尔什维克。"伊兹轻率地断言。

"她嘴里还吃着我们的饭呢！"休大笑道。

"真是愚蠢至极！"伊兹终于赶往火车站后，希尔维说，"而且化那么浓的妆！不知道的还以为她要演戏。当然啦，在她脑子里，她就是在表演。她就是她自己的舞台。"

"还有那个发型。"休痛心疾首。不用说，伊兹当然是他们认识的所有人里第一个剪波波头的人。休明确禁止自家女眷剪短发。父命刚一下达，平时总是很听话的帕米拉就同维妮·肖克洛斯一起进城，两人各剪了一个脑后推高的波波头回来。（帕米拉的理性分析是"这样做游戏时方便"。）她保存了自己的两条粗辫子，不知是为它们自豪，还是为了留个念想。"你这是要造反？"休说。由于两人都不是针锋相对的性格，对话就此结束。两条辫子放进了帕米拉内衣抽屉的后面。"谁知道呢，或许哪天能派上用场。"她说。家里没有人能想得出可以派什么用场。

希尔维对伊兹的不满并不局限在她的发型和妆容上。她为伊兹孩子的事至今无法原谅她。孩子现在应该已经十三岁，与厄苏拉同龄。"小弗里茨，或小汉斯。"她说，"流着与我的孩子一脉相承的血。但是，当然啦，伊兹关心的人只有她自己。"

"她也没有那么肤浅，"休说，"我想，她一定是在战争中目睹了不少可怕的事。"好像他自己不是一样。

仿佛要赶走头顶飞舞的一圈蚊蝇，希尔维将头猛地向后仰去。她真嫉妒伊兹有这场战争，连战争的丑恶都一起嫉妒。"不管怎么说，她都是个白痴。"她说。休笑着说："对，她的确是白痴。"

伊兹的专栏大致只描写她自己的紊乱生活，穿插一些荒谬无稽的社会评论。上周的《到底要多短？》本应讨论"被解放的裙摆不断变短"的问题，然而，伊兹在文章中大谈自己练就一对漂亮脚踝的心得。用脚尖站在一级楼梯上，脚跟悬空，向下压低，低过楼梯平面。帕米拉在阁楼楼梯上练了一个礼拜，宣布此法无效。

虽然很不情愿，休仍然每周五买一份伊兹供稿的报纸，在回家的火车上阅读，"看看她又在写什么"（然后将这不堪入目的报纸扔在玄关桌上，再由帕米拉抢救下来）。休内心深藏一份恐惧，怕伊兹会在报上写到他。唯一让他松口气的是，伊兹写稿时总是用笔名黛尔菲恩·福克斯，希尔维说这是她听过"最愚蠢的名字"。"嗯，"休说，"黛尔菲恩是她的教名，是她教母给她起的。'托德'又是'福克斯'的旧称，所以这里面还有一些逻辑。当然我并不是在维护她。"

"但这就是我的名字，我的出生证上就是这么写的。"喝开胃酒时受到质问的伊兹看起来很委屈，"而且也与先知戴尔菲谐音。我觉得很适合我。"（"所以她现在是先知了？"希尔维说，"她要是先知，我就是图坦卡蒙的女祭司。"）

伊兹以黛尔菲恩的身份写作，已经不止一次提到了"我的两个侄儿"（"两个都是小坏蛋！"），幸好没给侄儿署名。"只是目前没有。"休阴沉地说。她为这两个显然是虚构的侄儿杜撰了许多"奇闻逸事"。现实中，莫里斯已经十八岁（伊兹的"健康结实的小朋友"一个九岁、一个十一岁），还在念寄宿学校，一生与伊兹相处的时间加在一起不足十分钟。泰迪则生来不喜欢牵扯任何可能发展成奇闻逸事的事情。

"这两个男孩究竟是谁？"希尔维质问。她面前摆着格洛弗太太做的维罗妮卡龙利鱼，这道菜格洛弗太太的发挥时好时坏。她将报纸折起放在桌上，只用食指尖点着伊兹的专栏，好像上面沾了细菌。"跟莫里斯和泰迪到底有没有关系？"

"吉米呢？"泰迪问伊兹，"你为什么不写他？"吉米身穿天蓝色绒线夹克，显得很精神，正专心用勺挖马铃薯泥吃，似乎并不在乎自己的形象是否出现在伟大的文学作品中。他是和平带来的孩子，那场结束了所有战争①的大战是为吉米而打的。然而，希尔维对这一家庭新成员的到来又一次表现出惊讶（"原先我觉得四个已经很齐全了。"）。希尔维一度对生育一无所知，现在她反倒对如何节育一筹莫展了。（"吉米是计划外产物。"希尔维说。"那种时候我无法做计划。"休说。两人笑了。）

吉米的降生让厄苏拉感到自己离家庭中心更遥远了。她仿佛一件器物，

---

① 指第一次世界大战。

因为桌子挤而退居边缘。一个异类，她无意中曾听希尔维对休这么说。一个神神道道的小异类。但是既然是在自己家里，又怎么能是异类？"你真的是我妈妈吗？"她问希尔维。希尔维笑着说："现在想改已经晚了，亲爱的。"

"她是孩子里比较奇怪的一个。"她又对科莱特大夫这么说。

"唉，孩子一多总会这样。"他说。

"别再写我的孩子了，伊索贝尔。"希尔维情绪激动，对伊兹说。

"看在上帝的分儿上，他们是虚构的呀，希尔维。"

"虚构也不行。"她撩起桌布，观察脚下。"你的脚在干吗？"她生气地问对面的帕米拉。

"我在用脚踝画圈。"帕米拉答，毫不顾及希尔维的心情。最近帕米拉的胆子大起来，同时却又很有理，这让希尔维尤其不快。（"你简直跟你父亲一模一样。"这天早上，她刚为一次小小的分歧这样说过帕米拉。"跟父亲一样不好吗？"帕米拉说。）帕米拉擦掉吉米粉红小脸上沾的马铃薯泥，说："先顺时针转，再逆时针转。伊兹姑姑说，这样练就的脚踝形状姣好。"

"任何一个理智的正常人都不会去听伊兹的话。"（"什么？"伊兹说。）"另外，你现在还小，不必关心脚踝形状。"

"可是，"帕米拉说，"你跟我一样大时，都快嫁给爸爸了。"

"噢，太好了。"休看见格洛弗太太端着女皇米布丁①站在餐厅门口，准备隆重登场时，松了一口气，"您一定是得了艾斯克菲②亡灵附体，格洛弗太太。"格洛弗太太情不自禁地看了看身后。

"噢，太好了。"伊兹说，"内阁布丁。辛普森之家做这种保育食品很

---

① 原文此处为法语：Riz impératrice。
② 艾斯克菲（Auguste Escoffier），法国名厨。

有一套。以前我们有个保育室，你知道吗？占房子最高一层。"

"在汉普斯泰德？在奶奶家？"

"正是。当时我还很小，就像现在的吉米。"伊兹显出一丝忧伤，仿佛忆起了一段忘却已久的伤心事。她帽端的鸵鸟毛也仿佛感到了情绪变动而颤抖起来。直到侍者送来盛在船形沙司碟里的蛋黄酱，她才恢复情绪。"这么说，你不再有那种奇怪的即视感了？"

"我吗？"厄苏拉说，"没有了。也不是没有，有时有，但不经常。以前有，你知道。现在差不多没了。"真的没了吗？她不知道。她的记忆仿佛许多一小汪一小汪的回声，瀑布般倾泻下来。回声能够倾泻吗？也许不行。在科莱特大夫的帮助下，她曾努力学习用词精确（很大程度上没有成功）。她思念周四下午那惬意的一小时（他称为面对面①。又是更多的法语）。她喜欢从狐狸角解放出来的感觉，喜欢跟这个给予她全神关注，且只给予她一个人以关注的人在一起，自从十岁第一次上门问诊就一直如此。有人会送她去火车站，这个人有时是希尔维，更常是布丽奇特，伊兹在另一头的车站接她，虽然希尔维和休都怀疑把孩子托给伊兹并不可靠。（"便利，"伊兹说，"便利往往战胜原则。就我自己而言，如果有个十岁的孩子，是不会放心他一个人出门的。""你是有个十岁的孩子。"休指出。也就是小弗里茨。"我们不能找找他吗？"希尔维说。"大海捞针。"休答，"而且德国佬加入了盟军。"）

"反正我挺想你，"伊兹说，"所以就想让你白天来一次。没想到希尔维竟同意了。我和你母亲之间，可以这么说，某种程度上存在冷淡的关系②。她觉得我疯狂堕落，为安全起见不应该结交。不管怎么说，我都想把你从牧人手中解放出来。你让我想起我小时候。"（厄苏拉心想不知这是好是坏。）"我们可以做一对忘年交，你说呢？帕米拉同你相比缺一点灵气。"

---

① 原文此处为法语：tête-à-tête。
② 原文此处为法语：froideur。

伊兹继续道，"打网球、骑自行车，难怪她脚踝这么健壮。虽然运动能力强，但是嘛……还学科学！科学简直没有意思。再说你们家的男孩……唉，男孩还有什么可说。但是你，你那些关于未来的知识，很有趣，厄苏拉。你似乎能未卜先知。我们应该给你配一辆吉卜赛大篷车，再给你一只水晶球，一副塔罗牌。你说些类似'被淹死的腓尼基水手①'之类的话。你能看见我所有的未来吗？"

"不能。"

"转世，"科莱特大夫问她，"这种说法你知道吗？"十岁的厄苏拉摇摇头。她所知道的事还没有多少。科莱特大夫在哈利路上有一套好房子。他领厄苏拉走进一间，四壁铺有暖色华美橡木墙裙，地上是红蓝几何图案厚地毯，堆满木炭的火炉里燃着饱满的炉火，壁炉两侧各有一把大皮扶手椅。科莱特大夫身穿哈利斯手工细条纹三件套礼服，挂大金表，身上有丁香和烟叶气味，脸上总是笑盈盈的，好像他马上就要去烤麦芬蛋糕，或给她念一个特别有意思的故事，不过他没做这两件事，而是面带笑容地对厄苏拉说："那么，我听说你想杀了你家保姆？"（哦，原来我是因为这个才来这里的呀。厄苏拉心想。）

他从屋角的一只俄国茶炊里给她倒了一杯茶。"我不是俄国人，远远不是。我是梅德斯通人。但是大革命前我去彼得堡玩过。"他和伊兹只有一个共同点，那就是对待儿童的方式：他对你就像对待大人一样，至少表面如此。茶浓得发苦，只能放许多白糖，就着摆在两人中间桌上的亨特利-帕尔莫牌马利饼，才喝得下去。

他是在维也纳学的医（"还能是别的地方？"），但据说他的路是自己走的，谁也没有收他做过门徒，虽然他"在许多老师门下学习过"。"一个人在前进时必须谨慎，"他说，"要在纷乱的思维里小心理出一条路来。完

① 语出诗人T.S.艾略特作品《荒原》第一部分，此部分提到一个会相命的索索斯垂丝女士，诗中她用塔罗牌算命，抽出一张牌，说："这是你的牌，被淹死的腓尼基水手。"

成分裂自我的统一。"厄苏拉一个字也没听懂。

"保姆对吗？是你推下楼的？"这个问题由一个提倡"谨慎"和"小心"的人提出来，显得粗暴而直接。

"是意外。"她不认为布丽奇特是"保姆"，布丽奇特就是布丽奇特。而且这已经是好几年前的事了。

"你母亲很担忧。"

"我只希望你能生活得快乐，亲爱的。"希尔维在科莱特大夫处做了预约后这样解释。

"难道我不快乐？"厄苏拉很纳闷。

"你自己觉得呢？"

厄苏拉不知道。她不知道自己是否有度量快乐的尺码。她模糊地记得升腾的愉悦，记得黑暗中的坠落，但它们似乎都只属于那个梦影重叠的世界，那个世界从未消失，却飘忽不定。

"就像是另一世？"科莱特大夫问。

"对。但同时也是此世。"

（"我知道她有时会说些奇怪的话，但有必要找精神医师吗？"休皱起了眉头，"她只是年纪还小。她没病。"

"当然不是病，但是需要一点治疗。"）


"然后你就好了，像变魔术。多神奇。"伊兹说，"那个精神科医师，人挺古怪，不是吗？我们要不要再叫盘奶酪？这里的斯蒂尔顿奶酪气味浓郁。还是现在就走，去我那儿？"

"我饱了。"厄苏拉说。

"我也是。那就走吧。是由我来付钱吗？"

"我没有钱，我十三岁。"厄苏拉提醒她。

两人离开餐馆，出乎厄苏拉意料，伊兹沿河岸街往上走了几码，坐进一辆闪闪发光的敞篷车里。车被极为大意地停在煤窑小酒馆的门外。"你竟有车！"厄苏拉惊呼。

"这辆车好吧？严格地说我没有付钱买。上车吧。阳光牌跑车。不用说比救护车好得多。现在这种天气开正合适。我们沿着河堤兜兜风怎么样？"

"好，谢谢。"

"啊，泰晤士河。"行至看得见河流的地方，伊兹说，"可惜仙女不在①。"这是九月末一个可人的下午，清爽得像一只苹果。"伦敦真美，不是吗？"伊兹说。她仿佛在布鲁克兰赛道上赛车一样开得飞快，令人既害怕又刺激。厄苏拉心想，伊兹既然能开着救护车安然穿越战火，在维多利亚滨河大道上开车应该不会闹出什么悲剧。

驶近威斯敏斯特桥时，伊兹不得不放慢车速。一大群失业者正在示威游行，示威很安静，大多数人默不作声，队伍挡住行人的去路。*我曾出征海外*。悬在高处的一块标语牌上这样写道。另一块写着：*我饿，我要工作*。

"一群懦夫，"伊兹鄙夷地说，"这个国家永远也不会有革命。至少以后不会再有了。我们不过砍了一个国王的脑袋，竟一直检讨到今天②。"一个衣着破烂的男人来到车边，对伊兹喊叫了一通，虽然口齿不清，但意思很明显。

"让他们去吃蛋糕吧③，"伊兹嘀咕道，"她可从来没说过这句话，你知道吧？玛丽·安托瓦内特。历史对她歪曲得相当厉害。历史对一个人的评价你永远不要全信。基本大部分评价都是谎言，能有一半是真的就很不错了。"很难判断伊兹究竟是保皇派还是共和派，"最好不要将自己与任何一派牵扯得太紧密。"她说。

阳光牌小轿车慢慢在人群中开出一条路，大本钟庄重地鸣响下午三点。*在那之后，有一条长龙般的人流，我不敢相信，死神竟毁掉这样多生命④。*

---

① 语出T.S.艾略特《荒原》。

② 此处指1649年处决查理一世。

③ 原文此处为法语：Qu'ils mangent de la brioche。据说法国大革命前夕，法国王后玛丽·安托瓦内特听说农民已经穷得吃不起面包，曾无知地说"那就让他们吃蛋糕好了"，蛋糕显然比面包更昂贵，此话表现了她对农民困苦的漠不关心。据说没有任何证据说明她真的说过这句话。

④ 原文此处为拉丁语：Si lunga tratta di gente, ch'io non avrei mai creduto che morte tanta n'avesse disfatta。（语出但丁《神曲》。）T.S.艾略特在《荒原》中曾写"人群拥往伦敦桥，那么多人，我想不到死神毁了那么多人"，隐射了但丁的这句诗。伊兹和厄苏拉经过威斯敏斯特桥，也看到许多人，所以伊兹通过艾略特写的桥上的这句，联系到了但丁。

你读过但丁吗？应该读一读，他写得很好。"伊兹为什么知道这么多诗？

"哦，"她轻描淡写地说，"上学学的呗。战后我还在意大利待了段时间。当然，有个情人，是个落魄的伯爵。找情人在意大利几乎是习俗①。你很吃惊吗？"

"不不。"其实她很吃惊，而且完全明白了母亲和伊兹之间为何存在"冷淡的关系"。

"轮回是佛教的核心思想。"科莱特大夫会抽着他的海泡石烟斗这样说。与科莱特大夫的每一场谈话都有这件器物的参与。或者通过大夫的姿势——大量用一头的烟嘴和另一头的烟锅完成的（华丽的）点指动作——自然也少不了倒烟渣、填烟叶、夯实烟叶、点火等仪式。"你听说过佛教吗？"她没有。

"你几岁？"

"十岁。"

"还小。也许你还存有前世的记忆。不过佛教并不认为转世后的你还是前世的你，转世后的环境也不会是前世的环境。而这恰恰是你的感觉。你在前行的路上时上时下，我想偶尔还会时左时右。涅槃是最终目标。也即达到无的境界。"作为一个十岁的儿童，厄苏拉感到有才应该是她的目标。"大多古代宗教，"他继续道，"都与轮回有关——都像蛇咬住自己尾巴。"

"我已经行过坚信礼了，"她想帮助大夫了解自己，因此说，"在英格兰教会。"

科莱特大夫是他家邻居肖克洛斯少校介绍给自己太太，再由他太太介绍给希尔维的。肖克洛斯少校说，科莱特大夫治好了很多从战争生还"需要帮助"的男人（据说少校本人也曾"需要帮助"）。厄苏拉的行动轨迹偶尔与大夫的其他病人有所交集。比如在候诊室里，她曾看见一个精神崩溃的年轻

---

① 原文此处为意大利语：de riguerur。

男人一边凝视地毯一边静悄悄地与自己交谈，还有一人在和着一段谁也听不见的声音用脚不停打拍子。前台接待员达科沃斯太太的丈夫死于战场，她战时就是护士，对待厄苏拉一贯和蔼可亲，给她吃薄荷糖，向她家里人问好。一日，楼下门铃未响，一个男人却步履踉跄地冲进候诊室。他看起来不知所措，略显狂暴，木桩一般戳在屋子当中，直勾勾地盯着厄苏拉，仿佛以前从未见过儿童。达科沃斯太太走过去，带他来到椅子跟前，一起坐下，像母亲一样温柔地搂住他说："比利，比利，今天你又怎么了？"比利就把头放在她胸前，呜呜地哭了起来。

如果是小时候的泰迪这样哭，厄苏拉是受不了的。这种哭声能在人心里划出深得吓人的口子，在里面倒满悲伤。厄苏拉希望泰迪永远也不会悲痛得发出这样的哭声。候诊室里的这个男人同样也令厄苏拉心疼。（"一个母亲每天都能感到类似的心疼。"希尔维说。）

此时，科莱特大夫走出来说："进来，厄苏拉，我稍后再看比利。"而当厄苏拉结束当日治疗回到候诊室时，比利已经不在了。"可怜的人。"达科沃斯太太忧伤地说。

达科沃斯太太说，战争迫使许多人不得不重新寻找人生的意义——"神智学，玫瑰十字主义，人智学，灵性学。每个人都在为自己的损失找可以接受的理由。"科莱特大夫失去了一个儿子，他曾是女王皇家军团团长，名叫盖伊，死于法国阿拉斯。"我们不得不称颂牺牲，厄苏拉。不得不承认它的崇高。"他给她看一张照片，不是穿军装的艺术照，只是一张普通照片，照片上一个男孩身着白色板球制服，自豪地与球拍立在一起。"本来可以上县里打球的。"科莱特大夫忧伤地说，"当我想起他时——当我想起他们所有人时，我都想象他们正在天堂打一场永不结束的球赛，那是六月一个完美无瑕的下午，球赛一结束，茶点就会端上来。"

只有一点很可惜：球赛不会结束，小伙子们永远都吃不到下午茶。宝森也在天堂，老皮靴山姆·威灵顿也在。克拉伦斯·杜德兹也在。他在停战那天染上西班牙流感，速度惊人地死掉了。厄苏拉很难想象这些人聚在一起打板球比赛的样子。

"当然，我并不相信上帝。"科莱特大夫说，"但我相信天堂。人必须相信有天堂。"他似乎十分沮丧。厄苏拉不明白他说的这一切究竟为何能对她起治疗作用。

"从更科学的角度说，"他讲，"或许你脑部负责记忆的部分有一点瑕疵，一个神经上的差错，导致你产生重复经验的错觉。就好像什么东西卡住了一样。"他说，她并不是真的死而复生，而仅仅是感觉如此。厄苏拉不明白二者之间有什么区别。她究竟有没有卡住？如果卡住，又是卡在了哪里呢？

"无论如何，我们都不希望看到这种感觉引导你去杀可怜的用人，对不对？"

"那件事已经过去很久了，"厄苏拉说，"您说得仿佛我一直想杀用人似的。"

"她总是很消沉。"希尔维带厄苏拉去哈利路见科莱特大夫时说。这是她第一次（也是最后一次）带她一起来，在此之前她显然与科莱特大夫已经谈过话。厄苏拉很想知道他们当时都说了些什么。"总是很惆怅，"希尔维继续道，"如果是大人，我倒可以理解——"

"你可以吗？"科莱特大夫凑上前去说，嘴里的海泡石烟斗显示出浓厚的兴趣，"你真的理解吗？"

"有问题的不是我。"希尔维说着，尽量露出最为亲切可人的笑容。

这么说是我有问题？厄苏拉心想。不管怎么说，她不是要杀布丽奇特，而是要救她。但如果不救她，就等于让她去牺牲。科莱特大夫不是说过，牺牲是崇高的吗？

"如果我是你，就会采取传统的道德引导。"他说，"不要随便谈论命运，这对一个小女孩来说实在太沉重。"他从椅子里起身，在火上加了一铲煤。

"佛教有个分支，叫禅宗。有些禅宗派的人说，坏事的发生可能是为了阻止更坏的事。"科莱特大夫说，"不过，世上当然也有一些坏到不能再坏的情况。"厄苏拉猜他一定是想起了盖伊，迷失在阿拉斯，永远放弃了他的下午茶和他的黄瓜三明治。

"试试这个。"伊兹说，她挤压雾化球往厄苏拉方向洒了些香水，"香奈儿五号。它真了不起。*她真了不起，她和她新奇的合成香水。*"她哈哈大笑，仿佛开了一个高明的玩笑，又在卫生间里洒了一朵看不见的香云。这与希尔维时常郑重涂抹在身上的花香很不同。

她们终于来到伊兹位于贝赛尔路的公寓（"地段①一般，但离哈罗德百货近"）。伊兹的卫生间铺了粉红色和黑色的大理石壁砖（"我自己设计的，漂亮吧？"），线条僵硬，到处是棱角。厄苏拉想到一个人在里面滑倒的后果，觉得心里很疼。

公寓房里一切都是新的。与狐狸角很不同。在那里，祖父传下的老座钟在大厅里当当敲打着时间，实木拼花地板上隐约可见经年形成的铜绿。缺指断臂的迈森瓷娃娃，耷拉耳朵的仿真斯塔福德郡斗牛梗，这些东西与伊兹房里的电木书挡和缟丝玛瑙烟灰缸毫无共同之处。贝赛尔路上的一切彻骨的新，仿佛属于一个商店。连书都是新的。小说、散文、诗歌。作者厄苏拉都没听说过。"做人要跟上时代。"伊兹说。

厄苏拉在浴室镜前审视自己。伊兹站在她身后。一个靡菲斯特，一个浮士德。伊兹说："天哪，你大了还挺好看的。"然后把她的头发摆弄成各种形状。"必须剪一剪，"她说，"你应该去找我的发型师，他很厉害。你再不弄弄就要变成挤奶女工了。但我觉得，你有潜质成为美艳而危险的女人。"

伊兹在卧室里旋转舞蹈，哼唱"希望自己像凯特一样会跳抖肩舞"。"你会抖肩吗？瞧，很简单。"事实证明抖肩并不简单，两人笑得在缎面鸭绒被上滚作一团。"挺好玩的，不是吗？"伊兹哑声模仿伦敦本地口音。卧室相当乱。丝质衬裙，绉纱睡袍，丝袜，不成对的鞋，扔得到处都是，都覆

---

① 原文此处为法语：endroit。

有一层薄薄的柯蒂牌修容粉。"你可以随便试穿，"伊兹满不在乎地说，"虽然你身体比我小。小美人①。"厄苏拉拒绝了。她害怕中蛊。她知道这些衣服只要穿上身，你就不再是你了。

"我们做些什么好呢？"伊兹突然觉得很无趣，说，"打牌吗？打不打比齐克？"她继续跳着舞，往客厅里一个亮闪闪的铬合金制品跳过去，这个好像从海轮驾驶舱里搬出来的东西原来是个吧台。"要喝点什么？"她面带难色地看着厄苏拉，"不，什么也别说，你才十三岁。"她叹了口气，点起一支烟，看着钟。"现在看日场表演太晚，看晚场表演又太早。约克公爵剧院正在演《伦敦来电》，据说很有意思。如果去看，你可以赶晚一班的火车回去。"

厄苏拉的手指滑过窗前桌上皇家牌打字机的机键。"作为奖励，"伊兹说，"我会把你写在这周的专栏里。"

"真的？怎么写？"

"不知道，还是虚构吧，"她说，"作家都虚构。"她从留声机下的橱里拿出一张唱片，放到转盘上。"听听这张，"她说，"你以前没听过。"

伊兹说得对。她没听过。音乐起头是钢琴，但与希尔维曼妙（而帕米拉处理得十分激昂）的肖邦、李斯特很不一样。

"这叫下等酒吧音乐。"伊兹说。一个女人粗放地唱起来，带美国口音。听嗓音，就仿佛唱的人在监狱里度过了大半辈子。"艾达·考克斯。"伊兹说，"是个黑人。唱得棒极了，不是吗？"

真的好听。

"她唱尽了女人的悲苦。"伊兹说，又点了一支烟，狠狠吸一口，"要是能找到一个富得流油的人结婚就好啦。*我所知获取幸福最有效的秘方就是赚大钱*。知道是谁说的吗？不知道？你应该知道。"像一头半驯顺的野畜，她突然发起脾气来。电话铃响了，她说："铃声救了我们。"接着便手舞足蹈地与那头看不见、摸不着的人展开了激烈对话。最后说了句"那太好了，

---

① 原文此处为法语：Jolie et petite.

半小时后见", 便挂了电话, 对厄苏拉说: "本来我是要送你去火车站, 但现在我要去克拉瑞琪家, 那里离玛丽勒本十万八千里, 然后我还要去朗兹广场参加派对, 就不能送你去车站了。你可以坐地铁去, 对吧? 你会坐地铁吗? 坐皮卡迪利线, 到皮卡迪利马戏团下, 换乘贝克鲁线到玛丽勒本下。来吧, 我们一起出门。"

一到街上, 伊兹便大口呼吸起来, 仿佛劳犯从囚禁中出来放风。"啊, 薄暮时分。"她说, "青红的天空, 真可爱, 不是吗?"她在厄苏拉的脸上亲了一下, 说: "见到你真好, 我们应该多像这样见见面。从这里开始你就认识了吧? 往前①到证券街左转就能看到骑士桥地铁站。快走吧。"


"顺随命运 (Amor fati), "科莱特大夫说, "听说过吗?"她以为他说的是"更胖的胖子 (A more fatty)"。厄苏拉糊涂了。她觉得自己和科莱特大夫都是瘦子。尼采 ("一个哲学家"), 他说, 对这四个字很感兴趣。"迎接所发生的一切, 无论其好坏。"

"尼采说, werde, der du bist, "科莱特大夫继续道, 在壁炉前的地板上磕净烟灰, 厄苏拉想象一会儿会有人来扫掉。"你知道是什么意思吗?"厄苏拉怀疑科莱特大夫以前没有接触过多少十岁儿童。"意思是: 成为你自己。"他说着, 在海泡石烟嘴里塞入烟丝, (这一定是无之前的有了, 厄苏拉想。) "尼采是跟品达 (Pindar) 学的。γένοι' οἷος ἐσσὶ μαθών. 你懂希腊语吗?"她已经完全坠入迷雾。"它的意思是: 明白你是谁, 成为你自己。"

厄苏拉以为他说尼采是跟皮纳 (Pinner) 学的, 她知道那是休的老奶妈退休后居住的地方, 老奶妈和自己的妹妹住在皮纳高街一家商户的楼上。休曾开着华美的宾利, 在某周日下午带厄苏拉和泰迪去看望她。米尔丝奶妈很吓人 (显然休并不怕她), 不断试炼厄苏拉的礼仪规范, 检查泰迪的耳朵里是否有耳屎。她的妹妹却很和蔼, 端出接骨木糖水和涂黑莓果酱的奶香小面

---

① 原文此处为法语: tout droit。

包招待他们。"伊索贝尔怎么样？"米尔丝奶奶问，双唇皱成一颗乌梅干。"伊兹还是伊兹。"休说。后来泰迪一直不停地重复这话，听起来像一小群黄蜂的嗡嗡声①。原来伊兹很久以前就是那样了。

如此看来，尼采大概不可能从皮纳区学到什么，至少不会学到信仰。

"在伊兹那儿玩得开心吗？"休在车站接她时问。休头戴灰毡帽，身穿深蓝羊毛长大衣，令人感到莫名安心。他上下打量，寻找她外貌的变化。她考虑再三，认为不宜将自己独乘地铁的事告诉他。旅途相当吓人，仿佛在森林中度过黑夜，不过，像所有女英雄一样，她活了下来。厄苏拉耸耸肩说："我们去辛普森之家吃了午饭。"

休"嗯"了一声，似乎不知道辛普森之家。

"我们听了一个女黑人唱歌。"

"在辛普森之家？"休糊涂了。

"在伊兹的留声机里。"

休又"嗯"了一声。他为她打开车门，她舒舒服服坐在了宾利的皮座椅上。父亲的车与父亲一样，令人感到莫名的安心。希尔维认为它贵得"惨绝人寰"。它的价格的确令人呼吸困难。战争让希尔维节俭得近乎苛刻：肥皂用得只剩银币大小，还要收集起来煮开，用来清洗衣物；床单中部磨破后，要竖着一裁二，将两侧完好的部分翻到中间缝起来继续用，帽子戴旧了，修补翻新后继续戴。"这种做法要是能长久，以后我们靠养鸡生蛋就能活下去了。"休取笑她。休与希尔维相反，战后变得更为大手大脚。"这很难说是银行职员应有的品质。"希尔维讲。"要珍惜当下。"休说。希尔维说："我看你并不擅长珍惜什么，倒是很会挥霍。"

"伊兹有车了。"厄苏拉主动说。

"是吗？"休说，"肯定不如我们这只猛兽华丽吧。"他满心喜悦地拍

---

① "伊兹还是伊兹"原文为"Izzie is Izzie"。

拍宾利的仪表盘。他们一边开出车站，他一边低声说："她不怎么可靠。"

"谁？"（母亲？还是车？）

"伊兹。"

"嗯，我也觉得。"厄苏拉同意说。

"你觉得她怎么样？"

"噢，你知道，无药可救了。伊兹说到底只能是伊兹。"


回到家。泰迪和吉米正在起居室桌上规规矩矩地玩多米诺骨牌。帕米拉和戈尔蒂·肖克洛斯待在隔壁。维妮比帕米拉稍大，戈尔蒂则比帕米拉稍小，帕米拉将自己的时间均匀分配给两姐妹，但三个人很少一起玩。厄苏拉最喜欢跟梅丽玩，她觉得帕米拉的这种安排十分奇怪。泰迪喜欢肖克洛斯家所有女孩，但只有南希小小的手中牢牢掌握着他的心。

哪里也看不见希尔维的影子。"不知去哪儿了。"休询问时，布丽奇特无所谓似的说。

格洛弗太太在炉上温一锅模样朴素但好吃又管饱的炖羊肉。格洛弗太太已经不跟他们住在狐狸角了。她在村上租了一间小屋，工作之余照顾乔治。乔治很少出门。布丽奇特说他是"一个可怜的灵魂"，谁见了都会这么说。天好（或就算不怎么好）时，他就坐在门前的一辆轮椅上，看外面的世界熙来攘往。他英俊的头颅（"曾经像一头雄狮。"希尔维惋惜地说）耷拉在胸前，嘴中挂下一条长长的口涎。"可怜的家伙，"休说，"还不如死了。"

有时，托德家的一两个孩子会跟着希尔维——或不大情愿的布丽奇特——一起，趁天亮去看望他。他们去他家看望他，他的母亲却在他们家照顾他们，这之中有种很奇怪的感觉。希尔维每次都毫无必要地不停地整理他腿上的盖毯，喂他喝啤酒，再像替吉米擦嘴一样替他擦口涎。

村上还有其他退伍军人，从他们伤残甚或缺失的肢体上可以看得出，所有弗兰德土地上无人认领的断肢——厄苏拉想象着它们奋力在泥泞中生根，向天空破土而出，重新长成完整的人，组成一支队伍归来复仇。（"厄苏拉心理有些病态。"她听到希尔维悄悄对休说。厄苏拉已经很擅长偷听,这是知道人们真实想法的唯一途径。可惜没等她听见休的回答,布丽奇特就火冒三丈地闯了进来。原来是哈迪——昆妮的幼崽,继承母亲的秉性——偷走了他们午饭准备吃的煨三文鱼。)

但也有人的伤情不显眼——比如科莱特大夫候诊室里的人。又比如一个叫查理·肖尔利的人,曾在皇家炮兵团服役,从战场上回来时毫发无损,却在一个春天的早上将自己的妻子和三个孩子捅死在各自的床上,并用一支巴波姆战役中杀死德国人后得到的毛瑟枪轰开了自己的脑袋。("炸得一塌糊涂,"费洛维大夫说,"这些人应该为事后收拾现场的人考虑考虑。")

失去了克拉伦斯的布丽奇特,当然也有"她自己那本难念的经"。与伊兹一样,布丽奇特也过起了独身生活,只是打发时日的办法要保守得多。全家人都参加了克拉伦斯的葬礼,连休也来了。杜德兹太太一如既往地内敛自持,希尔维想拍拍她的手臂以示安慰,她竟将手抽了回去。只有在众人脚步沉重地离开坟头时(完全不属于美丽的一种),杜德兹太太才对厄苏拉说:"他在战争中只死了一半。现在另一半也死了。"接着,她用手指在眼角轻点,拭去隐约可见的泪痕——还远没有达到可以称为眼泪的地步。厄苏拉不明白她为何选择一个孩子来倾诉,也许因为她离她最近吧。她当然不指望她做出什么反应,她于是什么也没有说。

"真是造物弄人,"希尔维说,"克拉伦斯熬过了战争,却死于一场疾病。"("万一是你们得了流感,我该怎么办?"她常这样说。)

厄苏拉和帕米拉之间就克拉伦斯下葬时究竟有没有戴面具(如果没戴,那么面具现在在哪里?)展开了漫长的讨论。两人都觉得不该去问布丽奇特。布丽奇特酸溜溜地说,杜德兹老太太终于把儿子永远留在了身边,再也不担心他被别的女人抢走了。("未免有些刻薄。"休低声道。)克拉伦斯的照片也同山姆·威灵顿的一样被放进花园小仓库里。这张照片原本是他为自己母亲拍的,拍照时他还不认识布丽奇特,还不曾踏上那条去无回的命运之路。"人越死越多了,"希尔维感叹道,"大家一定都像我一样,希望尽快忘了这一切。"

"呵呵，别人我不清楚，反正我想。"休说。

希尔维回来时，正赶上吃格洛弗太太的苹果酱吐司。吐司里的苹果是自己种的——希尔维从战争末期开始经营的小果园终于长出了果子。休问她去了哪里，她只含糊其词，提到了杰拉尔茨十字村。她在餐桌前坐下，说："我不是很饿。"

休的双眼看希尔维，向厄苏拉的方向点点头，说了句"伊兹"，用速记式关键词精彩地完成了信息的传达。

厄苏拉以为必有一番询问，希尔维只是说："天哪，我都忘了你去伦敦的事了。你全须全尾地回来了，我真高兴。"

"一个泥点子都没沾。"厄苏拉朗声说，"对了，你知道我所知获取幸福最有效的秘方就是赚大钱这句话吗？"希尔维的知识面与伊兹一样，虽不系统但很广泛。据希尔维说，这样的人的知识都是从小说里学来的。

"奥斯丁。"希尔维立即说，"《曼斯菲尔德花园》。她借玛丽·克劳福特之口说的。虽然她对这个人物表示轻蔑，但我认为奥斯丁阿姨本人其实很相信这句话。怎么了？"

厄苏拉耸耸肩说："没什么。"

"我没来曼斯菲尔德之前，从没想到一个乡下牧师还会费尽周折去搞个灌木林之类的名堂。写得很棒。我一直觉得灌木林一词能够令人联想起某一类特定的人。"

"我们家就有灌木林。"休说，希尔维不理他，继续对厄苏拉说："你应该读读奥斯丁。你现在这个年纪读正合适。"希尔维的兴致不知为何十分高昂，这与桌上暗褐色汤盆中漂着白色脂肪颗粒的炖羊肉形成对比。"真是的，"希尔维突然厉声说，情绪仿佛天气骤然恶化，"现在的生活标准真是越来越低，连自己家都这样。"休双眉抬起，赶在希尔维呼唤布丽奇特之前就起身把汤盆端了出去。他们从前的杂务女佣玛乔丽年纪已经不小，前不久不辞而别，将照料一家的重担留给了布丽奇特和格洛弗太太。（布丽奇特提醒她战争结束后玛乔丽一直没有得到加薪的事。"我们又没让她做多少事，"希尔维生气地说，"她应该知足了。"）

那天晚上，帕米拉在床上——厄苏拉和帕米拉依旧挤睡在阁楼上的卧室（泰迪说她们"像牢房里的囚犯"）——说："她为什么不请我一起去？或者只请我？"这话的语气符合帕米拉的一贯形象：毫无恶意，似乎纯属好奇。

"她觉得我有意思。"

帕米拉笑道："她还觉得格洛弗太太的温莎浓汤有意思呢。"

"我知道。我没有沾沾自喜。"

"肯定是因为你又漂亮又聪明。"帕米拉说，"而我只聪明，不漂亮。"

"胡说！你明明知道不是这样的。"厄苏拉奋起捍卫帕米拉。

"没关系的。"

"她说下个礼拜要把我写在报纸上，不过我觉得她不会写。"

厄苏拉在向帕米拉讲述伦敦见闻时，隐瞒了一幕景象。事情发生时，伊兹正在煤窑小酒馆门外的马路当中忙着掉车头，没有看见。那是一个穿貂皮大衣的女人，挽着一个举止高雅的男士从萨沃伊酒店走出来。女人因为男人说的一句什么话而恣意笑着，突然抽手在手袋里翻起钱包来，为了给人行道上一个讨饭老兵的碗里扔一把硬币。老兵没有腿，身体架在一辆可折叠的小车上。厄苏拉在玛丽勒本车站外也看过一个类似的装置，上面架着一个没有四肢的人。事实上，她在伦敦街头观察得越久，看到失去肢体的人也就越多。

然而萨沃伊酒店的一个门童突然冲了出来，来到没腿的男人跟前，后者迅速双手划地离开现场。给钱的女士与门童起了争执——他英俊而不耐烦的样子仍历历在目——而一边文雅的男人轻轻挽住女士的胳膊，将她向河岸街的上游带去。这件事的重点不在于发生了什么，而是它牵涉到的人。厄苏拉从没有见过那文雅的男人，但那生气的女人——毫无疑问——正是希尔维。即使认不出希尔维，她也绝不会认错那件貂皮大衣，那是休送给希尔维结婚十周年的礼物。她所在的地点与杰拉尔茨十字村相差十万八千里。

"唉，"伊兹终于把车头对准了正确的方向，"这个头真难掉！"

※

下一周的报纸上，厄苏拉果然没有出现在伊兹的专栏里，伊兹甚至没有用她来杜撰人物，而是写了单身女性拥有"一辆小车"后所获得的自由。"在开阔路面驾驶，远比乘坐公共汽车或在黑暗街道被陌生人尾随更有乐趣。坐在阳光牌小轿车的方向盘跟前，便再也无须紧张地回头看了。"

"我觉得很恐怖，"帕米拉说，"你觉得这事在她身上发生过吗？被陌生人跟踪？"

"肯定有很多次，我想。"

伊兹再没有把厄苏拉当成"忘年交"邀她去玩，事实上，那以后伊兹便断了消息，直到圣诞节前夜才又出现在家门前（大家按照惯例邀请了她，没有想到她真的会来），说自己"有了一点小状况"。这一小状况迫使休将她带进密室独处了一个多小时，出来后，伊兹看来被狠狠教训了一番。她什么礼物也没带，整顿晚饭都在吸烟，不停拨拉面前的食物。布丽奇特端上白兰地酒浸布丁。"年收入20镑，"休说，"年支出20.06镑。结果当然自讨苦吃。"

"真是的，别说了。"伊兹愤然离席，泰迪还没来得及给她的布丁点火。

"真不像话。"希尔维对厄苏拉说。

"我当时头有些晕①。"第二天早晨，伊兹对厄苏拉解释道，语气相当懊悔。

"我真傻，真的，"伊兹说，"我搞砸了。"

翌年初，阳光牌小轿车不见了，伊兹的地址也从贝赛尔路换到了更不起眼的瑞士小屋区（地段②更一般了）。尽管如此，伊兹仍是不可撼动的伊兹。

---

① 原文此处为法语：J'étais un peu dérangée。
② 原文此处为法语：en droit。

## 1923年12月

　　吉米病了，帕米拉申请留在家中用奶瓶锡箔盖做装饰品，让厄苏拉和泰迪两个沿小路去找冬青果。冬青果在小树丛里有许许多多，但小树丛在小路远处，天气很冷，两人都想尽量少在户外逗留。格洛弗太太、希尔维和布丽奇特三人在厨房，身陷准备圣诞晚餐的忙乱之中。

　　"不结果的冬青枝不要摘。"两人离家时，帕米拉叮嘱，"别忘了再找些槲寄生回来。"

　　由于去年圣诞的教训，两人这次准备了园艺剪和希尔维的大胶皮手套。战后，家中的花园改种了更易打理的女贞木，原本的冬青树丛没有了，他们便锁定了小路远方最大的一棵冬青树作为目标。家周围荒野气少了许多，越发整顿得有了村镇的样子，希尔维说，过不了多久，村镇就会蔓延到家门口，他们家就要被好多好多房子包围了。"人家总要有地方住嘛。"休理智地分析。"住哪里都不能住到我们跟前来。"希尔维说。

　　天上刮着恼人的风，喷着星星点点唾沫般的雨，厄苏拉真希望能留在起居室的炉火边，闻着屋里充满节日气息的百果派香。连走在身边的泰迪都只顾佝肩缩背抵抗严寒，仿佛一个恪尽职守、戴灰色套头绒线帽的小号圣殿骑士，虽然他平常总是最欢乐的一个，眼下却完全打不起精神来。"天气太没有人性了。"他说。只有特里克西仍然兴高采烈，又是掘树丛又是刨坑，仿佛家里人请它出来挖宝。由于这只狗素来极吵，常常不知为何就吠起来，当它远远地在前头狂吠时，后面的两人都并不觉得警惕。

等走到特里克西跟前，它已经安静了许多，像卫兵一样守卫着寻获的宝物。"肯定是什么东西死了。"泰迪说。特里克西善于挖掘半腐状态的死鸟，肢解更大型的哺乳类动物。"大概是只老鼠，或者田鼠什么的。"泰迪说。等他看清沟里的宝贝，禁不住"哎呀"了一声。

"我留在这里。"厄苏拉对泰迪说，"你快回去找人来。"然而当泰迪幼小而柔弱的身体在荒芜的小径上越跑越远时，她突然大喊，要他等她一起走。谁知道还有什么危险在暗中伺机，要取泰迪的性命，要取他们所有人的性命。

大家就节日期间如何处置尸体产生了分歧，最后决定暂时放在艾特林汉庄园的冰窟里，等圣诞过了再说。

与一名警官同来的费洛维大夫说，孩子死于非自然原因。女孩八至九岁，门牙已经换过，长好了，但在死亡之前又被什么东西击落。警官说，近日并没有关于女童失踪的报告，至少这片辖区没有。他们怀疑她是吉卜赛人的孩子。厄苏拉一直以为吉卜赛人只捉小孩，绝不会将小孩扔掉。

新年将至时，唐兹夫人终于同意将她交还给当局。大家去冰窖里接她，发觉她已经被打扮成了圣尸——身上布满鲜花和小礼品。脸也洗过了，头发刷得整整齐齐，扎了许多蝴蝶结。唐兹家除了在大战中死过三个儿子，以前还有一个女儿，婴儿时就夭折了，所以唐兹夫人代管尸体期间又重温了过去的痛楚，精神上有些失常。她想将女孩葬在庄园上，但村民间小有抗议，希望将她葬在教堂墓地。"绝不能像唐兹夫人的宠物一样被藏匿起来。"有人说。多么奇怪的宠物啊，厄苏拉想。

小女孩及杀人犯的身份最后也没有得到确认。警察查询了邻近的所有人。有天傍晚，警察来到狐狸角，厄苏拉和帕米拉为了听清大家说的话，就差没有直接吊在楼梯扶手上了。在楼梯上偷听对话后，她们明确了两件事：首先，村里没有嫌疑犯；其次，有人对小女孩做了"可怕的事"。

最终，女孩于旧年最后一天下葬，葬前由本堂神父赠她教名，因为大家都觉得，虽然这女孩身份成谜，但下葬时绝不能不给她一个名字。谁也不知"安吉拉"一名从何而来，但大家都觉得很合适。几乎整个村子都参加了葬礼，许多村民哭安吉拉比哭自己的亲生骨血更伤心。民众的情绪中悲伤远胜于恐惧。帕米拉和厄苏拉经常就此讨论，为什么她们认识的每一个人都立即被排除了嫌疑呢?

唐兹夫人并不是唯一受到谋杀案影响的人，希尔维也是。但她的情绪愤怒大过悲哀。"倒不是因为孩子被杀了，"她怒气冲冲地说，"虽然谋杀的确相当可气，但令我更火的是居然没人认领她。"

那以后，泰迪连续做了好几周噩梦，夜里死寂时分，他会爬到厄苏拉的床上躺下。他们将永远是最先发现她的人，他们看见了她没穿袜子也没穿鞋子的小脚——上面的乌青，蠕动的蛆——从一堆枯萎的榆树枝中伸出来，她的身体盖满冰冷的落叶。

## 1926年2月11日

　　"甜蜜的十六岁。"休说,深情地吻了吻她,"生日快乐,小熊。你的未来在前方!"厄苏拉仍然觉得有时未来也在身后,但她已经知道不应该把这种感觉说出来。他们原来要去伦敦城里的伯克利宾馆喝下午茶(正是期中放假时),但帕米拉在不久前的一场曲棍球赛中扭伤了脚踝,希尔维刚刚得过肋膜炎,在医疗站观察了整整一夜("我好像长了一对我母亲的肺。"泰迪觉得希尔维说的这句话很好笑),而吉米的扁桃体又再次发炎,刚恢复不久。"一个个都倒下了呀。"格洛弗太太一边把做蛋糕的黄油和进糖里,一边叹道,"下一个会是谁呢?"

　　"干吗要去那么贵的宾馆喝午茶?"布丽奇特说,"我看在家就挺好。"

　　"比宾馆还好。"格洛弗太太说。虽然谁也没请格洛弗太太或布丽奇特去过伯克利宾馆,事实上,伦敦的宾馆布丽奇特一家也没去过,除了"久得不知多少年以前"在邓莱里郡等英格兰渡船时曾到附近的舒尔本宾馆大堂膜拜了一下外,布丽奇特压根儿没走进过任何宾馆。格洛弗太太呢,她说自己对曼彻斯特的米德兰宾馆"相当熟悉",她的一个外甥(她似乎有无穷无尽的外甥供她取用)曾"不止一次"带她和她妹妹一起去吃过晚饭。

巧的是莫里斯也回来了，虽然他并不记得（"说不定他根本不知道。"帕米拉说）厄苏拉的生日。他在牛津大学贝利奥尔学院学最后一年法律。据帕米拉说，他"比任何时期都讨人厌"。他父母看来也不大喜欢他。"你确定他是我的儿子？"厄苏拉听到休这样问希尔维，"在多维尔时，你不会和那个哈利法克斯的倒霉蛋有过什么吧，就是那个……开磨坊的？"

"你记性真好。"希尔维笑道。

帕米拉放弃部分学习时间，做了张精美的贺卡——一件用布丽奇特的杂志上剪下来的图画粘贴而成的艺术品，烤了一炉（在狐狸角范围内）远近闻名的皮卡尼尼饼干。帕米拉正在准备剑桥格顿学院的入学考试。"想想看，"帕米拉双眼放光说，"成为一名格顿女生，多么光荣。"厄苏拉与帕米拉同校，后者即将结束高中最后两年的冲刺学习，前者的高中时代则刚刚开始。厄苏拉擅长古典学。希尔维完全看不出拉丁语和希腊语的好处（她自己从没学过，也不觉得可惜）。厄苏拉相反，对作古者的残章断句尤为痴迷。（"酸文假醋，你就直接说'死人'好了。"格洛弗太太不高兴地说。）

梅丽·肖克洛斯也被请来吃茶，她到得很早，来时照例乐呵呵的。她花零用钱从镇上的布艺店买来许多天鹅绒发饰送给厄苏拉。（"这下你永远也不会剪短发了。"休略显得意地对厄苏拉说。）

莫里斯带了两个朋友来度周末，一个吉尔伯特，一个美国人霍华德（"叫我霍维吧，大家都这么叫"），两人要挤一张床，这让希尔维有些为难。"你们一人睡一头吧，"她特意强调，"或者谁到大西部铁路那间房里搭张折叠床睡。"大西部铁路是泰迪的一套霍恩比轨道交通模型，占据了阁楼上的一整个房间，这房间原先是格洛弗太太的卧室。这套玩具吉米也可以玩。"他是你的小跟班？"霍维对泰迪说，一边使劲揉吉米的头，揉得吉米险些要摔倒。霍维的美国身份赋予他一种额外的魅力，但论长相，吉尔伯特才真正是一副深沉、异域的电影明星相。他的名字——吉尔伯特·阿姆斯特朗、他的父亲（高等法院法官）以及他所受的教育（毕业于斯托中学）都明白无误地彰显着大英民族的精英气质，然而他的母亲是西班牙一支旧日贵族的后代（"也就是吉卜赛人。"格洛弗太太总结。格洛弗太太认为，所有外国人都是吉卜赛人）。

"噢，天哪，"梅丽轻声对厄苏拉耳语，"真像诸神降临我们中间。"她将双手在胸前交叉，像翅膀一样扇了扇。"莫里斯不算。"厄苏拉说，"像他这么烦人的家伙肯定会从奥林匹斯山上被踢下来的。"

"诸神的自我，"梅丽说，"做小说标题多么好。"梅丽很想当个作家，或者艺术家，或者唱歌，或者跳舞，或者演戏；只要能万众瞩目。

"你们这些小姑娘在嘀咕什么？"莫里斯说。莫里斯最怕别人评论他，可以说已经到了过敏的地步。

"在说你。"厄苏拉说。很多女孩都喜欢莫里斯，这让托德家的女人相当吃惊。他有一头金发，卷曲但不凌乱，丝丝服帖，沟壑分明。他因为划船而练就了一副健美身材，但同时他又显然缺乏迷人的技巧。相反，吉尔伯特这时已经吻起了希尔维的手背。（"噢，"梅丽说，"还有比他更内行的人吗？"）莫里斯介绍希尔维时，说她是自己的"老妈"，吉尔伯特立即接口："您做谁的母亲都嫌太年轻了。"

"我知道。"希尔维说。

（"作风有问题。"休判断。"登徒子。"格洛弗太太说。）

三个年轻人将狐狸角填满了，房子突然缩水般小得不得了。当三人宣布要"上外头转转"时，休和希尔维都松了口气。"好主意，"希尔维说，"发泄一下过剩的精力也是好的。"三人以奥林匹亚诸神的风范跑进花园（活力四射，但缺乏神圣感），开始投入地踢莫里斯在大厅储物柜里找到的一只皮球。（"是我的皮球。"泰迪指出，似乎在自言自语。）"他们会踢坏草坪。"休一边观察他们一边说，三人正像流氓般呼啸，灰扑扑的拼花皮鞋踢飞草皮无数。

伊兹最后一个来，隔窗看见这运动三人组。"噢，"她说，"多漂亮的小伙子。可否让我带一个回去？"

从头到脚裹着狐皮大衣的伊兹说："我带了礼物。"这话其实多此一举，因为她手上的大包小包个个包装昂贵，要"给我最喜欢的侄女"。厄苏拉迅速瞟一眼帕米拉，同情地耸耸肩。帕米拉看了一眼天花板。自从几个月前和休开车去瑞士小屋区给伊兹送了箱狐狸角夏天丰收的蔬菜后，厄苏拉已经好几个月没去看她。（"一箱菜？"伊兹一边翻箱一边说，"我要一箱菜干吗？"）

那以前，伊兹曾来狐狸角小住，除了泰迪谁都不理。她带他去散长步，不厌其烦地捏他的脸。"她想把他从牧人手里解放出来。"厄苏拉告诉帕米拉。"为什么？"帕米拉问，"为了吃掉他吗？"

人家问泰迪何以得到伊兹如此的关注（主要是被希尔维逼问），泰迪表示不解。"她只是问我平时做什么，学校怎么样，有什么爱好，喜欢吃什么，交了哪些朋友，以及诸如此类的事。"

"也许她想叫我们把泰迪过继给她。"休对希尔维说，"或者卖掉他。泰迪肯定能卖个好价钱。"希尔维怒道："不许这么说，开玩笑也不行。"然而很快，伊兹就把泰迪给忘了。大家也不再去想这件事。


厄苏拉打开的第一件礼物是贝西·史密斯的唱片，伊兹立即将它放上电唱机，电唱机平常只播放爱德华·埃尔加和休最喜欢的歌剧《日本天皇》。"这是圣路易斯的蓝调音乐，"伊兹介绍说，"听这短号！厄苏拉很喜欢这种音乐。"（"你喜欢？"休问厄苏拉，"我怎么不知道？"）接着拆出一本红皮封面英译版《神曲》。又拆出一件从自由百货买来的绸缎蕾丝睡衣——"你母亲发疯一样喜欢这家店。"希尔维严正声明它"太成熟"，说："厄苏拉平时穿的是薄绒睡衣。"最后又拆出一瓶沙丽玛香水（"法国娇兰的新产品，气味高雅。"），也招致希尔维类似的评价。

"你嫁人的时候不也还是孩子？"伊兹说。

"又不是十六岁，我那时已经十八岁了。"希尔维板起嘴唇，"要不我们也来说说你十六岁时都干了些什么吧，伊索贝尔？"

"她干了什么？"帕米拉急不可耐地问。

"不是什么重要的事①。"伊兹推辞。最后又从她带来的丰富礼物中拿出一瓶香槟。（"她还不到喝酒的年龄！"）

"最好冰一冰再喝。"伊兹将酒递给布丽奇特。

休完全糊涂了，又惊又疑地盯着伊兹："这些东西难道是你偷来的？"

"啊，那是黑人音乐。"三个男孩回到屋里，霍维说。三人立即拥进客厅，身上隐隐带着篝火的气味，和一种说不清道不明的气味（"雄性动物特有的气味。"伊兹嗅着空气，喃喃自语）。贝西·史密斯已经放到第三遍，休说："听多了还真不错。"霍维随着音乐跳了几步，很有野人的感觉，接着对吉尔伯特耳语了几句。吉尔伯特大笑，作为贵族后裔未免笑得过于粗放，虽然那贵族是外国贵族。希尔维击掌说："你们要不要吃点钵仔虾仁？"就带他们往餐厅走。等她意识到三人的脏鞋在地上留下了一串鞋印时，为时已晚。

"他们没打过仗。"休说。仿佛这样就能为他们的自由散漫正名。

"没打过仗好，"希尔维说，"就算多么一无是处，也还是没打过仗的好。"

"现在，"分完蛋糕后，伊兹说，"我还有最后一件礼物——"

"看在上帝的分儿上，伊兹，"休再难克制了，"究竟是谁在替你付钱？你一分钱都没有，债务都堆到房顶了。你跟我保证过要节俭的。"

"快别说了。"希尔维说。她素来对经济状况守口如瓶，在人前谈钱（虽然是伊兹的钱）让她感到恐惧。她的胸中笼上一片黑云。她知道，这是因为蒂芬的缘故。

"我自己付的。"伊兹庄严宣布，"另外，这件礼物也不是给厄苏拉的，而是给泰迪的。"

"我？"泰迪突然处在舞台中心，醒过神来。他原本正想着蛋糕很好

---

① 原文此处为法语：Il n'avait pas d'importance。

吃，不知道能不能再吃一块，不愿此时被推到聚光灯下。

"对呀，你，亲爱的孩子。"伊兹说。泰迪向后缩去，远离了伊兹和她摆在他面前的礼物。"来，"伊兹敦促，"快拆呀。又不会爆炸。"（绝对会。）

泰迪小心翼翼地剥去昂贵的包装纸，拆开礼物。礼物和它包着时看上去一样，的确是本书。坐在泰迪对面的厄苏拉努力倒着辨别书名——《……历险记》。

"《奥古斯都历险记》，"泰迪大声念道，"戴尔菲·福克斯著。"（"戴尔菲？"休质疑道。）

"为什么事情只要到你这里都是'历险'？"希尔维愤懑地问。

"因为生活本身就是一场历险。"

"说它是耐力赛更贴切，"希尔维说，"或者障碍赛。"

"噢，亲爱的，"休关切起来，"不至于这么糟吧？"

"不管怎么说，"伊兹说，"还是回来看泰迪的礼物吧。"

绿色硬封面厚厚的，上有烫金图文，画着一个男孩，与泰迪年龄相仿，戴一顶学生帽，身边画着一架投石器和一只脏兮兮的西高地猎狐梗。男孩头发拉碴，面貌略显狂野。"这是奥古斯都。"伊兹对泰迪说，"你觉得怎么样？我是按着你塑造的。"

"我？"泰迪惊恐万状，"一点也不像啊。狗也不是这种狗。"


另一件了不得的事。"谁要坐我的车回城？"伊兹若无其事地问。

"你不会是又买车了吧？"休几乎是呻吟着说。

"我停在车道最下面了。"伊兹温柔地说，"为了不惹你心烦。"大家一齐走下车道去看车，仍然挂着拐杖的帕米拉慢慢蹦跶着跟在后面。"那些贫穷、残废、瞎眼、瘸腿的人。[1]"她对梅丽说，梅丽大笑："作为一个科学家，你《圣经》倒背得挺熟。"

---

[1] 语出《路加福音》。

"知己知彼嘛。"帕米拉说。

外面冷极了，但出来前谁也没顾上穿外套。"往年此时还要冷，"希尔维说，"比如你出生那年。雪大得空前绝后。"

"我知道。"厄苏拉说。她出生那年的雪已经成为一件家族奇事。她听了太多遍，已经觉得自己能记得当时的情景。

"不过是辆奥斯汀。"伊兹说，"大路旅者——虽然是四开门——但价格远不及宾利，上帝保佑，休，跟你那台穷奢极侈的车比，我这车绝对是大众品牌。""无疑你是分期付款的。"休说。"不不，一次付清，现金支付。有人出版了我的书，我有钱了，休。你再也不用为我担心了。"

当大家都对这部亮闪闪的樱桃色小汽车表示欣赏（或不欣赏，比如休和希尔维）时，梅丽说："我得走了，我晚上要去参加一个舞会。谢谢您的茶，托德太太。"

"来，我送你。"厄苏拉说。

厄苏拉送完梅丽回来，走过车道底端花草间被长期踩踏成的小路，意外地有了一次巧遇——不是那奥斯汀旅者，而是一个人——她绊在了霍维身上，后者四肢着地，正在树丛间翻找。"我在找球，"他抱歉地说，"是你的小弟弟的球，我想我们把它落在了——"他跪坐在脚后跟上，无助地环视种满小檗和醉鱼草的四面八方——"灌木林。"厄苏拉说，"这是我们费尽周折搞出的名堂。"

"啊？"他说着，一骨碌站起来，马上显得无比高大。他看来刚打过架，眼睛下面还有一块乌青。以前替肉铺送肉的弗雷德·史密斯，现在在铁路工作，曾是个拳击手。弗雷德参加伦敦东区的业余赛时，莫里斯曾带小伙伴一起前往助威，最后演变为一场醉酒闹事。霍维身上有月桂朗姆酒味——这是休的气味。他周身簇新，一丝不乱，仿佛一枚刚刚铸出的钱币。

"找到了吗？"她问，"那个球？"她的声音听在自己耳里突然十分刺耳。她本来觉得两位来客中吉尔伯特较为英俊，然而面对霍维如大型动物般简单直接的力量美，以及他矫健的肢体，她突然倾倒，感到自己在他面前显得愚蠢。

"你多大了？"他问。

"十六岁，"她说，"今天是我的生日。你吃了蛋糕。"显然有人同她一样愚蠢。

"呼咻。"他发出一个不知何解的声音（她注意到它与他的名字似乎有很大关联），虽然它听来似乎是一种欢呼，仿佛活到十六岁是一个很了不起的成就。"你在发抖。"他说。

"外面冷。"

"我来帮你暖和。"他说着——激动人心地——抓住她的双肩，将她拉近——这个动作要求他大幅度欠身——将他的嘴唇贴在了她的嘴唇上面。"吻"一词不足以形容霍维的这个动作。他将他牛舌般巨大的舌头探进她的嘴里，抵住她闸门般严防死守的牙齿，后者发觉前者原来希望自己将牙齿张开为舌头放行，感到无比惊讶。肯定会被噎死的呀。她突然想起了格洛弗太太的压舌器。

厄苏拉正因月桂朗姆的气味和缺氧感到头晕目眩，左右为难，突然两人听见莫里斯近在咫尺地喊道："霍维！我们不等你啦，朋友！"厄苏拉的嘴被松开了，霍维对厄苏拉半句话也没有，只震耳欲聋地嚷了句"马上来！"便松开手，冲破树丛离去了，留下厄苏拉一人在原地喘气。

她晕头转向地回到家，见大家都还在车道上，虽然感到距自己离开已过了好几个小时，但明白其实只有几分钟，就像童话故事里总是发生的那样。餐厅里，小猫哈迪无比细心地舔着蛋糕残骸。躺在桌面的《奥古斯都历险记》上沾了一抹奶油。厄苏拉的心仍然为着霍维出其不意的行动而怦怦乱跳。在十六岁生日被意外热吻大概可以算是了不得的成就。显然，她已穿越凯旋门，从女孩过渡到了女人。如果吻她的是本杰明·柯尔，整件事就完美了！

"小弟弟"泰迪出现了，满脸失落地说："他们把我的球弄丢了。"

"我知道。"厄苏拉说。

他将桌上的书翻到扉页，只见伊兹在上面用华丽的字体题词：给我的侄儿，泰迪。我心目中亲爱的奥古斯都。

"什么乱七八糟的。"泰迪怒视题词。厄苏拉拿起杯缘沾有红唇印的半杯香槟，往一个果冻杯里倒进一半，递给泰迪说："干杯。"两人碰响酒杯，各自一饮而尽。

"生日快乐。"泰迪说。

## 1926年5月


月初，帕米拉丢掉拐杖回到网球场前，已经知道自己考剑桥落榜了。

"我很紧张，"她说，"看到不会的题我就崩溃了。我应该准备得更充分些，或者更冷静地思考，也许能考上。"

"就算你偏要做女学者，也还有别的大学可以上啊。"希尔维说。虽然她从未说明，但内心觉得学术对女人没什么用。"不管怎么说，女人的天职是为人母、为人妻。"

"你是希望我困在热灶台上，不希望我困在本生灯前？"

"除了发明新的杀人方法外，科学还为世界做过什么贡献？"希尔维说。

"这是剑桥的不幸，"休说，"莫里斯如此愚钝，却动不动名列前茅。"为了安慰帕米拉的失望，休为她买了一辆兰陵牌女式自行车，泰迪想知道如果自己也落榜能得到什么。休笑笑说："要小心啊，你现在说话开始像奥古斯都啦。"

"噢，快别说了。"一提这本书泰迪就窘迫不堪。由于《奥古斯都历险记》一书大获成功，"卖得飞起来"，已经再版三回，据伊兹说她已经赚到了一张"小小的巨额版税支票"，搬到奥温顿广场的高档住宅区。家里人人觉得难为情，尤其是泰迪。伊兹在报社采访时还提到了她的"原型"，她

134

"迷人的淘气鬼侄子"。

"但没说出我的名字。"泰迪抱着最后一丝希望说。为了巩固关系，伊兹送给泰迪一条小狗。特里克西死了几星期，泰迪一直沉浸在哀伤里。新来的小狗是只白色猎狐梗，与奥古斯都的狗相符——他们自己是不会选这种狗的。伊兹给小狗起名乔克，自然又配了一条昂贵的项圈，把这个名字挂起来。

希尔维建议改名派洛特，她告诉厄苏拉那是"夏洛特·勃朗特的狗"。（"总有一天，"厄苏拉对帕米拉说，"我们与母亲之间所有的事物，都会带上历代作家的名字。"帕米拉说："好像已经这样了。"）

但是小狗已经觉得自己是乔克，大家便不为难它，让它继续做乔克。时间久了，虽然血统不好，大家还是逐渐喜欢上了它，丝毫不比之前养的狗喜欢得少。


周六早晨，莫里斯来了。这次只带了霍维，而没有吉尔伯特，后者因为"行为不端"据说被退学了。帕米拉问怎么"不端"，希尔维说"不端"一词本身就意味着人们不该去提。

自那次相遇后，厄苏拉时常想起霍维。倒不是想霍维这个人——牛津大学的书包、衣领柔软的衬衣、油光幽香的头发——而是想他费神替泰迪找球这件事。他的善良弱化了他异己的事实——身材高大、性别为男、来自美国。虽然还理不清心绪，但她见到霍维从莫里斯停在狐狸角门口的敞篷车里轻盈地跳出来时，内心仍起了一阵悸动。

"嘿。"他看见她说。她这才发觉自己幻想中的恋人还不知道自己的名字。

希尔维和布丽奇特手忙脚乱地弄出一壶咖啡和一大盘松饼。"我们不多待。"莫里斯说。希尔维长舒一口气："太好了，家里没有那么多吃的喂你们这些大个子。"

"我们要上伦敦去援助罢工了。"莫里斯说。休表示惊讶，说真没想到莫里斯的政治立场竟然倾向于工人。莫里斯对休竟然这样想也表示惊讶，说他们其实是去开巴士、开火车，做力所能及的一切，以"保证国家的运转"。

"你竟会开火车，莫里斯。"泰迪说，突然觉得自己的哥哥有了亮点。

"不就是烧锅炉嘛。"莫里斯不快地说，"能有多难？"

"那叫司炉。"帕米拉说，"这可是相当考验手艺的活。问问你的朋友史密西就知道了。"听她说到"史密西"，莫里斯的脖颈儿更红了。

"你们想将一种文明从将死的痛楚中拯救出来？"休的语气轻松，仿佛谈论天气，"简直是无稽之谈。"

此时厄苏拉离开屋子。对她来说，世上只有一件事比思考政治更讨厌，那就是谈论政治。

不可思议之惊奇再一次发生。她轻轻走上后楼梯，准备上阁楼拿件无关紧要的东西——一本书、一张纸巾，一件此后不会记得的东西——差点被下楼的霍维撞得飞出去。"我在找卫生间。"他说。

"嗯，家里只有一个卫生间，"厄苏拉开口道，"它不在上面这些——"话还没说完，就被紧紧按在了后楼梯间陈旧的花墙纸上，那还是房子初建时糊上去的。"你真漂亮。"他说，气息里有薄荷的香味。她再一次全力推搡着高大的霍维。但这次他不再用自己的舌头去攻破她紧闭的嘴，而是干起了更令人难以启齿的事。

她准备开口说话，他却在她出声前用手蒙住她的嘴，事实上一下子蒙住了半张脸，他露齿一笑说："嘘——"仿佛两人是这场游戏的同谋。他的另一只手摸索着她的衣衫，她轻轻地尖叫，拼死相抗。他整个人压上来，像奔牛场下的公牛抵死在栅栏门上。她试图抵抗，但他比她要大一倍，甚至两倍。她觉得如果一只老鼠落进哈迪嘴里，要挣脱出来的胜算也比她更大。

她想看他要干什么，但被按得太严实，只看见他棱角分明的下颌和远看时不曾发觉的胡茬儿。厄苏拉见过自己兄弟们的裸体，知道他们腿间有一样东西——仿佛一只皱巴巴的小喷嘴。那东西与眼下正像战争武器一样以活塞驱动马力在自己体内挺进的东西毫无共同点。她的身体被刺穿。通向成熟的凯旋门变得粗暴而冷漠，不再令人感到胜利的喜悦。

霍维发出一声低吼——比牛津男生更像牛的一声低吼，继而重整衣衫，又露齿一笑。"英国女孩。"他说，他一边摇头一边笑着，向她摇了摇手指，仿佛对她的行为不甚赞许，仿佛是她设计了刚才发生的那件事。他说："你这妞还真带劲！"说完又笑了一通，这才三级一跳地冲下楼去，就好像两人的幽会并不曾打断他刚才下楼的动作一般。

厄苏拉独自留在原地，看着墙上的花苑图案。她过去没有留意过这些紫藤，它们与后廊种植的紫藤花遥相呼应。刚才发生的事，一定就是文学作品里所说的"摘花"了，她想。过去，她还一直觉得这个词语很美。

半小时后，她经历了比以往周六早晨更激烈的思想和感情活动，终于下楼来，看见希尔维和休正朝着霍维远去的车屁股礼节性地挥手。

"谢天谢地，他们不在这里住。"希尔维说，"我可受不了莫里斯大声嚷嚷。"

"两个白痴。"休高兴地说。"你还好吗？"他看见厄苏拉时问。

"好。"她说。任何别的答案都将令人不忍卒听。

厄苏拉发觉，闭口不提此事比她想象的更容易。说到底，希尔维自己也说，"不端"本身就意味着人们不该去提。厄苏拉想象脑中有个橱，放在角落里，由北美脂松制成。橱门紧锁，霍维和后楼梯都高高地放在最上面的一格。

无疑，做女孩须谨慎，不该像厄苏拉喜欢的哥特小说女主人公一样，常被困在后楼梯上——或灌木林里。但谁又想得到现实竟然如此龌龊血腥？他一定在她身上洞悉到了她自己不曾察觉的放荡。在将事件束之高阁前，她曾千百次回溯它，希望搞清自己究竟错在哪里。她皮肤上、面孔上一定写了什么东西，有些人看得到，有些人看不到。伊兹看到了。"一种步步逼近的邪恶[1]。"而那邪恶之物正是她自己。

夏天来了。帕米拉被利兹大学录取，要攻读化学。她说她对这个结果十分满意，外省人没什么优越感，比较"亲切直接"。暑期中，她常同戈尔

---

[1] 原文为 "Something wicked this way comes"，是雷·布莱博利（Ray Bradbury）1962年发表的小说。

蒂打网球，两人还与丹尼尔·柯尔和他的哥哥西蒙组队混合双打。她把自行车借给厄苏拉，让她与梅丽一起骑出去玩，两人大开车闸俯冲下山时，都要激动地大叫。有时，厄苏拉与泰迪、吉米一起外出闲逛，身旁有乔克跟着绕圈。泰迪和吉米不像莫里斯，并不把自己的生活对姐妹们保密。

有时，帕米拉和厄苏拉会带泰迪和吉米上伦敦城里去玩。他们去过自然历史博物馆、大英博物馆、西郊皇家植物园，从来不告诉伊兹。伊兹又搬家了，这次搬到荷兰公园区一幢大房子里（"艺术氛围很浓的地段[①]"）。一日，大家走在皮卡迪利大街，在书店橱窗里看见一堆《奥古斯都历险记》，边上有张作者像——戴尔菲·福克斯小姐，塞西尔·比顿拍摄，照片中的伊兹貌似电影明星、交际名媛。"噢，上帝。"泰迪惊叹，而充当家长角色的帕米拉并没有叫他不要妄称上帝的名。


艾特林汉庄园又要办庆祝会了。唐兹一家搬走了，唐兹夫人历经多年仍无法从小安吉拉的惨死中恢复过来。庄园卖给了一个神秘的男人，此人姓兰伯特，有人说他是比利时人，有人说他是苏格兰人，但谁也没跟他说过多少话，因此谁也不知道他的家乡究竟在哪里，只听说他的财富是大战时赚的，而且大家都有一个印象：此人相当腼腆，不爱聊天。除了庆典，每周五傍晚在乡政厅还有一次舞会。有一回，弗雷德·史密斯在舞会上出现，依次邀请了帕米拉、厄苏拉以及肖克洛斯家最年长的三姐妹跳舞。场内没有乐队，只有一台点唱机。大家跳的都是老派舞蹈，没人跳查尔斯顿舞或黑臀舞。弗雷德·史密斯舞技出众，与他在场中一圈圈跳华尔兹，厄苏拉感到十分安心，心想如果有个像弗雷德的人做自己的心上人，似乎也很好，虽然希尔维肯定不会允许这样的事发生。（"什么？一个铁路仔？"）

她一对弗雷德起了这样的念头，脑中的小橱门就弹开了，发生在后楼梯上的可怕的事整个地滚了出来。

"小心，"弗雷德·史密斯说，"托德小姐，你怎么脸色发青了？"厄

---

[①] 原文此处为法语：endroit。

苏拉只好推说场内太热，想自己出去呼吸新鲜空气。近来她经常感到恶心，希尔维说她肯定得了夏季感冒。

莫里斯考到了梦寐以求的第一名（"这怎么可能？"帕米拉震惊不已），在家休息几周，就要赶往林肯律师学院接受诉讼律师培训。霍维要回美国长岛海湾的夏宅，回"自己的人民"中去。莫里斯没有受到邀请，生了一阵闷气。

"出什么事了吗？"一天下午，莫里斯问。他倒在草坪上的一把帆布躺椅中，一边读漫画杂志，一边将格洛弗太太做的橘子酱蛋糕整个塞进嘴里。

"什么事？"

"你胖成小母牛了。"

"小母牛？"真的。她的身体的确把夏衫都撑满了，连手和脚似乎都臃肿起来。"一点婴儿肥罢了，亲爱的，"希尔维说，"我小时候也经历过。少吃蛋糕多打网球就没事了。"

"你的气色很差。"帕米拉对她说，"怎么回事？"

"我不知道。"厄苏拉说。

接着她意识到一件可怕的事，相当可怕的事，相当耻辱但木已成舟的事，她一想到这件事，便仿佛有一团烈火在体内燃烧起来。她细查了希尔维藏在她卧室箱中的《青少年生殖教育》，名义上，箱子一直是锁着的，但因为钥匙很久以前就丢了，因此实际上一直处在未锁状态。《青少年生殖教育》的作者似乎并不关心如何生殖。她建议给女孩们"吃家庭自制面包、蛋糕、粥、布丁，并按时用冷水拍打下体"，以此转移她们对生殖的注意力。这种做法显然没有效果。厄苏拉想到霍维的"下体"与自己的"下体"如何一插便邪恶地组合到了一起，不禁打了个颤。难道希尔维和休也做这种事？她想象中母亲是绝对不会容忍这种冒犯的。

她偷看了肖克洛斯太太的医学百科全书。肖克洛斯一家去诺福克度假，厄苏拉出现在后门口，说自己为一本书而来，肖家的女仆丝毫没有觉得奇怪。

百科全书解释了"性行为"的原理，它应该"发生在婚床上紧密结合的爱人之间"，而不该是后楼梯上去取手绢或书本的途中。百科全书还介绍了未顺利拿到手绢或书本的后果——月经中止，恶心呕吐，体重增加。整个过程耗时九个月。马上要八月份了，很快，她就必须每天把自己塞进海军蓝校服跟梅丽一起赶校车去上学了。

厄苏拉开始一个人长时间散步。梅丽不在身边（即使在，难道能对她说吗？），帕米拉去德文郡参加女童子军团露营。厄苏拉以前对女童子军毫无兴趣，现在有点后悔——如果她也参加，也许就能学到与霍维之辈打交道的常识，也许就能不被半途拦截，就能拿到那块手绢、那本书了。

"亲爱的，你是不是有什么麻烦事？"两人一起织补衣物时，希尔维问她。托德家的孩子只有在与希尔维单独相处时才能得到她的全部注意。共处时他们是难分难解的一团麻，只有分开后才显出个性。

厄苏拉思忖如何措辞。您记得莫里斯的朋友霍维吗？我好像要做他孩子的母亲了。她偷看一眼希尔维，后者表情宁静，横一针竖一针地往泰迪的一只袜子上缝羊毛线，看来不像被刺穿过下体的样子。（也即"阴道"，肖克洛斯太太的百科全书上如是写着。"阴道"是一个在托德家从未出现过的词。）

"不，我没事。"厄苏拉说，"我很好，好得很。"

那天下午，她来到火车站，在站台长椅上坐下，考虑在快车经过时卧轨。然而最近一班进站列车恰好要去伦敦。它喘着气、慢吞吞地在她面前停稳，这日常一幕是如此熟悉，她觉得自己要哭了。她看见弗雷德·史密斯从驾驶室跳出来，身上穿着油腻的连体工装，脸上沾着煤灰。他也看见了她，走过来说："真巧，要坐我们的车吗？"

"我没有买票。"厄苏拉说。

"没关系，"弗雷德说，"只要我点个头、眨个眼，检票员就知道你是我的朋友了。"她是弗雷德·史密斯的朋友？她很高兴能这么想。当然，如果他了解她的情况，就不会再跟她做朋友了。谁也不会再跟她做朋友了。

"好的，谢谢你。"她说。无票上车一下子变成了一桩小得不能再小的问题。

她看到弗雷德跳回机车头的驾驶室。站长沿站台一扇扇地关上车门，态度决绝，仿佛它们永远不再打开。烟囱里涌出滚滚浓烟，弗雷德从车窗探出头喊道："麻利点，托德小姐，不然要被落下啦。"她便听话地登上了火车。

站长鸣响口哨，一短，一长，火车隆隆驶出站台。厄苏拉坐在蓬松的坐垫上，思索着未来。她想，自己或许可以加入其他在伦敦街头悲伤饮泣的失足女孩。蜷缩在公园长椅上等待夜晚将自己冻死，可惜现在是仲夏，而她又特别经得起冻。或涉入泰晤士河，轻轻随波漂浮，漂过沃平，罗瑟海斯，格林尼治，经蒂尔伯里进入外海。等她溺死的尸体被打捞上来，家里人该多么困惑。她想象希尔维补着袜子，皱起眉头，她不是出去散步吗？她说她去小路上采野莓的呀。厄苏拉惋惜地想起自己扔在矮树篱中的细瓷布丁碗，准备在回去的路上捡回来。碗里还剩半碗小野莓，她的手上还留着野莓的红色。

整个下午，她在伦敦的大小公园里晃悠，从圣詹姆斯皇家公园逛到格林公园，途经白金汉宫，到海德公园，再进肯辛顿花园。在伦敦，你能走很远很远的路，而不踏一步人行道，不过一条马路。她身上一分钱也没有，在肯辛顿一杯茶也买不起——她已经意识到不带钱是个愚蠢至极的错误。这里没有弗雷德·史密斯来帮她"点个头、眨个眼"。她又热又累、风尘仆仆，被热浪烤得仿佛海德公园的草皮一样焦干。

九曲湖里的水能直接喝吗？雪莱的第一个妻子就是在这片湖中自杀的，但厄苏拉觉得，倘若在这样一个人群齐聚享受阳光的时刻跳入湖中，难免会有第二个文登先生跳水相救。

她突然明白自己应该去哪里了。当然是那里，这无法避免。


"上帝呀，出什么事了？"伊兹哗啦一下敞开家门，仿佛她正在等一个很有趣的人物，"你的样子真吓人。"

"我走了一下午，"厄苏拉说，"身上没有钱。"又补充道，"而且好像有孩子了。"

"先进来再说。"伊兹说。

她坐在贝尔格莱维亚区一幢大房子的一间，这间屋子原来肯定是餐厅，这把椅子也很不舒服。屋子只是个供人等候的地方，屋主也就没对它多花心思。壁炉上方挂了一幅荷兰黄金时代的静物作品，彭布鲁克折叠桌上摆放着落灰的菊花。从这一切看不出房子其他屋中正在进行的事，也无法把它们与后楼梯上与霍维的那次苟且会面联系到一起。谁能料想从一种生活落到另一种生活的速度竟会这样快？厄苏拉想象着科莱特大夫要是知道了自己的尴尬处境，不知会说什么。

厄苏拉不期而至，伊兹将她让进梅尔伯里路家中的客房，她在门厅打电话寻找借口，厄苏拉在闪缎的被褥下嘤嘤地哭 ——"可不是吗！她就这么突然出现在门口，这只小羊羔……只是想我了，来看看……带她参观博物馆之类的地方，到剧院看戏，没有儿童不宜的东西……别像个老妈妈似的，休……"幸好接电话的不是希尔维，否则她就待不久了。最后的结论是，允许她在伦敦住几天，以便"参观博物馆之类的地方"。

打完电话，伊兹端着一只盘子走进客房。

"白兰地，"她说，"还有黄油吐司。你来得急，我只有这些。""你真傻，"她叹息道，"这种事是有措施的，你知道吗？一些很方便的措施，与其治疗不如防范。"厄苏拉完全没听懂。

"你得做掉它。"伊兹继续说，"在这点上，我们没有异议吧？"

"完全没有。"

贝尔格莱维亚区，身穿护士服的女人打开候诊室的门，向里张望。她的制服浆得笔挺，即使脱下来也一样能站住。

"这边走。"她连厄苏拉的名字也不招呼一声。厄苏拉仿佛羔羊跟随屠夫，乖觉地跟上了她。

伊兹是个务实不务虚的人，拿车送她到地方（"祝你好运"）后，扔下一句"回头见"就走了。厄苏拉对伊兹的"祝你好运"和"回头见"之间将要发生的事一无所知。她猜不会是好事。也许是一口难以下咽的药水，或盛满在一只大肾形盘的药片。还有必不可少的谈话，关于她的道德问题，她的性格问题。但只要最后一切如初，她并不关心当中要经历什么。孩子多大了？她想。她在肖克洛斯家百科全书上做的潦草调查并没有给她透露多少信息。她猜孩子在降临前还要费一番周折，降临后他会被裹进褓褓，放进摇篮，有人悉心照料，有一天，一对像厄苏拉迫切想要摆脱他一般迫切想得到他的好心人，会来将他领走。然后，她就可以乘火车回家。就可以沿小路回去找那个里面装着酸莓的细瓷碗，再若无其事地回到狐狸角，仿佛除了参观博物馆外什么也没有发生。

❄

那是一个再普通不过的房间。高大的窗户挂着系有流苏束带的窗帘，帘顶有半月帘饰。房中有豪华大理石壁炉，炉膛中却燃着一架煤气炉，炉台上的钟面上除巨大数字外没有任何装饰，凡此种种，透露出这里原来有一份不一样的生活。脚下的绿色油毡地板和屋中的手术台之间也有欠协调。四周弥漫着一种学校实验室的气味。厄苏拉在推车周围转圈，观看一块亚麻布上排列着模样残忍、闪闪发光的银色器皿。它们似乎与婴儿无关，而应该拿去屠宰牲畜。屋内没有摇篮。她的心开始忐忑不安。

一个比休更老的男人穿着白大褂走进来，他行色匆匆，仿佛马上要赶往别处，他让厄苏拉躺上手术桌，双脚踩在"马镫"上。

"马镫？"厄苏拉疑惑道。这里应该没有马吧？直到制服笔挺的护士将她摁倒，把她的脚套进脚镫里，她才明白过来。"我要动手术？"厄苏拉不愿意，"我没有生病。"护士给她罩上面罩。"从10数到1。"她说。为什么？厄苏拉想问，然而不等此话在脑中成形，周遭的屋子和屋中的一切，就都消失了。

再反应过来，她已经坐在了伊兹的奥斯汀上，正晕乎乎地盯着风挡玻璃窗外。

"不用多久你就能恢复正常，"伊兹说，"别担心。他们给你用了药。短期内你还会感觉有点奇怪。"伊兹何以对这可怕的程序如此了解？

回到梅尔伯里，伊兹扶她上床。她在客房里盖着闪缎的被子沉沉睡去，直到天黑，伊兹才又端着托盘进屋来。"牛尾汤。"她兴高采烈地说，"我用罐头做的。"伊兹身上有一股酒味，又甜又腻，透过妆容和兴奋的外表，可以看出她其实已经很累。厄苏拉心想，自己一定给她造成了不小的负担。她挣扎坐起，但因酒精和牛尾汤的气味太浓，忍不住吐在了被子上。

"噢，上帝，"伊兹说着捂住嘴，"这种事我可处理不来。"

"孩子怎么样？"厄苏拉问。

"什么？"

"孩子怎么样？"厄苏拉重复说，"他们有没有把他送给好心人？"

是夜，她醒来又吐了一次，这次她既没有自己清理，也不叫伊兹来，直接又睡了。早晨再醒时，她感到体热，热得仿佛要燃烧起来。她的心敲击她的胸膛，每次呼吸都极为困难。她试图下床，但立即头晕目眩，双腿发软。一阵天旋地转，世界模糊了。伊兹肯定给休打了电话，等她汗津津的额上感到一只冰凉的手，睁开眼睛时，休正对她笑着，这笑容令人安心。他坐在床边，身上还穿着大衣。床让她吐满了。

"我们马上送你去医院。"他似乎并不介意床上的状况，"你好像受了感染。"远处传来伊兹的抗议："他们会处决我的！""很好嘛，让他们把你关到牢房里，最好再把钥匙扔了。"他抱起厄苏拉，又说，"我想开宾利去会更快。"厄苏拉感到自己轻若无物，好像马上要飘走了。再醒时已经置身一间洞穴般的病房，身边的希尔维面孔紧绷，神色不悦。"你怎么能做出这种事？"她说。傍晚，休来替换希尔维，厄苏拉很高兴。

黑蝙蝠降临时，休陪在她的身边。夜伸出一只手，厄苏拉便向它握去。

她听到高处光明的世界向她发出呼唤，感到轻松，甚至喜悦，在那里，一切谜题将会得到解答。天鹅绒般的黑暗，仿佛多年好友，将她包围起来。空中仿佛飘起了雪，细洁如粉末，刺骨如东风刮在了婴孩的皮肤上——然而，厄苏拉的手被拒绝了，她重新跌回医院的病床。

医院的淡绿床单上洒满耀眼阳光。休睡着了，脸上皮肤松弛，满面倦意。他以一个别扭的姿势坐在床边一把椅子上。一只裤管稍稍吊起，厄苏拉看见坍缩下来的灰色光面袜和父亲小腿上光滑的皮肤。父亲曾经是泰迪的模样，厄苏拉心想，有一天，泰迪也会长成父亲。孩子心里的成人，成人心里的孩子。这句话让她想哭。

休睁开双眼看见她，虚弱地笑了，说："你好，小熊。欢迎回来。"

## 1926年8月

握笔要轻盈，便于轻松书写速记符号。手腕不应碰触簿册及书桌。

那年夏天余下的时间充满忧伤。她常坐在果园的苹果树下读皮特曼速记入门书。家里同意让她休学，假期结束去学打字和速记。"我不想回学校了，"她说，"也回不去了。"

一间屋子只要有厄苏拉在，希尔维一进去整个人就会冷下来。布丽奇特和格洛弗太太都不理解。何以厄苏拉上伦敦看望姑姑时染上的"恶疾"，会让希尔维对自己的女儿这样疏远？两人都觉得相反的情况才合理。伊兹自然受到了永久隔绝。成了永世不受欢迎的人[1]。谁也不知道究竟发生了什么。只有帕米拉一人，一点点地向厄苏拉问清了整件事的经过。

"但是他强迫你的呀，"她怒火中烧，"你怎么能自以为有错呢？"

"但是接下来……"厄苏拉喃喃道。

希尔维当然认为这是她一个人的责任。"你把自己的德行、品质和别人劝你的好话全都丢光了！"

"别人又不知道。"

"但我知道！"

---

[1] 原文此处为拉丁语：Persona non grata in perpetuam。

"你怎么像布丽奇特的小说里那些人似的。"休对希尔维说。休难道读过布丽奇特的小说？似乎不可能。"实际上，"休说，"你很像我母亲。"（"现在看似难熬，"帕米拉说，"但什么事都有过去的时候。"）

连梅丽也被蒙在鼓里。"血液中毒？"她说，"真没想到！医院吓人吗？南希说泰迪告诉她你差点死了。我这辈子肯定碰不上这么命悬一线的事。"

死亡与死里逃生之间差距竟然如此之大。有一个人的整个生命这么大。厄苏拉感到自己不配活下来。"我想再去看科莱特大夫。"她对希尔维说。

"他好像退休了。"希尔维冷漠地说。

厄苏拉仍然留着长发，主要为了取悦休。但是有一天，为了自我惩罚，她与梅丽一同去比肯斯菲尔德将长发剪短了。她觉得自己变成了殉道者，变成了修女，并感到自己的余生将在这两种状态之间度过。

休对此的反应惊讶多于哀伤。她想，与在贝尔格莱维亚发生的事比起来，剪发不过是无伤大雅的胡闹。"我的天。"她在餐桌上倒人胃口的俄式①小牛肉前坐下时，休惊呼道。（"像给狗吃的。"吉米说，不过像吉米这样胃口奇大的男孩，如果有条件，完全可能高高兴兴地吃掉乔克的晚餐。）

"你好像变了个人。"休说。

"这难道不是好事？"厄苏拉说。

"我喜欢原来的厄苏拉。"泰迪说。

"唉，现在只有你一个人还喜欢原来的我。"厄苏拉轻声叹息。希尔维发出一个很难说有任何意义的声音。休对厄苏拉说："噢，别这么说，我觉得你——"

但她再也没能搞清休觉得她怎么样，因为前门突然响起急促的敲击声。是肖克洛斯少校来问南希在不在。"抱歉打扰你们用餐。"他站在餐厅门口，手足难安。

"她不在这里。"休说，虽然谁都看得出南希不在餐厅里。

---

① 原文此处为法语：à la Russe。

肖克洛斯少校看到大家盘中的小牛肉，皱了皱眉。"她要做粘贴簿，"他说，"所以去路上捡树叶了。你知道她那孩子。"最后一句话是对南希的好友泰迪说的。南希热爱大自然，不是捡树枝，就是捡松果，不是捡贝壳，就是捡石子、骨头，仿佛一个古老宗教的信徒在搜集图腾。肖克洛斯太太叫她"大自然的孩子"（"这又不是什么好事。"希尔维说）。

"她想找橡树叶子，"肖克洛斯少校说，"可我们花园里没有橡树。"

大家就英国境内橡树减少的事讨论了几句，接着出现了一阵短暂的沉默。肖克洛斯少校清清嗓子："罗伯塔说她出去大约一小时了，我到小路上从头至尾喊了个遍。不知她去哪儿了。维妮和梅丽都出去找了。"肖克洛斯少校突然脸色发白。希尔维给他倒了杯水。"坐下吧。"她说。他不坐。自然，厄苏拉想，他一定正想着安吉拉的事呢。

"我想她一定是发现了什么有趣的东西。"休说，"比如找到了一只鸟巢，或发现看谷仓的母猫生了小猫。她那孩子就是这样的。"大家突然变得仿佛对南希无比了解。

肖克洛斯少校从桌上抄起一把汤匙，心不在焉地看着："她连晚饭也没回来吃。"

"我去和您一起找。"泰迪跳起来。他很了解南希，知道她是个从不错过晚饭的人。

"我也去。"休说着，鼓励地拍了拍肖克洛斯少校的肩，丢下盘中的小牛肉走了。

"我也去吧？"厄苏拉问。

"不行，"希尔维说，"吉米也不许去。待在家里，我们到花园里找。"


这次没有冰窖待遇了。南希被暂存于医院停尸间。他们找到她时，南希尸骨未寒，卡在一个空置的牛食槽里。厄苏拉潜伏在起居室门口偷听。"当局派人来查了。"休对希尔维说，"三年里的第二个女童了，不可能纯属巧合吧？跟之前的安吉拉一样，是被勒死的。"

"我们中间生活着一个怪物。"希尔维说。

最先找到她的人是肖克洛斯少校。"幸亏这次不是泰迪。"休说，"他再也受不起刺激了。"即便如此，泰迪还是受不了。他好几周不说话。终于说话时，他说他的灵魂被挖走了。"伤总会痊愈。"希尔维说，"再深的伤也会。"

"真的？"厄苏拉想到了紫藤花壁纸、贝尔格莱维亚候诊室，问她。希尔维说："也不总是。"连谎也不屑于扯一个。

大家听见肖克洛斯太太在丧女的第一天整夜嘶吼。那以后她的脸就歪了。费洛维大夫说她得了一次"小中风"。

"可怜的女人。"休说。

"她从来不知道自己的女儿在哪里，"希尔维说，"从来都是由着她们乱跑。这下为自己的粗心付出代价了。"

"哦，希尔维，"休忧伤地说，"你的心呢？"


帕米拉启程去利兹，由休开宾利送她。她的衣箱太大，后备厢放不下，只得交火车托运。"大得能藏得下尸体。"帕米拉说。她将入住一栋女生宿舍楼，已经知道屋子很小，同屋来自麦克尔斯菲尔德，名叫芭芭拉。"就像在家里，"泰迪安慰她，"只是厄苏拉换成了另外一个人。"

"那还怎么像在家里？"帕米拉说，更牢牢地牵住了厄苏拉的手，直到上车在休的身边坐下来才放开。

"其实我早就想动身了，"帕米拉说，"只是舍不得你。"


开秋，厄苏拉没有再回学校，谁也没问她原因。梅丽因南希的死而悲伤过度，无暇他顾。厄苏拉每日早晨乘火车去海威科姆上私立秘书学院。"学院"其实只有两间房，外加一间冷飕飕的水房和一个更加冷飕飕的碗橱大小的卫生间。全部"学院"位于海威科姆高街一家蔬果店的楼上，由卡夫先生开办。卡夫先生毕生热爱世界语与皮特曼速记法，后者比前者的应用更为广泛。厄苏拉很喜欢速记符号，它们有如密码，组成一套全新词汇。上扬、弯勾、复合辅音、特殊缩写形式、半化、倍化——一种前人不识、后人不知、只为一小撮稀有人种掌握的语言。卡夫先生帮她们做听写时，念诵音调平板，含有一种安抚人心的东西——重申、重申行为、一再重申、已一再重申、正一再重申、王子、如同王子、王子们、公主、公主们……

班上其她女孩也都十分友好易相处——乐观积极，务实，从不忘带速记本、量尺，每个人的包里至少装有两种颜色的墨水笔。

午餐时间若天气不佳，大家就待在教室里分享自带的午餐，将丝袜套在打字机键盘上补。女孩们各自利用暑假去登山、游泳和露营，厄苏拉不知她们是否能从外表看出她暑期际遇的不同。她将"贝尔格莱维亚"一词确定为整件事的速记符号。（"一次人工流产。"帕米拉说，"一次非法人工流产。"帕米拉不懂口下留情。厄苏拉真希望她能顾一顾她的脸面。）她嫉妒自己的同学单纯的生活。（伊兹对这种想法该多么不屑。）她自己似乎永远失去了单纯生活的机会。

假设她当时卧轨成功，或在贝尔格莱维亚之后死去，或曾打开卧室窗户往下跳，是否能从头再来一次？抑或这种轮回感正像别人所说而她也不得不相信的那样，只存在于她的心中？即便的确只存在于心中，难道她心中的一切就不真实？说不定谁也无法证明世界的真实性。说不定这世界的一切确实"相由心生"。科莱特大夫曾说，哲学家们从很久很久以前就开始"有条不紊地研究"这个问题。事实上，这是哲学最早提出的问题之一，她毫无为此烦恼的必要。但是出于这一问题自身的性质，任何人都不可能规避它，不是吗？

（"别打字了，"帕米拉从利兹来信说，"你该去大学念哲学，你的脑子适合学哲学，就像猎狐梗适合啃硬骨头。"）

她又重新找到了科莱特大夫的诊所，一个发型和发质都酷似钢丝刷的女人，戴着钢丝眼镜，帮她确认了科莱特大夫退休的事实，并问她是否有兴趣向她问诊。不，厄苏拉说，她没有这样的兴趣。那是贝尔格莱维亚后她第一次上伦敦，从哈利路回来，她在贝克鲁线上突然一阵惶恐，不得不跑出玛丽勒本站外，大口喘气。一个卖报的问她："你没事吧，小姐？"她说，没事，没事，很好，谢谢。

卡夫先生喜欢轻轻用手拍女孩们（"我的女孩们"）的肩膀，抚摸她们高腰开衫上的安哥拉羊毛和套头毛衣上的羊绒，仿佛她们是他钟爱的小动物。

早晨她们用安德伍德打字机练打字。卡夫先生有时让她们蒙上眼睛练习，据他说一看键盘速度就会降低，而这是唯一完全不看键盘的方式。这让厄苏拉感到自己像个即将被枪决的逃兵。蒙上眼睛后，她便注意到了卡夫先生发出的奇怪声响，低沉的咝咝声、哼哼声，但她从来没有偷看过他究竟在做什么。

下午是速记训练——听写包含一切形式令人昏沉的公文。尊敬的先生，我于昨日董事会议呈交了您的信件，董事会成员经过讨论决定暂缓此事进程，留待最末一周周二的董事会议深入探讨……信件内容极端枯燥，与她们在听写簿上留下的飞舞的笔记形成鲜明对比。

一天下午，卡夫先生口授我们很抱歉，任何人对安排有异议的，都无望对其做出任何更改时，经过厄苏拉，轻轻将手放在了她没有长发保护而光秃秃的后颈上。她顿时浑身一颤，双眼紧盯面前的打字机键。难道她身上真有招惹是非的气场吗？也许她真的是个坏人？

## 1932年6月

　　帕米拉为自己选了一匹白色锦织缎，替伴娘选了黄绸。黄绸的黄色有点刺目，伴娘们看上去个个像得了肝炎。伴娘有四个——厄苏拉、维妮·肖克洛斯（戈尔蒂被淘汰）和哈罗德的两个小妹妹。哈罗德家人口众多，一大家人热热闹闹地住在老肯特路上。那是个希尔维觉得"下等"的地段。哈罗德行医为生，这也没能改善他在希尔维心目中低人一等的形象（不知为何，希尔维十分鄙夷医生）。"你自己家不也败了吗？"休对希尔维说。他很喜欢自己的这个准女婿，觉得他"令人耳目一新"。他也喜欢哈罗德的母亲奥莉芙。"她是个直截了当的人，"他对希尔维说，"绝不搞假大空那一套。跟某些人不同。"

　　"目录上看着倒挺好。"帕米拉审视第三次试穿礼服的厄苏拉，疑虑地说。两人身处伦敦西北部纳斯登区一家裁缝店的前堂，虽然此地并无任何制作婚纱的渊源。厄苏拉套在对角剪裁的裙装中，腰腹部绷得很紧。

　　"您从上回试穿后似乎又胖了一些。"裁缝说。

　　"我胖了？"

　　"胖了。"帕米拉说。厄苏拉想起了上回体重增加的原因。贝尔格莱维亚。这次绝不是因为同样的原因了。她站在一把椅子上，裁缝手腕上戴着一只扎满针的小枕头，在她周围绕圈。"但还是很漂亮。"帕米拉补充道。

"我工作时一坐一整天。"厄苏拉说，"应该多走走。"厄苏拉很容易犯懒。谁也不知道她其实一个人住。就住在贝斯沃特一栋楼的楼顶。同屋的西尔姐已经搬出去，不过，感谢上帝，还在继续支付房租。西尔姐与一个离不成婚的男人住在伊林区一幢"很一般的别院"内，对方叫欧内思特。此事必须对父母隐瞒，必须假装自己仍住在贝斯沃特，仍然清白，仍然单身。厄苏拉觉得，早晚有一天西尔姐的父母会不期而至，自己必须撒一个或好几个谎来解释他们女儿不归的原因。休和希尔维要是知道她一个人住在伦敦也一定会吓一大跳。

"贝斯沃特？"希尔维一听厄苏拉要从狐狸角搬出去，就满腹狐疑地问，"真有这个必要？"休和希尔维仔细考察了公寓，也考察了西尔姐，后者对希尔维的问询应答得体。但希尔维仍感到，无论是公寓还是西尔姐，都达不到她的要求。

房租由"伊林的欧内思特"支付（"被包养的女人。"西尔姐笑着说自己），这是厄苏拉给他起的名字。西尔姐每隔几周回来取一次邮件，给厄苏拉送房租。"我可以再找个人合租。"厄苏拉提议说，虽然她其实万分不情愿。

"再等等吧，"西尔姐说，"还不知我这边能不能顺利。活在罪恶中也有好处，可以随时拍屁股走人。"

"欧内思特也可以（离开伊林）。"

"我才二十一岁，他已经四十二，他不会走的，相信我。"

西尔姐搬出去，厄苏拉落得轻松。傍晚回家后，她可以穿着睡裙，戴着发卷，整夜吃橙子，吃巧克力，听无线电。虽然西尔姐在时也不见得会阻止她，西尔姐自己肯定也乐于如此，但厄苏拉从小就被教育要在人前举止优雅得体，要松弛下来并不容易。

独居几周后，厄苏拉愕然发觉自己其实没有几个朋友，仅有的几个也疏于联络。梅丽做了演员，随剧院公司巡演，脚不沾地地各处跑。她因演出需要去了许多奇奇怪怪的地方，给厄苏拉寄来了明信片——斯塔福德、盖茨黑德、格兰瑟姆——还在上面画了她演过的一些角色的卡通造型（"我演朱丽

叶，多滑稽的造型！"）。两人的友谊在南希死后变得难以为继。肖克洛斯
全家因为悲伤几乎切断了与外界的联系。等到梅丽的生活终于步上正轨，厄
苏拉的生活却已发生巨变。厄苏拉很想对她说一说贝尔格莱维亚，却不敢妄
动，怕破坏了两人之间一息尚存的联系。

她在一家进口贸易公司做事，常听办公室女孩互道自己与谁去哪里做
了什么，奇怪她们究竟如何结识男人。戈登们、查理们、迪克们、米尔德里
德们、艾灵们和维拉们——一群整天乐呵呵的冒失鬼。她们与他们一起上剧
院、看电影、溜冰、去泳池、海滨游泳、驾车去埃平森林、去伊斯特本。这
些事，厄苏拉一次也没做过。

厄苏拉喜欢独处，却讨厌孤独，这一矛盾让她头疼。同事们觉得她与众
不同，处处高人一等，虽然事实并非如此。偶尔有一两个同事问过她下班后
是否一起出去，意图和善，但颇似施舍，抑或就是施舍。她从不接受邀请。
她怀疑，不，应该说她知道她们肯定在背后对她议论纷纷，大概并非不好的
话，只是出于好奇。她们觉得她来历不凡。是一匹黑马，是静水流深。倘若
知道她这个人其实毫无玄机，生活比过时了的流行文化更无聊，她们一定会
失望。她没有深度，没有不可告人之处（也许过去有，反正现在没了）。
除非算上饮酒。这对办公室的姑娘们来说也许的确是不可告人的。

工作很乏味，有数不清的海运提单、报关单和财务报表。货物本身——
朗姆酒、可可、糖——以及它们原产地的缤纷灿烂，与公务的冗杂有天壤之
别。她怀疑自己不过是帝国机器中一个无足轻重的小齿轮。"做齿轮没什么
不好，"身居内务部要职的莫里斯这样说，"国家需要齿轮。"她不想当齿
轮，但贝尔格莱维亚似乎终结了一切通往别处的途径。

厄苏拉记得自己是如何开始饮酒的。理由毫无戏剧性，不过是因为几个
月前，帕米拉说周末要来小住，厄苏拉就想着给她做红酒炖牛肉[1]。她仍在格
拉斯哥的实验室工作，想上伦敦来为自己的婚礼买些东西。哈罗德还要再过
几周才会到伦敦皇家医院赴职，此时还没有搬来。"我们两个可以好好度个

---

[1] 原文此处为法语：boeuf bourguignon。

周末。"帕米拉说。

"西尔姐正好出去了，"厄苏拉眼也不眨就撒了个谎，"跟她母亲去黑斯廷斯了。"实际上，她与西尔姐之间的安排没有必要瞒着帕米拉，她对帕米拉从来都是推心置腹，这次却不知为何没有如实相告。

"太好了，"帕米拉说，"我把西尔姐的床垫拖到你房里去，就像过去那样。"

"你很想结婚吗？"两人各自躺在床上时，厄苏拉问，感觉与过去完全不同。

"当然啦，不然我干吗要结婚呢？我喜欢婚姻。婚姻有一种光滑、圆润、坚实的感觉。"

"就像鹅卵石一样？"厄苏拉问。

"就像交响乐。呃，确切地说应该是二重奏，我想。"

"说话这么诗意可不像你。"

"我喜欢我们父母拥有的那种生活。"帕米拉言简意赅地说。

"是吗？"帕米拉已经很久没去看休和希尔维了。也许她不知道近来家里的气氛吧。更多的是分歧，谈不上和谐。

"你有对象了吗？"帕米拉小心地问。

"没，没有。"

"还没有，不过会有的。"帕米拉鼓励她。

做红酒炖牛肉当然要勃艮第葡萄酒，于是午休时，厄苏拉去了每次上班都要经过的红酒店。那店面透着古老，店内的老木头仿佛经历了几个世纪，根根浸透了红酒，贴有美丽标签的深色玻璃瓶只只看来都比里面装的酒更高级。酒倌为她挑了一瓶酒，有些人烧菜用下等酒，他说，其实下等酒只能用来酿醋。酒倌本人的态度过分积极，令人难以拒绝。他给予酒瓶以对待婴儿般的温柔，怀着无限爱意用软纸将它包好，送到厄苏拉怀中的藤编购物篮内。酒瓶被提回办公室，在篮内躲藏了一下午，以免同事们疑心。

勃艮第买了，牛肉还没买。那天傍晚，厄苏拉想到酒倌竭力夸赞这瓶酒，决定开瓶尝上一尝。她以前当然也喝过酒，并非滴酒不沾，但她从没独饮过。从没有给勃艮第开过瓶，从没有只给自己倒酒的经历（身穿睡裙，头戴发卷，煨着煤气烧出的火）。深沉、温软的酒突然带来了巨大的安慰，仿佛在一个冷夜踏入一池暖水。这就是济慈所说的"一杯南国的温暖"①吧？她素日的消沉感消散了一点，于是又斟满了酒杯。再次起身时，她脚下发飘，顾自笑起来。"我有点醉了。"她对无人的空间说，突然很想要一条狗。有了狗就有了说话的对象。狗会像乔克那样情绪乐观，每天兴高采烈地对她问好，会用身体蹭她。乔克已经死了，兽医说是心脏病。"可它的心脏一直都很健康有力。"心碎的泰迪说。它的位置由一条目光忧伤的小灵犬代替，它很娇弱，令人担心它挨不过狗类艰辛的一生。

厄苏拉冲净酒杯，重新塞好酒瓶，留下足够的红酒明天烧菜，然后才跌跌撞撞地向床边走去。

她很快睡熟了，与往日不同，这次直到闹铃响起才醒来。一饮而悄然离开尘寰②。醒来后，她意识到自己没有能力养活一条狗。

翌日，厄苏拉在公司做了一下午账，家中控水板上剩下的半瓶葡萄酒便成了她心中唯一的寄托。虽然还要做牛肉，但再买一瓶也就是了。

"牛肉炖得好吧？"两天后厄苏拉再次出现时，酒倌说。

"不，不。"她笑道，"我还没做那菜呢。突然想起要买瓶合适的好酒配菜才是。"她意识到自己不能再回到这里——这个可爱的小店铺——来了，正常人一般是不会做那么多红酒炖牛肉的。

为迎接帕米拉，厄苏拉做了个大小适中的马铃薯肉饼，配苹果蛋奶布丁。"我从苏格兰给你带了样东西。"帕米拉说着，拿出一瓶苏格兰大麦威士忌。

---

① 语出《夜莺颂》。（此处引用穆旦译本。）
② 语出《夜莺颂》。（此处引用穆旦译本。）

威士忌一喝完，她就寻访到另一家酒商。这家的主人对自家货色并不视若珍宝。"用来做红酒炖牛肉。"她解释道，虽然对方看来毫不关心，"还是拿两瓶吧，人多。"她又在街角的啤酒屋买了两瓶健力士黑啤。"给我弟弟买的。"她说，"他突然来看我。"泰迪还未成年，想必不怎么喝酒。几天后她又去啤酒屋买健力士，老板眨眨眼说："小姐的弟弟又来了？"问得她涨红了脸。

一家她"刚好路过"的意大利餐馆什么也没问，爽快地卖给她两瓶基安蒂。街尾合作社的人从大木桶里让她打了一水罐"散装雪利酒"（"给我母亲。"）。离家极远的酒吧卖了她一些朗姆酒（"给我父亲。"）。她像科学家一样尝试了各种酒精饮料，但她最爱的仍是那第一瓶血色的红酒，*她红彤彤的灵泉*①。她计划着如何再让他们往家里送一瓶（"为了家庭聚会。"）。

就这样，她偷偷变成了酒鬼。饮酒，一项私人活动，独自进行，秘而不宣。一想到喝酒，她的心就伴着恐惧和期待怦怦直跳。不幸的是，由于售酒法令的约束，也由于本心的惭愧，一个住在贝斯沃特的女人要满足自己的酒瘾有相当的困难。对富人来说，这要容易得多。伊兹大概就是哈罗德百货的贵宾，所有货物可以直接送到家门口。

她不过用脚尖小心地点了点忘川之水，便惨遭没顶，在几周内从一个清醒的人变成了酒徒。这令人羞耻的习惯同时也令人忘却羞耻。每天早晨她醒来时都提醒自己，今晚不行，今晚不能再喝了，每天下午她一想到结束一天的工作回到空无一人的房间，饮酒的欲望便欲罢不能。她读过耸人听闻者讲述莱姆豪斯区大烟馆的见闻，不知那是不是真的。据说鸦片在缓解存在之苦方面比勃艮第有效得多。也许伊兹能告诉她一个中国烟馆的位置，她是抽过

---

① 语出济慈《夜莺颂》。

大烟的，她以前若无其事地说起过，但这种事厄苏拉无法张口。或许大烟不会促成涅槃（她终究证明了自己的确是科莱特大夫的好学生），而会导致另一起贝尔格莱维亚。

伊兹偶尔获准回家。（"婚礼和葬礼可以来，"希尔维说，"洗礼不能让她来。"）帕米拉的婚礼请了她，但她寄来一张致歉函。"周末去柏林。"她说。她认识一个有飞机的人（**带劲**），答应送她。得知她不来，希尔维大感轻松。厄苏拉偶然会去看看伊兹。她们之间有着贝尔格莱维亚的秘密，此事二人谁也不提，却将把她们永远联系在一起。

人没来，但寄来了一件贺礼，一套银蛋糕叉，这件礼物遭到帕米拉的嘲笑。"竟送这样老套的东西，"她对厄苏拉说，"她总是叫人吃惊。"

"就快完了。"纳斯登的裁缝衔着一嘴定位针说。

"我好像真的有点胖了。"厄苏拉看着自己镜中黄缎绷紧的小肚子，"得去参加妇女健美联盟了。"

下班回家的路上，她在彻底清醒的状态下绊了一跤。那是十一月一个难熬的傍晚，帕米拉的婚庆已经过去好几个月，空气潮湿，天色阴暗，她没看见人行道上一块铺路石在树根边微微突起。她双手占满——午休一小时匆忙从图书馆借来的书，蔬果店里买来的菜——本能驱使她拯救手中的书和菜，放弃她自己。结果她的脸便狠狠拍在了人行道上，鼻子承受了所有的冲击。

疼痛让她吃了一惊。过去经历过的痛苦没有哪一次能够与之匹敌。她跪在地上捂住脸，买的东西和借的书都扔在湿漉漉的人行道上不管了。她听见自己哭丧般的呻吟，怎么也停不下来。

"噢，天哪！"一个男人的声音，"您摔得真不轻。让我来帮您吧。血把您桃红色的围巾都弄脏了。是桃红色吗，还是三文鱼色？"

"是桃红色。"厄苏拉嗫嚅着，虽承受着剧痛仍不忘礼貌。她其实从没留意过自己这条马海毛围巾的颜色。自己仿佛流了很多血。她觉得整张脸都肿了起来，鼻内充塞黏稠血液的阵阵铁腥味，但疼痛减少了一两分。

男人很好看，不太高，发色沙黄，双眸湛蓝，皮肤洁净光滑，颧骨高，生得很漂亮。他扶她起身，他握她的手有力而干燥。"我叫德雷克，德雷克·奥利芬特。"他说。

"艾利芬特①？"

"奥利芬特。"

三个月后，他们结婚了。

德雷克祖籍巴尼特，与哈罗德一样，德雷克也得不到希尔维的承认。而这当然正是厄苏拉喜欢他的最大原因。他在一所普通公立男校布莱克伍德教历史。（"培养未来的售货员。"希尔维不屑地说。）他陪厄苏拉上威格莫尔音乐厅看过演出，去樱草山散过步。他们长久骑行去郊外，在啤酒屋小憩，他喝半品脱轻啤，她喝柠檬汁。

她的鼻梁骨的确断了。（"你真可怜，"帕米拉在信中写道，"你以前鼻子很好看。"）德雷克送她去医院前，先带她去附近一家啤酒屋里做了适当清洁。"我给您叫一杯白兰地吧。"她坐下后，他提议。她马上说："不不，我没事。喝水就行了。我不太会喝酒。"虽然她前夜才刚喝了从伊兹家私拿的一瓶金酒，醉倒在自家卧室的地板上。她在伊兹家顺手牵羊毫无愧疚，伊兹从她这里拿走的东西太多了，比如贝尔格莱维亚，以及等等。

厄苏拉的戒酒行为与她的酗酒行为一样，到来得极为突然。仿佛贝尔格莱维亚在她体内挖了个洞，她一直在用酒精填那个洞，而如今她对德雷克的情感代替酒精，将洞填上了。那是怎样的情感呢？首先是为有人愿意照顾自己而感到释然，其次也因为这个人对自己羞耻的过去一无所知。"我恋爱了。"她意乱神迷地给帕米拉写信。"噢耶！"帕米拉回信说。

"有时候，"希尔维说，"人会错将感激当作爱情。"

德雷克的母亲仍然住在巴尼特。他的父亲已去世，妹妹也不在了。"一起可怕的意外，"德雷克说，"四岁时掉进了火里。"希尔维对防火一直相当警惕。厄苏拉将康沃尔一事告诉德雷克后，德雷克说自己小时候也有差点

---

① 艾利芬特（elephant），英文中为"大象"之意。

淹死的经历。厄苏拉觉得康沃尔事件是发生在自己身上少数冒险事件中自己
完全没有责任的一件。德雷克的经历怎样呢？一个巨浪，一条打翻的划船，
一个向岸边奋勇游去的人。文登先生再一次失去了用武之地。"我自己把自
己救起来了。"他说。

"那他就不是全然的平庸之辈。"西尔姐说着，向厄苏拉敬了一支烟。
她踌躇后拒绝了，因为不希望再对什么上瘾。她正在为自己的所有物什打
包，等不及要离开贝斯沃特。德雷克买的房子即将交房，虽然目前他还在霍
尔伯恩的出租屋里凑合着。

"噢，对了，我给房东写过信。"西尔姐说，"我说我们都要搬走。欧
尼①的妻子终于肯离婚了，我告诉你了吗？"她打个哈欠，"他问我肯不肯嫁
给他，以为必定十拿九稳。很快我俩就都是明媒正娶的女性啦。我会去看你
的。你住哪里来着？"

"威尔斯通。"


根据德雷克的希望，在登记处举行的婚礼聚会只邀请了三个人：他母
亲，休以及希尔维。帕米拉对此极为不满。"我们不想等太久，"厄苏拉
说，"德雷克也不想太张扬。"

"你呢？"帕米拉问，"结婚不就是为了大办一场吗？"

其实她也不想。她即将归属一个人，即将获得安全的保证，这就足够
了。做新娘和做妻子，两下一比，前者根本无足轻重。"我们都希望简简单
单的。"她决意说。（"而且看来还很省钱。"伊兹说。她又送了一套银蛋
糕叉。）

"一个很不错的小伙子。"休在勉强可以称为婚宴的午餐会上说——餐
会设在婚姻登记处附近的一家餐厅里，只上了三道菜。

"是呀，"厄苏拉同意道，"相当不错。"

"但跟帕米拉的婚礼比起来呢，小熊？"休说，"还是办得有些太潦草

---

① 欧内思特的昵称。

了，对不对？帕米拉结婚时，老肯特路半条街的人都出动了。可怜的泰迪，因为没人邀请他，今天都有些不高兴了。不过你高兴才是最重要的。"他安慰道，"主要是你高兴。"

仪式中，厄苏拉身穿一套鸽灰礼服。希尔维让花店给每个人做了一束温室玫瑰捧花。"可惜不是我种的玫瑰。"她对奥利芬特太太说，"您要是有兴趣，我种的是一季开的粉色莹辉玫瑰。"

"一定十分好看。"奥利芬特太太的恭维完全没有恭维的语气。

"结婚仓促，后悔的日子可长了。"大家正要用仅有的一点雪利酒向新人祝酒时，希尔维喃喃说。

"你后悔了？"休不露声色，问她。希尔维佯装听不见，她的情绪相当不稳定。"可能生活变化让她感到不习惯吧。"休尴尬地对厄苏拉讲。

"我理解。"她轻声说。休紧紧握了握她的手说："真是乖女儿。"


"德雷克知道你不完整吗？"补妆室里四下无人时，希尔维问厄苏拉。两人坐在小软凳上对镜修补唇色。奥利芬特太太没涂唇膏，无须修补，所以留在席间。

"完整？"厄苏拉重复道，盯紧镜中的希尔维。这是什么意思？难道我有瑕疵？难道我坏了？

"也就是一个人的处子之身。"希尔维说，"你的花被摘走了。"她看到厄苏拉满脸不解，不耐烦地解释："又不是清纯少女，怎么还这样无知呢？"

希尔维过去爱我，厄苏拉想，现在她不爱我了。"完整。"厄苏拉再次重复。她以前从没有考虑过这个问题，"我不说他怎么看得出来？"

"当然是看血啦。"希尔维要气疯了。

厄苏拉想了想紫藤壁纸。被摘走的花。她没有意识到两者之间的联系。她以为出血是受伤的缘故，没有意识到那是穿越凯旋门的后果。

"总之，他也可能不会留意。"希尔维叹息道，"反正他肯定也不是第一个在新婚之夜被欺骗的丈夫。"

"你们去重整旗鼓了？"两人回到席间，休调侃说。泰迪与他父亲一样爱笑。德雷克和奥利芬特太太都爱皱眉。厄苏拉想，不知已故的奥利芬特先生是什么样。很少有人提他。

"虚荣，你的名字是女人。"德雷克强装活跃，想开一个玩笑。厄苏拉发觉，他并不如想象的那样善于社交。她对他微微一笑，感到两人之间又多了一个共同点。同时意识到自己对新郎还相当陌生。（"谁结婚时不是这样？"休说。）

"应该是'脆弱'。"希尔维和和气气地说，"脆弱，你的名字是女人。语出哈姆雷特。很多人不知为何总是引用错。"

德雷克的脸上飘过一片乌云，但他很快一笑带过，说："向您渊博的学识致敬，托德夫人。"


两人在威尔斯通买房是专门为了那里离德雷克教书的学校近。因为他无人提起的父亲生前投资有方，他得到一份遗产，"金额不值一提"。新房位于梅森大道一排"体面的"连栋公寓楼内。楼体是都铎时代风格，从正面看得到木骨架，前门花窗上用彩色玻璃拼出一艘扬帆疾行的盖伦大帆船，虽然威尔斯通似乎离海很远。房内设施完全现代化，周边商户林立，有诊所、牙诊所、儿童公园和年轻妻子（未来的母亲，德雷克说"这一天很快就会到来"）所需的一切。

厄苏拉完全可以想见自己与德雷克共进早餐，然后挥手送他出门上班的情景。可以想见自己推着摇篮车、推着童车、推着秋千的情景。她看见自己在傍晚为孩子洗澡，睡前在漂亮的小卧室为他们讲故事。傍晚，她与德雷克安安静静地在起居室听无线电。他会继续编他的书，一本历史教材——从金雀花王朝到都铎王朝。（"上帝，"西尔姐说，"多么激动人心。"）威尔斯通与贝尔格莱维亚相去甚远。感谢上帝。

因为德雷克从买房到装修，一直都独自完成，所以直到蜜月后，厄苏拉才真正见到了那几个即将容纳自己婚姻生活的房间。

"这样有点怪，不是吗？"帕米拉说。"不会啊，"厄苏拉说，"这是一种惊喜，仿佛在向我赠送一份结婚礼物。"

等德雷克终于笨拙地领着厄苏拉跨过威尔斯通的门槛（经由一片无论是希尔维还是威廉·莫里斯①都要嗤之以鼻的红砖铺就的前廊），厄苏拉禁不住涌上一阵穿心的失望。室内装饰比她想象的还要老气。她觉得色调偏灰，心想一定是因为装饰时少了女人，但又听德雷克说"母亲也帮了忙"，便感到隐隐吃惊。不过话又说回来，遗孀奥利芬特太太克扣成性，巴尼特的老家也具有同样的逼仄感。

希尔维在法国多维尔度蜜月，帕米拉蜜月时去瑞士徒步，厄苏拉却在沃辛度过了潮湿的一周，以此开启了婚姻的大门。

她的丈夫结婚时是一个人（"一个很不错的小伙子"），婚后却彻底变得像希尔维的小金钟一样，上紧发条，一丝不苟。

反差是剧烈的。蜜月仿佛一个转换媒介，让他从关怀备至的追求者，摇身变为令人失望的配偶。厄苏拉将这个变化归咎于糟糕的天气。出租屋的房东要求两人在早餐后离开，到下午六点的晚餐时间才许回去，于是两人不是整天待在咖啡厅或画廊里，就是上码头与狂风搏斗。傍晚就结队与其他（更有精神的）住客玩惠斯特纸牌游戏，最后才回到他们冷飕飕的卧室里。德雷克似乎什么牌都打不好，两人每局必输。无论厄苏拉怎样向他暗示自己手中的牌，他就是不领会。

"你为什么出将牌？"两人相敬如宾地脱衣上床时，她问他——纯粹出于好奇。"你觉得这破游戏很重要吗？"他说话时，眼里透出深深的鄙夷，让厄苏拉打消了与他在未来玩任何游戏的念头。

初夜无血一事被忽略了。厄苏拉松了口气。"我想你应该知道一下，这可不是我的第一次。"两人首次同床时，德雷克相当自豪地说，"我认为丈夫应该多认识世界。不然，他如何保护他纯洁的妻子？"这话听来不免冠冕

① 威廉·莫里斯（William Morris，1834年3月24日—1896年10月3日），英国艺术与工艺美术运动领导人之一。著名纹样设计师。

堂皇，但厄苏拉觉得自己没有什么立场去争辩。

※

德雷克每天早起，一丝不苟地做几组俯卧撑——仿佛身处战壕，而非蜜月。"Mens sana in corpora sana（健康的精神属于健康的身体）。"他说。还是别纠正他的好，她心想[1]。他对自己的拉丁语和半吊子的古希腊语最为自豪。他的母亲省吃俭用才让他上了好大学。他说："我家的所有成绩都是奋斗出来的，哪像某些不劳而获的人。"厄苏拉精通拉丁语和希腊语，但她觉得此事还是不张扬的好，毕竟那是另一个时期的厄苏拉了。那个厄苏拉已经被贝尔格莱维亚一笔勾销了。

德雷克行房的办法与他锻炼身体时的办法很相似，甚至脸上痛苦、努力的表情都差不多。他似乎很乐意将厄苏拉当作床垫的一部分。但她如何衡量德雷克房事的优劣呢？难道与霍维相比？厄苏拉后悔自己没有多问问西尔妲在伊林的"快乐行宫"里发生的事。她想起伊兹竭力挑逗的模样，想起帕米拉和哈罗德之间的脉脉含情。这些图景暗示出幸福，即便不是幸福，至少也是令人忘却忧愁的短暂乐趣。伊兹曾说过，"没有乐趣的人生还有什么意义？"厄苏拉预感到，威尔斯通的人生将没有多少乐趣可言。

厄苏拉婚前的工作十分冗杂，但完全比不上婚后日复一日照料家事的无趣。家里所有东西都须反复洗涤、擦拭、掸抚、打磨、清扫，除此还有熨烫、折叠、晾晒、拉抻和各种调整要做。因为德雷克是个对角度、棱线都相当挑剔的人。毛巾、茶巾、窗帘、地垫都需要不断对正，彼此之间的位置关系需要反复调整。（厄苏拉与周遭事物的位置关系也需要反复调整。）但这些难道不是她的分内事？难道不是婚姻本身做出的安排、签订的协议？尽管明白这个道理，厄苏拉仍然觉得自己仿佛被判了死缓。

---

[1] 正确说法是 "Mens sana in corpore sana"。

为使日子容易些，厄苏拉决定服从德雷克对家政的苛刻要求。（"万物有序，应各归其位。"）碗盘必须一尘不染，刀叉必须擦亮，整齐地放入抽屉——刀具须像士兵般排好队，勺子要对齐勺头，一把一把贴在一起。他说，主妇须对家政圣台顶礼膜拜。她想到自己每天花很多时间扫炉灰、掸炉钳的事，心想哪里是"圣台"，分明是"炉台"。

德雷克对整齐也相当苛刻。他说如果物品不在其位，或有几分歪斜，他便无法思考。"房间整齐，思路清晰。"他说。厄苏拉逐渐发觉他很喜欢使用格言。厄苏拉走到哪个房间，他便觉得哪个房间出现了紊乱，而在这样大的紊乱中，要他"从金雀花王朝写到都铎王朝"简直是不可能的。威廉·柯林斯父子公司准备出版这本教科书——他将出版的第一本教科书，他们指望靠它来挣钱。为此，德雷克将里间狭小的餐室（包括桌子、餐柜等）划归为自己的地盘，严禁厄苏拉在傍晚进入，以便他能专心写作。一人份的钱要当两人份来花，既然她不懂节流，搞得二人入不敷出，那就请她至少给他点空间，让他去开源。而且，不，谢谢，他不需要她帮忙打手稿。

厄苏拉回首过去，发觉婚前的独身生活懒散得连自己都有些不齿。在贝斯沃特，她常常不铺床也不洗碗。早餐就往面包上涂些黄油。喝茶时配一只白煮蛋，在她看来完全没有不妥之处。婚后生活则须劳心费神。早餐必须特别准备，且在特定时间上桌。德雷克上班不能迟到，且将早餐——固定的清粥、鸡蛋、吐司面包——当作庄严（且必须单独进行）的圣礼。一周七天，每天的鸡蛋制作方式都安排好。周一炒，周二煎，周三煮，周四煨，周五添一条熏鲱鱼，就算激动人心。周末则用德雷克喜爱的熏肉、肉肠和血肠来配。鸡蛋不是从商店买的，而是来自三英里外一户自耕农处，厄苏拉每周步行前往，因为搬到威尔斯通后，德雷克为"省钱"，卖掉了他们的自行车。

茶点也是一场噩梦，不过与早餐这场噩梦的性质不同：厄苏拉不得不绞尽脑汁变换花样。生活变成了肉块、牛排、馅饼、炖菜、烤菜的圆舞曲。不用说，还有每天必须花样翻新的布丁。**我被食谱奴役了！**她在给希尔维的信里强作欢颜地写到，虽然她每天研读食谱时心情毫无欢欣可言。她心中对格洛弗太太产生了一种新的敬意。当然，格洛弗太太有一个大厨房，采办食材的经费也比她充裕许多，且有一整套烹饪器具①；威尔斯通的厨房装备却相当简陋，厄苏拉的持家预算又每每不到一周便花完了，因此常被斥责铺张浪费。

贝斯沃特时期的她很少为钱的事烦恼，经济吃紧时她便吃得少，以步当车。实在不行还有休和伊兹可以依靠，现在有了丈夫，她便不能再往他们那儿跑了，以免德雷克感到自己的男性尊严受到了羞辱。

被迫干了几个月无休止的家务活后，厄苏拉觉得如果再不找个漫漫长日之后的消遣，自己就要疯了。每天采购的路上，她都会经过一个网球俱乐部。木栅栏后竖着高高的铁丝网，白石子墙临街开着一扇绿门。她看不见里面，但可以听到令人神往的"乒""乓"声，仿佛夏季已至。有一天，她敲响了那扇绿门，询问可否加入。

"我加入了附近的网球俱乐部。"那天傍晚德雷克回家后，她对他说。

"你没问过我。"德雷克说。

"我以为你不打网球。"

"我不打，"他说，"我的意思是，你没有问过我让不让你参加。"

"我以为不用问你。"他的脸上掠过一片乌云，那是他援引莎士比亚出错被希尔维纠正时的同一片乌云。不过这一次，乌云花了较长时间才散去，乌云过后，他身上起了一种难以名状的变化，似乎心里有一块东西硬硬地缩了起来。

"那，我能参加吗？"她决定不妨显得驯顺，免得坏了和气。帕米拉会问哈罗德这种问题吗？哈罗德也希望帕米拉先问他吗？厄苏拉不知道。她发觉自己对婚姻一无所知。休与希尔维之间的婚姻对她而言也仍然是个谜。

她想不出德雷克能有什么理由去反对她打网球。他似乎也有相同的困扰，沉默了半天才终于不情愿地说："可以吧。只要不影响家务。"然而茶喝到一半——炖羊肉、马铃薯泥，他突然起身，抓起盘子狠狠扔向房间尽

① 原文此处为法语：batterie de cuisine。

头，一语不发地出去了，到厄苏拉准备就寝时才回来，脸上仍是走时那副扭曲的表情，仍然一语不发，只在两人上床时呜咽般地说了声"晚安"。

夜半，她被他弄醒，他正趴在她身上一语不发地动作着。紫藤花壁纸跃入她的脑海。

那种扭曲的表情（她在心里默默将它称为"那个表情"）出现得越来越频繁，厄苏拉为了安抚它用尽了一切办法，连自己也感到惊讶。但它是无法安抚的。一旦他陷入这种情绪，无论她说什么、做什么，都只能惹他心烦。事实上，她对他的安抚即便有一点效果，也只能是负面效果。


继婚礼后，两人首次策划去巴尼特拜访奥利芬特太太。婚礼前，他们为宣布订婚，曾短暂拜访过一次——喝了茶，吃了隔夜松饼。

这一次，奥利芬特太太准备了软塌塌的火腿三明治，以及一腔琐碎的废话。茶毕，她说自己"攒"了几样奇怪的活要让德雷克帮忙做，后者于是拿着工具消失了，留下女眷收拾桌子。洗完杯盘后，厄苏拉说："不如泡些茶吧？"奥利芬特太太毫无热情地说："随便你。"

二人勉勉强强地坐在会客桌边，小口呷着茶。茶席边的墙上框裱着一幅奥利芬特太太和先生的新婚照片，两人身上紧裹着十九世纪末、二十世纪初风格的礼服。"真漂亮。"厄苏拉说，"您有德雷克小时候的照片吗？"然后想到不该将死者排除在家庭成员之外，于是补充道："或者他妹妹的照片？"

"妹妹？"奥利芬特夫人皱起眉头，"什么妹妹？"

"他去世的那个妹妹。"厄苏拉说。

"去世？"奥利芬特太太看来相当震惊。

"您的女儿呀。"厄苏拉说，"掉进火里的那个。"她补充说，觉得自己嘴很笨，那最后一句添得毫无必要，一般人不可能忘掉这种细节。她心想，也许奥利芬特太太的脑子有问题。奥利芬特太太则如坠云雾中，仿佛正努力回忆自己是否还有一个孩子。"我只有德雷克这一个孩子。"她终于自信地说。

"既然如此，好吧。"厄苏拉说，仿佛这是个随时可以抛却的话题，"但既然我们现在安顿好了，您可一定要来威尔斯通看我们。您知道，受惠于奥利芬特先生留下的遗产，我们真是感激不尽。"

"留下？他留下什么遗产？"

"好像在遗嘱里留下了股份。"厄苏拉说，心想奥利芬特太太也许没有出席遗嘱听证会。

"遗嘱？他走时除了债务什么也没留下，而且他也没有死。"她补充说，仿佛厄苏拉的脑子有问题，"他住在马盖特。"

还有多少谎言和虚实参半的故事？厄苏拉心想。"德雷克小时候真的差一点淹死吗？"

"淹死？"

"从船上掉下来，游到岸边？"

"你怎么会有这样的想法？"

"好了，"突然出现在门口的德雷克说，把两人都吓了一跳，"你们在嘀咕些什么？"


"你瘦了。"帕米拉说。

"是呀，好像是瘦了。我在打网球。"这话说得仿佛一切安好，仿佛她过着再平常不过的岁月。网球俱乐部是她在梅森大道幽闭生活之外唯一的安慰，虽然常常为此受到盘问，她仍坚持前往，一次不落。每天傍晚，德雷克回来后都要问她是否去了网球课，虽然她每周只去两个下午。他总是问起她的搭档，牙医太太菲丽斯。虽然根本不认识菲丽斯，他却对她充满了成见。

帕米拉从芬奇里远道而来。"不然我就见不到你啦。你不是婚姻生活过得乐不思蜀，就是特别喜欢威尔斯通这地方。"她笑道，"母亲说你根本不让她来。"厄苏拉婚后没有接待过任何人。休提出"顺道"来喝个茶，希尔维暗示他们周日不妨去狐狸角午餐，都一一被厄苏拉拒绝。吉米住校去了，泰迪在牛津大学读一年级，但常给她写感情洋溢的长信，莫里斯则对看望家人毫无兴趣。

"她才不在乎来不来呢。威尔斯通也好，别处也好。她根本就不喜欢出门。"

两人都笑了。厄苏拉都快忘了笑的滋味。她觉得眼里有泪意，为掩饰而转身摆弄起茶具来。"见到你，我真高兴，帕米拉。"

"你呀，你什么时候想来芬奇里，我们都欢迎。你应该买一部电话，这样我们可以常常通话。"德雷克觉得电话是奢侈品，但厄苏拉怀疑他只是不希望她与任何人说话罢了。她当然不能把这层怀疑说出来（而且对谁说？菲丽斯吗，还是早晨的送奶员？），不然，人家会觉得她精神失常。厄苏拉像人们期盼节日一样期盼着帕米拉的到来，周一便对德雷克发出通知："帕米拉周三下午来。"他听了只说："哦？"看来漠不关心，并没露出扭曲的脸部表情，厄苏拉松了口气。

一喝完茶，厄苏拉立即收拾茶具，将杯盘洗净擦干，各归原处。

"上帝，"帕米拉说，"你什么时候变成井井有条的小主妇[①]了？"

"房间整齐，思路清晰。"厄苏拉说。

"整洁的作用显然被高估了。"帕米拉说，"你有什么烦恼吗？看起来快快不乐的。"

"每个月的那几天。"厄苏拉说。

"噢，真不走运。我得再过好几个月才会有这麻烦呢。猜猜有什么好事？"

"你有孩子了？噢，这个消息真是太好了！"

"可不是嘛。母亲又要做姥姥了。"（莫里斯已经率先制造了托德家的后代。）"你觉得她会高兴吗？"

"谁知道？她这人的心思谁也猜不准。"

"你姐姐可好？"是夜，德雷克下班回家问。

"好极了。她就快有孩子了。"

---

① 原文此处为德语：Hausfrau。

"哦？"

✳

次日晨，她煨出了一盘"不符合标准"的鸡蛋。连厄苏拉自己也觉得
过意不去，她端到德雷克面前的这只鸡蛋仿佛被丢在吐司面包上等死的水
母，的确令人不能直视。他的脸上掠过一抹狡黠的笑意，因为他终于成功
地寻获了一项她的错处。这是一个新表情，比原来那扭曲的表情更令人
胆寒。

"你让我吃这个？"他问。

厄苏拉的脑中闪过好几种回答，觉得它们都容易挑起事端，因此一一否
决，只说："我给你再做一个。"

"你知道，"他说，"为了养活你，我每天都在做我看不起的工作。
而你那颗蠢脑瓜却无须忧虑任何事，对吧？你什么都不做——哦，不，抱
歉，"他讽刺道，"我忘了你还得打网球——却连只鸡蛋都煨不好。"

厄苏拉没想到他看不起他的工作。诚然，他对初三年级的纪律常满腹牢
骚，且常连篇累牍地历数学校督导如何对自己的辛勤工作视而不见，但她从
未想到他这样是因为痛恨教书。他看起来仿佛要潸然泪下，她意外地突然对
他产生了怜悯，说："我再给你做一个吧。"

"不麻烦了。"她以为他会将鸡蛋掷向墙壁，自从她参加网球俱乐部以
来，德雷克经常扔杯子盘子。不料，他竟张开五指对准她的脑侧重重打了一
巴掌，扇得她滚翻在煤气炉上，继而摔倒在地。她就那样跪着，仿佛一个人
在祈祷。头部的疼痛比自己挨了打更令她吃惊。

德雷克端起鸡蛋走过来，居高临下地站在面前。她以为他要把整个盘子
掼在她身上，他却只让鸡蛋滑落在她头上，然后愤然离开了厨房。少顷，她
听见前门被重重关上的声音。鸡蛋滑下她的头发，滑到脸上，掉在地上，静
悄悄地摔碎，流出一汪蛋黄。她挣扎起身，去拿抹布。

那个早晨似乎开启了他体内的某扇门。她开始处处犯错——生火用了太多煤，上厕所用了太多纸，不慎忘关了一盏灯。他查阅每一张收据、每一份账单。每一便士都数得清清楚楚，而她一分钱也拿不到。

他向她证明自己有办法对蝇头小事发雷霆大火，且一旦发火便难以停下。每时每刻他都是愤怒的，而她是他愤怒的原因。每天傍晚，他要她详细汇报一天的作息。她去图书馆换了几本书，肉铺老板对她说了什么话，有没有人上门拜访。她不再打网球了。这样她的日子能好过一些。

他没有再打她，但他体内似乎时刻隐燃着暴力，他仿佛一座活火山，会因厄苏拉而复苏。他对她一刻不停的挑剔使她无暇厘清内心的疑惑。她的存在本身似乎就构成他恼怒的理由。难道人生本应是一场漫长的惩罚？（为什么不，难道她不是咎由自取？）

她开始在一种病态中生活，仿佛漫步在迷雾中。她想既然自己种下了事端，现在便只好自食其果。也许这就是科莱特大夫所说的amor fati（顺随命运）。而他对她目前的困境又有什么话要说？更确切地说，如果得知德雷克古怪的脾性，他会说什么？


她即将参加校运会。这在布莱克伍德的日程上是相当重要的活动，督导们的妻子也会参加。德雷克给了她买新帽子的钱，且嘱咐她到时候"机灵些"。

她来到附近一爿叫"流行①"的妇女儿童服装店（虽然货色并不流行）。她常在此处购买丝袜和内衣。婚后，她一直没有置办新衣。与其为钱的事烦扰德雷克，她宁愿放弃对自己外貌的修饰。

这爿死气沉沉的店铺位于一排死气沉沉的店铺——理发店、水产店、蔬果店和一家邮局——之中。她既无心情又无胆量（也没有那个钱）上伦敦城里的高档商店购物（对这种短途游乐，德雷克不知又要说出什么话来）。在婚姻的分水岭前，她在伦敦城内上班，时常光顾塞尔弗里奇百货和彼得·鲁

---

① 原文此处为法语：A la mode。

逊森百货。如今它们恍若外国一样遥远。

　　为使陈列的商品免遭日晒，商店橱窗铺了一层橙黄色薄膜，仿佛厚塑料纸，让她想起葡萄适饮料的外包装。这让橱窗中的商品完全丧失了吸引力。

　　帽子虽然不是最好看，但应付运动会已经足够。她勉为其难地打量着三面通天大镜中的自己。三次倒影让她看起来比在自家卫生间的镜中（那是她唯一躲不开的镜子）丑了三倍。她觉得她已经不认识自己了。她行错了路，开错一扇门，就再也回不到从前了。

　　突然，她被自己可怕的哭声吓了一跳，那是希望全然幻灭时悲苦的声音。店主忙走出柜台上前说："亲爱的，别难过。又是每个月的那几天了，对吧？"她领她坐下，端来茶水和饼干，厄苏拉的心中涌上难言的感激。

　　去学校须坐一站车，再走一小段极静的路。厄苏拉随一众家长拥入布莱克伍德的大门。突然遇见这么多人，让她感到一阵兴奋——和些许惶恐。她结婚不到六个月，但已经忘记了置身人群的感觉。

　　厄苏拉从没来过这所学校。它由普通红砖盖成，行道两侧不是灌木而是小草，与托德家男人们上的老牌名校相去甚远。厄苏拉觉得相当新奇。泰迪和吉米步莫里斯后尘，上的都是休的母校。那所学校的校舍由柔灰色花岗岩筑就，其华美不输给牛津大学任何一个学院。（虽然据泰迪说，"里面上学的可都是野人"。）校园也尤其美丽，连希尔维都不禁赞叹其中洋溢的花香。"植被的选择相当富有情调。"她说。德雷克的学校里没有这样的情调，该校的重点放在操场上。布莱克伍德的男生并不特别精于学业，至少德雷克这样说，他们的校园生活围绕橄榄球和板球进行。这里有更多健康的身体，包含更多健康的精神。德雷克的精神是否健康呢？

　　现在问妹妹和父亲的事已经来不及了，厄苏拉想这无疑会引起喀拉喀托火山大爆发。但一个人究竟为什么要编这样的故事呢？如果科莱特大夫在，一定能知道答案。

运动场一头的长条野餐桌上，摆满为家长和教员准备的点心。茶水、三明治、切成指宽的条状水果杏仁蛋糕。厄苏拉在茶炊附近徘徊，寻找德雷克。他对她说过，自己必须这里那里地"帮差"，不会有多少空闲来理会她，她终于在运动场的另一头看见了他，他正吃力地抱着一大摞用途不明的铁环。

聚在野餐桌边的人似乎都彼此相熟，尤其是几位督导夫人。厄苏拉猛然想到，布莱克伍德大概举办过很多社交活动，但德雷克都没有告诉她。

两个罩着蝙蝠样长袍的高级督导坐在茶桌边，她听到一句"奥利芬特"，便尽量若无其事地靠近去，假装全神贯注在自己盘中三明治的蟹酱上。

"我听说小奥利芬特又惹祸了。"

"是吗？"

"好像打了学生。"

"打男生没什么错。我自己就常打。"

"这次打得挺重。家长威胁说要报警了。"

"他连一个班也管不好，实在无能。"

两人在盘中装满蛋糕，信步离开了，厄苏拉慢悠悠地跟着。

"据说还负债累累呢。"

"也许他的书能挣些钱吧。"

两人仿佛听了笑话一样，哈哈大笑一番。

"他太太今天好像也来了。"

"是吗？那我们最好留神。我听说她精神失常。"从两人接下来的反应看，这句话好像也很好笑。此时，跨栏比赛开始的枪声突然响起，厄苏拉吓了一跳。她放走两个督导，无心再偷听下去了。

她看见德雷克大步向自己走来，原先的铁环换成了一束更难携带的标枪。他大声叫两个学生来帮忙，两个学生听话地跑来了。跑过厄苏拉时，她听到其中一个强压笑意低声说："是，大象先生；来了，大象先生。"德雷克哗啦一声将标枪扔在草地上，对两个学生说："送到跑道另一头去，快点，动作快。"他走向厄苏拉，轻吻她的面颊，说："你好，亲爱的。"她突然难以自持，哈哈大笑起来。这是几周来他说的最温柔的一句话，却不是为了她，而是为了近旁几位督导太太能听见。

"你笑什么？"他问，为表现关切，还久久打量着她的脸。她看出他的怒气正咕嘟嘟地升温。她摇摇头以示回答。她觉得自己可能会尖声大叫，为此有些担心，她感到自己的火山也冒着泡泡，时刻准备着爆发。她可能真的疯了，真的"精神失常"了。

"我要去高年级那边管跳高。"德雷克对她皱皱眉，"一会儿见。"他走开时仍然皱着眉，她又笑出了声。

"奥利芬特太太？是奥利芬特太太吧？是吗？是不是？"两位督导太太仿佛两头母狮，遥感到猎物受了伤，纷纷向厄苏拉扑过来。

因为德雷克说自己要监督晚自习，不回家吃饭，她只好独自一人回家。她用煎鲱鱼和冷山芋给自己随便弄了些茶，突然很想喝一瓶上好的红酒。不，不是一瓶，而是一瓶接一瓶，直到喝死。她将鲱鱼骨头推进垃圾桶。在午夜里溘然魂离人间。什么都比这可笑的生活好。

德雷克在学生和同事的眼里是个笑柄，是"大象先生"。她能够想象到调皮的初三年级怎样让他气得发疯。而他的书，他的书写得怎样了？

厄苏拉过去没有留意过德雷克的"研究"内容。不管是金雀花王朝，还是都铎王朝，她都没有多少兴趣。他严禁她在餐室（她仍乐于这样称呼那片空间）掸扫、擦拭时碰触桌上的书籍和纸张，她自己反正也不在乎，很少注意桌上那个大坟堆的进度。

近来他创作相当勤奋，桌上堆满各种笔记和小纸片。都是彼此缺乏联系的句子和感想——十分可笑且颇为原始的信仰——金雀花，这一寻常的灌木植物，催生了安茹这个名字——从邪恶中来，也必将回归邪恶。找不到成文的稿件，只有经历修改、再修改的残章，对一段文字的不断微调，以及许多尝试性的开篇，写在印有布莱克伍德校标和座右铭（A posse ad esse——化可能为实际）的练习簿上。难怪他不要她帮忙打手稿。她发觉自己原来嫁给了一个卡苏朋①。

德雷克一生都在编故事。他从第一次对她说话（噢，天哪！您摔得真不轻。让我来帮您吧）起就不诚实。他究竟图什么？难道是一个比他弱小的角色？难道是要一个妻子，要他孩子的母亲，要管他家的保姆，要躲在日常生活②之中，而又杜绝日常附带的一切紊乱？她曾因需索保障而嫁给他。现在她明白了，他娶她也是为了保障。然而两人都是世上最无法向任何人提供保障的人。

厄苏拉翻遍餐具柜，找到一沓信件，顶上一封抬头为威廉·柯林斯父子有限公司，"沉痛地"婉拒了他要出版书籍的提议，理由是"已有许多同一主题的教科书问世"。其他教育出版商的回函也大致如此，信件中还有许多未支付的账单，以及催债的最后通牒。其中措辞最严厉的一封要求立即偿还显然是为购房而贷的一笔款子。这种信函，厄苏拉在秘书学院学习时曾经听写过。**亲爱的某某先生，近期我们注意到——**

她听见前门打开的声响，胸口沉了一沉。德雷克幽灵般出现在餐厅门口。"你在干吗？"

她举起威廉·柯林斯父子公司的来信，说："你是个骗子，一直在撒谎。你为什么娶我？为什么要跟我这样活着？"他的脸上出现了那个表情。她在寻死，但这难道不比自杀更容易？她已经放弃了，她不再挣扎了。

厄苏拉料到会挨打，但当他抡拳狠狠击打她的脸时，她还是为那力量大得吃了一惊。他仿佛要彻底抹去她的脸。

❋

她睡在厨房地板上，也许她是晕倒了，六点前她醒了。她头晕、恶心，身体每一寸都又酸又疼，铅一般沉。她很想喝杯水，却不敢开龙头，怕吵醒

---

① 卡苏朋（Casaubon），是乔治·艾略特的小说《米德尔马契》（*Middlemarch*）中一个一心想写一部著作却最终未果的牧师。
② 原文此处为法语：vie quotidienne。

德雷克。她攀着桌椅，终于站起来，找到了鞋子，蹑手蹑脚来到门厅，从衣帽架上摘下大衣和头巾。她从德雷克放在外套口袋的钱包里拿了一张十先令，够她坐火车，转出租。她预想着旅途的劳顿，已经精疲力竭——连能否走到哈罗—威尔斯通火车站都难以确定。

她套上大衣，用头巾挡住脸，尽量避开门厅的立镜。无疑那里面将会有一张可怖的面孔。她任前门虚掩，怕关门的声音吵醒德雷克。她想到易卜生的《玩偶之家》里娜拉摔门。可以肯定的是，如果娜拉是从德雷克·奥利芬特家出走，绝不会冒险示这种威。

这段路，是她一生走过最长的一段路。她的心脏高速跳动，她觉得它很可能就此失灵。她一路惧怕他从后面赶上来，喊她的名字。她在售票亭前含着满嘴鲜血和松动的牙，含糊报出"尤斯顿站"，售票员抬头看了看，一见她的模样便赶紧避开眼睛，过去恐怕没有接待过仿佛刚打完一场赤拳格斗的女乘客。

为了等待那天的头班车，她在女候车室又痛苦地待了十分钟。幸好她喝到了水，还洗去了脸上一些干涸的血迹。

来到车厢，她垂头坐着，一手遮脸。男人们穿戴礼服礼帽，都强装看不见她。等火车出站的时间里，她冒险往站台上从头到尾扫了一眼，未见德雷克，心内涌上难言的欣慰。这是天大的好运，他显然还没想起她来，还在卧室地板上做俯卧撑，还以为她在楼下厨房给他做早饭。今天是周五，是加熏鲱鱼的日子。鲱鱼还裹着报纸躺在食柜里。他即将大发雷霆。

抵达尤斯顿站时，她已双腿发软。行人纷纷绕行，她开始担心出租车司机会拒载。但她一拿出钱来，司机就答应送她了。两人安安静静在伦敦城中穿行，沐浴连夜未停的雨，石砌楼宇在清晨第一抹阳光中通体晶莹，密布云朵的天上，荡漾着粉红、幽蓝的蛋白石一般的光华。她这时才想起自己是多么喜欢伦敦。她的心升起来了。刚刚决定了不死的她，此时燃起了活下去的愿望。

旅途末，司机帮她下车。"您确定是这里吗，小姐？"他看看梅尔伯里路上的这座红砖大房子，表示怀疑。她无声地点点头。

自然要来这里。

她摁响门铃，前门就开了。伊兹看见她的脸，一阵惊惧，两只手立即捂到嘴上，"噢，我的上帝！这是怎么了？"

"我丈夫要杀我。"

"先进来再说。"伊兹说。


乌青慢慢消退了。"这是战斗的创伤。"伊兹说。

伊兹的牙医补好了厄苏拉的牙。她的右臂还要在脖子上挂一段时间。鼻子再次断裂，颧骨和下颌骨也都骨折了。她有了瑕疵，不再完整，但又觉得自己仿佛被洗净了一般，过去在现在面前失去了原来的分量。她给狐狸角发电报，说自己出去夏游，"同德雷克去苏格兰高地一周"。她自信德雷克不可能找到狐狸角去。他会打落牙往肚里咽。也许回了巴尼特。感谢上帝，他不知道伊兹住在哪里。

这一次，伊兹意外地富有同情心。"请尽管住下去。"她说，"同住比我一个人住这么大的房子要好。而且上天作证，这次我的钱养你是绰绰有余了。""你就安心住吧，"她补充道，"不着急。而且看在上帝的分儿上，你才二十三岁，来日方长。"厄苏拉不知对什么更应该惊讶，是伊兹的慷慨，还是她记得自己岁数这件事。也许贝尔格莱维亚也改变了伊兹。

有天傍晚，厄苏拉一人在家，泰迪突然造访。"找你真不容易。"他说着，用力抱了抱她。厄苏拉的心搏动着喜悦。泰迪似乎永远比别人真诚。他在庄园农场干了一夏天农活，黑了，也壮了。不久前，他宣布想种田为生。"你先把上大学的钱还给我。"希尔维口中这样说，脸上却笑眯眯的，因为她最最喜欢的就是泰迪。

"那好像是我的钱吧。"休说。（休有没有最喜欢的孩子？"好像是你。"帕米拉说。）

"你的脸怎么了？"泰迪问她。

"一桩小意外，前几天更惨。"她笑道。

"你没去高地。"泰迪说。

177

"这么看来好像是没去吧。"

"这么说，你离开他了？"

"对。"

"太好了。"泰迪和休一样，不爱流连在一个话题上，"我们疯疯癫癫的姑姑哪里去了？"他问。

"出去疯了。好像去了使馆俱乐部。"两人为庆祝厄苏拉重获自由，对饮了伊兹的香槟。

"这下母亲会觉得你让家里丢脸了。"泰迪说。

"别担心，她早就觉得了。"


两人一起做了鸡蛋卷和番茄沙拉。把盘子摆在膝头，一边吃一边听无线电播放安布罗斯和他的交响乐团。吃罢，泰迪点起一支烟。"你近来变得像大人了。"厄苏拉笑道。"我还有肌肉呢。"说着，泰迪像马戏团大力士，露出自己两侧的肱二头肌。他本来在牛津念文学，他说，"在田里干活"时不用动脑，日子很惬意。还说，自己在写诗。关于土地，而非"情感"。南希死后，泰迪的心碎了。他说，碎掉的东西是不可能完美复原的。"简直像詹姆斯[①]的小说。"他沉郁地说。（厄苏拉想到了自己。）

泰迪心里，南希被生生扯去的地方留下了一道疤、一个空洞。他对厄苏拉说："我似乎来到了一个地方，在那里，生命已经结束，但人还活着。"

"我想我明白。我明白。"厄苏拉说。


❋


厄苏拉头枕着泰迪的肩睡着了。她还没有从无边的疲倦中恢复。（"睡觉最养人。"伊兹每天早晨都把早餐端到厄苏拉的床上。）

---

① M. R.詹姆斯（Montague Rhodes James, 1862—1936），英国学者，精通中世纪史，以擅长写鬼故事著称。

最后，泰迪叹息着伸了伸懒腰，说："我要回狐狸角了。故事怎么编？是说看见了你，还是说你在苏格兰的世外桃源？"他将两人的盘子拿到厨房去，"我洗碗的时候，你想想怎么说。"

门铃又响了，厄苏拉以为肯定是伊兹。自从厄苏拉来了梅尔伯里，伊兹就不怎么带钥匙了。"反正你总是在家呀，亲爱的。"她说。于是有时厄苏拉不得不凌晨三点爬起来给她开门。

门前不是伊兹，却是德雷克。她惊呆了，说不出话。她离开得十分决然，已将他作为一个不存在的人。他应该永远待在意识中某个黑暗的角落，不该出现在荷兰公园区。

他将她的双臂扭到背后，押着她来到客厅。他扫一眼重木雕花中式咖啡桌。香槟酒杯还立着，缟丝玛瑙烟灰缸里还有泰迪抽的烟头。他恶声道："这是谁？"他整个人被愤怒点燃，"你跟谁在通奸？"

"通奸？"厄苏拉说，为这个词中的道德审判意味而感到惊讶。泰迪肩上搭着洗碗布走进屋里。"这是怎么了？"他说，"放开她。"

"就是这个人？"德雷克问厄苏拉，"你就是跟这个人在伦敦鬼混？"他不等她作答，便将她的头撞向咖啡桌。她滑到地上。她头疼得厉害，且越来越疼，好像头上戴着一个越夹越紧的虎头钳。德雷克像举圣杯一样高举缟丝玛瑙烟灰缸，不顾烟灰烟头撒了一地毯。厄苏拉意识到自己的确精神失常了，因为她非但没有在恐惧中蜷紧身子，反而想起了煨蛋的事，觉得二者何其相似，生活何其可笑。泰迪对德雷克吼了句什么，后者将烟缸向他掷去，没有用它砸碎厄苏拉的头颅，又揪着头发提起她的头，再次撞向咖啡桌。厄苏拉看不见泰迪是否被烟缸击中。她的眼前劈下一道闪电，疼痛渐渐退远。

她四肢休克，滑倒在地毯上。满眼的鲜血使她什么也看不清。头被砸第二下时，她感到自己的一部分做出了最后的放弃，也许那是她的求生本能。从地毯上翻滚和呻吟的声音听来，她知道德雷克和泰迪正在厮打。至少泰迪还站着，没有失去知觉躺倒在地，但她不希望他打架，她希望他逃走，逃离通往危险的路。只要泰迪安全，她可以将生死置之度外，真的。她想说话，却只哼出一串不成句的声音。她冷了，也累了。她记得贝尔格莱维亚发生后，她在医院里也有这种感觉。当时有休在，当时休握住了她的手，将她留了下来。

无线电继续播放安布罗斯，山姆·布朗恩唱着《太阳戴起了它的礼帽》。这是一首快乐的歌曲。谁能想到自己会在这样的歌曲中死去呢？

黑蝙蝠来了。她还不想离开。黑暗从四周一点点围拢。这是死亡的解脱。真冷。她想，今天晚上要落雪了，虽然还不是冬天。可难道雪不是已经下起来了吗？雪花正落在她的皮肤上，仿佛泡沫般消融着。厄苏拉向泰迪伸出手，然而这一次，什么也无法阻止她堕入黑暗中了。

## 1926年2月11日

"嗷！干吗打我？"霍维叫道，揉着脸上被厄苏拉击中的地方。

"这么小的女孩，右交叉拳打得这么好。"霍维几乎心生敬畏。他又要去抓她，她像猫儿一样闪身避开。就在这闪避的同时，她看见了泰迪的球。它就藏在一丛枸子木深处。她又对准霍维的小腿髌骨狠狠踢了一脚，赢得了从树丛恋恋不舍的枝杈里解救出皮球的时间。

"我只是想亲你一下。"霍维说话的声音仿佛他受了难以理喻的伤害，"又不是要强奸你。""强奸"一词悬滞在冷冰冰的空气中。厄苏拉也许脸红了，也应该脸红。但她感到这个词语与自己有关。这是一件霍维这样的男孩喜欢对厄苏拉这样的女孩做的事情。所有女孩，尤其是那些正在庆祝十六岁生日的，穿过黑暗野蛮的树林或这片狐狸角花园尽头的灌木林时，都应该留个心眼。霍维表情显得自责，厄苏拉感到一阵快意。

"霍维！"两人听见莫里斯在喊，"我们不等你啦，朋友！"

"你最好快走。"厄苏拉说着，完成了她成人后第一次小小的胜利。

"我找到你的球了。"她对泰迪说。

"太好了！"泰迪说，"谢谢你。我们再吃点你的生日蛋糕吧。"

## 1926年8月

　　他在长镜前站立，镜子几乎占据了整面墙，左右各有一扇窗，他感到镜中的男人姣好而年轻，头发如鸫鸟羽翼般微微泛蓝，个头不高也不矮。[1]

　　她几乎睁不开眼再往下读了。天气晴好炎热，时光像糖浆一样缓慢流淌，日日无事，不是阅读就是散长长的步——徒然期盼撞见本杰明·柯尔，或柯尔家的任何一个男孩都行，反正柯尔家的孩子个个都长成了黝黑英俊的小伙子。"可以冒充意大利人。"希尔维。但他们如此优秀，何必冒充别人？

　　"你知道吗？"希尔维发现她倒在苹果树下，身旁的暖草上懒洋洋地摊着《亲爱的》，说，"像这样悠长、慵懒的日子，你以后再也不会有了。你以为还会有，其实不会了。"

　　"除非我长大后富可敌国。"厄苏拉说，"那样一来我又能整天闲晃了。"

　　"也许吧，"希尔维近来常感烦躁，此时不愿意马上同意厄苏拉的看法，"但夏天总有一天会结束的。"她在厄苏拉身边的草地上坐下。由于侍弄花草，希尔维的脸上有了雀斑。她总是日出而作。而厄苏拉呢，要是能睡

---

① 原文此处为法语：Il se tenait devant un miroir long, appliqué au mur entre les deux fenêtres, et contemplait son image de très beau et très jeune homme, ni grand ni petit, le cheveu bleuté comme un plumage de merle.节选自科莱特（Colette）小说《亲爱的》（Chéri）。

一整天懒觉，她不知有多高兴。希尔维随意翻着科莱特的那本书，说："你该多学学法语。"

"也许能到巴黎去生活。"

"这恐怕不行。"希尔维说。

"你希望我上完学后报考大学吗？"

"噢，说真的，亲爱的，有什么意义？大学又不会教你怎么为人妻、为人母。"

"那要是我不想为人妻、为人母呢？"

希尔维笑了。"你只是为反对而反对罢了。"她摸了摸厄苏拉的脸颊，"你怎么老也长不大呢。草坪那边准备了茶。"她一边说一边站起来，似乎不情愿搅扰自己的安闲，"还有蛋糕。不幸得很，还有伊兹。"


"亲爱的，"伊兹看见厄苏拉在草坪上走来，说，"你比上次见面时大多了。已经是个小女人了，还这么漂亮！"

"还算不上。"希尔维说，"我们刚才在聊她的未来。"

"未来？"厄苏拉说，"我们不是在聊我的法语吗？我还要加强学习。"她对伊兹说。

"太严肃了。"伊兹说，"十六岁女孩应该同门户不相当的男孩恋爱才对。"我的确在恋爱，厄苏拉想，我爱本杰明·柯尔。而且，他也的确不算门当户对。（"什么？犹太人？"她想象着希尔维的反应。什么？天主教徒？什么？煤窑工？什么？售货员？——只要隶属希尔维不熟悉的群体，便与厄苏拉不般配：什么？小职员？马倌？电车司机？学校老师？不般配的男青年很多，能组成一支军队。）

"你呢？"厄苏拉问伊兹。

"我什么？"伊兹疑惑。

"十六岁时在恋爱吗？"

"噢，爱得可深了。"

"那你呢？"厄苏拉问希尔维。

"上帝啊，当然没有。"希尔维说。

"但十七岁时肯定有。"伊兹对希尔维说。

"必须有吗？"

"当然，你遇见休了嘛。"

"噢，当然。"

伊兹凑近厄苏拉，压低嗓音，仿佛密谋般耳语道："我在你这么大时，跟一个男人私奔了。"

"胡说八道。"希尔维对厄苏拉说，"她没有。啊，布丽奇特端茶来了。"希尔维转向伊兹："你这次来是有事，还是纯粹来捣乱？"

"我开车路过，想来看看。有些话想问你。"

"噢，天哪。"希尔维疲倦地说。

"我在想……"伊兹开口道。

"噢，天哪。"

"你能别说这句了吗，希尔维？"

厄苏拉斟茶、切蛋糕。她感到大战将至。伊兹满嘴蛋糕，暂时说不了话。今天的蛋糕不同于格洛弗太太较蓬松的海绵蛋糕，今天的蛋糕烤得很扎实。

"如我所言，"——她排除万难，咽下蛋糕——"我在想——先别说话，希尔维。《奥古斯都历险记》现在仍然大卖，我半年就能写出一本。一切进展疯狂。我有钱，在荷兰公园区也有房子，但没有丈夫，也没有孩子。"

"是吗？"希尔维说，"确定没有孩子？"

伊兹不理会她。"没有孩子来分享我的财富。所以我在想，干吗不让你们把吉米过继给我呢？"

"你说什么？"

"她简直有神经病！"希尔维嘶声道。伊兹还没走，在外面草坪给吉米念她带在超大手袋里的未完手稿——《奥古斯都去海边》，逗他开心。

"她干吗不领养我？"泰迪说，"无论怎么说，奥古斯都不是按照我塑造的吗？"

"你想过继给伊兹？"休疑惑道。

"当然不想。"

"谁也不过继给谁。"希尔维怒火中烧，"你去跟她说，休。"

厄苏拉去厨房找苹果，发现格洛弗太太正用一块松肉用的砧板拍牛肉。"我把这些牛肉都想成德国兵的脑袋。"她说。

"是吗？"

"那些放毒气把乔治可怜的肺搞坏的德国兵。"

"晚饭吃什么？我饿死了。"厄苏拉听格洛弗太太说乔治的肺已经听得耳朵起茧。两叶肺被说的次数太多，似乎渐渐有了自己的生命，就像希尔维母亲的肺一样，个性鲜明，已经超越其主人独立存在。

"俄式[①]小牛肉。"格洛弗太太说着，将牛肉翻个个儿，继续拍，"记住，俄国佬也不是什么好东西。"厄苏拉问格洛弗太太是否曾经见过哪怕一个外国人。

"曼彻斯特有不少犹太人。"格洛弗太太说。

"您见过？"

"见？我干吗见他们？"

"犹太人也不一定是外国人，对吗？隔壁柯尔家就是犹太人。"

"不许胡说，"格洛弗太太说，"他们跟我们一样是英国人。"格洛弗太太因为隔壁柯尔家的孩子很有家教，特别喜欢他们。厄苏拉觉得没必要再争辩，就又拿了个苹果。格洛弗太太继续拍肉。

厄苏拉坐在花园隐蔽一角的长凳上吃苹果。这是希尔维最喜欢来躲清静的地方。"俄式小牛肉"几个字在她脑海里懒洋洋地飘浮着。突然她站起来，心脏在胸口突突直跳，突然生出一种似曾相识却遗忘已久的恐惧——但是为什么？午后暖风吹拂面颊，小猫哈迪在阳光下的小径上梳理毛发，花园氛围平和。为什么会恐惧？

---

[①] 原文此处为法语：A la Russe。

　　并没有任何不好的预示，没有任何迹象表明这世界要出事，尽管如此，厄苏拉还是扔了苹果核，从花园里跑出来，出了大门，上了小路。古老的恶魔拖着她的脚跟。哈迪停下梳妆工作，漠然地看了一眼摆动的大门。

　　也许与火车有关。也许她将要像《铁路边的孩子》里那样，为引列车员注意而扯下胸衣挥舞。等到了车站，她发现五点三十分发往伦敦的列车正在弗雷德·史密斯和火车司机的带领下安然驶离站台。

　　"托德小姐？"他举了举制服帽，"你还好吗？你看起来很着急。"

　　"我很好，弗雷德。谢谢您的关心。"不过是对死亡的恐惧，不用担心。弗雷德·史密斯看起来似乎没有受过这种恐惧的侵扰。


　　她沿小路回家，心中仍然充满莫名的恐惧。半路上，她遇见南希·肖克洛斯，说："你好，你去哪儿？"南希说："哦，为我的自然记录本找些材料。我已经找了些橡树叶和小橡子。"

　　厄苏拉体内的恐惧渐渐消退，她说："来吧，我跟你一起回家。"

　　经过奶场，一个男人翻过牛栏，重重落在峨参丛中。他对厄苏拉举了举帽子，含糊地说："早安，小姐。"就往火车站的方向走去了。他走路跛脚，步态滑稽，像查理·卓别林。大约是个退伍老兵，厄苏拉想。

　　"这人是谁？"南希问。

　　"我也不知道。"厄苏拉说，"噢，你看，路上有只死隐翅虫，你要拿来用吗？"

# 明天是美好的一天

## 1939年9月2日

"莫里斯说再打几个月就会停战。"帕米拉将餐盘放在滚圆的肚皮上。肚内装着她的下一个孩子，她希望是个女婴。

"你非要生个女儿才罢休吗？"厄苏拉说。

"是呀，不然就生到世界终结。"帕米拉愉快地回答，"这么说也请了我们，真没想到。周日在萨里郡吃午饭。还要见那两个古怪的孩子，菲利普和海泽尔。"

"我好像见过他们两次。"

"也许不止两次，你只是没注意他们。莫里斯说要来我们家玩，让'兄弟姐妹熟悉熟悉'，但我家孩子不喜欢他家孩子，说菲利普和海泽尔不会玩。他们的母亲为烤牛肉和苹果派牺牲了青春，也为莫里斯牺牲了青春。不过，牺牲者的形象很适合埃德温娜。作为英格兰教会的一员，她的基督教情怀十分强烈。"

"嫁给莫里斯真倒霉，要是我绝对受不了。"

"我想她是感激他。他带她住在萨里，给了她网球场，介绍她内阁的朋友，还有数不尽的烤牛肉。他们常常招待要人。有些女人为过上这种生活，什么都愿意承受。即便是莫里斯。"

"我想，他对她的度量构成很大挑战。"

"对哈罗德的肚量也是。他跟莫里斯吵社会保障的事，跟埃德温娜吵基督教预定论。"

"她信预定论？我还以为她是圣公会教徒呢。"

"可不是，但她没有逻辑。笨得举世无双，也难怪他会娶她。你觉得莫里斯为什么说战争只会打几个月？这会不会只是他一厢情愿？我们应该相信他吗？我们到底该不该相信他说的任何一句话？"

"基本上不该信，"厄苏拉说，"但他在内政部高层，这种事应该知道一些。本周出了一个新部门，叫国家安全局。"

"你也听说了？"

"听说了。这边我们还在适应成人生活，那边反空袭防卫队已经变成国家正式部门了。"

厄苏拉十八岁离校，既没有去巴黎，也没有应某些老师的厚望报考牛津、剑桥，研读某个尚繁荣或已死去的语言。她只去了海威科姆，在一个秘书学校里学习。她想要尽快长大，不想被限制在学校。"有句诗不是说，时间的飞轮①什么的吗？"她对父母说。

"怎么说呢，长大是迟早的事。"希尔维说，"大家最后也都殊途同归。过程对我来说不重要。"

对厄苏拉来说，过程才是重点，但在希尔维心情不好时与她争辩没有任何好处。"我肯定能找到一份有意思的工作，"厄苏拉不顾父母阻挠，说，"在报社或出版社。"她想象着一种波希米亚氛围，男同事穿花格外套，扎领巾，女同事坐在皇家牌打字机前，举止优雅成熟地抽烟。

"不管怎么说都祝贺你。"伊兹在多切斯特宾馆请厄苏拉和帕米拉喝高档下午茶时说。（"不会是白请，肯定有事相托。"帕米拉说。）

---

① 此处指安德鲁·马维尔（Andrew Marvell）的诗句"时间的飞轮急促地逼近"（Time's winged chariot hurrying near）。

"再说，谁没事当女学者呀？"伊兹说。

"我。"帕米拉说。

事实证明，伊兹请客的动机的确不纯。奥古斯都大火，伊兹的出版商让她给少女读者也写点"差不多的东西"。"不能再写淘气鬼。"她说，"那样肯定卖不动。这次要个特别积极向上的角色，类似曲棍球女队长类型的角色。有各种胡闹、争执，但她总能勒得住缰绳、控制住局面。"她转向帕米拉，柔声说，"所以呢，我就想到你了。"

秘书学院由一位姓卡夫的先生开办，他对皮特曼和世界语都相当虔诚，要求学生蒙眼练打字。厄苏拉怀疑这样做除磨炼技能还有别的企图，带领卡夫先生的"女孩们"抗议。"你真反叛。"女孩中有一个——莫妮卡——敬佩地说。"不是反叛，"厄苏拉说，"只是机灵警觉罢了。"

厄苏拉，诚如所言，长成了一个机灵的人。

厄苏拉在卡夫先生的学院学习时，打字和速记能力都很强，然而内政部那些以后再也见不到面的面试官们显然更看重她在古典学方面的造诣，派她去开合档案柜、管理无数牛皮纸信封。这虽不算她展望中"有意思的工作"，但她干得很仔细，十年里在女性的升职范围内慢慢地向上爬。（"总有一天，女人也能当首相。"帕米拉说，"也许就在我们有生之年。"）如今厄苏拉手下有一批初级职员替她跟踪牛皮纸信封的进展。她觉得这是自己事业上一点小小的进步。1936年调往防空部门至今，她一直在那里工作。

"你有没有听到什么传闻？"帕米拉说。

"我是个小女工，我能听到的消息都只是传闻。"

"莫里斯不能谈自己的工作，"帕米拉不高兴地说，"'圣墙之内'发生了什么一点都不能提。这是他的原话——圣墙之内。不知道的还以为他以灵魂作保，用自己的鲜血签署了秘密行动协议呢。"

"哦，那东西我们都要签。"厄苏拉说着拿了一块蛋糕，"这是工作需要。别人做什么我不知道，反正莫里斯的工作大概就是走来走去数数东西罢了。"

"自我感觉还这么好。他肯定喜欢打仗，既能揽大权，又不伤他自己的性命。"

"而且有好多好多东西可以数。"两人都笑了。她发觉两人在一场即将发生的惨绝人寰的冲突面前，竟然表现得如此欢乐。周六下午，两人坐在芬奇利帕米拉家中的花园里，竹编茶几上摆着茶具。两人吃一种撒有杏仁粒和巧克力碎片的蛋糕。这是格洛弗太太的做法，写在一张沾满油手印的纸上传了下来。秘方的某些地方已经油透，好像肮脏的玻璃。

"多吃点吧，"帕米拉说，"就快吃不到了。"她喂了几块给黑提，她从巴特西捡回的野狗，模样不敢恭维，"你知道很多人开始杀自己的宠物了吗？"

"太可怕了。"

"就是呀。难道它们不是家中的一分子？"帕米拉说着，摸了摸黑提的脑袋，"它可要比我的儿子们好多了，也乖多了。"

"你负责疏散的难民呢？"

"脏死了。"这天，帕米拉不顾自己大腹便便，一整个早晨都在伊林百老汇车站管理难民疏散，让婆婆奥莉芙留在家里照看孩子。

"你为大战所做的贡献可比莫里斯这样的人多多了。"厄苏拉说，"如果我能做主，就让你当首相，肯定干得比张伯伦好。"

"那是当然。"帕米拉放下茶盘，拿起编织活计——一件粉红色带花边的小衣服，"如果又是个男孩，我就拿他当女孩养算了。"

"可是，难道你自己不走？"厄苏拉问，"你不会把孩子都留在伦敦吧？你可以去狐狸角，德国人不会炸那种荒郊野外。"

"难道跟妈妈住在一起？天哪，绝不。我有个大学同学可以投靠，她叫珍妮特，是个本堂神父的女儿，当然这并不重要。她祖母有间小茅屋，在约克郡一个叫哈顿勒孔的小村，地图上很小的一个点。她准备带她的两个儿子去，也请了我。"帕米拉婚后接二连三生下了奈杰尔、安德鲁和克里斯托弗，兴致高昂地扮演着母亲的角色。"黑提肯定也会很高兴。那地方听起来相当落后，没电，也没自来水。正适合男孩到处野。在芬奇利没有多少机会撒野。"

"有些人在哪儿都能找到撒野的办法。"厄苏拉说。

"那个人怎么样了？"帕米拉问，"那个海军统战部的人。"

"你可以说名字。"厄苏拉一边掸着裙上的蛋糕渣，一边说，"金鱼草又没有长耳朵。"

"这年头到处都有耳朵。他说了什么没有？"

厄苏拉与克莱顿——"那个海军统战部的人"——交往已有一年（她以两人在慕尼黑的初识为开头）。他们在一个部门内部会议上首次相见，对方比她大十五岁，相当有风度，虽然娶了一个勤快的妻子（莫伊拉），且育有三女，均在私立学校就读，脾性还像狼一样野，具有攻击性。"无论怎样，我都不会离开她们。"第一次在他环境简陋的二房做完爱后，他这样告诉她。

"我也不要求你离开她们。"厄苏拉说，虽然他这样表决心没有什么错，厄苏拉仍觉得与其把这话当作通牒说出来，不如让一切自然发生。

"二房"（她觉得自己肯定不是第一个克莱顿邀请来一窥究竟的女人）是海军统战部拨出的一所公寓，如果他夜里不想"长途跋涉"回到沃格雷夫家中莫伊拉和三个女儿身边，便去那里住。二房不是他一个人独用的。二房被占时，他便"游击"到阿盖尔路厄苏拉的公寓，或在她的单人床上，或在她的沙发上（他像海员一样对休息的地方毫无要求）消磨时间，追求他所谓"肉体的欢乐"后，才"拖着沉重的步伐"回自己家。陆上旅行，即便是坐几站地铁，对克莱顿来说也像远征。他生来只能航海，厄苏拉想，倘若伦敦周边各郡能划着木船前往，他一定比在陆地上移动快乐得多。有一次两人果真划船去了猴岛，在河岸上野餐。"像正常情侣那样。"他抱歉地说。

"你要是不爱他，为什么要和他在一起？"帕米拉问。

"我喜欢他。"

"我还喜欢给我家送菜的小伙子呢。"帕米拉说，"也没见我跟他睡觉呀。"

"他对我的意义远远超出一个小贩。"两人就快吵起来，"他也不是个愣头小子。"她继续辩护道，"他是个大写的人、完整的人……他已经成熟了。你明白吗？"

"你是说他已经成家了。"帕米拉气恼地说。她露出不解的表情，说："那么你看见他时，心跳难道不加快？"

"也许有一点。"厄苏拉老实交代事实。她无法对帕米拉讲清婚外恋的道理，决定不再针锋相对，"谁想得到呢，我们家最浪漫的人居然是你。"

"不，不是浪漫。浪漫的是泰迪。"帕米拉说，"我只是相信我们的社会必须通过螺丝和螺帽来稳固——尤其现在——而婚姻是螺丝螺帽的一部分。"

"螺丝螺帽一点也不浪漫。"

"我很欣赏你，真的。"帕米拉说，"欣赏你坚持自我，不随大溜。我只是不希望你受到伤害。"

"相信我，我也不希望自己受到伤害。你不生我的气了吧？"

"不生你的气了。"帕米拉欣然说，继而又笑道："要不是你从前线带回这些风花雪月的消息，我的生活不知有多无聊呢。明明是你在恋爱——或者随你怎么叫它，我却好像自己在恋爱一样兴奋。"

猴岛之行毫无风花雪月的意味，两人只是规规矩矩地坐在花格布上吃冷鸡、喝温葡萄酒。"我们红彤彤的灵泉。"厄苏拉说。克莱顿笑道："这句话很像一个什么文学作品。我可不懂诗，你知道。"

"我知道。"

克莱顿这个人，你似乎永远看不透。她曾在办公室偶尔听到有人说他"斯芬克斯"。他的确显得守口如瓶，令人感到深不可测，仿佛藏着许多秘密——比如童年阴影，比如怪异癖好。一个神秘的人，她一边这样想，一边剥开一个白煮蛋，蘸一点拧在小纸团里的盐粒。这顿野餐是谁准备的呢？——不至于是克莱顿。但愿不是莫伊拉。

由于两人的关系不可告人，他变得越来越愧疚。他说，她为他日渐平淡的生活增添了一种激情。他曾随杰里科征战日德兰半岛，"什么场面我没经历过？"如今却只"比幕僚好不了多少"。他感到无聊得发慌，他说。

"或者你说爱我，"厄苏拉说，"或者我们结束。"野餐还备了水果——纸巾包里依偎着几个桃子。

"多难权衡，"他露出伤感的微笑，"我真是下不了决心。"厄苏拉笑起来，这不像是他会说的话。

他讲起莫伊拉。说她早年在乡村生活，但向往议院工作。厄苏拉又发现一个果酱馅饼，于是走了神。它看起来出自海军部某个厨房的手笔。（"我们被打点得相当周到。"他说。她觉得他就像莫里斯，都是在位的男人，有权势，得到优待，与那些在牛皮纸信封的海洋里沉浮的人不同。）

倘若她年长的女同事听说这件韵事，肯定要一个个冲出去找嗅盐定神。尤其如果她们了解细节，知道她具体是跟海军部的哪个人在一起厮混的话（克莱顿的官阶相当高）。幸好厄苏拉最为擅长的就是保守秘密。

"久仰大名，都说你为人相当谨慎，托德小姐。"克莱顿初见她时曾这样说。

"天哪，"厄苏拉说，"这么说显得我十分无趣。"

"应该说是令人好奇。我想你恐怕是做间谍的材料。"

"那么，莫里斯怎么样？我是说他本人。"厄苏拉问。

"莫里斯'本人'好得很。莫里斯一辈子只顾他'本人'，以后也改不了这毛病。"

"我没有接到星期日去萨里郡午餐的邀请。"

"那是你运气好。"

"我其实很少见他，简直不像是在一个部门里工作。他走的是权力的宽敞通道。"

"圣墙之内。"

"对，圣墙之内。我则在防空洞里跑来跑去。"

"真的？在防空洞里？"

"地面之上的防空洞。在南肯辛顿，你知道——地质学博物馆对面。莫里斯不行，他喜欢在白厅办公，看不上我们那儿的统战室。"

厄苏拉应聘内政部时，理所当然地认为莫里斯会替自己说几句好话，结果他大谈任人唯亲之险恶，说自己绝不能显露一点点偏袒。"不是有句话说，恺撒之妻如何如何的吗[1]？"他说。"他是恺撒还是恺撒的妻子？"帕米拉说。"啊，千万别这么说，"厄苏拉笑道，"莫里斯变成女人我可受不了。"

"可以是个罗马女人。比如科利奥兰纳斯[2]的母亲，她叫什么来着？"

"伏伦妮娅[3]。"

"哦，对了，我想起来，这次午餐莫里斯还要请个朋友。"帕米拉说，"是他牛津的校友，那个大个儿美国人。你还记得吗？"

"记得！"厄苏拉竭力回忆他的姓名，"哦，该死，他叫什么来着……是个很美式的名字。十六岁生日那天他想吻我。"

"可怜虫！"帕米拉笑道，"你以前怎么不说？"

"与我梦寐以求的初吻相差太远了。冒冒失失的，简直像打橄榄球时要带球过人。"厄苏拉笑道，"我大概伤到了他的自尊——也许还不只是自尊。"

"叫霍维，"帕米拉说，"不过现在叫霍华德了——霍华德·S.兰斯多恩三世。这显然是全名。"

"霍维，"厄苏拉忍俊不禁，"我都忘了。他现在在做什么？"

---

[1] 关于恺撒之妻的这句谚语，全文是说 "Caesar's wife must be above suspicion"，意思是 "作为恺撒的妻子必须谨言慎行，不该给世人横加议论她的机会"。

[2] 《科利奥兰纳斯》是莎士比亚晚年撰写的一部罗马历史悲剧，讲述了罗马共和国的英雄马歇斯（被称为科利奥兰纳斯），因性格多疑、脾气暴躁，得罪了公众而被逐出罗马的悲剧。

[3] 科利奥兰纳斯的母亲伏伦妮娅在故事中急功近利，嗜军功如命。此处正是莫里斯的个性。

"像是与外交有关的什么工作。比莫里斯还要神神道道。在大使馆，膜拜肯尼迪。好像还挺崇拜希特勒。"

"要不是因为他外国气太重，莫里斯本来可能会很崇拜他。我在黑衣大会①上见过他一次。"

"莫里斯？不可能！他也许在搞侦察吧。他当卧底我一点也不奇怪。可你在那里干吗呢？"

"啊，你说呢，当然跟莫里斯一样，也在探听情报啦。不，其实只是巧合。"

"一壶茶的工夫就说到了这么多惊天秘密。还有秘密吗？要不要再烧一壶茶？"

厄苏拉笑了："不用了，都说完了。"

帕米拉叹道："真血腥啊。"

"血腥？你是想到哈罗德了吗？"

"可怜的人，大概不会让他去前线的。医生总不能也入伍吧？等炸弹、毒气来了还指望他们救我们呢。炸弹、毒气大概是躲不过去了吧？"

"当然。"厄苏拉的语气很平常，仿佛两人正在聊天气。

"想想就害怕。"帕米拉叹了一口气，放下棒针，伸了个懒腰，"今天天气真好。难以想象这就是漫长的暗无天日以前最后的一个好日子了。"

厄苏拉原定周一开始休年假，原来计划要好好玩一个礼拜——去伊斯特本，去黑斯廷斯，甚至远到巴斯或温切斯特——但如今宣战在即，恐怕哪里也去不了了。她突然对未来失去憧憬。整个早晨她待在肯辛顿高街的家中做战略储备——买了一堆手电筒电池，一个新热水瓶，许多蜡烛，许多火柴，无数黑纸，无数罐头烤豆和马铃薯，无数真空包装的咖啡。还买了衣服。一条质量上乘的羊毛连身裙八英镑，一件绿色天鹅绒短上衣六英镑，外加一些连裤袜和一双看来挺耐穿的植鞣革低帮儿拼皮女鞋。她理智地放弃了一条飞

① 黑衣大会（Blackshirt meeting）指英国法西斯联盟大会，因为与会者均着黑衣、黑裤、黑靴而得名。

燕图案的黄色绉纱裙，为此对自己很满意。"我的冬令大衣才穿了两年，"她对帕米拉说，"穿过这场战争没问题吧？"

"天哪，但愿如此。"

"真是太可怕了。"

"是啊，"帕米拉说着又切下一块蛋糕，"太邪恶了。想想就要发火。只有疯子才打仗。来，多吃点蛋糕吧。趁孩子们还在奥莉芙那儿没回来。他们就像蝗虫过境。配给制再一实行起来，天知道我们怎么活下去。"

"到时候你就在乡下了——就能种地了，还可以养鸡，还能养头猪，就没事了。"厄苏拉一想到帕米拉要走，心里很难过。

"你也来。"

"我恐怕还是得留下来。"

"噢，太好了，哈罗德来了。"帕米拉看见哈罗德说，后者抱着一捧裹湿报纸的大丽菊。她半起身迎他，他吻了吻她的脸，说："别起来。"他又吻了吻厄苏拉，才把大丽菊递到帕米拉手里。

"白教堂区街角，有个女孩在卖花。"他说，"很像萧伯纳的《皮格马利翁》。她说，花是祖父租来的花圃里种的。"克莱顿曾给厄苏拉买过一次玫瑰，但那束花很快凋谢了。帕米拉这捧出租花圃来的花朵新鲜欲滴，生机勃勃，厄苏拉很是羡慕。

"那么，不管怎么说，"哈罗德从壶中给自己倒了杯温暾的茶，"我们已经把有行动能力的病人转移了。明天肯定会宣战的。一早就会。他们这样安排恐怕因为明天是周日，正好方便国民在教堂里集体下跪，驱散邪灵。"

"可不是，战争当然神圣啦。"帕米拉含讥带讽地说，"尤其是英国参加的战争。我就有几个朋友在德国，"她对厄苏拉说，"都是好人。"

"我明白。"

"现在变成敌人了。"

"别生气，帕米，"哈罗德说，"家里怎么这么安静？你把孩子们怎么了？"

"卖了。"帕米拉打起精神，开玩笑道，"买二送一。"

"你今晚应该住下，厄苏拉，"哈罗德好意劝道，"明天那种日子，不该独自一人待着。你就当这是医生的命令吧。"

"谢谢，"厄苏拉说，"但我有安排了。"

"有安排就好，"帕米拉说着又拿起编织活计，"不必弄得像世界末日。"

"万一这真的是世界末日呢？"厄苏拉说着，突然后悔自己没有买下那条中国黄色绉纱裙。

## 1940年11月


　　她仰面躺在一洼水里，一开始，心里并不犯愁，只是觉得气味很难闻。气味的来源很多，但都不是什么好味道，厄苏拉试着想把它们一一闻出来。首先是煤气的臭味（这是主要组成部分），然后是地沟的臭味，相当浓郁，她干呕了两声。在此基础上还有各种潮旧墙粉、砖灰的气味，混着墙纸、衣物、书籍和食物等气味——显示此处曾有人居住——及一股陌生的爆炸后的酸味。简单说来，是一股死亡之屋的气味。

　　她觉得自己仿佛躺在一口深井底。透过蒙蒙雾霭般的灰尘，她看见一方黑色的天空，悬着一弯指甲屑似的月亮。想起傍晚早些时候，自己望窗外时就已经注意到它，却感到仿佛是很久以前的事了。

　　窗户，或至少是窗框还在，位于她上方很远很远的地方，不在它平时的位置。这扇窗肯定是她的窗，焦黑破烂的窗帘她还认得出，正随微风摇曳。那是一挂——曾是一挂——希尔维帮她从约翰·刘易斯百货商店挑选的提花织锦厚窗帘。阿盖尔路的公寓是装修后出租的，但希尔维嫌窗帘地毯粗制滥造，就给了厄苏拉一笔钱，让她搬进去以前换上新的。

　　此时梅丽也邀她入住她在菲力莫尔花园区的家。梅丽仍然过着一种天真烂漫、不谙世事的生活，并说自己准备不做朱丽叶了，要直接去当护士。"一起住，"梅丽说，"肯定很有趣呀。"但厄苏拉觉得梅丽对有趣的认识大概绝不至于与自己相同。与开朗明媚的梅丽在一起，她常感觉自己过于严肃，缺乏趣味。仿佛一只与翠鸟做伴的灰雀。而且梅丽周身的光彩有时太过耀眼。

搬家的事发生在慕尼黑相识之后不久，厄苏拉与克莱顿已经开始，觉得独居更切实际。回首往事，厄苏拉发觉自己在克莱顿身上的付出要比他在自己身上的付出多得多，她存在的重要性似乎从根本上就被莫伊拉和他的女儿们比下去了。

想想梅丽，她告诉自己，想想窗帘，实在不行也可以想想克莱顿。但千万别想眼下的困境。尤其不能想煤气。不知为何，她觉得不想煤气十分关键。

买完布品，希尔维和厄苏拉曾在约翰·刘易斯百货的餐厅里喝下午茶，侍茶一丝不苟，手脚麻利。"我一直为自己不必非得改变自己感到高兴。"希尔维喃喃地说。

"你很善于做自己。"厄苏拉说罢，发觉这话未必是褒奖。

"是呀，毕竟做了这么多年。"

午茶很精美，按商场能力来说已属上品。不久后约翰·刘易斯商厦被毁，俨然一张脸，变成焦黑无牙的骷髅，（"真可怕。"希尔维因伦敦东区的大空袭，破天荒受了不小的震动，写信说。）但很快又整顿整顿，重新开张，人人都夸这是"闪电精神"，但是话说回来，不这样又能怎样呢？

那一日希尔维兴致颇高，两人聊了窗帘，聊了愚昧的国民如何竟以为张伯伦的一张纸①真有什么用，两人相谈甚欢。

四周静极，厄苏拉怀疑自己的耳膜是不是震破了。她怎么会躺在这儿呢？她记得望出阿盖尔路窗外——这扇窗户现在离得很远——见到镰刀般的月牙。那以前她记得自己坐在沙发上缝纫，把衬衣领拆了翻过来再缝

---

① 此处指1938年9月30日英国当时的首相张伯伦在海斯顿机场（Heston Airport）当着各大媒体向全国国民挥舞一张据说由阿道夫·希特勒签署的和平协议之事。这张纸即《慕尼黑协定》，是一份英、法、意与德国签署的绥靖协议，允许德国吞并捷克斯洛伐克的苏台德地区。

上，听无线电里一个德国短波节目。她在夜校里学德语（所谓知己知彼），但发觉短波里除了少数几个暴力名词（Luftangriffe，轰炸；Verluste，伤亡）外，其他内容一概听不懂。由于气馁，她关掉无线电，在留声机上放了一张玛·雷尼的唱片。伊兹赴美前曾将自己收藏的唱片全数赠给厄苏拉，几乎囊括了所有美国蓝调女歌手。"这玩意我已经不听了，"伊兹说，"已经passé（过时）了。未来属于更soigné（清雅）的音乐。"伊兹在荷兰公园区的房子已经封起来，房中一切都盖上了遮灰布。她嫁了个有名的剧作家，夏日里搬去了加利福尼亚州。（"两个懦夫。"希尔维说。"我不觉得，"休说，"我要是能在好莱坞隔岸观火，肯定也会去的。"）

"我听你屋里的音乐挺有意思。"一日在楼梯上与阿波亚德太太擦身而过时，对方说。两人之间隔着一面纸薄的墙，厄苏拉道歉："对不起，没想到打搅了您。"虽然她觉得阿波亚德太太家小宝宝整夜号哭，才真真是扰得人不得安眠。宝宝才四个月大，却胖大红润，仿佛吸干了阿波亚德太太所有的元气。

阿波亚德太太手里抱着睡死的婴儿，后者把头搁在她肩上，摆摆手说："别担心，打搅不了我。"阿波亚德太太好像是东欧难民，浑身散发着阴郁气质，虽然英语说得挺纯正。几个月前阿波亚德太太曾消失过一次，似乎投奔了一个大兵，厄苏拉没有细问，因为显而易见（也能听见）隔壁的婚姻生活并不美满。阿波亚德先生离家时，阿波亚德太太已经怀孕了，前者一直没有回来看望他家这个聒噪的小子。

阿波亚德太太肯定也漂亮过，但一日复一日，她越来越瘦，越来越愁苦，到后来，似乎活在世上只为承受婴儿沉重的身体（委实相当沉重），为满足它的需要了。

两人在一楼有个共用的卫生间，一直摆一个搪瓷桶，阿波亚德太太要先把宝宝的臭尿布在里面泡过后，才放到煤气炉的一个火圈上去煮。旁边的火圈上常常同时煮一锅卷心菜。也许由于这种操作办法，导致她身体隐隐有种煮烂的蔬菜和潮湿的衣物的气味。厄苏拉认得这种气味。这是贫穷的气味。

顶楼内斯比特家的老小姐们，以老小姐特有的方式对阿波亚德太太的情况百般关心。两个老小姐，一个叫拉维妮娅，一个叫路德，住在阁楼上（"住在屋檐下，像燕子。"她们叽叽喳喳地说），差异不大，像双胞胎，厄苏拉费很大劲才勉强分出谁是谁。

两人早已退休——过去都是哈罗德百货的接线员——生活拮据，唯一的收藏是一大堆"工作年间"午休时陆续从伍尔沃斯（Woolworths）买来的假珠宝。她们家闻起来与阿波亚德太太家截然不同，是一股薰衣草水和曼森地蜡的气味——这是老小姐的气味。有时候，厄苏拉为大小内斯比特小姐和阿波亚德太太跑腿买东西。阿波亚德太太开门取物，手里永远备好买东西的钱，一分不差（她知道每样东西多少钱），且很有礼貌地说声"谢谢你"。内斯比特小姐们则总要连哄带骗地请厄苏拉进屋，喝寡淡的茶，吃已不新鲜的饼干。

二人楼下的二楼住着本特利先生（大家一致认为他是"怪胎"），家中弥漫着他晚饭总吃的奶煮烟熏鳕鱼的气味（很符合他这个人的气质），隔壁的哈特奈尔小姐在海德公园宾馆当管理员，相当严苛，对一切都看不上。她与大家都不相往来（房里也没有什么特别气味），且尤其令厄苏拉感到自惭形秽。

"肯定是情场失意。"路德·内斯比特怕哈特奈尔小姐生气，故意压低声音对厄苏拉说，鸟爪一般的手紧贴胸前，似乎怕心脏跳船跑了，附到别人身上。内斯比特两位小姐因为没有经历过爱的折磨，一说起来都十分神往。哈特奈尔小姐看起来更是那种令人失意的角色，别人不至于有令她失意的能力。

"我也有些唱片。"阿波亚德太太的语气热络得仿佛一个同谋，"但是，唉，没有留声机。"一声"唉"仿佛要叹尽国破家亡的所有痛楚。"唉"的使命沉重，几乎被压垮。

"请您千万到我家来放，别客气。"厄苏拉嘴上这样说，心里希望长期经历压迫、排挤的阿波亚德太太会因为习惯而拒绝这番好意。她好奇阿波亚德太太有什么音乐。似乎不太可能是欢快的音乐。

"勃拉姆斯，"阿波亚德太太不等她问，自动回答，"还有马勒。"宝宝动了一下，仿佛被马勒的名字搅扰了安宁。厄苏拉只要是在楼梯或平台上遇见阿波亚德太太，她怀里的宝宝必定在睡觉。就好像她有两个宝宝，屋里那个负责一刻不停地哭，屋外这个负责一刻不停地睡。

"你能替我抱一抱埃米尔吗？我得找找钥匙。"阿波亚德太太不等回答就把沉重的宝宝递了过来。

"埃米尔，"厄苏拉喃喃地说。她过去不曾意识到这个宝宝也有名字。埃米尔照例穿得像在极地过冬。尿布、橡胶卫生裤、连体裤，层层叠叠；外套各种毛衣，衣服上无数蝴蝶结。厄苏拉对婴儿并不陌生，她和帕米拉一样，都曾像爱护小狗小猫小兔子一样热情照看过泰迪和吉米，她又是帕米拉孩子们的好阿姨，但阿波亚德太太的这个孩子，在讨人喜欢的程度上似乎略逊一筹。托德家的婴儿身上是奶香、爽身粉香和干爽衣物的清香，小埃米尔身上却有一股隐隐的腐臭。

阿波亚德太太在旧得走了形的大手袋里摸了好一会儿，手袋看上去也和她一样，是跨越欧洲，从另一个（厄苏拉显然一无所知的）国家远道而来。终于，阿波亚德太太一声长叹，在包底摸到了钥匙。宝宝仿佛感应到了自家的门槛，在厄苏拉怀里蠕动起来，似乎在做着变身的准备。它张开眼，显得很不高兴。

"谢谢你，托德小姐，"阿波亚德太太说着抱回孩子，"很高兴跟你聊了几句。"

"我叫厄苏拉，"厄苏拉说，"叫我厄苏拉就行了。"

阿波亚德太太踌躇半晌终于腼腆地说："我叫艾丽卡。E-r-y-k-a。"两人门挨门住了一年，从没像此时这样亲密过。

门一关，宝宝照例哭开。"她不会是在用针扎它吧？"帕米拉在信中问。帕米拉的孩子个个心平气和，"都是到了两岁才野起来。"她说。去年圣诞前，她又生了个男孩，取名杰拉德。"下次好运吧。"厄苏拉见到她时说。她坐火车北上看望新生儿，一路舟车劳顿，与一火车赶往训练营的大兵同路，大部分时间在乘警车厢度过，很受了一番调戏言语的轰炸，一开始还觉得有意思，后来也就没劲了。"算不上是彬彬有礼的完美骑士。"好容易抵达目的地时，她这样对帕米拉说。路途最后一段的交通工具是一驾驴车，很有时光倒流、甚至到了外国的感觉。

可怜的帕米拉被这场假惺惺的战争和关在一起的男孩们搞得没精打采，"感觉像在男校里当护士长。"珍妮特又是个"懒姑娘"（还喜欢无病呻吟和打鼾）。"人们总以为本堂神父的女儿断不至如此，"帕米拉写道，"当然，谁也不知道为什么我们要这样先入为主。"春后她逃回芬奇利，自从夜半空袭开始后，虽说不愿与希尔维同一屋檐下，她又带着一窝小崽子回到了狐狸角"避风头"。在圣托马斯医院就职的哈罗德被调到了前线。医院的护士之家几周前遭轰炸致毁，五名护士死亡。"每天晚上都像在地狱。"哈罗德说，见识了轰炸现场的拉尔夫也说过一样的话。

拉尔夫！对了，拉尔夫。厄苏拉都快把他忘了。他刚才也在阿盖尔路，炸弹爆炸时他还在吗？厄苏拉挣扎着四下里看了看，仿佛这样就能把他从废墟里找出来。四下无人，只她一个，被圈在炸断的木梁柱所组成的牢笼之间，空中的灰尘，落在地上，落在她嘴里、鼻孔里、眼睛里。不，警报拉响时拉尔夫已经离开了。

厄苏拉已经不再与海军部的恋人同床共枕。战争的打响让他心里突然充盈一种愧疚。他们必须终止恋情，克莱顿说。比起战争对他的要求，肉体的诱惑应该放一放——仿佛她是为爱情而毁了安东尼的克娄巴特拉。就算没有"暗藏情妇"的危险，世界看来已足够精彩。"我是情妇？"厄苏拉说。她从没想过要去争取一个红字，那个符号应该属于两性世界中更活跃的女人。

天平倾斜了。克莱顿做出了选择。自然并不坚定。"好吧，"她平静地说，"如果你想的话。"此时她已开始怀疑，克莱顿神秘外表之下其实并没隐藏着一个别样风采的他。他其实不难了解。克莱顿就只是克莱顿——他是莫伊拉，是他的孩子，是日德兰半岛，仅此而已，虽然未必以这个顺序呈现。

虽然分手是他促成的，他反倒生了气。难道她毫无感觉？"你很冷静。"他说。

她又没有"恋爱"过他，她说，"希望我们还能做朋友。"

"恐怕做不了了。"克莱顿说，似乎已经为既成的往事追悔莫及。

尽管如此，翌日她还是为失恋哭了一天。她对他的"喜爱"似乎不像帕米拉想的那么无足轻重。接着她擦干泪，洗净头发，拿上一片涂博维尔肉酱的吐司和一瓶1929年的上布里昂葡萄酒上床去了。葡萄酒被随随便便扔在伊兹梅尔伯里路家中的高级酒窖内。厄苏拉有伊兹家的钥匙。"能找到什么就拿。"伊兹曾经这样说。于是她照办不误。

多可惜呀，厄苏拉心想，不能再与克莱顿幽会了。战争其实给他们之间轻率的举动行了方便。灯火管制最合适不轨的结盟，轰炸终于爆发，又为他不回沃格雷夫与莫伊拉和女儿们待在一起提供了取用不尽的借口。

可她反而同德语班上一个男同学开始了一场开诚布公的关系。上完第一节课（Guten Tag. Mein Name ist Ralph. Ich bin dreizig Jahre alt.大家好。我叫拉尔夫。我三十岁。），两人就来到南安普敦大道上的卡尔朵玛咖啡馆，那时街边堆的尽是沙包，谁也看不见咖啡馆里的他们。两人同看轰炸灾情地图时，发觉竟在同一幢楼里上班。

离开教室——坐落在布卢姆茨伯里区某楼三层的一间逼仄的房间——时，厄苏拉才发现，拉尔夫原来是跛子。是在敦刻尔克受的伤，他不等她提问就主动说。站在水里等去大船的小驳船时被射中的。他被一个福克斯通的渔夫拖上船，少顷渔夫脖颈中弹。"清楚了吧，"他对厄苏拉说，"再没必要谈这事了吧。"

"不，当然没必要，"厄苏拉说，"真残忍。"关于敦刻尔克，她当然在剧院的时事片里看到过。"牌虽然不好，但我们打得很精彩。"克莱顿说。疏散部队后她曾在白厅遇见他。他想念她，他说。（他似乎又有些动摇，她想。）厄苏拉决意要若无其事，说自己还有报告要送到战时内阁办公室，拿牛皮纸信封当铠甲一样护在胸前。她也曾想念他。她觉得此事万万不能让他知道。

"你升入战时内阁了？"克莱顿刮目相看。

"只是向次长的一个助理汇报情况罢了。其实也不算什么助理，只是个跟我差不多的'姑娘'。"

她认为谈话已经太长，至此应该结束。他凝视她的眼神令她想要投入他的怀抱。"我得走了，"她朗声说，"外面还在打仗呢。"

拉尔夫是贝克斯希尔人，有些许刻薄，是个左倾的乌托邦主义者。（"社会主义者难道不都信乌托邦？"帕米拉说。）拉尔夫与克莱顿截然不同，后者现在想来，职位实在太高，权力实在太大。

"被共产党追求？"莫里斯在"圣墙之内"遇见她时，问。她觉得自己遭到了审讯，"要是被人知道了，恐怕对你不利啊。"

"他又不是共党内部的什么重要人物。"她说。

"还是不妥。"莫里斯说，"不过至少他躺在床上聊天时不可能透露他们战舰的位置了。"

这话什么意思呢？难道莫里斯知道克莱顿的事？

"你的个人生活不完全是你一个人的，尤其打仗的时候。"他面带反感地说，"而且，对了，你究竟为什么去学德语？你这是在期待侵略，为欢迎敌军做准备吗？"

"我还以为你担心我是共产主义者呢，原来你以为我是法西斯主义者。"厄苏拉生气了。（"真是个浑蛋，"帕米拉说，"他不过是害怕自己受到影响，面子上不好看罢了。倒不是说他就有道理。他就从没有过道理。"）

❦

从井底这个位置，厄苏拉看见自己和阿波亚德太太房子之间，那百无一用的墙已经完全消失。穿过坍塌的房梁和折断的木地板，她看到一条裙子，软绵绵地挂在晾衣架上，钩住墙上的挂镜线。厄苏拉从印着鹅黄玫瑰的墙纸上认出，这是底层米勒家的挂镜线。那天傍晚她还在楼梯上见拉维妮娅·内斯比特穿过这条裙子，当时裙子还是豆汤绿（绵软程度相当），现在却变成了一种炸弹灰,且从一楼迁徙到了底楼。距她头部几码远的地方落着她自己的烧水壶,那是个咖啡色的大东西,在狐狸角时,足够烧一家人的茶水。她从手柄厚厚的绕线上将它认了出来,那是很久很久以前的一天,由格洛弗太太绕上去的。一切事物都脱离了它应有的位置,包括她自己。

对,拉尔夫来阿盖尔路了,两人喝着啤酒,吃了些东西——面包和奶酪。接着她做了昨日《镜报》上的填字游戏。近来厄苏拉为看近物,不得不买了一副老花镜,戴起来相当丑。买回家才发觉,这副老花镜,和内斯比特两小姐戴的款式一模一样。难道她的命运也跟她们一样?她打量壁炉上镜中的四眼,这样想。她会不会也落得老姑娘的下场?话又说回来,戴上红字是否意味着不可能再是老姑娘了?昨日午休时,她在圣詹姆斯公园吃三明治,一个信封悄悄来到她的办公桌上。她一见是克莱顿的笔迹(他写得一手好看的斜体字),写着自己的名字,就连信带信封一起撕得粉碎,扔进了纸篓。后来,当所有事务员都像鸽子一样围着送茶车躁动时,她捡起碎纸,把信拼了回去。

我的金烟盒找不到了。你知道是哪一个——由家父在日德兰战役后赠予。你不会恰好见过吧?
你的,C。

反正他从来不是她的,难道不对吗?相反,他一直属于莫伊拉。(或是海军部。)她把信扔回纸篓。烟盒就在她包里。他离开她后过了几天,她在床底下发现了它。

"你在想什么?"拉尔夫问。

"没什么,相信我。"

拉尔夫在她身边躺下来,把头搁在沙发扶手上,穿着袜子的双脚插进她大腿之间,看起来仿佛睡着,但每回她对他说话,他都嗫嚅地做出反应。"罗兰与奥利弗?你说填'圣殿骑士'怎么样?"她问。

昨天她在地铁上时发生了一件怪事。她不喜欢地铁。轰炸以前她去哪儿都是骑车，但现在满地玻璃碴、碎石块，骑车不方便了。为了忘掉坐地铁的事，她在地铁上做《镜报》的填字游戏。大部分人来到地下都感到更安全，但厄苏拉不喜欢被关起来。前几天才有一颗炸弹落在了地铁口，轰炸的气浪和火焰顺着通道进了地下，结果相当惨烈。不知此事是否登了报，这种事情公布了，对士气不利。

地铁上，坐在对面的一个男人突然凑上前来——她也就向后缩——对着尚未完成的填字格点了点头，说："您真厉害。我能给您我的名片吗？有兴趣的话，请来我的办公室。我们正在招募聪明的女孩子。"一看你就知道是个规矩人，她嘲讽地想。男人在格林公园下车时，对她轻点帽檐儿行礼。名片上的地址居然在白厅，她把名片给扔了。

拉尔夫从烟盒里抖出两支烟，一一点燃，递给她一支，说："你是不是特别聪明？"

"差不多，"她说，"所以我干情报，而你只能画地图。"

"哈哈，不仅聪明，说话还有意思。"

两人在一起很自在，不像恋人，倒像有多年交情的朋友。两人都尊重彼此的个性，从不相互苛求。因为都在统战室工作，相互之间很多事不说也都明白。

他用手盖住她的手背，问："你好吗？"她说："非常好，谢谢你。"他仍像战前一样，保有一双建筑师的手，战斗未曾损伤它们分毫。他曾在皇家工程队做土地侦测，幸免于战争的交锋，整日研究地图、照片，没想到竟然也被迫上了战场，在漂满油污和血水的海里蹚行，被四面八方的机枪扫射。（后来他终究忍不住又就此多说了一点。）

虽然轰炸很残忍，他说，但它也有它的好处。他觉得未来有希望（不像休和克莱顿）。"有些破地方炸了也好。"他说。伍利奇、西尔弗顿、兰贝斯、莱姆豪斯全数被炸，战后都要重建。这是个机会，他说，我们可以建造简洁的现代化楼房，配备齐全设施——一个玻璃钢筋、空气澄澈透明的社区，告别维多利亚式的脏乱，成为未来的圣吉米尼亚诺。

厄苏拉不赞同这种现代化塔楼群的办法，如果让她来规划，她将在未来建立各种花园城市，许多舒适的小屋和充满野趣的花园。"你真是个保守的老东西。"他满心喜爱地说。

当然他也爱老伦敦（"哪个建筑师不爱？"）——雷恩诸教堂，恢宏的私人宅邸，高雅的公用楼宇——"伦敦的石建筑。"他说。一周有一两个晚上，他在圣保罗大教堂当巡夜，"必要时"时刻准备上房，保护教堂不受燃烧弹侵袭。那地方火灾隐患极大，他说——老木材、锡材，到处都是，屋顶平坦，楼阁众多，还有许多黑暗的角落早已没有人记得。他应《英国皇家建筑院刊》上的一则面向建筑师的广告，当了防火志愿者，因为他们对"楼体各层结构等相关知识更为了解"。"需要我们相当敏捷。"他说。厄苏拉担心他的跛腿无法应付。她看见他在各种楼层平台上和被人遗忘的黑暗角落里被熊熊烈火包围的样子。守夜是件快活事——大家下棋，长谈哲学和宗教。她想拉尔夫必定喜欢这工作。

不过几周前，他们才一起惊恐万状地目睹了荷兰城堡被大火烧毁。起先两人到梅尔伯里的酒窖去拿酒。"干吗不住到我家来呢，"伊兹开拔美国前，曾顺口说，"正好可以帮我看房子，对你也安全。我想德国人绝不至于炸到荷兰公园区来。"厄苏拉觉得伊兹过于高估了纳粹德国空军的投弹精准度。再说，如果真安全，她自己为什么掉转尾巴逃走了？

"谢谢，不必了。"她说。那房子太大，而且空落落的。不过她仍然拿了钥匙，偶尔去房里搜刮一通有用的东西。橱柜里有厄苏拉存着以备走投无路时自保的罐装食物，当然，还有整整一个酒窖的酒。

两人打着电筒在酒架间巡逻——伊兹走时，拉断了房子的电力——厄苏拉从架上抽出一瓶看来相当高级的Pétrus（柏图斯干红葡萄酒），对拉尔夫说："你觉得这个配炸马铃薯饼和午餐肉怎么样？"话音刚落，空中响起可怕的爆炸声，两人以为房子中弹了，立即扑倒在酒窖坚硬的石板地上，拿手抱住了头。这是近来去狐狸角时休反复强调的一个做法。"千万保护好你的头。"他打过仗。她有时会忘记这一点。架上所有的葡萄酒都摇颤起来，倘若这些拉度酒庄（Château Latour）和滴金酒庄（Château d'Yquem）的好酒纷纷雨落，那些玻璃碴像榴霰弹一样，砸在两人身上，后果不堪设想，厄苏拉回想起来不禁一阵后怕。

两人跑到外面，看见荷兰城堡化为一片火海，火舌吞噬着一切，厄苏拉心想，千万别让我死在火里。请上帝让我死得干脆些。


她相当喜欢拉尔夫。有些女人会为爱情而困扰，她没有。与克莱顿在一起时，她因一种爱的可能性而不断受到诱惑。而与拉尔夫之间一切都是直截了当的。然而那不是爱，更像是喜欢一条狗（当然她绝不会把这话对他说的，有些人，或者说很多人，并不了解人与狗之间那种情感的高度）。

拉尔夫又点了一支烟，厄苏拉说："哈罗德说吸烟对人体危害很大。说他在手术台上见过不少肺叶，像从来没扫过的烟囱。"

"吸烟当然有害，"拉尔夫说着，为厄苏拉也点了一支，"但被德国人轰炸、扫射也是有害的。"

"你有没有想过，"厄苏拉说，"比如过去一件很小的事，一旦被改变，我是说，比如希特勒一生下来就死了，或者小时候被绑到——呃——比如说贵阁会①，在那里长大，那现在一切都会不一样了。"

"你觉得贵阁会有可能绑架小孩吗？"拉尔夫随口问。

"假设他们知道将要发生的事，当时也许会的。"

"但谁也不知道将来会发生什么。而且不管有没有贵阁会的干涉，他终究都可能变成这个样子。绑架不够，可能要杀掉才行。你能办得到吗？你能拿枪杀一个孩子吗？或者假设你没枪，你能若无其事地拿自己的双手去杀一个孩子？"

要是那样救得了泰迪，我会的。厄苏拉想。当然，如果他死了，得救的就不只是泰迪，而是整个世界。大战打响后第二天，泰迪就应征了皇家空军。他本来在萨福克的一个农场种地。牛津毕业后，他到一所农学院进修了一年，继而在全国各地的农场和小型自留地上打零工。在开始种自己的地以

---

① 贵阁会（Quaker），又称公谊会或者教友派（Religious Society of Friends），是基督教新教的一个派别。主张和平主义和宗教自由。

前，他说，他想把什么都学到手。（"种地？"希尔维仍不以为然。）他不
想做那种回归乡野的理想主义者，落得在后院齐膝深的泥泞里挣扎，牛羊病
的病、死的死，种什么不长什么。（他必定在某个这样的地方打过零工。）

泰迪仍然写诗。休说："这么说是个种地的诗人咯？跟维吉尔一样。
希望你也能写本《农事诗集》吧。"厄苏拉想，不知南希愿不愿意做种地人
的妻子。她聪明绝顶，在剑桥研究数学里一个鲜为人知、高深莫测的分支学
科。（"完全看不懂。"泰迪说。）然而他儿时飞行员的梦想，突然间唾手
可得。眼下他安然身处加拿大，在一所皇家训练学校学习飞行，总是写信告
诉家里说，那边的食物如何充裕，天气如何晴朗，令厄苏拉艳羡得双眼发
红。她希望他就永远待在那里，待在噩运之外。

"我们怎么说起若无其事杀孩子的事来了？"厄苏拉对拉尔夫说，
"喏，你听。"她把头朝墙那边埃米尔跌宕起伏的号哭声晃了晃。

拉尔夫大笑。"今晚哭得不算凶。要是我的孩子吵成这样，我肯定会
疯掉。"

他说的是"我的孩子"，而不是"我们的孩子"，厄苏拉感到很有意
思。在这个未来一片渺茫的时刻，似乎不该想到要孩子的事。她突然站了起
来，说："空袭马上要开始了。"闪电轰炸伊始，两人还觉得"他们不能每
天晚上都来"，现在他们知道自己错了。（"生活难道永远这样，"她在给
泰迪的信中写道，"要被一刻不停地轰炸下去吗？"）已经连续炸了五十六
个晚上，未来将永远如此看来也不是没有可能的了。

"你就像条狗，"拉尔夫说，"对空袭有第六感应。"

"那你就不妨相信我，赶快走。不然你就得下到加尔各答黑洞①里去
了。你又不喜欢那地方。"阿盖尔路的底楼到半地下室，住着米勒一家，人
口众多，厄苏拉数下来起码四世同堂。大家还能往地里再下一层，来到居民

---

① 加尔各答黑洞（the black hole of Calcutta）是威廉堡（Fort William）一间环境极为恶劣的普
通小土牢，面积只有4.3米×5.5米，因导致监禁于此的英国人与印度佣兵120余人窒息身亡而引
起国际争论。此事件后，加尔各答黑洞成为拥挤牢房的代名词。

们作为防空洞使用的地洞。地洞七拐八弯，时有发霉腐烂处，到处是蜘蛛甲虫，众人进入后显得尤其拥挤，特别是如果米勒家那只名叫比利、模样仿佛被随便卷了卷的长毛毯子的狗也被硬拖进来的话。除此之外，大家当然还得把埃米尔像一只没人要的包袱一样传来传去，徒劳无功地加以安抚，忍受他的眼泪和哀伤。

米勒先生为了让地洞更"宾至如归"（当然这是不可能做到的），在墙上贴了很多"伟大的英国艺术"。这些画作——《干草车》、庚斯博罗的《安德鲁斯夫妇》（两人的表情多么傲慢）和《肥皂泡》（厄苏拉觉得这是米莱斯所有的作品里最病态的一幅）——统统像是从昂贵的美术图典里偷偷撕下来的。"文化。"米勒先生圣人般摇头晃脑地说。厄苏拉思忖自己会如何选择"伟大的英国艺术"。也许有透纳晚期那些写意、模糊的作品。恐怕合不了米勒一家的口味，厄苏拉想。

❦

她已将衣领缝好，关了无线电里"狂飙突进"的音乐，开始听玛·雷尼的《蓝调自远方来》——近来，无线电流行播大喜大悲的东西，玛·雷尼舒缓的旋律不啻为一剂解药。她已经与拉尔夫一起吃了面包和奶酪，挑战了填字游戏，催他早些走，并吻别了他。她还关了灯，推起遮光板，好目送他在阿盖尔路上走远。虽然脚有些跛（也许正因如此），他的步伐里有一种上下颠飞的轻盈，仿佛他时刻期盼着在路上遇见什么有趣的事。这令她想起泰迪。

他知道她在看，却没有回过头，只是举起一只手臂招了招，就被黑暗吞噬了。四下还有微光，天空高悬一弯明月，稀星四散，仿佛谁在黑暗里撒了一把钻石的粉末。**月后与她的星星侍卫**[①]。不过，厄苏拉怀疑济慈写的那个是满月，而阿盖尔路上空的这个弦月看来不像月后，倒像她悬着心的贴身侍

---

[①] 语出济慈《夜莺颂》。

女。她心里感到一阵——不甚高明的——诗意。这是因为战争罪恶滔天，人不得不绞尽脑汁寻一个能够接受的办法去思考它。

布丽奇特总是说，透过玻璃看月亮不吉利。厄苏拉落下遮光板，将窗帘拉得严严实实。

拉尔夫对待自身安危相当大意。既然挨过了敦刻尔克，他说，就说明自己不可能遭受突然的暴力死亡。而厄苏拉觉得，战时到处死人，暴死的概率激增，没有谁是安全的。

如她所料，空袭警报拉响了，很快，海德公园传来枪声，紧接着是第一批炸弹落地，从声音判断落在了泰晤士河彼岸。她一跃而起，从前门边的钩子上摘下像圣迹般供在那里的电筒，并拿起同样放在门边的书。这本书是她专门的"避难读物"——*Du côté de chez Swann*（《去斯万家那边》）。既然战争看来将永无休止，厄苏拉决定，是开始读普鲁斯特的时候了。

飞机从头顶呼啸而过，接着，她听见可怕的一声。"嗖——"那是炸弹坠落的声音。接着势大力沉的"轰隆"一声，炸弹落在附近的某个位置。有时候爆炸的真正位置比听上去远得多。（这一课题世所罕见，但人们很快掌握了这方面的知识。）她寻找自己的防护服。她身上的衣服太单薄，不能抵御地洞里的寒冷潮湿。防护服是轰炸开始前希尔维进城时给她买的。两人去皮卡迪利路散步，经过辛普森之家时看到一则广告，"定制防护服"，希尔维坚持进去穿穿看。厄苏拉连自己母亲躲在防空洞里的样子都无法想象，更勿论她套上连体防护服的样子。但很明显，母亲被这制服般的款式吸引住了。"正适合清扫鸡舍时穿。"她边说边给两人都买了一件。

接下来的一声巨响带有一种紧迫的意味，厄苏拉放弃了该死的防护服，抓起布丽奇特钩的菱形图案的羊毛毯。（"本来要寄给红十字会，"布丽奇特用小学生胖乎乎的字体写道，"但后来我想你也许更需要它。""你瞧，即使是自己家里的人也对我如难民。"厄苏拉写信给帕米拉时说。）

她在楼梯上遇见两个内斯比特小姐。"哎呀，"拉维妮娅咯咯笑道，"在楼梯上撞见可不吉利，托德小姐。"

厄苏拉下楼去，两姐妹上楼来。"你们走错方向了。"她多此一举地说。

"我忘了拿编织的活计。"拉维妮娅说。她别着一枚黑猫珐琅胸针。猫眼上有一颗闪闪发亮的人造钻石。"她在为阿波亚德太太的宝宝织松紧裤。"路德说，"她屋里太冷了。"厄苏拉心想，那可怜的孩子要是再穿下去就要胖成绵羊了。但不会像羔羊。阿波亚德家的孩子与可爱的羔羊扯不上关系。她提醒自己孩子有名字，叫埃米尔。

"好吧，但是动作要快，好吗？"她说。

"好极了，好极了，大伙都来了。"大家一个一个聚到地窖后，米勒先生欢呼说。潮湿阴冷的地窖里挤满款式各异的破椅子和一些临时卧榻。米勒先生不知从哪儿弄来两张古老的行军床，安排给两个内斯比特小姐歇息她们的老骨头。眼下两人暂时离开，小狗比利就在其中一张上安顿下来了。地窖里还有两个小火炉，一个烧乙醇，一个烧煤油，厄苏拉觉得在天上落炸弹的时候，这两个火炉哪一个放在身边都相当危险。（米勒一家面对危险似乎极为乐观，堪称视死如归。）

人几乎到齐——阿波亚德太太和埃米尔，怪胎本特利先生，哈特奈尔小姐，米勒全家人口。米勒太太对内斯比特小姐们的去向表示关心，米勒先生主动提出去催她们。（"都是编织活计给闹的。"）就在此时，一次轰然的爆炸震动了地窖。厄苏拉感觉身下的地基随着爆破的震波摇晃起来。她遵照休的指示，扑倒在地，双手抱头，同时扑倒离自己最近的一个米勒家的小孩。（"喂！别碰我！"）她狼狈地匍匐在小孩身上，后者挣扎着扭开了。

一切安静下来。

"没炸到我们。"小孩满不在乎地说，昂首挺胸，弥补自己受到伤害的男子气概。

阿波亚德太太也扑倒了，怀里护着自己的宝宝。米勒太太怀里护着的不是她的孩子，而是装有她积蓄和保险文件的法拉哈罗盖特太妃糖盒。

本特利先生的声音比往常高了八度，问道："是我们吗？"不是，厄苏拉想，不然我们早死了。她在米勒先生提供的一把快散架的木椅上坐下。她的心怦怦直跳，清晰可闻。她开始颤抖，紧了紧布丽奇特编的毯子。

"不，我儿子说得对，"米勒先生说，"听声音像是埃塞克斯别墅。"米勒先生擅长判断炸弹落地的位置，且出人意料地准确。米勒全家人都精通战争用语，拥有战争精神。他们接受了侵略。（"我们也侵略别人，不是吗？"帕米拉说，"你以为我们手上滴血不沾，其实不然。"）

"无疑是一家英国的脊梁咯。"希尔维第一次（也是最后一次）与他们打交道时就对厄苏拉说。米勒太太邀希尔维下楼去她厨房喝杯茶，但希尔维还在为厄苏拉的窗帘地毯生着气。她以为米勒太太是房东，而不是一个普通住户，因此责怪米勒太太。（厄苏拉的解释希尔维似乎没听见。）她因此傲慢得像个视察乡下租户的公爵夫人。"得意得都快上天了。"厄苏拉想象米勒太太过后对米勒先生这样说。

头顶上，一场震耳欲聋的轰炸正在有序进行，大型炸弹定音鼓一般敲下来，炮弹在空中咻咻横飞，不远处，一支移动炮兵连轰隆隆开着炮。随着炸弹不断砸向城市，发出隆隆巨响，地窖也不时震动一下。埃米尔、比利狗，以及米勒家几个小一点的孩子都号哭起来。大家哭得很齐，不幸符合了音乐里的对位法，与纳粹德国空军的Donner und Blitzen（电闪雷鸣）遥相呼应。一场无边的暴风雨。*后面是绝望，前头是死亡。*[1]

"嚯，看来老弗里兹今天是要把我们吓死才算数。"米勒先生边说边镇静自若地重新摆了摆提灯，好像大家在野炊。他将地窖全员的士气视为己任。他也像休一样经历过枪林弹雨，说自己面对杰瑞[2]刀枪不入。世上有许多这样的人，比如克莱顿、拉尔夫、米勒先生，甚至休，他们以为自己挨过的那种水火泥泞的苦难，一生只会有一次。

---

① "后面是绝望，前头是死亡"（Despair behind, and death before）。语出约翰·多恩（John Donne）的《神圣十四行诗》（*Holy Sonnet*）。

② 杰瑞（Jerry），与上文的弗里兹（Fritz）一样，都是有德国特色的名字，是二战期间英国人对德国人的代称。

"老弗里兹到底想干吗？"他安慰那些更小、更胆怯的孩子，"是不是不想让我睡觉了？"来炸米勒先生的德国人，不是叫弗里兹，就是叫杰瑞，或者奥托、赫尔曼，或者汉斯，有时候，阿道夫本人也会在四英里上空驾驶飞机，投掷高爆速炸弹。

米勒太太（名朵荔）信奉希望敌不过现实的道理（与其配偶恰恰相反），正在给大家分"小点心"。有茶、可可、饼干、面包和人造黄油。由于大女儿蕾妮的"人际关系"，慷慨的米勒一家从来不缺食物配给。蕾妮十八岁，各方面都发育得很好了，品性相当随便。哈特奈尔小姐严正声明了自己对蕾妮的不满，但也从不拒绝她带回家来的福利。厄苏拉觉得米勒家最小的几个孩子里有一个其实是蕾妮的，不是米勒先生的，但是现实主义的米勒一家很自然就把这件事接纳了。

蕾妮的"人际关系"不甚明朗，但是几周前，厄苏拉曾看见她在查令十字宾馆的底楼咖啡厅动作优美地小口啜着金酒，身边陪着一个衣着光鲜利落，且似乎很有钱的年轻人。此人浑身写满"投机倒把"。

"我看也是个坏人。"吉米笑道。吉米是为庆祝终结一切战争的那场战争的胜利而降生的，如今即将要上战场。他军训得了几天假，恰逢河岸街上正在拆弹，两人于是在查令十字宾馆暂避。安装在沃克斯豪车站和滑铁卢车站间有轨电车上的地对空炮"轰！轰！轰！"地放着炮弹，但轰炸机似乎有了其他目标，已经飞走了。"难道永远这么炸下去？"吉米问。

"看来是。"

"在军队里还更安全。"他笑道。虽然军队给了他一个长官的职务，他还是坚持当了普通兵。他想成为基层的一员。（"但总得有人指挥吧？"休不解，"不如让有点脑子的来指挥。"）

他渴望经历。他说自己要成为作家，还有比战争更能让他体会世态炎凉的东西吗？"作家？"希尔维说，"难道邪恶仙女哄你睡过觉？"厄苏拉猜她指的是伊兹。

同吉米在一起很快乐。他穿军装相当帅气，且任何地方都去得——比如略显放荡的迪恩路和阿奇尔路和奥林奇路上相当不羁的Boeuf ser le Toit

（屋顶公牛）①（不只是不羁，简直是不安全），令厄苏拉对吉米的性向产生怀疑。这些都是为了体察人世，他说。他们喝得痴傻烂醉，比起躲在米勒先生的地窖里，这种活动的安慰效果是巨大的。"答应我要活着。"她对吉米说。两人一边像盲人般在干草市场里摸索前行，一边听着伦敦的另一头被炸成平地。

"我尽量。"吉米回答。

&#10042;

她觉得冷。身下的水塘令她更冷。她需要动一下。她还能动吗？显然不能。她在这里躺了多久？十分钟？十年？时间停止了。世间一切似乎都停了下来。只剩下纷杂的气味还在继续。她看见了《肥皂泡》，知道自己在地窖里。图画仍奇迹般地贴在离她脑袋不远处的一个沙包上。难道她要看着这么平庸的东西死去吗？然而突然间，平庸变得不那么令人困扰了，因为一幅可怕的景象，出现在她的身侧。一个恶鬼，灰脸上有两只煤黑眼睛，毛发耸动，伸出利爪捉住了她。"你看见我的宝宝了吗？"恶鬼问。厄苏拉缓了半晌才明白过来，那东西不是恶鬼，那是满脸炮灰和血泪的阿波亚德太太。"你看见我的宝宝了吗？"她再问。

"没。"厄苏拉发出很小的一声，天上掉下的各种粉尘，令她口腔发干。她闭上双眼，再次睁开时，阿波亚德太太不见了。这也许只是她的想象，她也许被炸晕头了。又或许那的确是阿波亚德太太的鬼魂，而两人此时正一道困在阴阳两界之间。

她的注意力再次被吸引到拉维妮娅·内斯比特的裙子上，裙子挂在米勒家的挂镜线上。但那并不是拉维妮娅·内斯比特的裙子。裙子没有胳膊。诚然有袖子，但是绝没有胳膊。胳膊上还长着手。裙上有一样东西朝厄苏拉闪了一闪。那是一只被弦月照着的小猫眼。挂在米勒家挂镜线上的是拉维妮

---

① Boeuf ser le Toit，战时伦敦著名的同志酒吧。

娅·内斯比特无头、无腿的尸体。这景象极其荒谬，厄苏拉感到体内酝酿起了一阵笑意。这笑声最终没有发出来。不知是柱子还是断垣，反正有什么动了一下，撒了厄苏拉一头一身的灰土。她的心脏失控，在胸腔里飞快地突突敲打，仿佛一发就要爆炸的定时炸弹。

人生第一次，她感到了惶恐。不会有人来救她。阿波亚德太太晕头转向的鬼魂肯定不会来的。她将在阿盖尔路的地窖里孤独地死去，只有《肥皂泡》和无头的拉维妮娅·内斯比特陪伴左右。假设休在这里，或者泰迪，或者吉米，或者就算只是帕米拉，也一定会排除万难把她弄出去，把她救活。他们会管她。但这里谁也不会管她的。她听到自己哭泣起来，声音仿佛一只受伤的猫。她是多么可怜呀。她像可怜别人一样，可怜起自己来了。

✳

米勒太太刚说完"要不大家都来杯热可可吧"，米勒先生就又担心起了两个内斯比特小姐，厄苏拉受够了地下的幽闭，主动提出去找，刚起身，就听见"嗖——""嗖——"一发高爆速炸弹登场了。接着是一声炸雷般的巨响，仿佛地狱的围墙咔嚓裂开了，所有恶鬼倾巢而出。周遭出现巨大的负压，仿佛要把她的内脏——肺叶、心脏、脾胃甚至眼球——从她身体里吸出去。*礼赞这永恒的最后一日*。就是它了，她想。原来我将这么死。

寂静中突然响起一个声音，一个男人的声音，几乎就在她耳边："振作一点，小姐，让我们想办法帮你出来，好吗？"厄苏拉看得见他的脸，又脏又汗，好像是掘了三尺地才找到她似的。（她觉得实际上很有这个可能。）她惊讶地发觉自己竟然认得他。这是她部里新来的防空指挥官。

"您叫什么名字，小姐？能告诉我吗？"厄苏拉嗫嚅着自己的名字，但她知道自己说得太含糊。"厄丽？"他确认着，"不是？那是玛丽？苏西？"

她不想死后被称为苏西。不过，名字这东西真的重要吗？

"宝宝。"她喃喃地对指挥官说。

"宝宝?"他突然警惕地说,"您有孩子?"他直起身,朝身后的谁嚷了几句。她又听见了其他声音,这才明白周围有很多人。仿佛为了证实她的观察结果,指挥官说:"我们都来救你们了。煤气工已经关掉了煤气,我们即刻就会转移你们。别担心,苏西,您刚才说您的宝宝?是抱在手里的那种宝宝吗?是小小的吗?"厄苏拉想到埃米尔,想到他像炸弹一样沉(房子爆炸的那一刻,谁是那个轮到抱他的人呢?),她准备说话,却再一次发出了猫受伤一般的呜呜。

头顶上方,什么东西发出咯吱吱的沉吟,指挥官捉住她的手说:"没事了,我在这里。"她对他,对所有前来救她出去的人们,都感到莫大的感激。她想休也将多么感谢他们啊。想到父亲,厄苏拉哭了,指挥官马上说:"嘘,嘘,苏西,没事了,我们马上就出去了,就像从螺蛳壳里挑肉那么简单。然后就有茶喝了,怎么样?不错吧?很期待吧?反正我很期待呢。"


好像下雪了,她的皮肤隐隐感到了一粒一粒针尖般的冰凉。"真冷。"她含糊地说。

"别担心,绵羊抖两下尾巴的工夫,我们就出去了。"指挥官说。他费事地脱下大衣,盖在她身上。本没有多少空间让他干这件好事。他碰到了什么东西,又兜头撒下一片碎渣来。

"啊。"她突然感到翻江倒海的紧张,但很快平静下来。树叶伴着沙土、灰尘和死人的灰烬一起飘落下来。突然间她置身于一片山毛榉树叶之下。树叶散发着蘑菇和篝火的气味,还有一丝甜滋滋的气味。那是格洛弗太太烤的姜饼的气味,比地沟和煤气味好闻多了。

"来,姑娘,"指挥官说,"加把劲,苏西,千万别睡过去。"他的手在她的手上握紧了,但厄苏拉正看着别处,阳光下,一只晶莹的东西正在转圈。是一只家兔吗?不对,是野兔。一只银色的小野兔,正在她的眼前慢悠悠地转着圈。多叫人沉醉啊。这是她见过的最美丽的画面。

她从屋顶飞身进入黑夜。她在玉米田里被阳光曝晒着。在田间小径上摘野莓。与泰迪玩捉迷藏。**多好玩的小家伙**，有人这样说她。说话的人自然不是指挥官咯？接着雪下起来了。夜空不再高悬。夜空像温暖的海洋，向她聚拢过来。

她向昏迷飘移过去。她想对指挥官说一句话。**谢谢你**。但说不说并无所谓。什么都无所谓了。黑暗降临了。

# 美好的明天

"别生气，帕米拉，"哈罗德说，"家里怎么这么静？你把孩子们怎么了？"

"卖了。"帕米拉打起精神，开玩笑道，"买二送一。"

"你今晚应该住下，厄苏拉，"哈罗德好心劝道，"明天那种日子，不该独自一人待着。你就当这是医生的命令吧。"

"谢谢，"厄苏拉说，"但我有安排了。"

那天早些时候，她在肯辛顿高街做战前最后一次疯狂购物时买下一条黄色绉纱茶裙。她将它穿起来。茶裙上规律地印着飞燕图案。她喜欢，觉得穿起来很漂亮，或者说觉得梳妆镜内照出的各部分很漂亮。为了照到下半身，她必须站在床上。

透过阿盖尔路淡薄的墙壁，厄苏拉听见阿波亚德太太正用英语与一个来去毫无明确规律、神龙见首不见尾的男人争吵——也许他正是神秘的阿波亚德先生。厄苏拉只在楼梯上与真人打过一次照面，当时他情绪欠佳，瞪她一眼就继续走了，也没有打招呼。他身量高大，面庞红润，有一点让人联想到猪。厄苏拉想象他站在肉铺柜台后面或者大力拖动酿啤酒的麻袋，觉得都很合适，但据两个内斯比特小姐说，他其实是干保险的。

与之一比，阿波亚德太太显得又黄又瘦，每当她丈夫出门，厄苏拉就听见她拿一种自己听不懂的语言唱忧伤的歌。听起来是某种东欧话。卡夫先生教的世界语此时该派多大用场啊。（当然得在人人都说它的基础上。）尤其那段日子，伦敦突然拥入许多难民。（"她是捷克人，"内斯比特小姐们终于告知，"以前我们可不知道捷克斯洛伐克在哪儿。真希望我们永远都不知道。"）厄苏拉猜想，阿波亚德太太一定也是个想在英国绅士怀中安然度日的难民，没想到却找到了暴脾气的阿波亚德先生。厄苏拉决定，一旦听见阿波亚德先生打起他的太太来，她就去敲门制止，虽然还不清楚具体的制止办法。

随着隔壁的争执到达顶峰，阿波亚德家的门被重重摔上，争吵声静了下来。可以听见进出动静极大的阿波亚德先生，咚咚咚咚跺着楼梯下去了，边走边甩出一通脏话，关于女人和外国人。被迫偃旗息鼓的阿波亚德太太恰好既是这个，又是那个。

一种不满的酸楚，连同水煮卷心菜令人作呕的气味，从墙壁那边渗透过来，叫人消沉、难耐。厄苏拉希望她隔壁的流亡者充满灵性和情怀——为追求文化生活而来，不愿她是被虐待的保险职员的妻子。虽然这种荒唐的希望对隔壁的女人不大公平。

她从床上下来，在镜前微微旋转，觉得茶裙的确很合身。她快三十岁了，但还保持着年轻人的身材。何时才能发展出希尔维护士长般饱满的腰腹呢？有孩子的可能性如今看来越来越渺茫。她抱过帕米拉的孩子——抱过泰迪和吉米，她记得那种怜爱与惶恐并存的感觉，那种誓死保卫的本能愿望。假若是自己的孩子，这感觉会强烈几分？也许会强烈得难以承受。

在约翰·刘易斯百货喝茶时，希尔维曾问她："你从来没有很想抱窝的感觉？"

"你是说像母鸡那样？"

"'职业女性'。"希尔维的语气仿佛职业和女性二字不该出现在同一场合。"老姑娘。"她又深思熟虑地加上一句。母亲如此费心地刺激她，厄苏拉感到莫名其妙。"你大概是不会结婚了。"希尔维总结道，似乎说厄苏拉的生命等于就此结束了。

"'不结婚的女儿'真有那么糟糕？"厄苏拉恣意享受了一番这个诱人的可能性，说，"简·奥斯丁就认为不错。"

她从头上脱下茶裙，只穿胸衣、丝袜，无声地走到水池边，在水龙头前接了杯水，又搜刮出一片奶油饼干。这是典型的监狱伙食，她想，对即将到来的日子是一种很好的历练。除了在帕米拉处吃的蛋糕外，她早上只吃了一片吐司。她本希望晚上与克莱顿一起吃顿好的。他约她在萨沃伊饭店见面，两人绝少在这样的公共场合私会，她心想不知会不会发生戏剧性场面，抑或他只是想谈谈这场依然戏剧得过了分的战争。

她知道明天英国就要宣战，虽然在帕米拉处装了傻。克莱顿把许多不该说的都说给她听了，原因是反正两人"都签署了秘密行动协议"。（她则什么都没告诉他。）最近他为两人的事又动摇起来，厄苏拉对他究竟会采取什么动作心中无底，也不清楚自己希望他怎么做。

他邀了她出去喝一杯。要求以海军部文件的形式，在她暂离办公室时神秘出现。厄苏拉不止一次疑惑究竟是哪个精灵在送这些字条卡片。*您的部门即将接受审计。*卡片上这样写。克莱顿喜欢文字游戏。厄苏拉但愿海军密报部门的水平千万别像克莱顿一样拙劣。

助理职员福塞特小姐看见躺在桌上的文件，惊慌地看了她一眼。"奇怪呀，"她说，"真的要接受审计？"

"有人开玩笑而已。"厄苏拉说着，沮丧地发觉自己正在脸红。这些表面无辜实则放荡（甚至下流）的字条里有一种与克莱顿不符的东西。*我发觉铅笔不够用了。*或者，*您瓶中的墨水是否充足？*他如果学过皮特曼速记法，或者行文风格更谨慎些就好了。完全停止这种递字条的游戏自然更好。

萨沃伊的门童侍候她走进门，克莱顿已经在开阔的大厅等候。他没有陪她向底层的美国酒吧走去，而是上二楼来到一个套房。整个房间似乎都被一张大床占据了，床上装点了许多枕头。噢，原来我们是为了这个来的。她想。

中国绉纱裙看来有失时宜。她也后悔在里面穿了皇家蓝丝长裙——她最好的三件晚装之一，克莱顿很快就会把它脱下来，假设他还顾得上。丰盛大餐已然泡汤了。

他喜欢替她脱衣，喜欢看她。他说"像雷诺阿"。虽然对美术知之甚少，她想这至少比说她像鲁本斯好。或者毕加索。他赋予她对裸体的一种习以为常。莫伊拉则是个以法兰绒及地长裙裹体、做爱必须关灯的女人。厄苏拉有时候怀疑克莱顿也许夸张了他妻子的刻板。有一两次，她想到要长途跋涉去沃格雷夫看看那饱受非议的妻子是否真是个灰头土脸的女人。问题是，假设亲眼见到莫伊拉（她想象她更为鲁本斯，而不是雷诺阿），莫伊拉便不再是想象，而成为现实中的一人。厄苏拉将无法再毫无负担地背叛她。

（"但她本来就是现实中的一人，"帕米拉不解，"你的逻辑太狡猾了。"

"没错，我心里是明白的。"厄苏拉在休吵吵嚷嚷的六十大寿春庆上承认道。）

由套房望去，从滑铁卢桥到国会大厦和大本钟之间的泰晤士河尽收眼底，河面在越来越浓的暮色中变得影影绰绰。（"紫蓝色的一小时。"）她只隐约辨出了像手指一样在黑暗里指着天空的克娄巴特拉方尖碑。不见了伦敦往日的灯火闪烁。灯火管制开始了。

"二房里有人占着，还是我们的事见得天日了？"厄苏拉问，克莱顿正打开一瓶在缀满汗珠的小银桶里等了许久的香槟。"这是为了庆祝？"

"为了永别。"克莱顿说着，也走到窗前，递给她一杯酒。

"永别，我们的？"厄苏拉很纳闷，"你把我带到上等宾馆，准备了这么多香槟，就是为了结束我们之间的事？"

"对和平的永别，"克莱顿说，"对我们所熟知的世界的永别。"他向窗外暮色中辉煌的伦敦举了举酒杯。"为了终结的开始。"他沉郁地说，又仿佛突然想起似的补充道，"我已经离开莫伊拉了。"厄苏拉吃了一惊。

"那孩子们呢？"（只是顺便一问，她想。）

"都离开了。生命短暂，不该为不快乐的事活着。"厄苏拉想这天晚上伦敦城里不知有多少人在说这句话。虽然说话的环境也许不那么考究。虽然有些人说它时，不是要破釜沉舟地抛弃，而是要更珍惜身边人。

厄苏拉突然感到一阵意想不到的惶恐："可我不想嫁给你。"她说完才意识到自己的确极其反感嫁给他的念头。

"我也不想娶你。"克莱顿说，厄苏拉还是感到了一阵失望。

"我在艾格顿花园租了房子，"他说，"我想也许你会愿意一起来。"

"你是说同居？不清不白地住在骑士桥区？"

"只要你愿。"

"天哪，你可真大胆。"她说，"你的事业怎么办？"

他无所谓地"哼"了一声。这么说，他新的日德兰半岛将不是这场战争，而是她这个人了。

"你答应吗？厄苏拉？"

厄苏拉透过窗户凝视着泰晤士河。天黑得几乎看不见河水了。

"我们应该说句祝酒词。"她说，"海军里是怎么说的——'祝情人和太太老死不相往来'？"她将自己的酒杯碰在克莱顿的酒杯上："我饿了，我们去吃饭吧！"

## 1940年4月

门前街上汽车喇叭声大作，打破了周日早晨骑士桥区的宁静。厄苏拉想念教堂的钟声。战前那些习以为常的小东西，如今变得弥足珍贵。她真想回到从前再好好诚恳地去感受一遍。

"为什么要按喇叭呢，"克莱顿说，"我们的前门不是有一个门铃吗？"他向窗外望去。"假设我们在等一个三件套西装绷得鼓鼓囊囊像圣诞知更鸟一样的年轻男性的话，"克莱顿说，"那么他已经到了。"

"听起来是他，"虽然厄苏拉现在、过去都从未觉得莫里斯"年轻"过，但与克莱顿相比他或可算个年轻人。

休要过六十岁生日了，莫里斯勉强自己来接厄苏拉去狐狸角庆祝。与莫里斯共挤一辆车这还是第一次，虽然未必是一次好的体验。两人很少单独相处。

"他有汽油？"克莱顿说着，高挑起眉毛，虽然是问话的语气，但并没有疑问的意思。

"他还有司机呢。"厄苏拉说，"我早知道莫里斯会趁战争捞一大笔的。""什么战争？"帕米拉听了一定会问。她被"抛弃"在了约克郡，"与六个男孩和一个珍妮特困在一起，后者不仅是个无病呻吟的人，还是个彻头彻尾的fainéante（懒骨头）。真没想到本堂神父竟有这样的女儿。真是懒到家，只有我一个人整天跟在我的和她的儿子后面跑。这出避难的闹剧我真是受够了，我打算尽快回家去。"

"他要是不捎上我，怎么好意思开着车出现在家里。"厄苏拉说，"莫里斯在谁面前都要做得滴水不漏，就是自己家人也一样。他要面子。此外他全家人都在狐狸角，今晚正好接他们回伦敦。"莫里斯把埃德温娜和孩子们送到狐狸角过复活节。厄苏拉怀疑关于战争他知道些平常人不知道的消息——也许复活节期间伦敦会出乱子？莫里斯肯定知道许多其他人不知道的事。然而复活节平安无事地过去了，她又想也许这次拜访只是单纯为了让孙儿们去看看祖父母。菲利普和海泽尔是两个相当乏味的孩子，不知两人与转移到希尔维家那些活蹦乱跳的孩子①相处得如何。"回来时车里肯定很挤，又是埃德温娜，又是孩子们，他居然还有个司机。不过，还是将就一下吧。"

汽车喇叭又响起来。厄苏拉存心不理。她想象克莱顿穿起军官制服（戴上所有奖章、绶带）紧随她身后，叫莫里斯看看这个在各方面都比自己高出好几级的男人，该多么叫人惬意。"你可以一起来，"她对他说，"我们只要不提莫伊拉和孩子就行。"

"是你的家吗？"

"嗯？"

"你刚才说，'他不好意思出现在家里'，那里是你的家吗？"克莱顿说。

"是，当然。"厄苏拉说。莫里斯在人行道上不耐烦地来回踱步，她敲打窗户引起他的注意，然后举起一只手指，比了个"一分钟"的口型。他对她皱了皱眉。"都是这么说的嘛，"她转身道，"大家提到父母的住处，总是用'家'这个字。"

"是吗？我就不。"

你当然不，厄苏拉想。在克莱顿心里，沃格雷夫才是他的家。而她也并

---

① 1939年9月，英国为避免德军轰炸殃及太多儿童，进行了一场妇女儿童大迁徙。约有80万儿童从城市被转移到不易被轰炸的偏僻乡村，寄养在当地人家中。

不把艾格顿花园当作自己的家。它只是一段居中的时间，一场因战争而中止的旅途的站点。"意见不一可以辩论，"她和气地说，"只是，你看……莫里斯正在外面像个小锡兵一样来回走。"

克莱顿笑了。他不喜欢争论。

"我很愿意跟你一道拜访你的家人，"他说，"不过我得去要塞。"海军部正在白厅前的骑兵卫队广场上建造地下堡垒，也就是"要塞"。克莱顿近来正在给自己的办公室做搬迁。

"那我们一会儿见，"厄苏拉说，"我的马车已等候多时，小马莫里斯已经在挠地了。"

"戒指。"克莱顿提醒她。厄苏拉说："哦，对，当然，我差点忘了。"为了做样子，她除上班时手上都戴一枚婚戒。"为免小商小贩之类的人。"比如送奶的孩子，每周来两次的保洁女工，她不希望他们觉得自己的生活不受法律承认。（她没想到自己竟也有这种羞耻心。）

"要是让他们看见了这个，不知又要问多少问题了。"她说着摘下戒指，放在门厅的桌几上。

克莱顿轻吻她的面颊，说："玩得开心。"

"这可说不准。"她说。


"还没钓到男人吗？"伊兹问厄苏拉。"当然，"她又转向希尔维，兴高采烈地说，"你已经有多少孙儿了？七个？八个？"

"六个。说不定你也已经做奶奶了，伊兹。"

"啊？"莫里斯说，"她怎么可能？"

"反正呢，"伊兹轻描淡写地说，"生产后代的重任厄苏拉是没有了。"

"生产？"厄苏拉说，一叉正要送入口中的三文鱼冻停在了半空。

"你好像滞销了。"莫里斯说。

"你再说一遍？"叉子回到了盘中。

"总是当伴娘伴娘……"

"只当了一次，"厄苏拉说，"我只当过一次伴娘，是帕米拉结婚的时候。"

"你不要的话我就吃掉了。"吉米偷偷拨拉着三文鱼冻。

"我本来要吃的。"

"那不是更糟？"莫里斯说，"除了你姐姐，都没人愿意找你做伴娘。"他好像没长大，像青春期男生一样恶意地笑了笑。而且坐得太远，令人恼火，因为不能在桌子底下踢他。

"礼节，莫里斯。"埃德温娜轻声提醒。厄苏拉心想，嫁给这样的男人一天得失望多少次？论及婚姻的害处，莫里斯的存在无疑就是最有力的论据。埃德温娜见了莫里斯的司机自然相当生气，那是一个穿制服的ATS（本土陆战辅助军）女兵，长得相当漂亮。希尔维不顾女孩尴尬（女孩叫佩妮，但经介绍后大家很快忘了这个名字），坚持要她上桌吃饭，虽然她待在车里或在厨房陪伴布丽奇特肯定更自在。她挤在坐了转移儿童的那一侧，不时遭受埃德温娜冰冷的审视。相反，莫里斯则努力对其进行了彻底的忽视。厄苏拉揣摩着其中的意思。真希望帕米拉在，帕米拉看人尤其准，虽然要说最准的还是伊兹。（"这么说，我明白了，莫里斯不怎么规矩。不过也是这女孩太漂亮。穿制服的姑娘哪个男人能抗拒？"）

菲利普和海泽尔死气沉沉地坐在父母当中。希尔维一直不特别喜欢莫里斯的孩子，反而对两个转移过来的小孩巴里和博比十分青睐（"我的两个小忙人。"），两人眼下正在摄政时期风格的大餐桌下一边疯笑一边爬。"整天搞恶作剧。"希尔维溺爱地说。两个被大众称为转移儿童的孩子——仿佛"转移"身份消除了他们的个性——在希尔维和布丽奇特的悉心擦洗下，焕发了表面的乖巧，却难掩淘气鬼的本性。（"多可怕的小孩。"伊兹说着抖了一下。）厄苏拉却喜欢他们，他们叫她想起米勒家的小孩。假如他们也像小狗一样有尾巴，一定会整天摇个不停的。

希尔维养了两只真的小狗，两只黑色拉布拉多猎犬，也是亲兄弟。一只叫海克特，一只叫汉密什，但似乎被大家不加区分地统称为了"狗"。狗与转移儿童一起令狐狸角出现了一种全新的脏乱气象。希尔维对待第二场战争的态度似乎比对第一场要松弛友好。休反之。他被"强迫"指导地方军训练，这天早晨从教堂礼拜出来才刚指导了一干地方教堂的"淑女们"如何使用手摇水泵。

"安息日做这件事妥当吗？"埃德温娜问，"自然上帝是站在我们这一边的，但是……"由于没有申辩自己神学主张的能力，她只好就此打住。虽然她是个"虔诚的基督徒"。按照帕米拉的理解，这说明她常打孩子，还把头天剩下的茶点给他们当早饭。

"当然妥当。"莫里斯说，"作为组织国防的要员，我……"

"你刚才说我滞销，我不同意。"厄苏拉气鼓鼓地打断他，再次隐隐期望克莱顿能够奖章绶带全副武装地到场。埃德温娜要是知道了艾格顿花园，不知要惊骇成什么样子。（后来在花园里，伊兹像个同谋犯一样，压低声音，着重语气问："上将大人怎么样了？"伊兹当然知道这件事。什么事也逃不过伊兹的眼睛，就算开始不知道，她也能把真相轻轻松松地套出来。她与厄苏拉一样，有当间谍的潜质。"他不是上将，"厄苏拉说，"不过他很好，谢谢你。"）

"你一个人就很好。"泰迪对厄苏拉说，"就像诗里说的那样，*只和你自己的明眸定情*。"泰迪信仰诗歌，仿佛吟一句莎士比亚就能缓解气氛的紧张。厄苏拉想起来，他引的这句十四行诗原是写自私的，但没有说破，因为知道泰迪是好意。不像其他那些反感她未婚之事的人。

"看在上帝的分上，她也才三十岁。"伊兹又不请自来地说。（真希望大家都别说了，厄苏拉想。）"横竖嘛，"伊兹坚持道，"我也是过了四十岁才结婚的。"

"对呀，可你的丈夫呢？"希尔维环视桌面——为了能坐得下，桌子两翼都拉开了。她假装很疑惑（装得不像），"我好像没看见他嘛。"

伊兹专程为休的六十大寿（"里程碑"）而来（"照例是不请自来。"希尔维说）。休的姐姐们都觉得来一趟狐狸角"太伤筋动骨"。

"多狡猾的一群狐狸。"伊兹后来对厄苏拉说。伊兹虽然是小妹妹，但并不最受休的喜爱。"休对她们一直都很好。"

"他对谁都很好。"厄苏拉说着，惊讶地，甚至是警觉地发现，自己想到父亲地道的性格时，竟有眼泪翻涌上来。

"啊，别这样。"伊兹说着，递过一卷蕾丝，显然是当作手绢来用的。"你这样我也会哭的。"这怎么可能。伊兹可从来没有哭过。

伊兹此来也想借机公布自己要去加州的事。她的丈夫，那个著名的剧作家，应邀前往莱坞写剧本。"所有欧洲人都在去美国。"她说。

"所以你现在是欧洲人啦？"休说。

"我们不都是吗？"


全家聚齐了，只有帕米拉没来。对她来说旅途的确太伤筋动骨。吉米好不容易调出了几天假期，泰迪把南希也带来了。她一到家，便用一个拥抱缴了休的械，并说："生日快乐，托德先生。"接着又递给他一个包裹，漂漂亮亮地包在肖克洛斯家找出来的旧墙纸里。那是一本《首相》。"是第一版。"南希说，"泰迪说您喜欢特罗洛普。"（这一事实他的其他家庭成员似乎一无所知。）

"还是泰迪好呀。"休说，在她的脸颊上吻了吻，又对泰迪说，"瞧你找了个多好的姑娘。准备什么时候求婚呀？"

"啊，"南希红着脸笑道，"这不急。"

"希望不用急吧。"希尔维阴沉沉地说。泰迪已从预备军校毕业，（"他有翅膀啦，"南希说，"就像天使一样！"）正等命令坐船去加拿大，接受正规飞行训练。通过后即将返回英国，进入OTU（皇家空军训练营）。

他说自己在OTU"比执行轰炸任务"更容易死。这是真的。厄苏拉在空军部认识一个女孩。（她在各部都有熟人，大家都如此。）两人曾一起，一边在圣詹姆斯公园吃三明治，一边郁郁寡欢地交换统计数字，虽然秘密行动协议明文禁止这样做。

"听了真叫人高兴。"希尔维说。

"嗷！"转移过来的一个小孩在桌下叫道，"有人刚踢了我一脚。"所有人本能地去看莫里斯。厄苏拉感到一个潮湿冰冷的东西在蹭她裙子里的腿。她希望那是小狗的而不是小孩的鼻子。吉米掐了掐她的胳膊（掐得很重）说："他们真是一刻不消停呀。"

可怜的ATS女兵——像"转移儿童"一样，她也因ATS的身份而丧失了个性——看来马上要哭了。

"我说，你没事吧？"一贯关心他人的南希问她。

"她是独生子女，"莫里斯若无其事道，"这种人不懂得什么叫天伦之乐。"独生子女的消息似乎尤其令埃德温娜恼火。她抓紧手中的黄油刀，好像要用它发起袭击——不知是袭击ATS还是莫里斯，而且看样子任何一个在袭击距离以内的人都有危险。厄苏拉考虑了一番黄油刀的杀伤力，觉得伤人够用。

南希推桌站起，对ATS女兵说："来，我们去散步吧，今天天气真不错。你要是不嫌远，树林里铃兰花开了。"她挽起女兵的手臂，几乎是连拖带拽地将她弄出了餐厅。厄苏拉也想跟她们一起逃跑。

"有人说，婚前求爱就像一出烂剧前一场精彩的序幕。"伊兹仿佛没有受到打扰，接着老话题继续说。

"这是康格里夫[①]说的，"希尔维说，"跟我们的事有什么关系？"

"只是说一说。"伊兹说。

"当然，你嫁的是剧作家嘛。"希尔维说，"一个我们从没见过的男人。"

"各人有各人的路。"伊兹说。

"嗨，你受累，"希尔维说，"快别提你那些假道学了。"

"对我来说，婚姻是自由。"伊兹说，"对你来说它一直都是监禁的代名词。"

"你这是什么话？"希尔维说，（全桌气氛都凝固了。）"简直一派胡言。"

"但是你还能过什么别的生活呢？"伊兹仿佛不懂深浅（又或是存心

---

① 威廉·康格里夫（William Congreve, 1670—1729），英国剧作家。

肆无忌惮，取决于你怎么看）地继续道，"我记得你当时十七岁，穷困潦倒，是已故破产艺术家可怜的女儿。要不是休出手相救，天知道你现在怎么样。"

"你能记得什么？你当时还在育儿室里待着呢。"

"不确切。而且我，当然啦——"

"啊，快给我闭嘴。"休厌倦地说。

布丽奇特高高端着一只烤全鸭走进餐厅，缓和了紧张的气氛（格洛弗太太离开后这是她扮演的主要角色）。

"竟是鸭子。"吉米说，因为，自然大家都在等的是一只复活节烤鸡。

南希和ATS女兵（"她叫佩妮。"南希提醒大家）回来时，还来得及吃一些重新热过的鸭肉。"还有鸭肉剩下你应该感到走运，"泰迪递盘子给南希时说，"可怜的鸟被剔得干净极了。"

"鸭子本来就没什么肉。"伊兹说着，点起一支烟，"这只给两个人吃都不够，真不知道你是怎么想的。"

"我想现在在打仗。"希尔维说。

"要是早知道你准备烤鸭子，"伊兹不依不饶，"我自己就去弄点更经吃的东西了。我认识一个男人，什么都能弄到。"

"你当然认识。"希尔维说。

吉米将许愿骨递给厄苏拉。两人存心放声为休送出祝福，祝他度过一个愉快的生日。

蛋糕的出场彻底打消了餐桌上的硝烟。蛋糕是一种相当精美的甜品，自然依赖鸡蛋为主要原料。布丽奇特将它放到桌上。布丽奇特毫无营造庆典气氛的天赋，直接把蛋糕干巴巴地放在了休的面前，拗不过休的强烈邀请，也在桌前坐了下来。"要是我的话死也不坐下。"厄苏拉听见ATS女兵喃喃自语。

"你也是我们的家人，布丽奇特。"休说。可家里谁也不像布丽奇特那样，从早到晚地当牛做马，厄苏拉心想。乔治的死虽在意料之中，但实在突然，格洛弗太太为此很快退了休，搬到妹妹家去了。

　　正当休为吹熄仅有的一支蜡烛而做戏般毫无必要地往肺里贮满一大口气时，门廊里起了一阵骚动。转移儿童中的一个跑去侦察，又跑回来宣布："门廊里有一个女人，还带了一大堆孩子！"

❊

　　"生日如何？"她终于回到家，克莱顿问。

　　"帕米拉回来了——再也不走了，我想。"她思考如何概括她的状况，"她看上去累坏了，是坐火车来的，带了三个儿子，怀里还抱着一个。你能想象吗？路上走了好几个小时。"

　　"像噩梦。"克莱顿感同身受地说。

　　（"帕米拉！"休见到帕米拉大喜。

　　"生日快乐，爸爸。"帕米拉说，"我们只来了人，没有带礼物。"

　　"来人就足够了。"休笑逐颜开地说。）

　　"还提了行李箱！还带了狗。她力气真大。我回家的路呢，则是另一番噩梦。莫里斯，埃德温娜，外加两个死气沉沉的孩子，还有个司机。说起那司机，居然是个可爱的ATS女兵。"

　　"嚯，"克莱顿说，"他怎么到手的？几个月来我一直想碰一碰海军女兵，一直没得逞。"她大笑，在厨房里逗留，等他做好两人的热可可。后来躺在床上喝时，她又给他讲那天发生的趣事（进行了少许加工，为了逗他开心）。她想他们之间与其他婚姻男女究竟有什么区别呢？也许区别在于战争。也许并没有区别。

　　"我觉得我也应该参军，"她说。她想着那个ATS女兵，"大家都说要'尽我所能'参与其中。我每天都能读到各种关于人们英勇事迹的报道，与他们比我的手干净太多了。"

　　"你已经在尽你所能了。"他说。

　　"我尽了什么所能？支持海军部吗？"

他笑着翻身将她揽进怀里。她躺着，他用口鼻轻擦她的脖子时，她突然感到也许她是幸福的。或者，她尽量周全着这个想法，起码已经达到了此世自己幸福的极限。

乘车返回伦敦的路上，她在艰巨的车厢环境中想到，"家"并不是艾格顿花园，"家"也不是狐狸角。"家"是一个想象，而且这个想象也像阿卡狄亚①一样，很久以前就失落了。

她已将这天作为"休的六十大寿"，作为一场普通家庭聚会，储存在记忆中。此后，当她明白那是他们最后一次聚齐，她后悔自己没有给它足够的重视。

❋

早晨，克莱顿端来茶和吐司时，她醒了。他周到的养成要感谢皇家海军，而不是沃格雷夫。

"谢谢你。"她说着挣扎坐起，还没有从前日的舟车劳顿里恢复。

"有坏消息。"他拉开窗帘。

她马上想到泰迪和吉米，虽然知道今晨二人必定正安全地睡在狐狸角儿时的房间里。一度也是莫里斯的房间。

"什么坏消息？"她问。

"挪威沦陷了。"

"可怜的挪威。"她说着，啜了一口热茶。

---

① 一称"乌托邦"。古希腊一处真实的地方，位于伯罗奔尼撒半岛，由于与希腊大陆其他部分隔绝，多里安人入侵希腊时（公元前1100—前1000年）阿卡狄亚毫发无损，被古希腊和古罗马的田园诗颂为世外桃源。但在1821—1829年希腊独立战争期间沦为战场。

## 1940年11月

帕米拉寄来一包杰拉德穿不下的小衣服，厄苏拉就想起了阿波亚德太太。她本不会想起她来。厄苏拉搬到艾格顿花园后，与阿盖尔路上的邻居就失去了联系，她想到自己曾十分喜爱两个内斯比特小姐，不知两人在持续不断的狂轰滥炸中过得如何，很是后悔。但是几周前，她无意中碰到了蕾妮·米勒。

按吉米的说法，当时厄苏拉正与得了几天部队休假的他"进城找乐"。两人因为一发UXB（未爆炸弹）困在查令十字宾馆——有时她觉得没爆的炸弹比爆了的更讨人厌，在底楼咖啡厅里暂避。

"那边那个艳俗妖气、笑得很开的红嘴巴姑娘好像认识你呢。"吉米说。

"太巧了，那是蕾妮·米勒。"厄苏拉发觉蕾妮对她狠命招手后，说，"那个跟她在一起的男人又是谁？看着像黑道上的。"

蕾妮态度极为热诚，仿佛前世曾与厄苏拉至交（"这女的实在太活泼。"两人溜走后，吉米笑道），坚持要两人与她和"尼基"共饮一杯。尼基对此不置可否，但还是握了手，并挥手招来了侍者。

蕾妮给厄苏拉更新了阿盖尔路上的"每日生活"，听来与她一年前搬去艾格顿花园时没有两样，只是阿波亚德先生参军了，阿波亚德太太生了个宝

235

宝。"是个男孩。"蕾妮说，"丑得很。"吉米大笑，说："我喜欢女孩子直言不讳。"吉米的殷勤可人叫尼基生气，蕾妮一杯加水金酒下肚，竟与吉米调起情来（看样子很专业），更令尼基火冒三丈了。

蕾妮提议："再给我们来一圈，尼基。"后者气得要冒出烟来，此时厄苏拉恰恰闻有人说炸弹已被排除，觉得还是离开为妙。尼基坚持要埋单，好像这是个原则问题。厄苏拉觉得不如放弃争执，以免对方为防止他们付钱而火力全开。蕾妮亲吻拥抱了她，说："来看看老街坊，他们会很高兴的。"厄苏拉答应一定去。

"好险，我以为她要吃了我。"两人小心避开废墟走在亨利埃塔大街时，吉米说。


由于那包杰拉德的旧衣服，她决定兑现答应蕾妮的事，特意提早下班，六点刚过就来到阿盖尔路。她没有穿制服，因为下班后、轰炸前，似乎除了呼吸、进食，就没有更多的时间了。"你的工作本来就跟战争直接相关。"克莱顿指出，"现在当然会忙得不可开交。你那个什么部怎么样了？"

"噢，还能如何，当然是忙。"需要登记的讯息多如牛毛。每一件事——炸弹型号、破坏情况、伤亡人数（统计数字急剧飙升）——都要经手他们办公室。

偶尔她在牛皮纸信封里找到她认为的"一手资料"——来自ARP（空袭防御部）的报告，甚至是手写原本——便想象身处战斗焦灼的中心是怎样的感觉。而那正是"blitz（闪电）"一词的意义所在。有时她收到轰炸破坏情况示意图，有一张是拉尔夫绘的。此人在图纸背面用铅笔淡淡签了个几乎认不清的名字。他们是朋友，她在德语班上见过他。虽然他曾表示希望与她有朋友以外的发展。"你的另一个男人。"克莱顿每每这样戏谑地称呼他。

"你真好，"阿波亚德太太见厄苏拉抱着一包小衣服站在她门前，说，"请进。"

厄苏拉极不情愿地跨进屋里。过去阿波亚德太太家煮卷心菜的气味，如今又混上一种更倒人胃口的气味，似与婴儿有关。蕾妮对阿波亚德太太之子的外观描述不幸完全属实——他的确"丑得很"。

"他叫埃米尔。"阿波亚德太太说着,把他递到厄苏拉怀里。她在他的橡胶卫生裤上感到了某种潮湿,几乎直接要把他还回去。"埃米尔?"她挤眉弄眼地逗着他,强迫自己露出一个愉快的微笑。他反过来瞪着她,面露愠色,无疑遗传了其父易怒的脾性。

阿波亚德太太建议用些茶水,厄苏拉忙说不必,往楼上内斯比特小姐的巢穴逃去。

两人仍是老样子,温煦和善。与姐妹同住一定很开心,厄苏拉心想。与帕米拉在一起住到死她都不介意。

路德用枯枝般的手指捉住她的手,说:"真好,你结婚了!"噢,该死,厄苏拉想到,自己竟忘了摘下戒指。她先是扭捏地"嗯"着,继而发觉实在说来话长,才腼腆地应道:"是呀,我想是吧。"两人激越地祝贺了一番,仿佛她获得了某种辉煌的成就。

"可惜你没有订婚戒指。"拉维妮娅说。

厄苏拉突然想起两人喜欢收集不值钱的小首饰,后悔自己没带点什么来。她有一盒伊兹留下来的腰扣和发卡,都镶了亮闪闪的假钻,两个小姐一定会很喜欢。

拉维妮娅戴了一枚黑猫珐琅胸针。猫眼处镶着假钻。路德麻雀般瘦窄的胸前铺了一大串黄玉,像痈疮里沁出的脓。这串沉重的首饰几乎要让瘦削的她站不稳了。

"我们就像贼喜鹊,"路德笑说,"喜欢闪闪发亮的小东西。"

两人煮上了茶,正不亦乐乎地构思茶点——吐司上涂马迈特曲精还是涂果酱时,空袭警报发出了仿佛来自地狱的颤音。厄苏拉向窗外望去,还看不见轰炸机,但是一束光柱已在黑暗的空中扫射。一弯美丽的新月在漆黑的天幕上盖了一枚镰刀形的印章。

"赶快,亲爱的,一起到米勒的地窖去。"拉维妮娅说,兴致竟十分高昂。"每天晚上都是一场冒险。"路德又加上一句。两人搜集了一大摞东西——披巾、杯子、正在看的书和正在补的衣物。"电筒,电筒,别忘了电筒！"拉维妮娅欢快地说。

三人下到底楼，一发炸弹在几条街外炸响了。"啊，真是的！"拉维妮娅说，"我忘了拿毛线。"

"我们回去拿，亲爱的。"路德说。厄苏拉说："不行，得赶快躲起来。"

"我正给阿波亚德太太的孩子织松紧裤呢。"拉维妮娅说，仿佛这是个置生死于度外的好理由。

"别担心我们，亲爱的，"路德说，"我们一会儿就回来了。"

"哎呀，如果你们一定要拿，那么让我去。"厄苏拉说，但两把老骨头已经咯吱咯吱地往楼上爬去了。米勒先生又把她推进了地窖。

"蕾妮，朵荔，大伙——看看谁来看老朋友了！"他隆重地对地窖里的人们宣布，仿佛此地是音乐厅，而厄苏拉正登台亮相。

多日不见，她差点忘了米勒家的人那么多，忘了哈特奈尔小姐的刻板僵硬，忘了本特利先生的古怪。而蕾妮呢，似乎也忘了上回见面时的热切，只说："噢，天哪，又来一个跟我们抢这鬼地方的空气。"蕾妮正勉勉强强地将坏脾气的埃米尔在怀里颠着。她说得对，这的确是鬼地方。她与克莱顿在艾格顿花园的地下室相当整洁，即便如此，厄苏拉（和克莱顿，如果他也在的话）有时也还会抱着侥幸心理赖在床上避难。

厄苏拉想起自己戴着结婚戒指，万一死在空袭中，休和希尔维认尸时看到了该多么困惑。克莱顿会来参加她的葬礼并做出解释吗？她刚想摘掉戒指，不料蕾妮突然将埃米尔塞给她，紧接着，一发炸弹剧烈的爆炸震动了楼宇。

"嗬，看来老弗里兹今天是要把我们吓死才算数呢。"米勒先生愉快地说。

她似乎叫苏西，这很明显。她不知道，也什么都不记得。有个男人一再要将她从黑暗中唤出来。他说："加把劲，苏西，千万别睡过去。"又说："我们一会儿美美喝它一顿茶，怎么样，苏西？"她就快被灰尘呛死。她感到身体里有什么已被永久撕裂，再也无法复原。她仿佛一只金钵，已经破碎了。"简直像詹姆斯的小说。"她听到泰迪的声音。（他说过这话吗？）她感到自己仿佛一棵巨树（多么奇怪）。她也感到冷。男人握着她的手，握得很紧："加油，苏西，保持清醒。"但她不行了，温软的黑暗让她想永远地沉睡，示意她跟它去。雪也轻轻地落下来了，直落得她周身素裹，万物寂灭。

# 可爱的明天

## 1940年9月

她比向克莱顿或帕米拉承认的那样更想念克莱顿。宣战前夜他在萨沃伊订了房，她穿起上好的皇家蓝绸缎晚裙赴约，却换来他宣告两人关系的结束（"让我们说永别"）。"会越来越不堪。"她不知道他在说战争，还是他们两人。

虽然即将永别，抑或恰恰因为如此，两人最后一次同床共枕，他一再告诉她，自己将多么想念"这个身体"，想念"肉体各处的线条"和"这张漂亮的脸"等。直说到她倦了，说："是你要结束，不是我。"

她想象他是否也用同样的方式亲近莫伊拉——怀着同等程度的漠然与激情——但这是一个不能问的问题，因为怕他将真话讲出来。是与否又有什么关系呢，反正莫伊拉就要收回他去了。东西曾被别人染指，但归根结底还是她的东西。

翌日晨，两人在房里用早餐，听张伯伦的宣战演说。套房里有台无线电。不久后拉响了空袭警报，然而两人都奇怪地没有惊慌。一切仿佛都不真实。"可能只是试鸣吧。"克莱顿说。厄苏拉心想，从现在起生活将变为一场纯粹的试炼。

　　两人离开宾馆，沿河走向威斯敏斯特桥。到处是吹哨子的防空指挥官，喊着不必再恐慌，还有些骑着装有"危险已过"的自行车。克莱顿叹道："天哪，面对空袭只能做到这个程度，我还真为我们捏把汗。"沿河已经堆起沙包。到处都是沙包，厄苏拉觉得，说全世界的沙子都聚到了这里也不为过。她努力回想《海象与木匠》中的一段。"找来七女仆，各持一拖把"①——但白厅已到，她的思绪被克莱顿突然握住她双手的动作打断，他说："我得走了，亲爱的。"听上去突然仿佛煽情的三流电影明星。她决定以修女模式度过这场战争。乐得方便。

　　她看他沿白厅走去，突然觉得彻骨地寂寞。她想不如去芬奇利。

---

① 《海象与木匠》（*The Walrus and the Carpenter*），是《爱丽丝镜中奇遇记》里，特老大（Tweedledum）与特老二（Tweedledee）对爱丽丝吟诵的一首诗。诗中，在厄苏拉所回忆的这句之前，讲到海象和木匠看见海边有这么多沙子，难过得哭了，想即便"找来七女仆，各持一拖把"，拖上半年也不一定能清理干净。

## 1940年11月

　　墙那一边，厄苏拉听见埃米尔又折腾起来，阿波亚德太太温柔地哄着。她用自己的语言唱起一支摇篮曲。这是她的家乡话，厄苏拉想。歌曲伤感得出奇，厄苏拉发誓，如果自己有了孩子（在修女模式下自然很难有），自己一定只给它唱欢快的小调。

　　她感到寂寞。她想要有一个温暖的身体，有条狗也比在这样的夜晚独处要好。她需要一个活的、会喘气的东西。

　　她拉开隔光窗帘。空中还看不见轰炸机，只有探照灯光仿佛一枚长长的手指戳进夜空。天空悬挂一弯新月。雪莱说那"苍白是为着厌倦"，本·琼森则认为那是"银白的女王，贞洁的猎人"。厄苏拉却看出了它无意间流露出的冷漠，她突然打了一个寒战。

　　空袭警报拉响之前的几秒钟，她仿佛总能听到一个尚未响起的声音。它仿佛是回声。或者说是回声的反面。回声发生在声音之后，发生在声音之前的叫什么呢？

　　一架飞机嘤嘤嗡嗡地从头顶开过。轰！轰！轰！轰！轰！第一批炸弹投下来了。她正要拉上窗帘逃往地窖，却看见对楼入口处，一只狗战战兢兢地瑟缩在那里——仿佛是被她变出来的一样。虽然站在它对楼，她还是感觉到了它的惊恐。片刻的迟疑后，她心想，啊，该死，便急匆匆往楼下

242

冲去。

她与两个内斯比特小姐擦肩而过。"哎呀，这可不吉利，托德小姐，"路德咯咯笑道，"我们在楼梯上撞见了。"

厄苏拉往下去，两姐妹朝上来。"你们走错方向了。"她指出这一显见的事实。

"我忘了拿毛线。"拉维妮娅说。她戴着一枚黑猫胸针。猫眼上镶着闪闪发亮的假钻。"她在给阿波亚德太太的孩子织毛裤呢。"路德说，"阿波亚德太太房里太冷了。"


街上嘈杂极了。她听见燃烧弹炸在附近屋顶上，发出倒空一辆大煤车的声音。天空被点亮。一盏枝形吊灯落下来，仿佛焰火一般动人，令四下通明。

她向对街的狗跑过去，头顶一串轰炸机呼啸而过。那是只模样普通的猎狐梗，不停呜呜地打着战。刚抓到怀里，就听见"呼——嗖"一声。她知道完了。她和狗都完了。巨大的轰鸣后炸响了，她在闪电轰炸期间听见了最恐怖的爆炸。就是这样了，她心想，我这就要死了。

飞来一个似乎是砖块的东西，砸中她的前额，但没有把她砸晕。一股气流仿佛飓风刮着她离开了地面。耳中剧痛，只听得一种高频的吹哨声，她知道她的耳膜报废了。各种碎物对她砸下来，割破她的皮肉，嵌入她的身体。震波像一波又一波的浪潮，嗡嗡地摇撼着脚下的大地。

远处的爆破似乎总是结束得很快。但身处其间时爆炸过程漫长得仿佛一生，且随时间推移产生各种变化，令你不知它将以何面目终止，也不知终止时自己是何面目。她半坐半倒在地，想抓住什么，又不愿放下狗（狗在她心目中获得至高地位是有原因的），她发觉自己正被气浪推着，在地面缓慢滑移。

气压降低了一些，但尘土仍继续落雨般打在身上，震波还活着。接着她的头又被什么击中了，她两眼一黑。

❋

醒来时，狗正舔着她的脸。起先她想不起发生的事，过了一会儿才反应到，边上救下小狗的那个入口已经不见了，门被向楼内炸去，她和狗也一起被炸了进去，现在正躺在楼内走廊的废墟间。身后的楼梯，支棱着碎砖折木，已经不再通往任何地方，因为整个二楼都消失了。

她仍然惊愕，挣扎坐起，感到头又沉又笨，但似乎健全，周身也找不到一处血迹，虽然她以为自己必然满身割伤、撞伤。狗也是，虽然一声不响，但似乎毫发无伤。"你肯定叫幸运儿吧？"厄苏拉对它说，发现自己几乎发不出声音。空气中灰尘弥漫，把她呛住了。她小心地站起来，沿走廊向街道走去。

她自己的家也没了，放眼四处是一大堆一大堆冒着烟的废墟，和仍然站立的残垣断壁。仿佛一片剪下的指甲一样，银白的月亮明亮极了，透过尘土的迷雾，照亮了这片恐怖的景象。如果不是为了救狗，她现在就已经是米勒地窖里的一具焦尸了。大家都死了吗？内斯比特小姐？阿波亚德太太？埃米尔？本特利先生？米勒一家？

她趔趄着跨上街道，两个消防员正松一条水龙皮带。其中一个将皮带套上消防龙头时看见她，喊道："小姐！你还好吗？"虽然有些荒诞，但他的模样的确像极了弗雷德·史密斯。接着，另一个消防员又嚷："小心！墙要倒了！"

墙真的倒了。整整一面墙，一块砖也不离队，慢慢悠悠、慢慢悠悠，仿佛在一根隐形的轴上转动般，向他们的方向倾过身来，好像在鞠一个优雅的躬。接着极为完整地拍了下来，黑暗也拍了下来。

# Part 3

## 第三部分

　　她告诉弗里妲，如果可以保护她，自己愿意余生永远在刀尖上行走；如果能拯救她，她愿在地狱的烈火中煎熬；如果她能够浮起，她愿在最深的河底溺水身亡。现在她要为她做这最后也是最难的一件事了。

## 1926年8月

　　当他决然地走出房间，她感到不知所措。[1]

　　蜜蜂嗡嗡地吟着夏日的摇篮曲，苹果树树荫下，昏昏欲睡的厄苏拉扔下小说《O侯爵夫人》。从耷拉的眼皮下，她悠悠地看着几码外的远处，一只白兔正满足地啃食青草。它不是没注意她，而是相当大胆。莫里斯处在她的位置一定会向它射击。他已毕业回家，等待暑期后的法律学习，整个暑假在家过得无所事事，且聒噪不堪。（"明明可以去找个暑期工打一打，"休说，"精力旺盛的年轻人打暑期工，又不是没有这样的先例。"）

　　莫里斯由于实在无聊，竟答应教厄苏拉射击，甚至同意用旧瓶旧罐，而不打自己经常对着放冷枪的各种野生动物——兔子、狐狸、鼬獾、鸽子、雉鸡，甚至打过一只幼狍，为此帕米拉和厄苏拉谁都无法原谅他。厄苏拉喜欢射击，只要不打活的就行。厄苏拉用休的旧鸟枪，莫里斯则有一把帅气的普迪猎枪，那是祖母送他的二十一岁生日礼物。阿德莱德嚷嚷自己快死了嚷嚷了好几年，但仍健在，希尔维说她"一直说话不算数"，伊兹形容她"像大蜘蛛"一般还继续盘踞在汉普斯泰德。说着还冲面前的à la Russe（俄式）小

---

[1] 原文此处为德语：Als er das Zimmer verlassen hatte wusst, was sie aus dieser Erscheinung machen solle...出自海因里希·冯·克莱斯特所作小说《O侯爵夫人》，原著用德语写成。

牛肉片打了个抖，虽然打抖也许是为了肉片本身。这道菜并不是格洛弗太太菜谱里较受欢迎的一道。

希尔维与伊兹之间共识不多，也许只有一个，那就是对休母亲的这种反感。"她也是你的母亲。"休向伊兹指出。伊兹说："噢，不对，她经常说，我是从路边捡来的。说我相当淘气，连吉卜赛人贩都不要我。"

休走来看莫里斯和厄苏拉打枪，说："哎呀，小熊，你成安妮·奥克莉[1]了。"

"你知道吗？"希尔维突然走来，将厄苏拉从昏沉中唤醒，"像这样悠长、慵懒的日子，你以后再也不会有了。你以为还会有，其实不会了。"

"除非我长大富可敌国。"厄苏拉说，"那样一来我又能整天闲晃了。"

"也许吧，"希尔维说，"但夏天有一天也会结束的。"她在厄苏拉身边坐下，捡起那本克莱斯特的书。"一本要死要活的言情小说。"她不屑地说，"你真的要学现代语？你父亲说拉丁语似乎更有用。"

"怎么会有用？已经没有人说拉丁语了。"厄苏拉提出合理分析。为这事，两人已周旋了整整一夏。她举手伸了伸腰，说："我应该去巴黎待一年，只说法语。这才叫很有用。"

"呵，巴黎，"希尔维耸耸肩，"大家对巴黎都过誉了。"

"那么去柏林。"

"德国乱得很。"

"那么维也纳。"

"太多人。"

"布鲁塞尔，"厄苏拉说，"布鲁塞尔总挑不出错了吧？"

真是这样，希尔维对布鲁塞尔真说不出什么来，两人的欧洲漫游只好戛

---

① 安妮·奥克莉（Annie Oakley，1860年8月13日—1926年11月3日）19世纪闻名美国西部的女神枪手。

然而止。

"反正要等大学毕业以后了，"厄苏拉说，"还有好几年呢，你就别担心了。"

"大学不会教你怎么为人妻、为人母。"希尔维说。

"那要是我不想为人妻、为人母呢？"

希尔维笑了。"你只是为反对而反对罢了。草坪那边准备了茶。"她不情愿地站起身，"还有蛋糕。不幸得很，还有伊兹。"

❋

晚餐后，厄苏拉去小路散步，乔克高高兴兴地打着头阵。（它是一只相当快乐的狗，伊兹做出如此正确的选择简直叫人不敢相信。）这是一个令厄苏拉想要独处的夏夜。"哦，"伊兹说，"你这个年龄，正好是满心渴望雄浑伟大的时候。"厄苏拉不是很明白她为什么要说这个（"伊兹的话什么时候能听明白过？"希尔维说），但她感到自己明白了一点。空气摇晃，弥漫着一种古怪气氛，一种紧迫感让厄苏拉心脏膨胀，仿佛充满了整个胸膛。她觉得那也许是一种无上的神圣——她没有其他词汇形容它。也许可以叫作未来，她想，那就是时刻逼近的未来。

她十六岁，一切正要开始。她甚至已经初尝了亲吻的滋味，就在这一年的生日上，与莫里斯吓人的美国朋友。"只能让你亲一下。"她这样说。因为他越来越冒进，她不得不推开他。可怜他绊在自己的大脚上，倒进一丛枸子木，看来摔得不轻，且颜面尽失。她将此事告诉梅丽，后者大笑。但是，梅丽说，亲还是亲到了。

不知不觉，她来到了火车站。她向弗雷德·史密斯问好，对方拿她当大人对待，举了举乘务员的帽子致意。

她目送他的火车呼哧呼哧向伦敦方向开去，那即刻就要发生的事仍未发生，甚至少了一丝迫在眉睫感。她往回走，遇见正为自己的自然粘贴簿寻找素材的南希，两人相伴同行一阵，本杰明·柯尔骑着自行车从后面经过，刹停，下车来说："我能送二位小姐回家吗？"这像是休才会说的话。南希咯咯直笑。

厄苏拉感到双颊发烫，暗自庆幸夏日的高温已将自己的脸烘成粉红色。她随手抓了把峨参叶，拿在手里扇着（没什么用）。原来刚才觉得即将发生的，就是这件事呀。

本杰明（"噢，请叫我本，"他说，"如今只有我父母还叫我本杰明。"）将两人送到肖克洛斯家门口，说一声"再见，我走了"，便跨上自行车，向不远处的家骑去。

"啊，"南希替她感到失望，轻声道，"我还以为他会送到你家呢，就你们两个人。"

"我是不是太明显了？"厄苏拉整个人都沮丧了。

"相当明显，不过别气馁。"南希拍拍她的手臂，仿佛大四岁的不是厄苏拉而是她自己。她又说："好像回家晚了。我不想晚饭迟到。"说完，抱一堆宝贝树叶往家门口跑去，嘴里"嗒啦啦啦"哼着歌。且把"嗒啦啦"哼得字正腔圆。厄苏拉多么希望自己成为南希那样的女孩。她转身往家走，心想自己的晚饭恐怕也迟了，却听见自行车铃乱响，这是本杰明（本！）来了。"我忘了说，"他说，"下周我家办聚会——周六下午——母亲让我邀请你。是丹的生日，我家男孩太多，她想请些女孩来稀释一下。这是她的原话。她想请你和梅丽来。南希还太小，对吧？"

"对，她是太小了。"厄苏拉迅速表示同意，"不过我愿意。梅丽肯定也愿意。谢谢你。"

那即将要发生什么事的感觉又降临到她的心里。

她目送他吹着口哨骑车远去，再转身时，差点撞进一个男人的怀里。这个男人在附近游荡似乎就是为了候她。他举了举帽子，说："晚上好，小姐。"他面相不善，厄苏拉往后退了一步。"能告诉我车站怎么走吗，小姐？"他说。她指着小路远方说："那边。"

"能给我带路吗，小姐？"他说着，又向她逼近。

"不，"她说，"不，谢谢。"突然他伸手攥住她的手腕。她甩手就跑，只跑到家门前才敢回头看。

"你没事吧，小熊？"见厄苏拉飞奔进门廊，休问。又说："怎么气喘吁吁的？"

"不，我没事，真的。"她说。要是把男人的事告诉休，不知他又要怎样担心了。

"A la Russe（俄式）小牛肉片，"格洛弗太太将一只大白瓷盘放到桌上，说："特意告诉你们是因为，上次我做这道菜时，有人见了说看不出盘里装的是什么。"

"柯尔家有个派对。"厄苏拉对希尔维说，"请我和梅丽去。"

"真好。"希尔维说，因为在意白盘里装的东西而有些心不在焉，其中很大一部分将要在稍后喂给一只不大挑食（或按格洛弗太太的说法，更不"鸡毛蒜皮"）的西高地猎狐梗。

派对令人失望。整个场面很吓人，猜字游戏不断（不用说正中梅丽下怀），还有许多抢答游戏，厄苏拉虽然知道所有的答案，但柯尔家兄弟和他们的朋友嗓门实在太大、抢速实在太快，没有人听见厄苏拉说什么。厄苏拉感到自己像空气，本杰明（现在已经不觉得他是亲切可人的本了）只问她了一次是否想吃水果杯，却忘了将她要的水果杯拿回来。没有舞会，只有成堆的吃的喝的。为自我安慰，厄苏拉在各式甜点中精挑细选。监视食物的柯尔太太对她说："天哪，你这个小东西，这么瘦，蛋糕都吃到哪里去了？"

是啊，这么瘦的小东西，厄苏拉步履沉重、垂头丧气地往家走，边走边想，怪不得没有人看得见她呢。

"你吃蛋糕了吗？"她一进门，泰迪就急着问。

"吃了许多。"她说。两人坐下来，分食临走时柯尔太太给她包的生日蛋糕，乔克分到不少。一只雄狐小跑穿过暮色中的草坪，厄苏拉往它的方向也扔了一块。然而蛋糕被这食肉动物蔑视了。

# 重新开始的地方

## 1933年8月

"他来了！他来了！"一个姑娘喊起来。

"这么说他终于来了？"厄苏拉看了一眼克拉拉，说。

"显然是这样。感谢上帝。都快饿死、无聊死了。"她说。

两人感到，身边姑娘们的英雄情结，既难以理解，又相当滑稽。天气炎热，大家已在路边等了整整一下午，除喝了两个姑娘从附近农场弄来的一桶牛奶外，什么也没下肚。有些姑娘听说元首今天要到山中别墅来，就几小时几小时地等着。有几个耐不住，在草地边午睡了一会儿，但为一睹元首风采，谁也不肯回家去。

陡坡下面，通往贝希特斯加登的盘山路上，远远传来一阵欢呼，大家都迅速站好。一辆大黑车呼啸而过，有些姑娘尖叫起来，但"他"并不在车上。接着一辆华丽的敞篷奔驰驶入视野，一面卐字小旗在车前盖上猎猎作响。它比前一辆车开得慢，新政权的总理就坐在里面。

元首向后翻了翻手，潦草地做出他的致意手势，看上去仿佛在拢耳音，为了更好地聆听她们的欢呼。站在厄苏拉身边的希尔妲一见元首，立即兴奋得难以自持，"啊"了一声。接着，仿佛白驹过隙，车过去了。汉娜双手交

251

叉在胸前，仿佛虔诚的圣女。"我的人生完整了。"她笑道。

"他照片上比真人好看。"克拉拉嘟囔说。

高度兴奋了一整天的姑娘们，在女队长①（十八岁的阿德尔海德，高大的金发女斗士，能力强，受人爱戴）的领导下，迅速排成方阵，开拔回青年旅舍，一路走，一路唱。（"她们干什么都要唱歌，"厄苏拉写信给梅丽时说，"这种泛滥的热情真难以适应。我觉得自己参加了一个曲风特别欢快的乡村合唱团。"）

乐团曲目繁多——民谣，离奇动人的老情歌，高昂狂放的爱国歌曲，关于染血的旗帜，还有篝火边必有的大合唱。她们尤其喜欢Schunkeln——手臂挽手臂，边唱边随节奏摇摆。每每厄苏拉不得不领头时，总是唱《友谊地久天长》，四三拍最适合Schunkeln。

希尔妲和汉娜都是克拉拉的妹妹，狂热的BDM队员，BDM即德国少女联盟②，是女版的希特勒青年团③（"我们叫她们Ha Jot。"希尔妲说完，立即咯咯笑着与汉娜一起陷入对英俊制服青年的幻想）。

厄苏拉刚到伯伦纳家时，对两个组织毫无耳闻，但在那里住的两周内，希尔妲和汉娜每时每刻都在说它们。"这是个好活动，"她们的母亲伯伦纳太太说，"能推进年轻人之间互相理解，和睦友好。再也不会打仗。还能把她们与男孩们分开。"克拉拉与厄苏拉一样，也刚从学校进入社会——曾在职业学院中修习艺术，她对妹妹们的爱好毫无兴趣，但主动提出带两人上巴伐利亚山脉夏令营，沿路入住各个青年旅社④。"你也来吧，好不好？"克拉拉对厄苏拉说，"一定很好玩，还能看看田园景色。要是你不来的话，就只能待在城里，跟爸爸妈妈捆在一起了。"

"我想大概与女童子军差不多。"厄苏拉写信给帕米拉说。

"有不小的区别。"帕米拉回信道。

---

① 德语：Gruppenführerin。
② 德语：Bund Deutscher Mädel。
③ 德语：Hitler-Jugend。
④ 德语：Jugendherberge。

厄苏拉本来不想在慕尼黑久留。德国只是生活节外生枝的一部分，是她赴欧旅行一年中小小的一站。"这一年我将独自完成伟大的旅行。"她对梅丽说，"虽然去的都是二流的地方，只能说是'不很伟大的旅行'。"她计划去博洛尼亚而不是罗马或佛罗伦萨，慕尼黑而不是柏林，南希力劝她去巴黎（南希·肖克洛斯对这一选择的结果相当期待）——这些城市里都有大学里曾辅导过她的老师们所了解的好人家，可供她借宿。为了维持花销，她还要教书，虽然休已经安排好定时给她寄一笔数目不大的钱。休知道她拜访的都是些"省级城市"，大大松了口气，因为"那里的人行为举止大多更得体"。（"也就是说更无趣。"厄苏拉对梅丽说。）休明令禁止了她去巴黎的计划，他对这座城市有一种特别的反感（"就因为巴黎在法国。"厄苏拉指出），对坚持拥护法国的南希也好感尽失。他在大战中去了欧陆不少地方，他说，完全不明白有什么好激动的。

虽然希尔维不十分赞成，厄苏拉仍坚持学了现代语——法语、德语，还有一点意大利语（真真一点）。毕业后因为别无他事，就报了一个考教师资格证的班，被录取后，她决定拖一年再去上课，想在黑板前"安顿"下自己的一生之前先看看外面的世界。名义上的理由如此，实际上这是她对付家长的托词。她的真实目的是希望旅途上能发生什么令她不用回去考教师资格证的事。至于能是什么样的事，她还不知道（"也许是爱情。"梅丽满怀期待地说）。任何事都行，只要不落得在女子语言学校教书，成为苦命的老姑娘，终生与动词变化做斗争，任粉笔灰像头皮屑一样落在肩头。（这番想象建立在她自己的老师留给她的印象上。）再说身边最亲近的人里，也没有人对教书这个职业特别赞许。

"老师有什么好当的？"希尔维质疑道。

"真的，假设她的眼界再高那么一点点，就要高出大气层去了。"厄苏拉对梅丽说。

"但你是认真的吗？真的想教书？"梅丽说。

"为什么我认识的每个人问我这个问题时都是这种语气呢？"厄苏拉烦躁了，"难道我当老师不合适？"

"不合适。"

梅丽自己在伦敦一所戏剧学院上了一门课，现在在温莎的一个剧院工作，出演一些大众喜闻乐见的二流苦情剧。"等着被发掘。"她说着，做了个剧场亮相动作。又是一个等待中的人，厄苏拉想。"最好别等，"伊兹说，"想到就去做。"她倒是说得轻松。

梅丽和厄苏拉一起，在狐狸角的草坪上坐着藤椅等狐狸，希望它们能到草地上来玩。希尔维一直将剩饭剩菜放到户外，母狐已经习惯与人共处，会像狗一样大胆地坐在草地中央等喂食。小崽子们——六月里已经长得长手长脚——在她的身边翻滚打闹。

"那我做什么好呢？"厄苏拉无助（亦无望）地说。正说着，布丽奇特端着茶和蛋糕出来了，将托盘放在两人当中的桌子上。"难道去学速记和打字，到民政部门工作吗？听上去也很没劲。梅丽啊，一个女人入了社会如果不想立即嫁人，究竟还能做什么呢？"

"你是说一个受过教育的女人。"梅丽补充道。

"对，受过教育的女人。"厄苏拉同意。

布丽奇特小声嘀咕了些什么，难以听清。厄苏拉说："谢谢你，布丽奇特。"

（"可是你见识过欧洲呀，"她对希尔维说，几乎是带着责备，"那时你也很年轻呀。"

"我不是一个人去的，我有父亲陪着。"希尔维说。但没想到这番讨论竟在希尔维心里起了效果，最终还多亏希尔维力压休的反对意见，旅途才成行。）

出发去德国前，伊兹带她去买真丝内衣和丝巾，还有漂亮的蕾丝边手帕，"一双很好很好的鞋子"，两顶帽子和一个新手袋。"别跟你母亲说。"她叮嘱道。

在慕尼黑时她住伯伦纳家——一父一母，带着三个女儿（克拉拉、希尔姐嘉德、汉娜洛蕾）和一个还在上学的儿子赫尔穆特，住在伊丽莎白大街上。休与伯伦纳先生之间反复通信后，终于放心让自己女儿去做客。"他们肯定要大失所望了，"她对梅丽说，"父亲做了这么多准备，搞得像基督第二次降临。"伯伦纳先生自己在德语学院教书，为厄苏拉安排了向初学者教授英语的工作，也将她殷勤地介绍给了寻求私人辅导的学生。他在火车站接她时，将这些消息告诉了她。她还未决心开始工作，且刚从一趟恼人的长途火车上下来，舟车劳顿，听到这个消息很沮丧。从巴黎东站开出的特快列车与"特快"毫无关系，她又偏偏跟一个一路上不是在吃香肠就是在抽雪茄的男人同厢，又尴尬、又难受。（"在巴黎只看到了火车站。"她写信给梅丽说。）

她离开车厢去找洗手间，吃香肠的男人也跟她一起来到走廊上。她以为他要去餐车，等她找到洗手间时，才惊讶地发觉他也想跟着她进来。他说了几句话，她听不懂，但似乎相当粗鲁色情（以雪茄和香肠作为这番活动的前奏显得十分奇怪）。"Lass mich in Ruhe。"她毅然用德语说"请别骚扰我"。但他仍继续推，她也继续推回去。她不相信两人真的要打起来，因此一边抵抗一边还保持着适度的礼貌，对旁观者来说这一幕一定相当滑稽。厄苏拉希望走廊里有旁人可以让她求救。她不敢想象，一旦男人成功与她共处幽闭的洗手间内，会对她干出什么。（事后她疑惑自己为什么不干脆尖叫。多么傻。）

两个军官走来救下了她。两人穿黑制服，配银徽章，相当帅气，不知从哪里就冒了出来，一把将男人制住，严正警告了一番，其中许多单词她都没听明白。接着，两人又慷慨地将她换到了女宾专用车厢。她不知道车上还有这个配置。军官走后，车厢里的女伴们不住嘴地感叹起"SS"军官有多么多么地英俊来。（"亲卫队①的，"一个女人钦慕地喃喃道，"跟那些穿咖啡色制服的冒失鬼可不一样。"）

火车到慕尼黑时已经晚点。出了一件事，伯伦纳先生说，一个男人从火车上掉下来了。

---

① 原文此处为德语：Schutzstaffel。

"真可怕。"厄苏拉说。

虽然是夏天，天气仍微凉、多雨。阴沉的天幕没有因为她抵达伯伦纳宽敞的公寓就晴朗起来。公寓里到了晚上不开灯，冷雨敲打着蕾丝窗帘后的窗玻璃，仿佛非要从窗口进来才肯罢休。

厄苏拉和伯伦纳先生一左一右抬着她笨重的行李箱上了楼，整个过程俨然一出闹剧。总该有人来帮把手吧？厄苏拉气恼地想。如果休在，就会雇个男人——或者两个——负责这事，而不会指望由她自己完成。她想到了火车上的SS军官，想到如果是他们来对付这个箱子，将会是多么高效而殷勤。

伯伦纳家的女眷们都不在。"哦，还没回来。"伯伦纳先生毫不在乎地说，"好像去买东西了。"房里家具看来都相当笨重，铺着破旧地毯，养了许多叶子植物，有一种丛林的气氛。她打了个冷战，屋内冷得很，似乎不像一年这个时候应该有的温度，似乎不欢迎她的到来。

他们想尽办法将行李箱搬到了她的房间。"以前是我母亲的房间，"伯伦纳先生说，"都是她用过的家具。她不幸去年死了。"他凝视眠床——一个宽大的哥特式物体，制造它唯一的目的似乎就是要使睡在上面的人做噩梦——的眼神很明显地暗示出伯伦纳老夫人正是在它的鸭绒盖被下仙逝的。床大得几乎要撑满整个房间，厄苏拉突然感到十分紧张。她与吃香肠的人在火车上的经历仍历历在目，令她感到难堪，可眼下自己却又与另一个全然陌生的外国人独处一室了。布丽奇特讲的白种人贩子的可怕故事突然浮出了记忆的水面。

幸好，前门开了，门厅里出现一番不小的响动。"啊，"伯伦纳先生高兴地笑了，说，"她们回来了！"

姑娘们争先恐后地涌进公寓，都被雨淋湿了，嬉笑着，手里大包小包地提着、捧着。"瞧谁来了。"伯伦纳先生说，这一说，两个小女儿更兴奋了。（事实证明，厄苏拉在这以后的生命里，再也没有遇到过比希尔妲和汉娜更容易激动的女孩子。）

"你来了！"克拉拉说着，"啪"地用自己冰湿的双手握住厄苏拉的双手，"德国热烈欢迎你①。"

两个妹妹以极快的语速没完没了地聊天时，克拉拉迅速在公寓里走了一圈，打开了灯，屋内立即不一样了——地毯的确年深日久，但纹样相当繁复，老家具全都散发着清洗擦拭后温润的光泽，那片冷冰冰丛林样的叶子原来是一丛漂亮的蕨。伯伦纳先生将客厅内通天花板的白瓷炉打开（"就像在家里养了一只庞大温暖的动物"，她写信给帕米拉说），安慰她说明天天气一定能恢复正常，变得暖和，会出太阳。

餐桌很快被铺上一层刺绣桌布，晚饭随即上桌——一盘奶酪，风干香肠，新鲜香肠片，沙拉和一块散发着格洛弗太太的茴香蛋糕气味的黑面包，还有一份香甜的水果羹，令她切实感到自己已经来到了外国。（"冷水果羹！"她写信给帕米拉，"格洛弗太太知道了会怎么说！"）

连已故老夫人的卧室都变得更宜人了。床垫柔软、舒适，床单四边用手工钩了一圈花，床头灯上罩着一个可爱的粉红色玻璃灯罩，使光线柔和温暖。不知是谁——也许是克拉拉，厄苏拉猜想——在梳妆台上的小花瓶里插了一小束木春菊。厄苏拉一爬到床上就累倒下了（床很高，要踩着小凳子才爬得上去），满怀感激地沉入了一场深沉无梦的睡眠，丝毫未受前人幽灵的困扰。


"当然，当然要先放个假啦。"翌日，伯伦纳太太在早餐桌上说（早餐与前夜的晚餐惊人地相似）。克拉拉正"处在安顿前的最后阶段"。她已经完成了艺术课程的学习，但还不知道下一步做什么。她郁闷地说自己正为虽想离家"成为一名艺术家"但在德国"没有多少人有钱消费艺术"而气恼。克拉拉的房里有几张她的画，大幅尖锐的抽象派油画，与她温柔和善的性情大相径庭。厄苏拉觉得她以此为生的机会渺茫。"大概我只好去教书了。"她痛苦地说。

"是呀，真还不如去死。"厄苏拉明白她的痛苦。

---

① 原文此处为德语：Herzlich willkommen in Deutschland。

克拉拉偶尔去谢林大街的摄影工作室帮忙，负责相片构图。伯伦纳太太有个熟人的女儿在那里上班，能说得上话。克拉拉和那熟人的女儿——伊娃——曾上过同一所幼儿园。"但构图难道不是很难吗？"克拉拉说。摄影师——霍夫曼——是新任总理的"御用摄影师"，"所以我跟他的客人都很熟呢。"她说。

伯伦纳一家并不富裕（厄苏拉想，所以他们才会出租卧室给她），克拉拉认识的所有人也都不富裕。不过，在1933年的当时，任何地方的任何人都与富裕无缘。

虽然没什么钱，克拉拉决定还是要好好度过暑假的剩余部分。她们去卡尔顿茶室和王宫花园边的海克咖啡馆，敞开肚子吃薄煎饼①，喝热巧克力②。她们在英国花园里几小时几小时地散步，然后吃冰激凌，喝啤酒，把两张脸都晒成了粉红色。也同克拉拉弟弟赫尔穆特的朋友——一群分不清谁是谁的沃尔特、维尔纳、库尔特、海因策和格哈德——一起泛舟、游泳。赫尔穆特作为一名希特勒青年团团员，正在波茨坦一所元首创办的新式军事学校学习。"他热衷party。"克拉拉用英语说。她英语说得非常好，且喜欢与厄苏拉切磋。

"应该说parties，"厄苏拉纠正她，"我们会说'他热衷parties，'"克拉拉大笑，摇摇头："不，不，的确是Party。不是派对。是说纳粹党。你知道吗？从上月开始我们已经不能加入其他党了。"

"希特勒掌权后，"帕米拉写信教导厄苏拉，"出台了一项授权法。德国人称为Gesetz zur Behebung der Not von Volk und Reich，英译为'解决人民和国家痛苦的法例'。多么华丽的名目，民主就此取消。"

厄苏拉天真地回复："但民主总能拨乱反正的，就像一直以来一样。这个政权也会过去。"

"不会这么容易。"帕米拉回复。

---

① 原文此处为德语：Pfannkuchen。
② 原文此处为德语：Schokolade。

帕米拉素来不喜德国，所以坐靠市立游泳池或河畔，与沃尔特、维尔纳、库尔特、海因策和格哈德一起晒太阳的厄苏拉，很快就把她的这番话给忘记了。这些男孩身上的短裤都短得出奇，游泳裤也小得吓人，个个几近全裸，但行止自如，令厄苏拉深感惊讶。她发觉德国人总体上似乎并不介意在彼此面前脱光。

克拉拉还认识一群更有文化的人——她在美术学院里的朋友。他们似乎更喜欢坐在烟雾弥漫、光线暗淡的咖啡馆里，或到各自脏乱不堪的住所聚会。他们喝很多酒，抽许多烟，谈论艺术与政治。（"所以说，"厄苏拉写信给梅丽，"在这两群人之间，我得到了全面教育！"）克拉拉的美院朋友都不修边幅，不服政权，不喜欢慕尼黑，认为它是"小资产阶级地方狭隘主义的老窝"，且每时每刻都在讨论迁往柏林的事。她发觉他们花大量时间谈论要做什么，但真正着手的时候却很少。

与此同时，克拉拉正身陷另一片泥沼。她的生活"沦陷"了，她爱上了她美院里的一个教授，对方是雕塑家，正与家人在黑森林度假。（再三催问下，她承认所谓"家人"是指妻子和两个孩子。）她决定让生活顺其自然，她说。又是托词，厄苏拉想。虽然这方面她无权指责别人。

厄苏拉仍是少女，按照希尔维的说法她仍然"完整"。而这不是因为她有道德上的顾虑，仅仅因为她还没有遇见过足够喜欢的人。"不一定非要喜欢。"克拉拉笑道。

"我明白。但我希望能喜欢。"然而，她似乎总是吸引一些下三烂的类型——火车上的男人、小径上的男人——她担心他们在她身上读出了什么她自己不知道的讯息。与克拉拉和她的美院朋友相比，她感到自己相当拘谨、英式，甚至与赫尔穆特尚未出现的confrères①（一群行为其实非常规范的青年）相比也显得古板。

汉娜和希尔姐说动克拉拉和厄苏拉一道去参加附近体育馆举办的活动。厄苏拉误以为是去听音乐，却发现那是希特勒青年团的集会。虽然伯伦纳

---

① 法语：同事，同志，同像。

太太对BDM的作用相当乐观，但希尔妲和汉娜对男孩的兴趣似乎丝毫未受影响。

对厄苏拉来说，这群热情、健康的男孩看起来都差不多，但希尔妲和汉娜却花了很长时间，高度兴奋地指点着赫尔穆特的朋友，那些几乎一丝不挂地在游泳池畔混时间的沃尔特、维尔纳、库尔特、海因策和格哈德，如今一丝不苟地套上制服（更多的短裤出现在眼前），突然变成了紧张严肃的童子军。

青年团走方阵，和着管乐队唱歌，出来几个人做演讲，纷纷效仿元首激昂慷慨的风格（纷纷失败），最后全体起立唱《德意志之歌》。厄苏拉不知德语歌词，便在心里和着海顿谱的美妙旋律唱了以前上学时校会常唱的《赞美上主》。唱完歌，大家集体欢呼"Sieg Heil[①]！"并举手行礼，厄苏拉发觉自己竟也加入了其中。克拉拉虽然觉得场面荒谬，不禁大笑，却也跟着举起了手臂。"这样做肯定是对的，"她若无其事地说，"我可不想在回家的路上被找麻烦。"

不，谢谢，厄苏拉不想与伯伦纳Vati[②]和伯伦纳Mutti[③]一起待在燠热、扬尘的慕尼黑。于是克拉拉从衣橱里翻出一条海军蓝半身裙和一件白衬衫，满足了服装要求，队长阿德尔海德又贡献了一件卡其色战斗服。她又拿了一块三角巾，穿过土耳其皮饰结系上，这样补完了整套行头。厄苏拉觉得自己英气逼人，后悔自己从没参加过女童子军，虽然参加童子军肯定不只是穿穿衣服这么简单。

BDM的年龄上限为十八岁，厄苏拉和克拉拉都已超龄。她们是汉娜所说的alte damen，"老姑娘"。厄苏拉觉得自己和克拉拉没有必要护送整支队伍，因为看来阿德尔海德照管女孩时干练得仿佛一只牧羊犬。她有雕塑般的身材，北欧人的金发，拖着两条麻花辫，完全称得起是从弗尔克范格驾临的少女

---

① 德语：为胜利欢呼。
② 德语：爸爸。
③ 德语：妈妈。

版弗蕾娅①。她是BDM的活广告。到十八岁就太老了。到时候她会做什么呢？

"怎么？当然是加入国家社会妇女联盟啦。"她说。她已经在丰满姣好的胸前别上了小小的银色ㄅ字徽章，这古卢恩文般的字符代表了她从属的决心。

她们坐火车进山，行李整齐地堆放在行李架上，傍晚抵达一个靠近奥地利边境的阿尔卑斯小村，从火车站列队走向（自然，还要唱歌）青年旅舍②。路人有的站定了看，有些人赞许地鼓起掌来。

她们被安排在全是双层床的宿舍里，大部分床铺上已经有人，大家只好像沙丁鱼那样挤一挤。克拉拉和厄苏拉主动提出睡一张床垫，在地上打地铺。

晚餐在餐厅里的行军长桌边进行，供应标准例汤、麦麸脆面饼③和奶酪。早餐则供应黑面包、奶酪、果酱、茶以及咖啡。山里的空气清新，令大家胃口大开，把看见的食物都像狼一样扫荡干净。

村里的环境仿佛一首田园诗，甚至有一座小古堡可供参观。堡内阴冷潮湿，布满甲胄、旗帜和纹章盾牌，似乎不是一个适合居住的地方。

大家在湖边、林中进行长时间的散步，然后搭顺风的农用大卡车或牲口拉的草车回旅社。有一天，她们沿着河一直走到了一处大瀑布。克拉拉随身带着素描簿，她迅速生动的炭棒素描比她的油画好看多了。"啊，"她说，"它们只是些gemütlich，也就是悦目的小东西。我朋友见了要笑话的。"村庄本身是个沉静的小地方，家家户户窗台上都种满老鹳草。河上有一家酒店，她们在那里喝啤酒，吃小牛排和面条，直吃到撑才停下来。厄苏拉在写给希尔维的信里对啤酒只字不提，她不会理解在德国这是多么普通的饮料。就算她理解得了，也绝不会赞成她喝的。

她们计划翌日启程，要到女生专用的露营地，"在帆布下"过几天。厄苏拉舍不得离开村子。

她们逗留的最后一晚，村里举行了一个活动，半是农事表演，半为庆祝

---

① 北欧神话中的爱神、战神和魔法之神。弗尔克范格是她的官殿。
② 原文此处为德语：Jugendherberge。
③ 原文此处为德语：knäckebrot。

丰收。大部分的表演厄苏拉完全看不懂。（"我也不懂，"克拉拉说，"记住，我是城里来的。"）女人们穿戴具有地方特色的服装，各种戴花环的牲口被牵出来，绕田野游行，授予奖品。卐字旗再次登场，装点田野四周。庆典供应足量啤酒，还有管乐队奏乐。田野正中搭起木台。木台上，几个男孩穿着Lederhosen①，在一架手风琴的伴奏下，和着节奏鼓掌，跺脚，拍大腿、脚跟，演示Schuhplatter②。

克拉拉对此嘲笑了一番，但厄苏拉觉得整个活动相当好。厄苏拉觉得自己如果能住在一个阿尔卑斯小村里一定会很高兴（"像海蒂那样。"她给帕米拉写信时说。因为帕米拉对新德国很生气，她已经减少了给姐姐写信的次数。帕米拉虽身在远方，却仍然发着良知的声音，但话又说回来，良心对置身事外的人来说，谈起来也的确是很容易的）。

于风琴加入管乐队一起演奏，人们跳起了舞。厄苏拉被一系列羞涩至极的农村男孩请上木台，他们个个笨手笨脚，他们在台上的舞姿十分古怪。她马上发觉那是3/4拍的Schuhplatter③，动作滑稽可笑。就这样，又是啤酒，又是舞蹈，她开始觉得头晕了。于是，当克拉拉牵着一个男人的手将他带到她面前时，她一时间反应不过来。男人很英俊，一望便知不是本地人士。

"瞧我碰到谁了！"

"谁？"厄苏拉问。

"居然是我们堂亲同父异母兄弟的隔代表亲，"克拉拉兴奋地说，"反正很远就是了。于尔根·富克斯。"

"只是个远亲罢了。"他说着，微微一笑。

"很高兴见到你。"她说。他脚跟并拢，立正后吻了吻她的手，令她想到《灰姑娘》里的白马王子。"这是我的普鲁士血统在起作用。"他笑道。伯伦纳家的姑娘们也笑了。"我家根本没有普鲁士血统的人。"克拉拉说。

他笑起来十分好看，透着愉悦，又仿佛若有所思。那双眼睛蓝得不同寻

---

① 德语：皮裤。（通常为半长裤，或短裤。）
②③ 德语：四拍击鞋舞。（巴伐利亚传统山农舞蹈。）

常。他的英俊是彻底的，无可辩驳，就像本杰明·柯尔，但本杰明是他的反色负片，是于尔根·富克斯这一正极的负极。

托德和富克斯——两个都是狐狸①。这难道是命运的安排吗？科莱特大夫知道这一巧合的话，也许会非常高兴的。

"他英俊极了。"见面后她写信给梅丽。所有垃圾言情小说里的用语全部涌了上来——"心脏停止""无法呼吸"。她在太多潮湿闲散的下午，读了太多布丽奇特的书。

"这是一见钟情。"她头晕目眩地写道。当然这钟情只是对疯狂的误解，不是所谓的"真爱"（真正的爱只有有了孩子的人才能体会）。"妙极了，"梅丽回信说，"这是感应性妄想性障碍②。"

"为你高兴。"帕米拉写道。

"婚姻是建立在一种更持久的爱上的。"希尔维提醒说。

"我在想你，小熊，"休写道，"从遥远的此处。"

天黑后，村中燃起火把，小城堡的角楼上放起了烟花。景象令人兴奋。

"真美，不是吗？"③阿德尔海德说，火焰照得她的脸颊发出光来。

是啊，厄苏拉说，真美。

---

① 托德（Todd）一姓源自古英文"todde"一词，意思是"狐狸"，据说原本是猎狐人的姓氏；富克斯（Fuchs）则是德语，本身也意为"狐狸"。

② 原文此处为法语：Folie à deux。是一种罕见的由情感关系密切的两人或（偶尔）多人所共有的妄想性障碍，其中仅有一人患真正的精神病性障碍，另一人的妄想因感应而产生，并且当他们彼此分开后妄想往往就消失。

③ 原文此处为德语：Wunderschön, nicht wahr?

## 1939年8月

Der Zauberberg。魔山。

"啊。她真可爱。"①咔嚓、咔嚓、咔嚓。伊娃爱她的禄莱相机。伊娃也爱弗里妲。她真可爱,她说。大家身处伯格霍夫别墅的大露台,沐浴阿尔卑斯明丽的阳光,等待午餐上桌。在这里进餐舒服多了,在清爽的天气中②,比从庞大、阴暗、巨大窗户里望出去除了山还是山的餐厅要惬意得多。独裁者统统都爱大而无当,连凭窗的风景也要大的。请微笑③!笑得开一点。弗里妲听话地笑着。她从小就习惯服从。

伊娃令弗里妲换下英式风琴褶侍女裙(希尔维从伯恩霍林沃斯百货买来送给弗里妲的生日礼物),给她穿上了巴伐利亚传统女装——背心连衣裙、围兜、白色半长筒袜。在厄苏拉英式审美的眼里(她觉得自己每一天都在变得更加英式),这套衣服看来只适合出现在后台化妆间里,或者校戏剧节上。有一回,她在学校(多么古老而遥远的记忆)上演的《汉姆林的吹笛手》中,扮演过一个乡村少女,当时的穿戴与弗里妲现在盛装的模样很相似。

---

① 原文此处为德语: Aaw. Sie ist so niedlich.
② 原文此处为意大利语: al fresco.
③ 原文此处为德语: Bitte lächeln.

梅丽扮演剧中的鼠王，一人独演一幕，希尔维曾说："肖克洛斯家的女儿们一定是吃关注率长大的吧？"伊娃就有一点像梅丽——一刻不停，天真快乐，时刻需要别人的关注。不过这也不奇怪，因为伊娃也是演员，表演着她生命中最伟大的戏。事实上，她的生命也就是她的戏，二者并无区别。

弗里妲呢，可爱的小弗里妲，只有五岁的蓝眼金发小弗里妲，梳着两条很短、很短的小麻花辫。刚来时，她的肤色苍白，显得体弱。现在被阿尔卑斯山的阳光镀上了一层金色，泛出隐隐的粉红色。当元首见到弗里妲时，厄苏拉在他蓝色的眼眸中捕捉到一闪与山下国王湖一样令人彻骨的狂喜，她知道他看见了什么，那是他千年政权的未来，它随着一个又一个Mädchen①，正画卷般缓慢铺开。（"她长得不太像你，不是吗？"伊娃毫无恶意地说，她不具备恶意。）

厄苏拉小时候——一个她似乎不断被迫回溯的时期——曾读过许多童话，童话关于一些受了冤屈的公主，为从荒淫无度的父亲和嫉恨心切的继母手里逃出来，不惜往姣好的脸上抹胡桃皮汁、在柔美发间揉进灰土，以期掩盖——就像吉卜赛人、流浪者和被社会抛弃的人一样。厄苏拉思忖人们如何弄到胡桃皮汁，它似乎不是一样走进店里就能买到的东西。而且用坚果皮汁抹黑脸蛋离家出走这个做法，在当今世界已经不能保证你的安全，尤其在上萨尔茨山——他们口中的Zauberberg——这仿佛舞台剧般矫揉造作的世界里。他们称它"伯格"，带着入选子民的亲热。

她此时究竟在此地做什么？厄苏拉想不明白。又是什么时候才能够离开呢？弗里妲的疗养期即将结束，身体已经好得差不多了。厄苏拉决定今日无论如何要与伊娃谈谈。无论如何，她们并非囚徒，应该可以想走就走。


伊娃点起一支烟。元首不在，耗子便不安分起来。他不喜欢她抽烟、喝酒，或者化妆。厄苏拉很钦佩伊娃这些小小的叛逆行为。自从厄苏拉与弗里妲两周前抵达伯格霍夫以来，元首曾来过两次，每次来去，不仅对伊娃，

---

① 德语：女孩，女童。

对所有人都仿佛一出戏剧进入高潮时刻。厄苏拉很久前便感到，新帝国仿佛一出大张旗鼓的家庭音乐喜剧。"**一个由愚人讲述的故事，充满喧嚣与狂暴。**"①她写信给帕米拉，"不幸并非一无所得。"

在伊娃的鼓励下，弗里妲原地旋转了一小圈，笑了起来。她是厄苏拉心中融化了的部分，是她思想和行为中所有的光明面。如果能够保护弗里妲，厄苏拉愿意余生永远在刀尖上行走。为了拯救她，她愿意在地狱的烈火中煎熬。如果她能够浮起，她愿意在最深的河底溺水身亡。（她畅想了许多极端的牺牲方法。准备最好能充分。）她以前不知道（从希尔维身上看不出多少这方面的迹象）母爱竟如此揪心断肠，强烈到足以令人产生生理上的痛楚。

"啊，当然咯。"帕米拉说，仿佛它再寻常不过，"母爱会将你变成一条母狼。"厄苏拉觉得自己没有变成了一条狼，不管怎么说她都应该是熊。

山中确有不少伺机夺食的母狼——玛格妲、艾米、玛格丽特、戈尔妲，她们是党内高干娶来繁殖后代的女人，稍有机会便争权夺势，从多产的胯间，不断为元首、为帝国的明天繁衍子孙后代。她们是危险的狼，是掠食性动物，她们恨伊娃，恨这头不知为何竟然争得了宠幸的"愚蠢的母牛"——die blöde Kuh。

她们自然认为，任何一个别人都要比无足轻重的伊娃与伟大领袖更为般配。像他这样的人物难道不应配一个布伦希尔德②——或至少是一个玛格妲，一个蕾妮？或者干脆是瓦尔基里③，伊娃叫她"那个女人米特福德"，das Fräulein Mitford。元首十分崇拜英格兰，尤其是英格兰的贵族和皇室。虽然厄苏拉觉得，无论如何，时机成熟后他还是会灭掉英国，无论崇拜与否。

伊娃讨厌所有可能掠夺元首宠幸的瓦尔基里。她强烈的情感发端于恐惧。她最深的恨永远是留给鲍曼的。那是伯格霍夫的éminence grise④，掌管

---

① 语出莎士比亚《麦克白》。原文为：一个由愚人讲述的故事，充满喧嚣与狂暴，从中却一无所得。
② 北欧神话中的女武神之一。
③ 瓦尔基里（Valkyries），北欧神话中女性武神的统称。
④ 法语：灰衣主教。也即幕后操纵者。

钱匣，替元首置办送给伊娃的礼物。经他拨款允许，她才有了她所有的毛皮大衣、所有的菲拉格慕鞋。这个人时刻不动声色地提醒着她，自己只是个高级情妇。厄苏拉奇怪皮毛都是哪儿来的。大部分她见到的在柏林贩售皮毛的人都是犹太人。

元首娶了一个站店的女孩，这当然触犯了女狼们的众怒。伊娃告诉厄苏拉，她在霍夫曼的摄影工作室工作时，第一次遇见他，她便叫他"狼大人"。"阿道夫在德语里指高贵的狼。"她说。厄苏拉想他一定相当喜欢别人这样叫他。她从来没听到过有人叫他阿道夫。（伊娃难道在床上也称他'我的元首'吗？看来相当可能。）"你知道他最喜欢什么歌吗？"伊娃笑道，"居然是《谁怕大坏狼？》。"

"你指迪士尼电影《三只小猪》里的童谣？"厄苏拉难以置信地说。

"是呀！"

啊，厄苏拉想到，这可得马上告诉帕米拉。

"再拍一张给Mutti（妈妈），"伊娃说，"把她抱在怀里。真漂亮①。请微笑！"厄苏拉观察过伊娃手持相机，兴高采烈、自信满满地跟随元首的样子，在他不避镜头、不将帽檐滑稽地拉低仿佛一个伪装失败的间谍时，抓拍他的照片。他不喜欢她给他拍照。他更喜欢摄影棚里美化人物的灯光，喜欢摆拍里昂扬的姿势，而不是她钟爱的抓拍照片。伊娃则不同，她爱照相。她不仅希望被摄入照片，甚至想去拍电影。"Ein②就行。"她想去好莱坞（"等到有一天"）扮演她自己。"拍一部讲我自己的电影。"她说。（摄影机的出现让伊娃觉得这一切都是有可能的。）显然，元首承诺了要帮她达成此事。元首自然是到处承诺了许多东西的，不然也坐不到今天的位置。

伊娃重新对好禄莱相机的焦距。厄苏拉庆幸没带来自己的旧柯达，不然未免相形见绌。"我给你印一套。"伊娃说，"你寄回英国给你父母。照片

---

① 原文此处为德语：Sehr schön。
② 意大利语：一个、一只等。此处指"一部"。

以山为背景，很漂亮。现在，请给我一个大大的微笑。Jetzt lach doch mal richtig[①]！”

此处拍摄的所有照片、存在着的所有事物，均以群山为背景。起初，厄苏拉还觉得它们很美，逐渐地，她感到来自雄伟壮阔的压迫。高耸的冰封的悬崖、急流的瀑布、无边的松林——自然和神话两相融合，成为德国式崇高灵魂的象征。对厄苏拉来说，德国的浪漫由伟大和超凡写就，相形之下，英国宁静的湖泊实在太驯顺了。而英国人的灵魂，如果它有一个栖居之所，一定也是类似后花园这样毫无英雄主义情结的地方——一块草坪，一床玫瑰，一排荷包豆。

她该回家了。不是回柏林，回萨维尼广场；而是回英格兰，回狐狸角去。

伊娃让弗里妲坐在平台四周的矮墙头，厄苏拉立即将她抱了下来。“她不喜欢高。”她说。伊娃自己很喜欢坐在矮墙头，也喜欢带着狗和儿童在墙边走来走去。墙外峭壁穿过贝希特斯加登，直插山下的国王湖，视之令人目眩。厄苏拉想起小小的贝希特斯加登，想起它家家与世无害的窗台盒里盛放的老鹳草和那伸向湖水的草坡，心中感到难过。1933年与克拉拉去那里仿佛已经是很久以前的事了。美院教授已经离婚，克拉拉随即嫁给他，如今已有了两个孩子。

“尼比龙猫就住在上面。”伊娃指着环绕的山峰告诉弗里妲，“还有魔鬼、女巫和恶狗。”

“恶狗？”弗里妲不敢置信地重复。她已被伊娃那两只恼人的苏格兰猎狐梗尼格斯和斯塔西吓坏了，再也经不起矮人和魔鬼的惊吓了。

而我听说，温特斯山上躲藏的，并不是妖魔，而是查理大帝。他在山洞里沉睡，等待正义与邪恶决一死战的时刻，将他唤醒。不知是什么时候。她心想或许快了。

---

① 德语：现在请尽情笑出来。

"再来一张，"伊娃说，"笑开一点！"禄莱相机的闪光灯一下一下地与阳光较着劲。伊娃还有一台电影摄像机，是狼先生送给她的一件昂贵礼物，两人没有因为她设备精良而被摄为彩色活动影像，厄苏拉觉得她应该感到高兴。厄苏拉想象后人翻阅伊娃（众多）的相册，一定要奇怪那里面的厄苏拉是何许人，或许会将她误作伊娃的妹妹格丽泰，或朋友赫塔，这些历史的注脚。

有一天，这一切自然都要一并交付给那同一场历史，这山峦也逃不过——岩石终成沙土。大多数人在懵懂中经历了一些事，只有回过头才看得出它们的意义。元首不一样，元首时刻在有意识地为未来创造历史。只有真正的自恋狂才办得到这一点。而那一边的柏林，斯佩尔正在建造千年后即使变得残破依然不失美感的建筑，作为对元首的献礼。（这样宏大的视角！厄苏拉的日子却是一小时一小时过的，这又是做了母亲的缘故，未来对母亲来说与过去一样秘不可测。）

斯佩尔是唯一对伊娃态度和善的人，故此厄苏拉对他赋予了相当的好感，虽然这种程度的好感他或许根本配不上。他同时也是一心想成为条顿骑士的男人里唯一模样好、无伤残的一个，不似低级官僚，要么矮得像蛤蟆、要么肥得像猪——或更恶心的什么东西。（"而且他们都穿着军装！"她写信给帕米拉，"但这都像假的一样。仿佛住在《曾达的囚徒》里。这帮人都相当善于胡诌。"她多么希望帕米拉能在她身边啊，而帕米拉又会在对元首和他手下人物的个性分析中得到多少乐趣！她肯定会说他们都是些不懂装懂的家伙，只会唱冗长无谓的高调。）

私下里，于尔根说他们"在极大程度上"都有人格缺陷，而台面上，他也表现得仿佛帝国忠实奴仆的一员。Lippenbekenntnis，他说。嘴皮功夫。（将就一下吧，希尔维会这么说。）他说如此才是处世之道。厄苏拉想这方面他倒很像莫里斯，莫里斯曾说，为了晋级，一个人必须耐得住与傻瓜和蠢驴共事。同时，莫里斯也还是个律师。近来他在内政部的位置已入云端。一旦开战，这会不会成为麻烦呢？她勉强自己戴上的德国公民身份的盾牌，是否能保障她的安全？（如果两国开战，她能否容忍身处海峡这一侧？）

　　于尔根也是律师。想要受理诉讼，就必须加入政党，别无选择。Lippenbekenntnis（嘴皮功夫）。他为柏林司法部效力。他向厄苏拉求婚时（"旋风般的攻势。"她写信给希尔维说），才刚刚退出共产党。

　　如今，于尔根已经放弃了他的左派政治观点，坚决拥护帝国达成的一切——国家又运转起来了——无人失业、食物充足、全民康泰，民族自尊得到彰显。新的岗位、新的道路、新的工厂、新的希望——他说，除了帝国，还有什么能够带来这样的成就呢？然而得到这一切的代价，是要接受一个仿真的新宗教和一个狂暴的假弥赛亚。"什么事都是有代价的。"于尔根说。这次代价似乎未免太高昂。（厄苏拉时常好奇他们究竟如何做到了这一切。必定是抓住了恐惧心理，借助了剧场技巧。但这么多钱和工作岗位又是哪儿来的？也许仅仅来自旗帜和制服的需要就基本拯救了国家经济？"本来德国的经济就在复苏，"帕米拉说，"纳粹只是幸运地揽上了了这个功绩。"）是的，他说，的确，不能忽视存在暴力，但这只是一瞬的痉挛和浪潮，是纳粹冲锋党前进路上不可避免的牺牲。现在所有人、所有事都已趋向理智。

　　四月，两人去柏林参加了为元首五十岁生日贺寿的大型阅兵式。于尔根在嘉宾大看台上获得了几个座位。"一种赏赐，我想。"他说。可他做了什么事，元首要"赏赐"他？她不明白。（他为此高兴吗？有时不容易看出来。）1936年他没能弄到奥运会的票，然而现在，他们却与帝国的VIP们比肩而坐。这几天他总是很忙。"律师从来不睡觉。"他说。（然而在厄苏拉看来，律师们都在为能一睡千年、高枕无忧而努力。）

　　阅兵式长得仿佛一辈子，堪称戈培尔策划的最成功的表演。军乐不断后，纳粹德国空军分中队保持阵形沿东西向飞越勃兰登堡门，献上震耳欲聋的序曲。更多的喧嚣与狂暴。"那是亨克尔和梅塞施米特。"于尔根说。他怎么知道？哪个男孩不了解飞机？他反问。

　　接着是无尽的兵团高踢正步沿路经过。厄苏拉看着他们，想到了撩起大腿跳舞的女子舞团。"Stechschritt。"①厄苏拉说，"这走法究竟是谁

―――――――――――――――――――――――――――――――――

① 德语：正步走。

发明的？"

"当然是普鲁士人。"于尔根笑道，"还能有谁？"

她拿出一板巧克力，掰下一块给于尔根。他皱着眉摇了摇头，仿佛她的行为表现出了对面前军事集团力量的不恭。她又吃了一块。这是她小小的抗议。

他凑近来让她听见——人群正爆发恼人的骚动——"不看别的，至少这整齐划一值得你钦佩。"他说。她钦佩。她的确钦佩。兵士的动作异常精准。每个兵团都走得一模一样，仿佛机器人一般完美，仿佛出自同一条生产线，失去了人的感觉。然而，充满人的感觉，本就不是军人的任务。（"一切都那么雄赳赳。"她向帕米拉汇报说。）英国军队能把这样庞大的一个集体训练得如此机械性地一致吗？苏联政权也许行，但英国人从来都不那么善于服从。

庆典才刚刚开始，她膝头的弗里妲已经睡着。整场阅兵希特勒都在行礼，手臂高举身前（从他们坐的位置上，她有时向他的手臂瞥一眼，它仿佛一把火钳）。权力显然能给人一种异于常人的耐力。假设过五十岁生日的是我，厄苏拉想，只要在泰晤士，在布雷、亨利或附近任何一处河岸办一个野餐，一个非常英式的野餐——热茶、热狗酥皮卷、鸡蛋西芹三明治、蛋糕和松饼。画面中家人都在，但于尔根是否也属于那片闲适的欢乐？他应该会融入得很好，穿法兰绒划船裤，斜靠草坪与休聊着板球。两人曾见过面，相处很融洽。1935年，他们曾去英国，回了一次狐狸角。"一个很不错的小伙子。"休说，虽然听说她入了德国国籍，显得不很高兴。她现在明白，入籍这一步走错了。"事后洞悉力真伟大，"克拉拉说，"如果我们在事前就都有它，便无须写什么历史了。"

她便会留在英国，会留在狐狸角，留在草地、树林，留在小溪潺潺、铃兰花开的地方。

战争机器的队列轰隆隆滚来了。"那是坦克。"第一辆由几部拖着驮在背上的panzer①映入眼帘时，于尔根用英语说。他在牛津念过一年书，英语很

---

① 德语：坦克。

好（也因此懂得板球）。后续panzer（坦克）陆续驶来，跟着是带跨斗的三轮摩托，装甲车，骑兵英姿飒爽地挟行两侧（马队最受观众欢迎——厄苏拉唤醒弗里妲，叫她看马），接着是炮兵连，有轻型步枪、重型地对空迫击炮以及巨大的加农炮。

"那是K-3。"于尔根语气里有欣赏，仿佛觉得她能够听明白。

整场阅兵显出对秩序和几何图形的偏爱，这令厄苏拉难以理解。阅兵在这方面与过去其他的阅兵式和集会——充满舞台效果的表演——没有区别，但这次的备战气氛较往常浓烈得多。那么多武器——国家除了牙齿什么地方都武装到了！厄苏拉不知道他们竟有这么多武器，难怪每个人都有工作干。"莫里斯说，要想拯救国家经济，不打仗是不行的。"帕米拉写道。造这些武器必然是为了战争，不然它们有什么用呢？

"重整军事力量，是拯救全民身体素质的手段。"于尔根说，"它帮助我们重新获得国家荣誉感。1918年大帅投降时……"厄苏拉不再往下听，这席话她已经听过许多次。"上次战争是他们发起的，"她怒气冲冲地写信给帕米拉，"战后却弄得仿佛只有他们受了苦，只有他们忍受贫穷饥饿，只有他们遭遇家破人亡。"弗里妲再次醒来，心情很糟糕。厄苏拉喂她巧克力。厄苏拉的心情也不好。两人你一口我一口，把一板巧克力吃光了。

阅兵式的尾声居然很感人。各兵团将士身着各色军服，在希特勒的看台前组成好几排整齐的色块——横平竖直，队伍的边缘仿佛被刀片裁过。整体躬身向他致敬。人群激动得发了狂。

"你觉得怎么样？"他们拖着脚步往外蹭时，于尔根问。弗里妲坐在他的肩头。

"雄壮。"厄苏拉说，"非常雄壮。"同时感到太阳穴处，一次头疼正在缓缓酝酿起来。


弗里妲的病是几周前早晨的一次发烧引起的。"我不舒服。"弗里妲说。厄苏拉贴了贴她的额头后发觉汗津津的，于是说："你不用去幼儿园了，今天跟我待在家里吧。"

　　"热伤风。"于尔根回家后判断。弗里妲的肺一直不好（"得了我母亲的真传。"希尔维阴沉沉地说），因此两人已经习惯了感冒流涕喉咙痛等症状。但这一次，感冒恶化得十分迅速，很快弗里妲的体温起来了，整个人疲弱下去。她的皮肤贴上去仿佛就要起火。"帮她降温。"医生说，厄苏拉就在她的额上敷冷毛巾，给她讲故事，然而弗里妲无论怎么努力，都提不起听的兴致来。紧接着，她陷入了错乱状态，大夫听了她的胸音，说："这是支气管炎，等一等就退了。"

　　那天晚些时候，弗里妲突然恶化，两人将几乎纹丝不动的小身体用毯子裹住，乘出租车送往最近的一个天主教医院。对方诊断为肺炎。"小姑娘怎么病得这么重。"大夫说，仿佛责怪他们不尽心。

　　厄苏拉两天两夜不离弗里妲床侧，为了将她留在人世，一直握着她的小手。"如果我能替她得病就好了。"于尔根越过弗里妲身上浆得笔挺的雪白床单轻声说。修女们穿着兜头大氅，仿佛西班牙大帆船一般，鼓着风在病房里来回忙碌。厄苏拉走了片刻神时，顾自想到这些人每天早上不知要花多久才能穿起这套行头。厄苏拉自己肯定无法顺利穿戴那种东西，只会弄得一团糟。行头过于复杂，这本身似乎就是一项不当修女的好理由。

　　他们祈祷让弗里妲活下来。结果梦想成真。意志的胜利[1]。危机过去了，弗里妲踏上复原的漫漫长途。由于虚弱、苍白，弗里妲亟待疗养，一天晚上厄苏拉从医院回到家，在门前发现一个不知由谁亲自放到门前来的信封。

　　"伊娃寄。"她等于尔根下班回来，给他看信封。

　　"伊娃是谁？"他说。


　　"微笑！"咔嚓、咔嚓、咔嚓。她想也许伊娃生来乐于助人。进山并不添她麻烦。伊娃好意相邀，不过是为了让弗里妲吸到山中的优质空气，吃到模范农场格兹霍夫生产的新鲜蔬菜、鸡蛋和牛奶。

---

① 原文此处为德语：Triumph des Willens。

"这不是圣旨吗？"于尔根问，"你能拒绝吗？你想拒绝吗？我希望你不想，而且留在山里对你的头疼病也有好处。"近来，随着他在部门里升迁，她发觉两人之间的交流越来越单边化。他判断，提问，自我回答，紧接着便盖棺论定，整个过程没有她插嘴的份儿。（也许这是律师行业的做法。）似乎也没有意识到这样有什么不妥。

"老山羊到底还是有女人了，不是吗？谁想得到？你以前知道吗？不，不可能，如果你知道你会告诉我。你竟认识她了，想想看！这对我们只有好处，不是吗？离王座近在咫尺，对我的工作有好处，也就是对我们有好处，亲爱的①。"他例行公事般补上最后一句。

厄苏拉却觉得王座附近是一个相当危险的地方。"我对伊娃谈不上认识。"厄苏拉说，"我没见过她，是伯伦纳太太认识她的母亲博劳恩太太。克拉拉曾在霍夫曼的摄影工作室与伊娃一起工作过。她们以前进的是同一所幼儿园。"

"厉害。"于尔根说，"三步就从咖啡馆②轻松跃到了权力中心。伊娃小姐知道她幼儿园的老友克拉拉嫁给了一个犹大吗？"她惊讶于他表达"犹太人"的方式。犹大。她从没有听他这样狰狞而轻蔑地说过这个词。她感到心里插进了一根钉子。"我不知道，"她说，"我不属于你所说的咖啡馆。"


元首占据了伊娃大部分的生活，他不在时，她便仿佛一个被抽空了的器皿。恋人不在时，伊娃每天晚上保持电话畅通，且像小狗一样，忧心地竖着一只耳朵，等待电话铃送来主人的声音。

山中无事可做。不多久，林中漫步和畅泳（彻骨寒冷的）国王湖变得叫人低迷，不再有焕发精力的效果。野花没有一直采下去的道理，在露台上的卧榻里晒日光浴，也总有快要发疯的时候。此处保姆奶奶成群结队，争相照

---

① 原文此处为德语：Liebling。
② 原文此处为德语：Kaffeeklatsch。

顾弗里妲，厄苏拉发觉自己变得同伊娃一样，手中大把花不完的时间。她失策地只带来了一本书，幸亏书还算厚，是托马斯·曼的《魔山》。她不知道它是一本禁书。一个国防军军官见她在读这本书，说："您胆子真大，您应该知道这是他们的禁书吧。"她心想，既然他说"他们的"，那他自己也许就不在他们之列。他们能怎么办？最多是从她手里把书拿走，扔进厨房灶炉里吧？

这国防军军官，为人相当和善。他说自己祖母是苏格兰人，说自己在"高地"度过了许多美好的日子。

Im grunde hat es eine merkwürdige Bewandtnis mit diesem Sicheinleben an fremdem orte, dieser −sei es auch −mühseligen Anpassung und Umgewöhnung，她念着，吃力而拙劣地翻译着——"在一个地方安顿下来，它要求你去适应、去熟悉，这其中有一种奇怪的感觉。"说得多么真实，她想。曼的作品太深刻了。她多希望自己带了一箱布丽奇特的哥特浪漫小说。她知道它们一定不会被verboten①的。


山中的空气（以及托马斯·曼的作品）对她的头疼病丝毫没有起到改善作用。她头疼得更厉害了。Kopfschmerzen②一词本身就叫她头疼。"我查不出您有什么问题。"医院大夫这样告诉她，"多半是心理作祟。"他给她开了一剂佛罗拿③。

伊娃则没有任何文化消遣。不过，伯格本也不是一个云集知识分子的地方。唯一勉强有些思想的人只有斯佩尔。但这并不是说伊娃度日不用脑子，厄苏拉觉得情况远远不是如此。你能感觉到她生活热情的表象下，那种消沉和神经质，然而焦虑并不是一个男人希望在自己的情妇身上看到的东西。

厄苏拉想，为了做一名成功的情妇（虽然她自己没有做过情妇，无论成

---

① 德语：禁止。
② 德语：头疼。
③ 佛罗拿（Veronal）是第一个商品化的巴比妥类药物。1903年至20世纪50年代中叶，巴比妥被用作催眠药。

功的还是失败的），一个女人必须令人舒心、叫人忘却烦恼，恰似一个好枕头可以让疲倦的头颅得到安枕。Gemütlichkeit[①]伊娃友好，总是聊些无关紧要的事，从来不努力显得自己善思善辩。有权势的男人需要他们的女人毫无攻击性，家庭绝不能是思辨的竞技场。"我自己的丈夫也这么说，所以这一定是真的了！"她写信给帕米拉。虽然这番意思，他不是以自己为例表达的——因为他还没有权势。"至少目前如此。"他笑道。

政治世界对伊娃来说不过是一个将她的至爱夺走的东西。她被粗暴地隔绝于公众目光之外，不要说合法名分，甚至随便什么名分都没有，虽然她像狗一样忠诚，但狗得到的认可却比她要多。布朗帝的地位就比伊娃更高。她最大的遗憾，伊娃说，就是温莎王朝造访伯格霍夫时，她没有获准觐见公爵夫人。

厄苏拉听了皱起眉头。"但你知道她是个纳粹呀！"她脱口而出。（"我想我说话应该更小心些才是！"她写信给帕米拉。）伊娃轻描淡写地说了句"是呀，她当然是"，就再也不追究这个问题，仿佛英国一朝之君的妻眷是个纳粹党并没什么好奇怪的。

元首必须追随高贵、孤独的贞洁之路，他不能有婚姻，因为他已经与德国结合。他将自己献身给了国家的命运——至少概括说来如此。厄苏拉感到自己此时已经偷偷睡着了。（这是他晚饭后一次冗长的独白。）真像我们的伊丽莎白一世，她想，但没有这么说，因为觉得元首一定不希望与一个女人相提并论，即便这女人是个有着国王的心胸和胃口的英国贵族。上学时，厄苏拉曾师从一个很喜欢援引伊丽莎白一世的历史老师。有句话是这么说的：**切勿将秘密告诉你没有试炼过其信仰、亦不知其能否守口如瓶的人。**

伊娃如果留在慕尼黑，守着元首送给她的资产阶级小住宅，还能正常社交，一定更为快乐。身处山中这个镀金的牢笼，她只好自我娱乐，翻翻杂志，聊聊时兴发型、明星韵事（仿佛以为厄苏拉对这个话题也有了解），像

① 德语：温馨。

表演快速换装魔术般一套套换衣服。厄苏拉去过几次伊娃的卧室，那是一个漂亮的闺房，与伯格霍夫其他地方的沉闷风格大相径庭，美中不足的是它的显要位置挂了一幅元首像。那是她的英雄。元首自己的房间里却没有相应地挂上他情妇的相片，在他墙上挂着的，不是伊娃的笑脸，而是他自己的英雄弗里德里希一世。伟大的弗里德里希[1]。

"我总是都把grosse听成grocer[2]。"她写信给帕米拉说。当然，一般来说，好战而去征服世界的人，通常都不是卖吃食起家。元首获得伟大成就前师从何处？伊娃耸耸肩，她不知道。"他一直都搞政治，出生时就是政治家。"不会，厄苏拉想，他出生时不过是婴儿，一如所有人。现在的他是他选择的结果。

元首的卧室毗邻伊娃的浴室，别人无法进入。但厄苏拉见过元首睡觉，不是在神圣不可侵犯的卧室，而是在伯格霍夫午餐后的露台上，在阳光普照中。伟大武士的嘴皮玩忽职守，没有牵住，使嘴张开了，犯下了大不敬[3]之罪。武士暴露出弱点，可惜此地没有杀手，但有的是枪，随便一把鲁格，就能击穿他的心脏或头颅。可她自己怎么办？更重要的是，弗里妲又怎么办？

伊娃坐在他的身边，仿佛一个人看着孩子一样爱怜地看着他。睡梦中的他只属于她一个人。

她本质上是个好女人，不具备更多品质，但也绝不是个坏人。人们不该以女人身边的男人来评判她。（或者也许那才是应该？）

伊娃的身材十分健美，令厄苏拉艳羡。她有一副好体格，且善运动——会游泳、滑雪、溜冰、跳舞甚至体操——她喜欢户外，恶静好动。可她却像笠贝一样吸在一个懒得动弹的中年男人身上。他是标准的夜行动物，不过午时绝不起床（而且下午还有办法再睡一会儿），不抽烟不喝酒不跳舞不纵情——有着斯巴达人一样严格的起居，却没有斯巴达人的精神。他在人前脱

---

① 德语：Friedrich der Grosse。
② 英语：食品商贩。
③ 原文此处为法语：lèse-majesté。

到最里面也永远穿着皮裤①（除了巴伐利亚人外，没有人不觉得这裤子难看、可笑），他的口臭病在第一次会面时就把厄苏拉熏得敬而远之，他还常常吃糖般吞服药丸，为了控制他的"气体问题"。（"我听过他放屁，"于尔根说，"你可要留神啊。一定是那些蔬菜闹的。"）他虽注重尊严，但并不怎样爱慕虚荣。"不过是个自大狂。"她写给帕米拉。

来了一辆车，一个司机，接她们去伯格霍夫。到了地方后，元首亲自走到他迎接显贵的台阶上相迎；去年他在同一个地方迎接了张伯伦。张伯伦回英后说他"现在知道希特勒先生心里想些什么了"。厄苏拉觉得这不可能，谁也不可能知道他心里想的什么，连伊娃也不知道。或者说，尤其是伊娃，才更不可能知道。

"诚挚欢迎您的光临，尊贵的夫人②。"他说，"可爱的小东西③恢复前请尽情在此休养。"

"他喜欢女人、孩子和狗，这方面真是模范男人。"帕米拉写道，"可惜他是独裁者，对公平公正和人类大同都毫无兴趣。"帕米拉大学时代交了许多德国朋友，其中不少是犹太人。她有一屋子（确切说是三个）活力四射、聒噪不休的儿子（小小的弗里妲去了芬奇利一定会受不了的），却写信说自己又怀孕了。"愿这次好运生个女儿。"厄苏拉想念帕米拉。

但帕米拉无法在这个政权下苟活。她爱憎分明，势必无法保持沉默。她将无法像厄苏拉一样将涌上心头的话咽回肚子里（仿佛戴了禁止发声的刑具）。**彼侍立者，亦为其役④**。这话是否能应用于一个人的道德选择？抑或我只是在自我辩解？厄苏拉想。唉，与其误引弥尔顿，不如看看埃德蒙·伯克，他说"在这个世界上，只要良善的人都无所作为，恶力就赢了"。

---

① 原文此处为德语：Lederhosen。（通常为半长裤，或短裤。）
② 原文此处为德语：gnädige Frau。
③ 原文此处为德语：Liebe Kleine。
④ 语出约翰·弥尔顿（John Milton）的《十四行诗》。弥尔顿此话原意是想说"不作为也是一种作为"。

两人抵达后翌日，不知是戈培尔还是鲍曼的一个孩子过生日，举办了儿童茶会。厄苏拉分不清楚，孩子太多了，而且个个都很相似，令她想起元首生日阅兵时的方阵。孩子们全都收拾得干干净净，坐在长桌前，面前各有一份蛋糕。纵情大吃前，每个孩子都要聆听一段狼叔叔的教导。可怜的弗里妲虽酷爱甜食（无疑是母亲的遗传），但旅途劳顿，累得睁不开眼，结果没吃下多少。伯格霍夫永远有蛋糕、罂粟籽Streusel①、肉桂梅子Tortes②、充满奶油的泡芙，还有巧克力蛋糕——尺寸巨大的穹顶形黑森林蛋糕③——厄苏拉很好奇，究竟是谁在吃这些蛋糕？她自己自然是能吃多少就吃了多少。

虽然与伊娃一起度日令人感到闲得发闷，但与元首在场的傍晚相比，那种程度的烦闷完全不算什么。元首在场时，大家在晚饭后会聚大会堂——一个空阔、丑陋的大房间，时间仿佛凝固了，大家或听电唱机，或看电影（或经常二者同时进行）。曲目、剧目由元首决定。最爱的音乐是《蝙蝠》与《风流寡妇》。在那第一个晚上，厄苏拉见到鲍曼、希姆莱、戈培尔（和他们野蛮的女眷）一边听着《风流寡妇》，一边全都抿嘴带笑（这大概也是嘴皮功夫）。厄苏拉念大学时，看过一次学生版的《风流寡妇》，与饰演主角汉娜的女生交上了好朋友。彼时的她绝不会想到，再听到"维利娅，啊！维利娅！林中的女巫！"时在场的竟是这些人，唱词中竟是德文。大学中的那次演出发生在1931年。她尚看不见自己的未来，更看不见欧洲的未来。

大会堂里几乎每晚都放着电影。放映员一到，会堂一侧墙上的葛培林大壁毯，就像一张遮光窗帘，被机械装置卷起，露出后面的电影屏幕。接着大家落座，看一整晚三流滥情剧，或美国惊险片。更难看的还有以山为主题的电影。就这样，厄苏拉看到了《金刚》《抗敌英雄》以及《大山的呼唤》。那第一个晚上，会堂里放的是《圣山》（更多的山，更多的莱尼·里芬施塔

---

① 德语：烤制时外敷黄油、面包渣和白糖的蛋糕。
② 德语：奶油蛋糕（通常在糕坯中层层夹入大量奶油、黄油、鲜果、果仁，外面再敷上奶油、鲜果）。
③ 原文此处为德语：schwarzwälder kirschtorte.

尔①）。但是元首最喜欢的电影，伊娃悄悄告诉她，是《白雪公主》。他对号入座了哪个角色呢？厄苏拉暗想——是坏巫婆还是小矮人？总不至于是白雪公主吧？肯定是王子，她做结论（那王子有名字吗？世上王子的名字似乎并不重要，已经是王子了还不够吗？）。元首唤醒沉睡的德国，恰似王子唤醒沉睡的少女。虽然他用的并不是一个吻。

弗里妲出生时，克拉拉送给她一本装帧极为精美的*Schneewittchen und die sieben Zwerge*，"白雪公主和七个小矮人"，由弗朗茨·约特纳绘制。克拉拉的教授已经很长时间无法回美院教书了，两人计划1935年离德，又推迟到1936年。**水晶之夜**②后，从未见过克拉拉的帕米拉直接给她写信，承诺在芬奇利为他们提供一个容身之所。但是那惯性，那人人都有的该死的"再等一等"的倾向……于是转眼间他在一次突袭中被捕，被送往东边——官媒说是让他们在一家工厂里干活。"可惜了他那双雕塑家的漂亮的手。"克拉拉说。

（"问题是那地方并不真是'工厂'，你知道。"帕米拉写。）

厄苏拉记得自己小时候酷爱童话。她并不很在意皆大欢喜的结局，但曾经坚信邪不压正的道理。她觉得自己被格林兄弟欺骗了。**魔镜，魔镜，告诉我，谁是世界上最美的女人？**③可以肯定的是，事实并非总是如此，那第一个令人疲惫的晚上，伯格的厄苏拉环顾大会堂，这样想。

元首更喜欢轻歌剧，不爱正经大剧；偏好卡通，不爱高品位文化。看他一边牵着伊娃的手一边哼着莱哈尔，厄苏拉惊讶地意识到他其实很普通（甚至愚蠢）。做不了齐格弗里德④，顶多是个米老鼠。厄苏拉根本不会与他打交道。伊兹会将他伤得体无完肤。格洛弗太太——格洛弗太太会怎么做呢？厄苏拉想。这是她新近爱上的一个游戏：想象自己的熟人对纳粹寡头政治集团

---

① 莱尼·里芬施塔尔（Berta Helene Amalie "Leni" Riefenstahl, 1902—2003），德国电影演员、电影制片人，《圣山》的女主角。她也为德国纳粹党拍摄了宣传性纪录片《意志的胜利》，受到希特勒的青睐。
② 原文此处为德语：Kristallnacht。指1938年11月9日至10日凌晨，纳粹党员与党卫队袭击德国全境犹太人的事件，被认为是对犹太人有组织的屠杀的开始。
③ 原文此处为德语：spieglein, spieglein, an der wand, wer ist die schönste im ganzen land?
④ 瓦格纳四部剧《尼伯龙根的指环》中第三部《齐格弗里德》的主人公。

成员的反应。格洛弗太太，她想出来了，格洛弗太太肯定会用松肉的锤子把这些人统统打一顿。（布丽奇特呢？恐怕会彻底无视他的存在。）

电影播完，元首坐下来，开始（长达数小时地）谈他钟爱的话题——德国艺术和建筑（他自认是不得志的建筑师），血脉与土地①（土地，又是土地），他对孤独的热爱，他行的神圣道路（又是狼的事）。他是德国的救星，他要拯救可怜的德国，他的白雪公主，无论她愿不愿意。他继续唠叨了许多德国绘画和音乐，讲到瓦格纳，他的《纽伦堡的名歌手》，讲歌本里他最喜欢的一句唱词——Wacht auf, es nahet gen den Tag——"醒来吧，晨光已至"（假设他再多讲一会儿，晨光就真的要已至了，她想）。又谈回命运——他自己的命运——讲他的命运如何与同胞②的命运相互牵连。讲家国与个人的关系③，讲土地④，讲盛衰。（谁大盛？厄苏拉心想，谁又要为此付出衰的代价？）。接着又说到写弗里德里希一世，具体说了什么厄苏拉没有听清，又说罗马建筑，接着又说祖国父亲。（俄国人称祖国为"母亲"，称呼不同有什么玄机吗？厄苏拉想。英国人怎样称呼自己的故土呢？似乎就是"英格兰"。撑死了，迫不得已，会用布莱克的"耶路撒冷"来称呼它。）

又讲回命运。再讲到千年政权⑤。讲啊讲啊，于是乎，晚餐后厄苏拉隐约感到的头疼，现在发展成了一顶戴在头上的棘冠。她想象休说"噢，你还是闭嘴吧，希特勒先生"，突然一阵思乡之情涌上来。她觉得自己要哭了。

她想回家。她想回狐狸角。

就像陪王伴驾的人一样，他们未经允许、不等君主走向卧室，也不得离开。一时间，厄苏拉看见伊娃大动干戈地打了个哈欠，仿佛在说"这就够了，小狼"（她的想象已经恶俗到天马行空，但考虑到眼前境况的无聊程度，这种自娱自乐应可以理解）。接着，终于，感谢上苍，他作势离开，快

---

① 原文此处为德语：Blut und Boden。
② 原文此处为德语：Volk。
③ 原文此处为德语：Heimat。
④ 原文此处为德语：Boden。
⑤ 原文此处为德语：Tausendjähriges。

要闷死的人们纷纷悄声站起来。

女人似乎尤其钟爱元首。她们给他写了上千封信，为他烤制许多蛋糕，为他在靠垫软枕上绣ㄅ字符，并像希尔妲和汉娜所在的大BDM那样，等在上萨尔茨山下的山路上，只为一睹他坐黑色奔驰车飞驰而过的英姿。许多女人冲他大喊说自己想要怀上他的孩子。"这些人究竟喜欢他什么？"希尔维百思不得其解。两人在柏林时，因为她想"亲眼看看这番兴师动众究竟是为了什么"，厄苏拉曾带她去看过一次游行，不外是永无休止的人潮，挥着旗帜，扛着横幅。（将第三帝国简单归纳为"这番兴师动众"还真有希尔维一贯的英式作风。）

街道成了红、黑、白三色的森林。"他们的用色太艳。"希尔维说，仿佛准备指导国民社会党装饰一下他们的起居室。

元首走近时，人群进入癫狂状态，声嘶力竭地呼喊"Sieg Heil""Heil Hitler"。"只有我一个人无动于衷吗？"希尔维说，"这算怎么回事？大规模性歇斯底里爆发？"

"是啊，是啊，"厄苏拉说，"有点像皇帝的新衣。我们是唯一看出他没穿衣服的人。"

"简直是小丑。"她厌恶地说。

"嘘！"厄苏拉说。"小丑"的英德说法是一样的，她不希望招致周围的敌意。"你得把手臂举起来。"她说。

"我？"代表英国女性的这朵花惊骇地应道。

"对，就是你。"

勉勉强强地，希尔维举起了手臂。厄苏拉觉得自己到死都不会忘记母亲向纳粹敬礼的这一幕。当然，后来厄苏拉这样对自己说，那是1934年，当时人们的良心还没有因恐惧而瑟缩、而失声，而她也还无法预见那蓄势待发的可怕未来。也许是爱情，也许就是赤裸裸的愚蠢，蒙住了她的眼睛。（帕米拉预见到了。什么也迷不了帕米拉的双眼。）希尔维赴德是为了侦察厄苏拉这个从天而降的丈夫。厄苏拉好奇，倘若希尔维对于尔根不满意，她能采取什么措施——用药迷晕她，绑上快速列车？彼时两人尚居慕尼黑，于尔根还没有在柏林的司法部任职。搬到萨维尼广场、生下弗里妲都是那以后的事。虽然，厄苏拉已经身怀有孕，行动不便了。

"连你都有孩子了。"希尔维说，好像这事她怎么也没想到似的。"还是个德国孩子。"她又若有所思地补了一句。

"只是个孩子。"厄苏拉纠正说。

"能溜出来散散心真好。"希尔维说。为什么要溜？厄苏拉暗想。

克拉拉与两人一起吃了顿午饭，席间说："令堂的着装真是又时髦又脱俗。"厄苏拉从来不觉得希尔维有什么"着装"可言，但她想，也许同克拉拉kartoffelbrot①般又松又厚的母亲伯伦纳夫人一比，希尔维的确显得时髦得很了。

饭毕往回走时，希尔维说想去奥伯林格百货给休买一样礼物。到了百货跟前，两人发觉沿街橱窗上刷满反犹太标语。希尔维说："老天爷，真乱。"百货开着门，但两个穿纳粹冲锋队服的热血青年在商场入口笑眯眯地晃来晃去，吓走了许多想进去的人。希尔维不怕，她大步穿过两个咖啡色制服，厄苏拉在后面苟且地跟着，两人一前一后进了百货，踏上铺了厚地毯的楼梯。经过穿制服的人时，厄苏拉像动画人物一样滑稽地耸了耸肩，厚着脸皮轻轻说了句："她是英国人。"她觉得希尔维根本不懂得德国民众所面临的生活。后来回想时，她又觉得，也许希尔维不是不懂，而是懂得太透彻。

"啊，午餐好咯。"伊娃说着，放下相机，牵起弗里妲的手。伊娃带她来到桌前，给她屁股下加了一块垫子，这才在她盘子里满满地堆上了食物。鸡肉、烤马铃薯、沙拉，全是模范农场的产品。这里吃得真好呀。饭后弗里妲吃的米布丁②还是拌上当天早晨模范农场新挤的奶做的。（厄苏拉吃稍微

---

① 德语：马铃薯面包。因揉面用薯粉掺入小麦粉而得名。
② 原文此处为德语：Milchreis。

面向成年人一些的芝士蛋糕①。伊娃抽烟。）厄苏拉记得格洛弗太太做的米布丁，咖啡色脆脆的外皮包裹着奶黄色黏稠的心。虽然知道弗里妲的米布丁里没有肉豆蔻，她仍仿佛隐隐闻到了它的香气。她想不起德语中肉豆蔻的说法，又觉得向伊娃解释起来会相当费劲。食物恐怕是伯格霍夫唯一会令她怀念的东西，既然如此，不妨趁有机会尽情享用，她这样想着，又拿了一块芝士蛋糕。

伺候午饭的是一组军队调来伯格霍夫服役的士兵。伯格奇妙地融合了阿尔卑斯度假民居的惬意和军训营地的紧张。这里简直是个镇，有学校、邮局、剧院、亲卫队大本营、打靶场、保龄球道、国防军医院，以及其他的一应设施，除了教堂简直什么都有。还走动着许多年轻英俊、更适合伊娃交往的国防军军官。

午饭后，一行人走上慕思兰纳山山头上的茶室，伊娃的两只上蹿下跳、呜呜嘤嘤的小狗也跟着。（哪怕只有一只从悬崖或是瞭望台上摔下去也好啊。）厄苏拉一上路就有些许头疼，于是满怀感激地跌进一张绿花亚麻软包扶手椅中，虽然觉得椅子很丑。厨房将茶——自然还有蛋糕——送了出来。厄苏拉用茶水送服了几粒可待因，说："我想弗里妲已经好得差不多，可以回家了。"

❀❀❀

厄苏拉一有机会就早早上了床，躺进与弗里妲共用的客房床上的雪白床单上。她太累了，反而睡不着，凌晨两点还醒着，就干脆打开了床头灯——弗里妲像所有孩子那样睡得很沉，只有病痛能打扰她的睡眠——拿出纸笔写信给帕米拉。

当然她没有将信寄出去过。因为不完全放心它们不被偷看。你无法确知，麻烦就麻烦在这里（对别人来说不知更要麻烦多少）。她希望眼下不是三伏天，客房里的白瓷炉就会点起火来，她也就能为保险起见把信件烧掉。

---

① 原文此处为德语：Käsekuchen。

最保险的办法自然是干脆不写。如今已经不许畅所欲言了。但是**真相到死都仍是真相**。这句话是哪儿来的？仿佛是《一报还一报》①。但也可能真相到死才终于苏醒。而到了那时，清算将是严厉的。

她想回家。想回到狐狸角。她本来五月要回去，怎奈弗里妲病了。她计划得很周全，行李都装箱了，箱子就放在床底它们原先空置的位置，这样于尔根没有理由开箱检查。她买好了火车票，也买好了渡船票，谁也没告诉，甚至连克拉拉都蒙在鼓里。她没有将弗里妲和自己的护照——幸而弗里妲1935年去英国时的入境允许还有效——从保存重要文件的豪猪刺工艺盒②里拿走。她每天都确认一遍护照是否都在。然而准备动身的前一天，她打开盒子，发现护照不见了。她想肯定是自己粗心，于是在出生证、死亡证、结婚证、保险合同、保修证书、于尔根的遗嘱（律师毕竟是律师）中一通翻查，箱中什么文件都有，就是没有她要找的那两本。她在逐渐加剧的焦虑中，将箱中所有文件倒在地毯上，一份一份、一遍又一遍地清查。只看到于尔根的护照，却没有她们的。绝望中她搜查了家里每一个抽屉，打开了每一个鞋盒、橱柜，掀起了每一块靠枕、床垫，还是没找到。

他们像往常那样吃了晚饭。她几乎食不下咽。"你生病了吗？"于尔根关切地问。

"没有。"她说。她的声音尖细，仿佛要哭。她能怎么说呢？他知道了，他当然是知道了。

"我想我们该度个假。"他说，"去舒尔特岛。"

"舒尔特岛？"

"对。去舒尔特岛不用护照。"他说。他是否微微一笑？是否露出了笑意？接着，弗里妲病了，一切都无所谓了。

---

① 莎士比亚戏剧。
② 原文为 "porcupine-quill box"，是一种表面由黑檀木、象牙切片和豪猪刚毛拼图而成的精美装饰盒，相当昂贵。

"他要来了①！"翌日早餐时，伊娃兴奋地说。元首即将到来。

"什么时候？现在？"

"不，今天下午。"

"真可惜，我们都走了。"她说。感谢上帝我们要走了，她心想："请一定传达谢意，好吗？"

一辆布拉特霍夫宾馆②派出的黑色奔驰车将她们送下了山。开车的是送她们上伯格霍夫的同一个司机。

翌日，德国入侵波兰。

---

① 原文此处为德语：Er kommt!
② 坐落在上萨尔斯堡由第三帝国建造的宾馆。

## 1945年4月

他们像耗子一样，已经在地窖里住了几个月。英国人值白班，美国人值夜班，轮流轰炸，什么也做不了。萨维尼广场公寓楼下的地窖阴湿脏臭，照明靠煤油灯，大小便靠铅桶。然而地窖比市中心的防空洞又要强多了。她曾在一次白天的空袭中与弗里妲一起被困在动物园附近的巨型防空塔——好几千人挤在里面，靠一支蜡烛判断氧气充足与否（仿佛他们是一群金丝雀），有人告诉她，如果蜡烛熄灭了，所有人就都得到外头去，即便顶着狂轰滥炸。她们被挤得贴在墙上，不远处，一对男女正在相拥（这是礼貌的说法，实际远不止于此），疏散时，又不得不从一个被挤死的老人身上跨过去。这还不是最糟糕的，更糟的是防空塔不仅仅防御，还是地对空反击的炮垒。整个空袭期间，屋顶上的数架迫击炮不断轰射，后坐力震得整个防空塔不停颤抖。厄苏拉想自己再也遇不到比这更险恶的经历了。

一颗巨型炸弹在动物园附近爆炸，防空塔摇起来。她感到了气压的浪潮吸拽、推压着她的身体，担心弗里妲的肺要炸了。气浪终于过去后，几个人开始吐，虽然可以呕吐的地方一个也没有，只好吐在自己脚上，或更不堪地，吐在别人脚上。厄苏拉立即对自己发誓再也不进防空塔。宁可死在外面街上，与弗里妲一起，还要更痛快。最近她常常想到这件事：将弗里妲卷在怀里，痛快地死去。

也许在天上投弹的人里就有泰迪。她希望是他，因为那代表他还活着。1943年11月英国展开对德轰炸以前，曾经有一天，家里响起过敲门声——当时房子和门都还在。厄苏拉打开门，发现门前站着一个十五六岁模样的瘦削少年，他看起来很绝望。厄苏拉心想他也许犯了事要找一个地方躲起来，但他只将一个信封塞到她手里，她还来不及说话，他就跑了。

信封油腻肮脏。上面写着她的姓名地址。那是帕米拉的字迹。她一见就哭了。几张薄薄的蓝信纸上，密密麻麻写满家里发生的事，日期是几周前——吉米参军了，希尔维在家乡后方作着正义之战。（"用的是新型武器——小鸡崽！"）帕米拉住在狐狸角，一切安好，她说，生下了第四个儿子。泰迪加入了皇家空军，带领一支中队，因出色完成飞行任务获过一枚十字勋章。这是一封美好的长信，信末一页，几乎像突然想起来似的，她写"我故意把坏消息留在最后说"，休"于1940年秋，因心脏病，几无痛苦地"去世了。厄苏拉后悔自己收到这封信。她希望自己以为休还活着，以为吉米和泰迪并入了不上前线的闲职，正躲在某个煤矿或民防结构里等待战争最终过去。

"我常想你。"帕米拉说。她不针锋相对，不说"我早就告诉过你"，没有怪她"为什么你有机会的时候不回来"。她努力过，但是努力得晚了。德国向波兰宣战翌日，她遵照战争将至的一般做法，进城储备了电池、电筒和蜡烛。她买了罐头食品、隔光材料，去韦尔特海姆百货给弗里妲买了几身大一两号的衣服，做好了持久战的准备。虽然看到许多大衣、皮靴、丝袜和体面的长外套，她自己却什么也没买，对此她现在很是悔不当初。

她在BBC听到张伯伦讲话，听到他郑重地说"眼下，我们与德国之间有一场战争"。听完长达好几个小时后，她竟毫无感觉。她想给帕米拉打个电话，但线路不通。接近傍晚时（于尔根一整天都在部里上班）她突然明白了，白雪公主醒悟过来了。她必须走，有没有护照她必须回到英格兰去。她匆匆打了一件行李，拽着弗里妲上了一辆电车，去火车站。只要上了火车，一切就都好办了。可是没有火车，一个车站工作人员对她说。已经封锁边境了。"我们在打仗，您不知道吗？"他说。

她拽着可怜的弗里妲，跑向威廉大街的英使馆。她们是德国公民，但她相信使馆工作人员会怜悯她的。他们当然有办法，不管怎么说，她仍然是个英国女人。当时天已渐黑，使馆大门紧闭，楼内灯火全都熄灭着。"他们走了。"一个路人告诉她，"你没赶上。"

"走了？"

"回英国了。"

她用手捂住嘴，堵住内心深处涌上的号哭。她怎么这样傻？怎么预见不到即将发生的事呢？真是个"等一切麻烦都过去方始起了担忧的傻子"。这又是伊丽莎白一世说的话了。

收到帕米拉的信后，她断断续续哭了两天。于尔根很同情，带了些上好的咖啡回来给她，她没有问他来源。一杯好咖啡（虽然它的出现仿佛神迹）却无法缓解一点她为休、为弗里妲以及为自己、为所有人所感到的悲痛。于尔根死于1944年的一次美军空袭。厄苏拉听到消息竟松了口气，在弗里妲的难过面前，她感到了内疚。弗里妲爱她的父亲，她的父亲也爱她。这是他们不幸婚姻中唯一留存的一小块幸福。

弗里妲又病了。她像当时街市上大多数人一样，体质虚弱、面色苍白。她的肺里堵满了痰，时常猛咳一通，听起来像是再也不会好。厄苏拉听她胸音时，仿佛听到三桅大帆船在海浪中航行，桅杆吱呀，船帆鼓动。要是有条件让她坐在暖洋洋的火堆边，喝杯热可可，吃些炖牛肉、煮饺子、胡萝卜就好了。她想着，不知伯格霍夫的人们吃得是否还那样好？不知伯格霍夫是否还住着人？

头顶上方，公寓楼矗立依然，虽然临街外墙已被炸毁。她们仍回到楼中寻找有用的东西。楼梯布满碎石乱砖，给上楼造成难以克服的困难，因此没有人上去趁乱打劫。她和弗里妲用布条将软垫绑在膝盖上，戴上曾经属于于尔根的厚皮手套，如此在碎石乱砖中攀爬，仿佛笨拙的猴。

公寓缺少她们唯一想要的东西——食物。昨天为一块面包，两人在队伍里排了三个小时。吃到嘴里的面包却似乎不是拿面粉做的，虽然也实在说不清究竟放了什么——难道是水泥粉和石灰浆？至少味道很像。厄苏拉记起家宅附近村子里的罗杰森烘焙屋，那面包的香气，可以飘过几条街，橱窗里一条一条的面包，又白又软，镀着金光油亮的表面。又想起格洛弗太太尚在时狐狸角的厨房——想起希尔维坚持让全家吃的粗粮面包条，也想起海绵蛋糕、水果挞和面包卷。她想象自己吃下一片暖烘烘的杂粮面包，上面涂了厚厚一层黄油，和用狐狸角的黑加仑子、红加仑子制作的果酱。（她不停地拿美食的回忆来折磨自己。）马上就要喝不到牛奶了，队伍里的人告诉她。

今天早上，法贝尔小姐和她姐姐迈耶夫人给了厄苏拉两个马铃薯，还给了弗里妲一片香肠，Aus Anstand，她们说，出于好心。她们曾经同住阁楼，如今很少走出地下室。地下室的另一个成员莱希特先生告诉她，两姐妹已经决定绝食。（在没有食物的时候这不难办到，厄苏拉心想。）她们受够了，他说，不愿再去面对俄国人来了以后的局面。

传言说东边的人已经开始吃草。真幸运，厄苏拉想，柏林连草都没有，只有轰炸了一座自豪美丽的城市后，所剩下来的焦黑的钢筋森林。伦敦也变成这样了吗？似乎不太会，但也并非没有可能。斯佩尔得到了他残破的城市，只是早了一千年。

厄苏拉自己的肚子里，只有昨日那块难以下咽的面包，和前日两个半生不熟的马铃薯。其他所有食物——虽然只有可怜巴巴的一点——她都给了弗里妲。但厄苏拉把自己饿死了，对弗里妲有什么好处呢？她不能把弗里妲一个人留在这个可怕的世上。

英军炸了动物园后，她们去动物园找可以吃的动物，但被许多人抢了先。（家乡也发生这等事吗？伦敦市民总不至于也在摄政公园的动物园里争相觅食吧？可是又为什么不呢？）

她们偶尔看到一只鸟，显然不属于柏林的常住民，不知为何还活着，甚至有次看见一只低眉顺目、乱毛板结的东西，她们以为是狗，后来发觉是只狼。弗里妲很想把它带回地窖当作宠物养起来。厄苏拉难以想象窖里最老的贾格尔太太对此会有什么反应。

　　她们自己的公寓娃娃屋似的敞开在世人眼前。家庭生活最私密的细节尽可一览无余——眠床和沙发，墙上的照片，甚至有轰炸后侥幸完好的一两件装饰品。她们搜走了所有尚且有用的东西，但还有几件衣服和几本书可拿，且就在昨天，她在一堆瓷器碎片下还找到了躲在那里的几支蜡烛。厄苏拉决定拿它们去换弗里妲的药。浴室里还有一个马桶，偶尔不知为何，水龙头里能拧出自来水。两人轮流举着块布为对方遮挡。但此时颜面真的还有关系吗？

　　厄苏拉做了一个决定，准备搬回家里。虽然公寓房中很冷，但至少空气无异味，她权衡后认为这样对弗里妲更好。她们还有毯被可裹，可以同睡一个床垫，用餐桌和椅子挡住房间洞开的一面。厄苏拉心里不停回想在这张餐桌上吃过的饭，她的梦中全是肉，大块大块，或煎或烘或烤的猪肉和牛肉。

　　她们家住三楼，加之部分楼梯受堵，或许能够拦住俄国人。但是另一方面，她们会成为展览在玩偶之家里的玩偶，一个携着女儿的妇女，两个唾手可得的尤物。弗里妲即将十一岁，但只要东边来的传言里有一成是真的，那么这个年龄并不能在俄国人面前保证她的安全。贾格尔太太成天紧张兮兮地不停唠叨苏联从柏林一路奸杀而来的事。无线电已经切断，消息只靠听传获取，偶尔能读到一份单薄若蝉翼的新闻纸。Nemmersdorf[1]这个名字一直挂在贾格尔太太嘴边。（"那可是大屠杀！"）"噢，闭嘴吧。"一次厄苏拉这样回答她，而且用了英语，她当然没有听懂，但应该听出了厄苏拉语气中的反感。贾格尔太太因为有人用敌人的语言对她说话，显出了掩饰不住的惊讶。厄苏拉感到自责起来，对方只是个恐惧难当的老妇人，她提醒自己。

　　东边的攻势日益推近。西线已无战事，只有东边还需忧心。原本遥远的一两声枪响，如今已是成天不断的战火咆哮。没有人会来解救她们。抵抗苏联150万大军的，只有德军区区8万人，其中大多还只是孩子和老头。也许可怜的贾格尔太太将不得不借助扫帚柄来击退敌军。也许就是这几天的事了，第一个苏联人，就要出现在视野之中。

---

[1] 奈莫斯多夫，位于东普鲁士，是苏联红军二战时在德国境内攻陷的第一处。

传言又说希特勒已经死了。"早就该死。"莱希特先生说。厄苏拉想起伯格霍夫露台上他熟睡的样子。他在舞台上夸张做作一番，却招致了何等代价！几乎是世界的末日。欧洲的死亡。

但莎翁所说夸张做作的，其实是人生自己。她纠正自己说。原话是，**人生不过是行路的影子，是舞台上夸张做作的蹩脚艺人。**在柏林，他们都是行路的影子。人生一度事关重大，如今便宜得三钱不值二钱。她又顺便想到伊娃，想到她对自杀总是轻描淡写，不知这回是否伴着领袖一起去了地狱呢？

弗里妲的情况很糟糕。感冒，发烧，且不住抱怨头疼。要不是她的病，她们本可以加入向西逃难的人。但弗里妲绝不可能受得住路上的奔波。

"我受够了，妈妈。"弗里妲轻声地，说出阁楼上姐妹们也说过的那句可怕的话来。

厄苏拉叫她一个人好好的，心急火燎地赶往药店，跨过满街碎石垃圾，偶尔跨过一具死尸——她对死人已经没有了感觉。枪声近了，她就躲进就近的门廊，再风也似的窜到下一个街角。药店开着，但药师没有药，既不要她那宝贵的几支蜡烛，也不要她的钱。她一无所成地回家了。

离开弗里妲后她一直担心自己不在时要出什么事，并发誓再也不离开她的左右。她在两条街外看见一辆苏军坦克，被那景象吓坏了。她都被吓坏了，弗里妲不知要吓成什么样。开炮的声音不绝于耳，她的心揪紧了，感到世界即将终结。果真如此，那么弗里妲不该一个人死去，她必须死在自己怀里。可是她能死在谁的怀里呢？她渴望父亲的怀抱，一想到休，她的眼泪就流了下来。

爬上公寓楼的梯级后，她已经累得不行了，疲倦仿佛沁入了骨髓。她发觉弗里妲正意识不清地睡去醒来，就在她身边躺下了。厄苏拉一边抚摸她潮湿的额发，一边给她讲起了另一个世界的故事。她说狐狸角春天的森林里，会开一种铃兰花，农田远处的草地上野花遍地——亚麻花、飞燕草、毛茛花、虞美人、红石竹和牛眼雏菊。她给弗里妲说英国夏季的草坪上，新刈的青草是什么香气。希尔维种的玫瑰是什么香气。果园里的苹果，又是如何的一番酸甜的香气。她说小径上的橡树，墓园里的杉树，狐狸角花园里的山毛榉。她讲起狐狸、白兔、松鸡、野兔、母牛和大耕马。讲太阳把它和善的金光照在玉米田和菜地上。黑色的乌鸫唱着明亮的歌，云雀嗓音悦耳，斑尾林鸽的咕咕声柔和低沉，暗夜里还有猫头鹰的啸叫。

"把这个吃了吧。"她说着，将一粒药片送到弗里妲嘴里，"我从药店弄来的，吃下去就睡得着了。"

她告诉弗里妲，如果可以保护她，自己愿意余生永远在刀尖上行走；如果能拯救她，她愿在地狱的烈火中煎熬；如果她能够浮起，她愿在最深的河底溺水身亡。现在她要为她做这最后也是最难的一件事了。

她搂住女儿，吻着她，在她耳边絮语。她说起泰迪，说起他的童年，他的生日惊喜派对。她说帕米拉是多么聪明，莫里斯多么讨人厌，吉米小时候又是多么滑稽。大厅里的老座钟发出如何的嘀嗒声，风如何吹得烟囱肚膛呼呼作响，圣诞节前夜他们怎样在炉子里点巨大的干柴，又把各自的袜子挂在壁炉台上，转天他们吃烤鹅，吃梅子布丁。到了下一个圣诞节，大家又聚到一起，把这同样的事，再做上一遍。"现在，一切都会好了。"厄苏拉告诉她。

等确信弗里妲睡熟，她拿出药店给的玻璃小药囊，小心翼翼放入弗里妲嘴中，再合上她娇小的下颌。药囊发出"咔"的轻碎声。她咬碎自己嘴里的药囊时，多恩《神圣十四行诗》的两行印入脑海：*我奔向死神，死神也飞快将我迎接，像昨天一般逝去了，我的全部愉悦*。她紧紧搂住弗里妲，很快，黑蝙蝠天鹅绒般柔暖的双翼包围了她们，此世就过去了，变得不再真实。

她从没有过丢弃生命而投奔死亡的时候，在弥留之际，她感觉到什么东西"咔"的一声碎裂，秩序颠倒。接着，黑暗抹去了最后一点思绪。

# 漫漫艰难战

## 1940年9月

"看啊，看，基督的血在半空中涌流！"一个声音在近旁说。厄苏拉心想，原文说的应是"在天穹内流淌"。天边燃着旭日般的红光，仿佛黎明，说明东边正起大火。海德公园内枪林弹雨、硝烟弥漫，英军的地对空迫击炮在地表制造了不输上空飞机的震耳噪声。炮弹仿佛烟火般嗖嗖有声地向空中飞去，在头顶上方的高处轰然炸裂，发出"咔啦啦啦啦"的巨响。而地面上，炮兵发射时可怕的对地后坐力此起彼伏，震颤大地，发出一种每每令厄苏拉感到恶心想吐的嗡鸣。

一篮燃烧弹乘着降落伞飘飘摇摇落下来，落在已炸得不成模样的街上，开出烈焰的花。一名防空指挥官抱着一卷消防皮带向燃烧弹跑去。厄苏拉认不出他的脸。要是周遭没有噪声，这夜色下的景观或许看起来很美。然而事实是噪声不绝。仿佛有人打开了地狱之门，放出恶灵野兽般的咆哮。

"不对，此处即地狱，我亦从未离开。"那声音仿佛看透了她的心思，又说。四周很黑，她看不清是谁在说话，虽然她毫不怀疑，说话的人应该是她所在小队的防空指挥官德金先生。他是退休英语教师，喜欢引经据典，但常常引错。那声音——或者说德金先生——又引了几句，恐怕仍出自《浮士德》，但因几条街外一颗炸弹炸响而听不见了。

地面震动了，一个在废墟顶工作的人喊道："小心！"她听见什么东西动了一下，紧接着是山体滑坡的巨响，仿佛雪崩的前兆。然而滑下来的不是山体，而是碎石和垃圾。碎石和垃圾也不是从山上滑下来的，而是从自身堆成的废墟上。它们原本是房子，是好几所房子。好几所房子塌陷到一起，组成了这堆废墟。半小时前，这废墟还是好几户人的家，如今已经成为汇聚各色或折或碎的砖块、楼骨、地板、家具、照片、地毯、床单、被套、书籍、瓷器、油毡、地垫、玻璃碴的地狱般的一大堆。这其中，还有人。这些被碾碎的生命，将再也无法复原。

轰隆隆的塌陷慢下来，窸窸窣窣地收了尾。雪崩停止。同一个声音又喊："好了，继续！"这天晚上没有月亮。重型救援队面具上的小电筒作为唯一的光源，仿佛鬼火一般在废墟顶端移动。造成这无边而又可怖的黑暗的另一个原因，是漫天深重的烟尘，它仿佛丝幕一般垂挂下来。臭气依然浓重。不只是煤气和高爆速炸药的气味，还有楼宇被炸得粉碎时所释放出的恶臭。这气味避无可避。她已在口鼻上像缠绷带一样蒙了一块旧丝巾，却挡不住灰尘和恶臭钻入她的肺叶。死亡和腐朽无时无刻不附着在她的肤表、发间、鼻孔里、肺泡中和指甲盖下面。它们已然成为她的一部分。

发放背带裤是最近才发生的事，背带裤呈海军蓝，款式难看。在那以前，厄苏拉一直穿着宣战后希尔维一时兴起在辛普森之家买的防护服，还在腰间系了一条休的旧皮带，用来挂她的"配饰"——电筒、防毒面具、急救包和便笺本。在防护服的一个口袋里，厄苏拉放了一柄小折刀和一块手帕，在另一个里，她放了一副厚皮手套和一支唇膏。"噢，多好的主意。"伍尔芙小姐看见小折刀时说。还是面对现实吧，厄苏拉心想，虽然名义上是一支正规军，他们其实还是得就地取材。

那个声音果真是德金先生，此时他从阴沉的雾霾中走了出来，将电筒的光照在笔记本上，纸上晕上一层昏黄的光。"这条街上住着许多人嘛。"他看着一份名单说，这名单上的姓名和门牌号，与周遭废墟再无关联。"威尔森一家住在1号。"他说，仿佛按顺序从头报起还有什么意义。

"已经没有1号了。"厄苏拉说，"已经没有所谓门牌号了。"街道已经无法辨认，所有熟悉的事物均化为乌有。甚至在光天化日之下都不可能认出它来。它不再是一条街道，而只是"废墟"罢了。废墟达二十英尺，甚至更高，表面覆盖木板、梯子，以便重型救援队员攀爬。他们组成人的链条，透露着原始的感觉，用篮筐将垃圾从堆顶往堆底运送下来。看起来完全可以是一群建造金字塔的奴隶——或者按照眼下的情况看，更像是在拆除金字塔的奴隶。厄苏拉突然想起了以前摄政公园里展览的切叶蚁，每一只都尽职尽责地背负着自己的负担。切叶蚁也像其他动物一样被转移了吗？抑或它们都自行就地解散了呢？它们是热带昆虫，也许无法熬过摄政公园里的自然气候。她曾在1938年的夏天，在摄政公园看过一次梅丽在露天主演的《仲夏夜之梦》。

"托德小姐？"

"什么事，德金先生？我又想远了。"这几天，她总是这样——身处可怕境地，却泛起对过去美好的回忆。仿佛漆黑中发出一缕缕银色的光。

两人疲惫地向废墟走去。德金先生将街道住户表递给她，加入人链一道运起了垃圾。没有人用铲子挖，大家都像考古学家一样，小心翼翼在用手捡。"上面很容易塌。"排在废墟底端的一个救援队员解释说。一根梁柱从废墟中清理出来，正在往废墟（与其说是废墟，不如说是火山更确切，厄苏拉想）下运。许多重型救援队员从前都是建筑工人——砌砖匠、搬运工之类——厄苏拉心想不知他们攀爬被拆解的楼体时会不会奇怪，是否有时光倒流的感觉。不过说来这些人也都很切实际，除了解决问题心无旁骛，应该不会产生这样梦幻的想法。

偶尔一个声音会要求大家安静——虽然不可能安静，因为头顶的空袭仍在进行——然而大家都会停下手头的事，静候废墟顶端的人努力捕捉废墟中生命的迹象。这看来没有任何希望，但是闪电轰炸教了人们一件事：即便最不可能生还的境况里，也会有生还者；而最不可能死的时候，也会有人遇难。

厄苏拉在昏沉中寻找标识事故管理人员岗亭的蓝灯，却看见伍尔芙小姐踏着碎砖径直向她走来。"很糟糕，"她走到厄苏拉跟前，平静地说，"他们需要轻的人。"

"轻的人？"厄苏拉重复道，不知为何似乎听不懂这句话。

1939年3月捷克斯洛伐克被吞并后，她加入了防空部，成为一名指挥官，突然意识到欧洲已经完蛋。（"你真是个悲观的卡珊德拉。"希尔维说，但厄苏拉在内政部防空署工作，的确能更清晰地预见未来。）二战伊始，防空指挥官一职一度只是个笑话，而现在他们却成了"伦敦防御力量的中流砥柱"——此话出自莫里斯。

她的同事过去干什么的都有。高级指挥官伍尔芙小姐曾是医院护士长，又瘦又高，像把火筷子，铁灰色的头发干干净净梳成一个发髻，不怒自威。副指挥官有前文所说的德金先生，后勤部工作的西姆斯先生，还有曾任银行经理的帕尔默先生。后两人曾参加一战，如今再打二战已嫌太老（德金先生则强调自己"因体质问题无法服役"）。此外还有曾在剧院唱歌剧的阿米蒂奇先生，由于歌剧院都没了，就常唱些《女人善变》或《快给大忙人让路》之类的轻快曲子让他们取乐。"都是些脍炙人口的咏叹调。"他对厄苏拉坦白说，"多数人都不喜欢太耗费脑力的东西。"

"我不管什么时候都爱听阿尔·波利的老歌。"勃洛克先生说。勃洛克先生的名字取得与他本人相得益彰（他叫"约翰"[1]）。按照伍尔芙小姐的说法，他这个人"有问题"。诚然，他身强体壮——参加摔跤比赛，在本地健身房练举重，也常光顾几家不入流的夜总会，认识些美艳的"舞者"，其中一两个还"偶尔造访"过他的棚屋，被伍尔芙小姐像赶小鸡一样轰出去了。（"是跳舞的才怪。"她说。）

最后，队上还有个柏林人齐默曼先生（"请叫我嘉比。"他说，但谁也不这么叫），曾是交响乐团小提琴手。大家提到他，都称"我们的难民"（希尔维家的转移儿童也因他们的境况被冠以相同的名字）。1935年乐团巡演时他"跳了船"。伍尔芙小姐在难民委员会认识他后，费很大劲才保住了

---

[1] "勃洛克"（Bullock）在英语俚语中有"狗屁"之意；而"约翰"（John）则有"鸡巴"的意思。

他和提琴，使他既未遭关押，也不被遣送到大西洋致命海水的另一端去。大家跟随伍尔芙小姐的领导，从不用英语称他先生，而始终叫"Herr"[①]。厄苏拉知道伍尔芙小姐这样做是为了叫他有回家的感觉，但实际效果却只是让他更觉得自己身处异地。

伍尔芙小姐认识齐默曼先生时，自己正在英国德籍犹太人基金中心工作（"这名字恐怕长得有些拗口"）。厄苏拉一直搞不清伍尔芙小姐自视不容辩驳，究竟是因为她很有影响力，还是单纯因为她不接受被拒绝的情况。也许二者的因素都有。

"我们队真有文化，不是吗？"勃洛克先生自嘲地说，"还打什么仗，不如去演出。"（"勃洛克先生是个感情激烈的人。"伍尔芙小姐说。饮酒也很激烈，厄苏拉心想。事实上任何方面都十分激烈。）

伍尔芙小姐将一座循道宗小礼堂指定为大家的驻扎点（她自己信循道宗），大家在里面摆上几张行军床，一台小炉子，上备茶具，又加了几把形形色色、或硬或软的椅子。与某些站点相比，或者说与多数站点相比，这里都称得起豪华。

一天晚上，勃洛克先生弄来了一张绿呢牌桌，伍尔芙小姐宣布自己其实爱打桥牌。于是，法国沦陷后到九月第一次空袭开始前，勃洛克先生教会了大家如何玩扑克。"真会出老千。"西姆斯先生说，他和帕尔默先生都输了勃洛克先生好几先令。相反，到闪电轰炸开始之前，伍尔芙小姐已经赢了两英镑。勃洛克先生大感惊讶，表示不理解为何循道宗允许信徒赌博。伍尔芙小姐说自己用赢来的钱买了一副飞镖游戏，所以勃洛克先生也没什么好抱怨的。有一天，大家正清理礼堂角落的一大堆箱盒时，发现了一直藏在那里的钢琴，伍尔芙小姐——事实证明此女委实多才多艺——竟极善弹奏。虽然她自己喜欢的是肖邦和李斯特，却很愿意"敲几段小曲"——勃洛克先生如是说——让大家来唱。

他们用沙包将驻地防御起来，虽然谁也不信遭袭击时它们能有什么用。

---

① 德语：先生。

除了厄苏拉一个人觉得采取防御措施必不可少外，其余人等均同勃洛克先生一样，认为"命里有时终须有"，这种佛教中的超然态度，必定会赢得科莱特大夫的赞赏。是年夏季，《泰晤士报》上登了一则讣告。厄苏拉很高兴科莱特大夫不用再经历一遍战争，不然他势必发觉盖伊在阿拉斯所失去的一切都白白失去了。

除了伍尔芙小姐外，队上所有人都是自愿帮衬的志愿者。伍尔芙小姐不同，她干全职，拿薪水，对待职责一丝不苟。她对他们孜孜不倦地教导，确保大家都训练有素——反毒气弹、灭燃烧弹、如何进入起火大楼、将伤员抬上担架、给伤员上夹板、包扎伤口。她考核大家对她布置阅读的手册的掌握程度，要求大家熟练掌握人事归档的方法，无论对方是死是活，以便将他们以包裹的形式，附上所有正确信息，送往医院或停尸间。模拟空袭时他们在露天操练了几次。（"不过是舞台表演。"勃洛克先生嗤之以鼻，情绪上无法投入。）在一次操演中，厄苏拉两次扮演伤员，一次假装断腿，一次假装昏迷。在另一次操演中，她分在"对立面"，作为指挥官应对阿米蒂奇先生扮演的因震惊而导致的精神错乱者。一定是因为对方的舞台经验，帮助他演出了活灵活现的可怖效果，直到操演结束都很难令他走出角色。

他们必须熟知负责区域内所有的住户，了解他们是否有私人避难处，抑或去公共避难处，或者干脆也是宿命论者，根本不想避难。区内无论谁离家、搬迁、结婚、生子、死亡，他们都得知道。还必须了解所有消防龙头的位置，所有死巷和窄弄的位置，所有地窖和公路服务区的位置。

"巡逻与监察"是伍尔芙小姐的座右铭。大家一般两人一组巡视街区，至午夜，通常就有了一段安静期，如果再往下没有炸弹炸在他们负责的街道，大家就开始礼貌争论起究竟谁应该睡行军床。当然，如果确有空袭炸到了"他们地段"，那么大家就要像伍尔芙小姐说的那样，"全体手拿水泵"。有时大家爬到她的公寓里进行"监察"，公寓位于三楼，临街角处有面大窗，视野开阔。

伍尔芙小姐还给大家做额外的急救训练。她除了曾是医院护士长，在一战中也还办过一个战地医院，因此解释给大家说，战争中的伤亡与人们在和平时期看到的普通事故十分不同（"你们当中实际见过那场可怕冲突的先生们，一定会同意我的说法。"）。"要恶心得多。"她说，"我们必须做好目睹恶形恶状的准备。"当然，伍尔芙小姐发现恶形恶状事关普通市民而非战地兵士，事关一铲一铲清理不知是谁的血糊肉块和从废墟中捡拾儿童纤小的肢体时，自己也大大地感到了意外。

"我们不能退缩。"伍尔芙小姐告诉她，"我们必须继续工作，必须做历史的见证。"这是什么意思呢？厄苏拉心想。"意思就是，未来当我们安稳过活时，我们必须记住这些死去的人。"

"那如果我们也被杀了呢？"

"那其他人就必须记住我们。"

他们处理的第一起重灾事故发生在一排连栋公寓中，炸弹笔直落向其中一所大房子，左右房屋均未遭损害，仿佛德国纳粹空军专门针对这房子的住户一般——里面住着两户人家，包括老人和孩子，甚至有两个怀抱中的婴儿。受地窖保护，所有人都活着，但供水管道和下水管道全数炸裂，一时来不及关闭，地窖遇难者统统身陷污水之中。

其中只有一个女人想办法爬了上来，紧紧扒住地窖的一面墙，救援队从地缝中看见她，伍尔芙小姐和阿米蒂奇先生攥住休的皮带，放厄苏拉入地窖。她将手伸给女人，一时间，女人似乎就要伸手握住，却被越漫越高、最终充满了地窖的粪水吞没了。

消防大队终于赶到现场，抽尽污水后，大家发现十五具尸体，其中七具是儿童。大家将尸体横陈屋前，仿佛在晾干。伍尔芙小姐命令尽快将尸体裹起，拖到墙后等待停尸间派来的运尸车。"这种事看到了对士气不利。"她说。厄苏拉早就吐干净了她早先吃下的晚饭。每次事故救援后她都要吐。阿米蒂奇先生和帕尔默先生也一样。西姆斯先生则在处理事故前就吐起来。只有伍尔芙小姐和勃洛克先生对死亡免疫。

事后，厄苏拉努力想忘掉那些孩子，忘掉那女人失手未抓住她时脸上惊惧的（也还带着某种惊讶，似乎不相信这样的事竟也会发生）表情。"你就想，他们已经获得了宁静。"伍尔芙小姐一边将滚烫的甜茶发给她，一边

坚毅地安慰道，"他们已摆脱了这一切，不过是走得有点太早。"德金先生
又说："他们都到光的世界去了。"厄苏拉心想原话应该是"他们都去了光
的世界"。厄苏拉不信死者有别的地方可去，觉得他们至多进入了空无、黑
暗，进入了无限。

"唉，我希望我死的时候，可别死在粪堆里。"勃洛克先生更为直白地
说道。

她以为她永远无法摆脱那第一次事故的阴影，但接踵而来许许多多的事
故将它给掩埋了，如今她很少再把它想起来。

"很糟糕，"她走到厄苏拉跟前，平静地说，"他们需要轻的人。"

"轻的人？"厄苏拉重复道。

"也就是瘦子。"伍尔芙小姐耐心解释。

"要进里面去？"厄苏拉抬头恐惧地看着面前高高堆起的"火山"。她
不知道自己是否有足够的勇气，进入那地狱的入口。

"不，不，不是进这里。"伍尔芙小姐说，"你跟我来。"天上下起雨
来了，雨势很大，厄苏拉跟在伍尔芙小姐身后连滚带爬地踏过崎岖断裂、满
是障碍的地表。打着电筒也没用，她一脚踩进一只自行车轮子里，心想不知
炸弹爆炸时是否有人正在骑这辆车。

"这边。"伍尔芙小姐说。那是另一个废墟堆，与刚才那个一样大。
她们已到了另一条街，还是仍在同一条街上？厄苏拉已经彻底转了向。究竟
一共有多少堆？一个噩梦般的情景划过她的脑际：整个伦敦都化作了一堆
废墟。

这堆废墟并不像火山。救援小组从堆侧一条通道进入，比处理刚才那堆
废墟时更为大胆地用鹤嘴锄和铁锹在碎石间敲弄着。

"这里大致有个洞。"伍尔芙小姐说，坚定地握住厄苏拉的手，带她向
前，仿佛后者是个扭扭捏捏的孩子。厄苏拉根本看不出哪里有洞。"我想应
该很安全，你只需要钻进去就行。"

"这是条隧道？"

"不，只是个洞。另一边离地面有段距离。我们觉得下面好像有人。下面离洞不算高。"她鼓励似的补充道。"不是隧道。"她又说，"你来钻吧。"救援小组的人停下手上的锄镢，不甚耐心地等待厄苏拉行动。

为钻进洞内，她必须先脱掉头盔，在胸前打着手电。虽然已经听了伍尔芙小姐的介绍，她仍期待洞内有一段隧道可以缓一缓，却发现自己立即探进了一个山洞般的地方，简直像玩岩洞探险。不知是谁两手抓住她腰间休的皮带，使她安下心来。她移动手电，试图看见。"有人吗？"她一边将光线往深不见底的黑暗找去，一边喊道。光线落在一片纵横交错的管道和碎得像火柴棍一样的木桩上。她将光线投进一条狭缝，试图看清缝内状况。她隐约看到一张仰起的男人的脸，苍白似鬼，在黑暗中浮现出来，仿似幻觉，仿似地牢里的囚徒。至于这张脸是否还连接着身体，她无法确定。

"你好。"她说，似乎期待男人的回答，虽然仔细一看，她发觉男人的头颅已经不完整了。

"里面有人吗？"她爬回外面后，伍尔芙小姐怀着一丝希望问。

"有个人死了。"

"方便收尸吗？"

"不方便。"


虽然一切都已臭到极致，雨水似乎让它们又发出了更浓的恶臭。湿潮的砖灰凝成面糊状的沙浆。在外辛苦几小时，他们便都从头到脚盖上了这种东西。由于太恶心，大家都尽量不去想它。

医用车辆吃紧，克伦威尔路上一起事故堵住了交通，也堵住了本应前来救援的医生和护士。伍尔芙小姐教授的急救知识于是派上用场了。厄苏拉给一只断臂上了夹板，给一颗伤头做了包扎，给一只眼睛蒙上了纱布，还包裹加固了西姆斯先生在高低不平的地上崴伤了的脚踝。她给两个重度昏迷者做了登记（头部有伤，股骨、锁骨、肋骨骨折，盆骨貌似粉碎性骨折），也登记了几名死者（死者容易，因为已经死了），接着复查确保姓名与情况对应正确，以免将死者发往医院，生者却送去停尸间。她还指挥了几个生还者去休息中心休息，几个尚能行走的伤员去伍尔芙小姐坐镇的急救站。

"假设你见到安东尼，"她见到厄苏拉时说，"让他叫一辆移动餐车过来。"厄苏拉派托尼去叫车。只有伍尔芙小姐称呼他安东尼。他年仅十三岁，是个童子军，也是他们组的民防信报员，骑着自行车在满地碎石块、碎玻璃间奔波。厄苏拉想，假设托尼是自己的孩子，她定要将他送得越远越好，绝不让他在这里越陷越深。不消说，男孩自己很是喜欢这份活。

她向托尼交代了事情后，由于有人说仿佛在洞里听到声音，她又折返洞里。那个苍白的死人像先前一样安安静静。"你好，又是我。"她对他说。她心想这人也许是过去住临街的麦克考尔先生，来这儿是为了看望谁。不幸啊。她累得像条狗，连死人永恒的安眠都让她羡慕。

再从洞里钻出来后，餐车已经到了。她敞开肚子喝茶，噗噗往外吐着沙泥。"我打赌你必定出身高贵。"帕尔默先生笑道。"你这是故意刁难我了。"厄苏拉一边说，一边笑，"我想我吐得还算文雅吧。"废墟上的救援工作仍在进行中，虽然看似毫无结果，但紧张的节奏在后半夜慢了下来，于是伍尔芙小姐吩咐她回营地休息。废墟顶有人要绳子，厄苏拉猜是要放人下去，或提人上来，或者既放人下去又提人上来。（"他们觉得好像有个女人。"德金先生说）

她已彻底筋疲力尽，几乎累得走不动路了。她费尽最后一丝力气避着地上的乱石，才走了十码左右，就被不知是谁揪住手臂猛地拖住，她险些摔倒，幸亏拦她的人也紧紧稳住了她。"小心，托德小姐。"一个声音吼道。

"勃洛克先生？"在他们驻扎的礼堂，勃洛克先生刀枪不入、不容辩驳的样子，总令厄苏拉有些害怕，但在这夜色下的户外，他却不知为何没有了攻击性。"什么事？"她说，"我累了。"

他将电筒照向前方。"你看见了吗？"他说。

"我什么也没看见。"

"那是因为那里什么也没有。"她又仔细看了看。发现一个坑——巨大的坑——深不见底。"有二十英尺，甚至三十英尺深，"勃洛克先生说，"你差点就走进去了。"

他陪她走回礼堂。"你太累了。"他说。他一路上都搀扶着她，她透过他紧抓的手指，感受到他肌肉的力量。

一到营地她便倒在行军床上，与其说立即睡着，不如说晕了过去。六点警报解除时她醒过来，感到自己已经睡了好几天，虽然只有三小时。

帕尔默先生也在营地，且不嫌麻烦张罗了茶水。她能够想象他在家里的样子。穿着拖鞋，叼着烟斗，读着报纸。战地与他格格不入。"拿着。"他说着，递给她一杯茶。"你可以回家了，亲爱的。"他说，"雨已经停了。"仿佛前夜搅扰她安宁的不是德国纳粹空军，而是一场豪雨。

她没有回家，而是走回废墟去看了看救援的进展。日光下的废墟看来很不一样，竟然十分眼熟。虽然她无论如何想不起究竟在哪里看见过。

景况狼藉，整条街都炸没了。而废墟还是原来的废墟，自成体系，仿佛蜂巢般忙碌。对战争中的艺术家来说是多么好的主题，她想。名字就叫《土冢上的挖掘者》。毕阿·肖克洛斯上的就是美术学院，战争伊始毕业。不知她是否受战争感染而开始了对它的描绘，抑或不以为然地正努力超然它之上？

小心翼翼地，她开始往土冢上爬去。一个救援队员伸手拉了她一把。替班的救援队已经上岗，然而上一班岗的队员仍在劳作。厄苏拉理解他们的心情，一旦认为事故现场属于了自己，是很难半途丢下不管的。

随着晚间精密挖掘的成果逐渐显露，土冢顶的"火山口"突然响起一阵兴奋的喧哗。一个腋下套着绳索的女人（这一幕丧尽了女人所有的优雅）被生拉硬拽地从洞穴里拖了出来。再由几双手传递到了土冢脚下。

厄苏拉见她周身被灰尘染得黢黑，一时清醒一时昏迷。虽然气若游丝，但好歹活了下来。她被装进冢底一辆耐心等候多时的救护车里。

厄苏拉自己也向冢下爬去。地上有一具裹起的尸首正等待停尸间的面包车。厄苏拉撩开裹尸布，发现正是昨夜那个男人。日光下她看清他果然是住在10号里的麦克考尔先生。"你好。"她说。他很快就会成为她的老朋友了。伍尔芙小姐会叫她将他登记入案。但她搜遍全身，发觉便笺本丢了，没有东西可以写，只在口袋里找到一支唇膏。将就一下吧，她听见希尔维的声音这样说。

她想写在麦克考尔先生额头上，但又觉得这样有欠庄严（她又觉得似乎没有比死亡更不庄严的事），于是她亮出他的胳膊，在一块手绢上吐些口水，擦净上面的尘土，仿佛他是个玩得浑身脏兮兮的小男孩。她用唇膏在臂上写下他的名字和地址。唇膏是血红色，看来十分切题。

"好了，再见。"她说，"恐怕我们再不会见面了。"

✿

绕过昨晚险些掉入的大坑时，她看见伍尔芙小姐正坐在一张从残骸里打捞出的餐桌边，仿佛坐在自己的办公室内，为人们指点方向——哪里有食物和庇护，哪里能领到衣物和配给卡等东西。伍尔芙小姐的精神仍然抖擞，然而只有天知道她上一次睡觉是什么时候。毫无疑问，这位妇女的灵魂是用铁打的。随着时间的推移，厄苏拉对伍尔芙小姐的好感与日俱增，对她的敬仰超过对自己认识的任何其他人，也许只有休还在她之上。

桌前的长队是由前夜躲在大防空洞里的人们组成的。另有许多人还不断从防空洞里走出来，仿佛夜行动物，在天光下眨巴着眼，发觉自己无家可回了。厄苏拉想，防空洞怎么会在这里呢？应该在另一条街上呀。过了好一会儿她才弄清了方向，发觉整个晚上自己都误以为身处另一条街。

"他们把那个女人弄出来了。"她告诉伍尔芙小姐。

"活着吗？"

"就算活着吧。"

回到菲力莫尔花园，梅丽已经起床穿戴完毕。"昨日可好？"她说，"壶里有茶。"她说着给厄苏拉倒了一杯。

"噢，你知道。"厄苏拉接过茶说。茶水已经不很热，她耸了耸肩。"可怕极了。时间到了吗？我得上班去了。"

翌日她归档时惊讶地发现了伍尔芙小姐登记的几份档案，出自她护士长

305

的手笔，字迹清晰整洁。有时档案袋里会装一大包不知是什么的东西呈到她办公桌上。05.00中期事故报告。情况报告。伤亡：送医55人。死亡30人。3人下落不明。彻底毁坏房屋7幢。约计120人无家可归。现有救火队2支、救护车2辆、人力资源规划员2名、特种部队2支及警犬1条在岗。救援工作仍在继续。

厄苏拉没注意到现场还有狗。这只是伦敦那夜发生的多起轰炸事故中的一起罢了。她抓起那沓报告说："福塞特小姐，你来归档吧。"心中已等不及要去喝那十一点的上午茶了。

❊

她们在露台上吃午饭，一盆马铃薯鸡蛋沙拉，放了小红萝卜、生菜、番茄，还有黄瓜。"均出自我们母上大人神奇双手的耕种。"帕米拉说。厄苏拉好久没有吃过这样好吃的午饭了。"跟着还有一道苹果酱吐司，我想。"帕米拉说。希尔维离开去应门铃了，休正在外处理一发据说掉在村子另一边田里未爆的炸弹，于是此时桌前除了她们没有别人。

孩子们也在户外吃饭——慵懒地靠坐在草地上，假装自己吃的是炖水牛肉和玉米煮豆（实际上吃的是粗盐牛肉片三明治和白煮蛋）。他们从花园柴房里找出一个很脏的窝棚，开始疯玩牛仔和印第安人的游戏，直到篷车（其实是端盘子的布丽奇特）送来了食物。

帕米拉的孩子扮牛仔，转移过来的孩子高高兴兴地扮着阿帕切族人。"我觉得土著的角色更适合他们的天性。"帕米拉说。她用纸板和鸡毛给印第安人每人做了一个头饰。牛仔们则只有休的手帕可用，纷纷扎在脖子里。两条拉布拉多猎犬以犬科动物兴奋时特有的形态相互追逐。年仅十个月大的杰拉德睡在帕米拉的狗黑提身边的毯子上。黑提面对躁动的景象岿然不动。

"他代表族中唯一的女性。"帕米拉说，"至少这样孩子们能稍微安静些。这已经是奇迹了。整个印第安之夏都很管用。"

"一个家里有六个男孩。"帕米拉说，"感谢上帝，马上就要开学了。

男孩从来不知道累，你总要给他们点事做才行。我猜你很快要走吧？"

"恐怕是的。"

她抽出这本可独处的宝贵的周六，来拜访帕米拉和她的孩子们，发现帕米拉被战争摧垮了，希尔维却不知为何活跃起来，成了一名忠诚的皇家妇女志愿服务队员。

"我很惊讶。她一生并不喜欢和其他女人打交道。"帕米拉说。

希尔维养了一大群小鸡，且为了满足军需正紧锣密鼓地提高鸡蛋产量。"可怜的东西们，日夜不停地下蛋。"帕米拉说，"不知道的还以为母亲在经营兵工厂呢。"厄苏拉怎么也想不到如何让鸡也能加班。"她跟鸡去游说嘛。"帕米拉笑道，"作为一个合格的养鸡妇人。"

厄苏拉没有提自己有一次出勤，去一户被炸毁的人家，那户后院养了一窝鸡，救援队抵达后，发觉小鸡都活着，但只只的毛都炸飞了。"毛都拔好了嘛。"勃洛克先生见怪不怪了，笑着说。厄苏拉见过被爆炸气浪剥了衣服的人，也见过仲夏繁茂的大树被冲光了树叶。这些她都没提。她也不提自己如何蹚行于断裂排水管喷出的污水，当然更不会提被这污水没顶的事。还有将手放在一个人胸口，却发现手不知为何竟滑入了胸中时，那种惊讶而作呕的感觉，她也是不会说出来的。（幸好那个人已经死了，她想。）

哈罗德有没有将自己的见闻告诉帕米拉呢？厄苏拉没有问。当此良辰提这样的问题未免扫兴。她想到了那些从上一场战争里生还后对战壕里发生的事只字不提的人。西姆斯先生、帕尔默先生，当然，还有她的父亲。

希尔维的养鸡场似乎成了地方黑市的心头大患。村里人似乎什么也不缺。"村里已经开始以物易物。"帕米拉说，"相信我，大家真的在交换东西。她现在肯定在前门换什么东西。"

"至少你在这里十分安全。"厄苏拉说。安全吗？她突然想到了休前去处理的那个未爆的炸弹。又想起几周前在庄园农场上将奶牛炸成碎块的那发炸弹。"许多人默默把牛肉吃了。"帕米拉说，"很高兴告诉你，我们也吃了。"希尔维似乎觉得这"可怕的一幕"令他们落到了与伦敦苦难大众一样不堪的地步。她从前门回到桌前，没有继续吃完自己的午餐，而是点起一支烟。厄苏拉将母亲盘中剩下的食物吃完，帕米拉从希尔维的烟盒里拿出一支烟点燃。

布丽奇特出来收盘子，厄苏拉立即起身说："噢，不用，我来。"帕米拉和希尔维却端坐不动静静吸烟，看着窝棚严防死守着转移儿童的攻势。厄苏拉觉得自己遭了不公。希尔维和帕米拉都说自己的日子难过，其实只有厄苏拉一个人做了一天事、值了一夜勤、目睹了最最可怕的情景。昨天他们在解救遇难者时，头上还被滴了许多死人的血，那人死在楼上卧室，却由于玻璃天棚粉碎，楼梯上玻璃碴齐膝，谁也无法上二楼去处理他。

"我在考虑回爱尔兰。"两人给盘子过水时，布丽奇特说，"在英国我从来没有过家的感觉。"

"我也没有。"厄苏拉说。


由于希尔维拒绝将宝贵的隔夜面包用在布丁里，坚持要拿它喂鸡，所谓苹果夏洛特也就简化成了炖苹果。在狐狸角，任何东西都做到物尽其用。剩饭都给了鸡。（"她考虑要养一口猪。"休绝望地说。）骨头成堆后再送去废物利用，就像所有曾经装着果酱、咖喱、青豆和番茄的瓶瓶罐罐。屋里所有的书籍都打包送去了邮局，准备寄往各地服务站。"我们都读过了，"希尔维说，"留着干吗呢？"

休回来了，布丽奇特端着他的一盘午餐，嘟囔着走了出去。

"噢，"希尔维礼貌地对他说，"你住在这附近吗？跟我们一起吃点吧？"

"希尔维，你呀，"休比往常愈发严厉地说，"有时候真像个孩子。"

"那也是结婚造成的。"希尔维说。

"我记得你说过，对一个女人来说，世上没有比婚姻更崇高的职业。"休说。

"真有这事？肯定是我少不更事的时候。"

帕米拉朝厄苏拉抬了抬眉毛，后者心想，不知父母何时竟变得这样爱吵架了？厄苏拉本想问问休炸弹的事，但被帕米拉抢了先。"梅丽怎么样了？"帕米拉打起精神，改变话题。

"她很好。"厄苏拉说，"她是一个特别容易相处的人。虽然我其实也很少在菲力莫尔花园见到她。她参加了文艺慰问队。经常去工厂为午休的工人表演。"

"可怜的慰问队。"休笑道。

"演莎士比亚吗？"希尔维难以置信地问。

"我看她现在是有什么演什么。唱唱歌、演演滑稽剧，这你们也都明白。"希尔维看起来并不明白。

"我有男友了。"厄苏拉突然说，虽然只是为了调节气氛而说出的消息，却把包括自己在内的所有人都吓了一跳。早知道应该不说的。


他叫拉尔夫。住在霍尔伯恩，是个新朋友。一个她在德语课上认识的"伙伴"，战前是建筑师。厄苏拉觉得战争结束后他仍会做回建筑师。如果战争结束后世上还有活人的话。（伦敦也会像克诺索斯和庞贝古城那样，被从地球上抹去吗？灾难中的克里特人和罗马人恐怕也都曾以为自己"经受得起"吧？）拉尔夫要在脏乱拥挤的城市上建起摩登高塔，使伦敦成为一座"人民的城市"，他说，一座"凤凰般浴火重生，具有现代主义核心精神"的城市。

"天真。"帕米拉说。

"他不像我们那样怀旧。"

"我们？怀旧？"

"对啊。"厄苏拉说，"我们想象出阿卡狄亚，怀念从未存在的过去。而拉尔夫的阿卡狄亚却在未来。两者同样不真实。"

"你是说他心目中高耸入云的宫殿？"

"差不多是那样的东西。"

"但你喜欢他？"

"喜欢。"

"那你们……你知道我想问什么。"

"真是的！这样的问题你也问得出！"厄苏拉笑道。（希尔维又到前门去了。休则盘腿坐在草坪上，扮演一名印第安酋长。）

"这是个古老的问题。"帕米拉说。

然而事实是，他们还没有。如果他更急切，也许他们会。她想起克莱顿来。"不管怎么说反正也没时间……"

"上床？"帕米拉说。

"我本来要说'亲密'，但是好吧，就按你说的，'上床'。"希尔维已经回到草坪上，正在拆散作战双方。转移儿童的打法相当不光明磊落。休已被晾衣绳绑起。"救命！"他对厄苏拉做出口型，脸上却露出小男孩的微笑。厄苏拉很高兴看见他快乐的样子。

战前拉尔夫对她（也许是她对拉尔夫也未可知）的追求采取跳舞、上电影院、二人晚餐的方式，如今却常在轰炸现场相见，仿佛两个观赏古迹的游客。二人甚至发现11路公交车的二层是最适宜观看轰炸现场的地方。

这一结果或许更多是因为两人的古怪偏好。因为不管怎么说，其他情侣似乎都能继续往日的交往方式。

他们去"参观"炸毁后的大英博物馆杜威恩画廊、国家美术馆隔壁的哈蒙德画廊以及河岸边炸开的大坑。由于坑实在太大，人们不得不在上面临时架了一座桥。他们赶到约翰·刘易斯百货时，大楼还在冒烟，人行道上，橱窗里被炸黑的人体模特横尸遍野，身上的衣服都被剥光了。

"你觉不觉得我们像食尸鬼？"拉尔夫问。厄苏拉回答："不，我们只是见证历史罢了。"她想她最终是要同他上床的。对此谁也没有多大异议。

布丽奇特端着茶和蛋糕出现了。帕米拉说："我还是去把爸爸解开吧。"


"来一杯吧。"休说着，给她倒了杯藏在花园书房雕花琉璃瓶里的上等威士忌。"我发现自己越来越喜欢躲在这里了。"他说，"只有这里找得到清净。转移儿童和狗不得入内。你知道，我替你担着心啊。"他补充说。

"我也替我担着心。"

"死伤严重吗？"

"到了可怕的地步。但我相信自己做得对。我相信我们在做正确的事。"

"你相信战争正确？你知道柯尔家大多数亲戚都还在欧洲。柯尔先生给我说了许多发生在犹太人身上的可怕的事。都是些不知道更好的事。不管怎么说，"他举起杯，强打精神道，"干杯，祝一切早日终结。"

❋

她走时天已经黑了，休走小路将她送到火车站。

"恐怕没有汽油了。"他说。"你应该早点动身。"他惋惜地补充道。他打着一个很大的电筒，可谁也不冲着他喊，让他关掉。"我可不觉得自己能把亨克尔轰炸机引来。"他说。厄苏拉告诉他，许多救援队员对光线有近乎迷信的恐惧，就算在轰炸进行中，置身起火的大楼和燃烧弹之间，仍然不肯开电筒，就好像它细微的光线会带来什么差别。

"以前在战壕里认识一个人，"休说，"点了支火柴，结果怎么就这么巧，一个德国狙击手爆了他的头。他是个好人。"他沉浸在回忆里，补充说："叫罗杰森，跟村里的面包师一样。三亲六故都死光了。"

"你从来没说过这事。"厄苏拉说。

"我现在说了。"休说，"给你提个醒。缩起脖子做人，点火时拿东西挡着。"

"你只是说说罢了。"

"我是认真的。我宁愿你做个胆小鬼，只要能活着，小熊。对泰迪和吉米也同样。"

"这你也只是说说而已。"

"这也是认真的。我们到了，天黑得走过车站都看不见它。我觉得你的火车不可能准时，也许干脆不会来。噢，看，那不是弗雷德吗？你好，弗雷德。"

"托德先生，托德小姐。你们赶上了今晚最后一班火车。"弗雷德·史密斯说。弗雷德从锅炉工升职做了司机已经是很久以前的事了。

"这不是火车。"厄苏拉困惑地看着铁轨上的一节机车，后面并没有其他车厢。

弗雷德向本该连着车厢的位置看去，仿佛忘了那里什么都没有。"噢，对啊，唉，"他说。"上回见时车皮都吊在滑铁卢桥下面哪。说来话长。"他补充道，看来没有要细说的意思。厄苏拉不理解为何没有车厢的机车会停在铁轨上，但弗雷德看来不像在开玩笑。

"那我今晚就回不去了。"厄苏拉说。

"嗯，"弗雷德说，"我横竖要把机车开回城里，燃料充足，也有个锅炉工，也就是这位老伙计威利，假设您不介意坐车台，托德小姐，我想送您回去不成问题。"

"真的？"厄苏拉说。

"肯定不如坐软座干净，但如果您敢的话。"

"我当然敢。"

机车看来急着要走，她匆匆抱了抱休，说了句"很快会再来"，便踏着铁梯上了车台，坐在了锅炉工的位置上。

"你能保证在伦敦会保重自己吗，小熊？"休说。他必须提高音量，才压得过蒸汽的嘶鸣。

"我保证！"她喊道，"回头见！"

火车轰隆轰隆地出了站，她尽力转身，想在黑暗的站台上看清他的样子。她感到胸口刀扎般的内疚，晚饭后她与孩子们疯疯癫癫地玩了一次捉迷藏，其实应该像休说的那样，趁天亮时出发。现在休不得不黑灯瞎火地独自走那条土路了。（她突然想起了多年前那个可怜的小安吉拉。）很快，休消失在黑暗与烟雾中。

"好吧，坐机车的确很刺激。"她对弗雷德说。她不知道自己将再也见不到父亲。

坐机车诚然刺激，同时也很吓人。引擎仿佛一只猛兽，咆哮着在黑暗中奔驰，机器原始的力量仿佛具有了自己的生命。它抖着、震动着，仿佛要将她从体内摆脱。厄苏拉从前未曾想过机车车厢里究竟是怎样一番景况。就算想过，也绝想不到能够吵成这个地步——也就是想想司机警惕地观望前方轨道、锅炉工精神抖擞地往炉膛里铲煤这种事。然而事实上，机车车厢的气氛一片紧张，锅炉工和司机之间就坡度和炉压交流不断，一时铲煤、一时急停的动作不断，哐啷哐啷的噪声不断。炉膛烧得整个车厢燠热难耐。为了掩蔽灯火而罩上的铁皮挡不住隧道的煤渣溅进车里。热死了！"比地狱还热。"弗雷德说。

虽然有战时限速，厄苏拉仍然觉得自己在以平日坐普通车厢两倍的时速前进（"以坐软座时两倍的速度。"她心想。她要为泰迪记住这段经历，虽然他已经是个飞行员，开火车仍然是他内心深藏的一个梦）。


车近伦敦，他们见东边燃着大火，远处枪声震天，然而当他们进入车场、机车停机后，四周突然极静。机车缓缓滑行停止，一切都令人感激地复归了宁静。

弗雷德搀扶她从车上下来。"您到了，小姐。"他说，"回到甜蜜的家了，恐怕现在也谈不上甜蜜。"他突然显出疑虑，"我本来可以送您回家，但我们得把机车送到保养台上。您一个人从这里回去不要紧吗？"她不知自己身在何处，极目只有轨道、岔口和许多隐约可见的火车头。"马里勒本在轰炸。我们现处国王十字站的后面。"弗雷德仿佛看透了她的心思，"情况并不像您想象的那么糟。"他将一只暗得不能再暗的电筒拧开。电筒只照亮了前方一英尺内的区域。"得小心，"他说，"这里是重点轰炸目标。"

"我没事。"她说，然而心里并没有嘴上说的这么轻松。"别为我担心。另外，谢谢您。晚安，弗雷德。"她坚定地迈出第一步，立即绊在铁轨上，倒地时膝盖跪进碎石，疼得她一声惊呼。

"来吧，托德小姐。"弗雷德说着扶她起身，"您在黑暗中肯定是找不到路的。还是我送您去大门口吧。"他搀住她的手臂走起来，一路领着带着，两人极像在周日的河岸街上散步。厄苏拉想起自己小时候对弗雷德有过幻想。恐怕不难再有幻想，她觉得。

两人来到两扇大木门前，弗雷德打开上面的一扇小门。

"我想我已经认识了。"她说，虽然其实并不认识，但她不愿再麻烦弗雷德，"嗯，再次谢谢您。下回再去狐狸角时，也许还会见到您。"

"不大会了。"他说，"明天我就去救火队了。像威利这样的能开火车的老人很多。"

"您真是好样的。"她说，虽然心里想的是救火的工作不知有多危险。

❄

这天晚上是施行灯光管制以来最黑的一夜。她一只手摸着前方走着，终于撞见一个女人，告诉了她自己所在的位置。两人同行了半英里路，她自己又走了几分钟，便听见背后有了脚步声。她对那脚步声说"这里有人"，以防来人同她撞在一起。那是个男人。身影同她一起走到海德公园。战争以前，与陌生人挽臂而行根本是难以想象的事——尤其对方还是个男人——而如今，与来自天空的危险相比，这样古怪的亲密行为所能带给一个人的伤害简直就微乎其微。

她觉得自己回到菲力莫尔花园时应该已近黎明，然而事实上不过午夜。梅丽仍然妆容齐整，刚刚外出归来。"噢，我的上帝。"她见到厄苏拉时说，"发生了什么事？你被炸了？"

厄苏拉照照镜子，发觉自己浑身是煤灰。"样子真吓人。"她说。

"你像个挖煤的。"梅丽说。

"更像个机车司机吧。"她说完，迅速报备了当晚的历险经过。

"噢，"梅丽说，"弗雷德·史密斯，以前送肉的那个男孩。他挺招人喜欢。"

"现在还是，我想。我从狐狸角带了些鸡蛋。"她说着从包里拿出希尔

314

维给的纸板盒。鸡蛋都笼在稻草里，但因为铁轨上太颠，或因为她在车场里摔的那一跤，现在都碎了。

翌日两人用救下来的一点蛋液，想办法做了份鸡蛋卷。

"真好吃。"梅丽说，"你应该多回去几次。"

## 1940年10月

　　"今晚上真忙啊。"伍尔芙小姐说。这是对局势大刀阔斧的淡化。当晚敌军实施全面轰炸，空中轰炸机不断掠过，在飞入探照灯射线时反射出冷森森的光。高爆速炸弹于电光石火间咆哮着，巨大的炮台炸出"轰隆""咔啦"的声响——仍是轰炸时的老一套。炮弹以每秒一英里的速度发出尖厉的"呼咻"声飞向空中，继而仿佛眨了眨眼，再仿佛星辰闪烁一番，才消失不见。只剩许多碎片砸落下来。（几天前，西姆斯先生的亲戚在海德公园的一次地空对垒中被炮弹弹片打死了。"被自己人打死太可悲了。"帕尔默先生说，"简直死得莫名其妙。"）霍尔伯恩上空的红光说明彼处遭到了油弹袭击。拉尔夫家住霍尔伯恩，不过厄苏拉看今晚的阵势，觉得他应该在圣保罗大教堂巡夜才对。

　　"简直像油画，不是吗？"伍尔芙小姐说。

　　"画的是世界末日？也许吧。"厄苏拉说。在夜幕的背景上，火光燃烧出了不同的色彩——猩红、金黄、橘黄、青紫和病态的柠檬黄色。偶尔弥漫到化学物质上，便喷射出短暂而耀目的绿和蓝。一个仓库里升出橘色的火焰和黑蒙蒙的浓烟。"令人耳目一新，不是吗？"伍尔芙小姐沉思着。还真是。比起他们肮脏琐碎的劳作来，那画面看起来既恢宏又可怖。"令我几乎要产生一种自豪之情。"西姆斯先生静静地说，"我是说为了我们能这样坚

316

持孤军奋战。"

"而且是背水一战。"伍尔芙小姐叹了口气。

他们眼前，泰晤士河尽收眼底。天空点缀着许多防空气球，仿佛盲眼的鲸鱼，脱离了海水，却在空气中四处沉浮。他们都聚在壳牌麦斯石油大楼楼顶，此时大楼已被西姆斯先生所在的供应部占领，西姆斯先生请来了厄苏拉和伍尔芙小姐，想让她们"从上面这个角度看一看"。

"很盛大吧？那么野蛮，但同时又有一种奇异的壮丽。"西姆斯先生说，仿佛大家不是在河岸街上的楼顶遭受轰炸，而是站在湖地一座大山的山顶。

"壮丽我倒不觉得。"伍尔芙小姐说。

"丘吉尔前几天晚上来过一次。"西姆斯先生说，"这里的视野相当好。他很喜欢。"

后来，厄苏拉和伍尔芙小姐独处时，伍尔芙小姐说："知道吗，我一直都觉得西姆斯先生在部里肯定是个低级职员，他性情这么怯懦。但既然能在屋顶上会见丘吉尔，这说明他的位置应该很高。"（屋顶上站岗的消防兵曾对他说过"晚上好，西姆斯先生"，说时带着别人对莫里斯问好时那种尊敬的口吻，不过在西姆斯先生这里，尊敬来得似乎要自然一点。）"他不显山露水。"伍尔芙小姐说，"我喜欢这样的男人。"偏偏我喜欢显山露水的男人，厄苏拉心想。


"真的很壮观。"伍尔芙小姐说。

"可不是？"西姆斯先生热切地说。三人明知地上正死伤惨重，却在这里看"大戏"，厄苏拉想大家内心一定都感到了不安。

"仿佛诸神举办的一场尤其喧闹的派对。"西姆斯先生说。

"宁愿他们不要请我来。"伍尔芙小姐说。

一声熟悉的呼啸袭来，三人猫腰寻找掩护，幸而炸弹炸向了别处，他们听见四声爆炸，却看不清究竟炸在了哪里。厄苏拉想到驾驶德国轰炸机从头顶掠过的男人们从根本上说都是些与泰迪一模一样的小伙子，心里涌上一阵古怪的感觉。他们并不邪恶，只是在做国家要求他们做的事。邪恶的是战争，不是人。不过她觉得希特勒不在人之列。"嗯，没错。"伍尔芙小姐说，"我觉得这个人极其地、极其地疯狂。"

就在此时，出乎大家意料，一篮燃烧弹呼呼生风地砸在屋顶上，燃烧弹炸裂燃起，两个消防兵迅速手提水泵冲来，伍尔芙小姐抓起一桶沙土，就往火苗撒去。（勃洛克先生说伍尔芙小姐"这只老鸟"紧张起来"动作还挺快"。）

"倘若此夜就是世界最后的一夜。"一个熟悉的声音说。

"啊，德金先生，您终于来了。"西姆斯先生友好地说，"门卫没有给您添麻烦吧？"

"没有没有，他知道我要来。"德金先生说，似乎在感受着自己的重要性。

"我们的驻点还有没有人了？"伍尔芙小姐呢喃着说，仿佛自言自语。

厄苏拉突然按捺不住想纠正德金先生。"应该是倘若周遭的此夜就是世界最后的一夜。"她说，"'周遭'二字十分重要，您不觉得吗？它以某种方式体现了我们也纠缠在这一夜中，实际正是如此，而非仅仅在理论上对此夜进行一种概念上的想象。就是此夜，此时此刻就是终结，谁也无法延宕。"

"天哪，您就为一个词这样大惊小怪。"德金先生说，听起来有些生气，"虽然如此，您毕竟纠正了我。"厄苏拉觉得有时候一个词的意义非同小可。如果世界还有纠结词句的诗人，那多恩必在其列。曾任圣保罗大教堂教长的多恩，也被葬在了教堂地下一个不起眼的位置，他的安息地在伦敦大火中幸免于难，如今是否也能挨过这场战争？威灵顿公爵的墓倒是很厚重，无法迁走，且已经用砖封住。拉尔夫曾领她参观过——在他值夜勤时。他对大教堂了若指掌。并非帕米拉所想的那样，是个一味破旧的"维新派"。

两人从地下上来，走入午后炙烈的阳光，他说："要不要找个地方喝茶？"厄苏拉说："不，我们去你霍尔伯恩的地方一起睡觉吧。"于是他们去了。于是她感到自己无药可救，因为当他礼貌地用自己的身体去满足她的身体时，她心中竟忍不住想到了克莱顿。其后他显得十分窘迫，似乎不知如何与她相处了。她说："我还是原来那个我。"他说："我不知道自己还是不是了。"她想，天哪，这么说这是他的第一次。他却笑了，说，不，不，不是这样——不是这样——只是他实在太爱她，"于是现在我感到……怎么说呢，仿佛升华了。"

"升华？"梅丽说，"多么煽情的蠢话！他把你捧到基座上当金身塑像崇拜，等他发现你有一双陶土做的脚，该多失望。"

"谢谢你这么说。"

"你觉得我这句话是不是混合了两种隐喻，且巧妙地构成了一幅完整的画面？"梅丽自然永远要——

"托德小姐？"

"对不起，我走神了。"

"我们得回基地了。"伍尔芙小姐说，"虽然奇怪，但站在这楼顶却令人感到很安全。"

"我敢肯定事实并非如此。"厄苏拉说。她说得对：几天后，壳牌麦斯石油大楼被一发炸弹击中了。

她与伍尔芙小姐一起，在她的公寓房间里监视街道。两人坐在街角大窗前，一边喝茶，一边吃饼干，若不是有轰炸的电闪雷鸣，两人就只是一对相伴度过傍晚时光的普通妇人。厄苏拉听说伍尔芙小姐的名字叫多尔卡丝（她一直不喜欢这个名字），她的未婚夫（理查德）死于伟大之战。"我仍这样称呼一战。"她说，"虽然现在这一场更伟大。至少这一次我们站在正义的一边，至少我希望如此。"伍尔芙小姐认可战争的合理性，然而轰炸以来她的这一信仰逐渐"崩溃"。"我们仍须牢牢抓住正义和真理的核心，但是正义和真理又都那么难辨，让人不禁怀疑上帝的安排啊。"

"是呀，这哪儿能叫安排呢，不如说是走一步看一步。"厄苏拉同意道。

"再说可怜的德国人，肯定也有很多不赞成战争——当然这话在勃洛克先生面前可不要去说。但假设当时是我们打输了大战，被迫在世界经济崩溃时背上重债，恐怕我们也会像打火匣一样一打即燃的——变成比如莫斯利<sup>①</sup>那样的人。能再来点茶吗，亲爱的？"

"这我知道，"厄苏拉说，"但他们是要杀我们啊。"话音刚落，仿佛为了应她这句话，两人听见一声"呜咿"——预示一发炸弹正向她们飞来——立即飞也似的避到沙发后面。虽然它貌似不足以起到保护作用，但两天前她们确实从一幢几乎被炸毁的房里拖出一个女人，她躲在一张翻倒在地的长软椅下，几乎毫发无伤。

爆炸震得伍尔芙小姐梳妆台上的斯塔福郡牛形奶罐直发抖，但两人都认为炸弹应是落在了她们的辖区以外。那些天她们对炸弹已经称得上精通了。

同时，她们的情绪也因为前银行经理帕尔默先生在一次出勤时被延时炸弹炸死而落入谷底。他被延时炸弹炸出老远，找到时埋在一个铁床架下面。虽然眼镜不见了，但整个人看起来相当完整。"你摸得出脉搏吗？"伍尔芙小姐问。厄苏拉奇怪，伍尔芙小姐把脉比自己熟练多了，为何要问？然后才发觉伍尔芙小姐很伤心。"是认识的人，感觉就会不一样。"她一边说，一边轻轻抚摸着帕尔默先生的额头，"他的眼镜去哪儿了？他不戴眼镜看起来挺怪，不是吗？"

厄苏拉摸不出脉搏。"把他搬走吧？"她说。她捉住双肩、伍尔芙小姐抓牢双踝，刚要抬，帕尔默先生的尸体，便像圣诞拉炮一样，断开了。

"我再往壶里加些热水吧。"伍尔芙小姐提议。为了让她开心，厄苏拉给她讲吉米和泰迪小时候的故事。莫里斯她只字未提。伍尔芙小姐相当喜欢小孩，没有一个自己的孩子是她生命中唯一的遗憾。"要是理查德活着，也

① 奥斯瓦尔德·莫斯利（Oswald Mosley，1896—1980）是一名英国极右翼政治家，曾组织创立英国法西斯联盟。2006年被BBC评为"20世纪最可恶的英国人"。

许……但人应该往前看，不应该回头看。过去的永远过去了。赫拉克利特是不是说过，一个人不能两次踏入同一条河？"

"差不多是这句。原话似乎是，你可以踏入同一条河，但河中的水永远是新的。"

"你真是个博学的女青年。"伍尔芙小姐说，"别浪费了自己，好吗？要是能活下来的话。"

几周前，厄苏拉见到了吉米。他有两天的短假，便来了伦敦，在肯辛顿她和梅丽家里的沙发上借宿。"你的小弟弟长成了一个英俊的小伙子嘛。"梅丽说。梅丽觉得所有的男人都英俊，只是英俊的地方不同。她提出进城里玩一夜，吉米就欣然同意了。他说自己已经闷坏了。"应该玩一玩。"吉米从小就会玩。但是那天晚上的活动差一点就泡了汤。河岸街找到一颗未爆的炸弹，三人只得避往查令十字宾馆。

"怎么了？"三人落座后，梅丽问厄苏拉。

"什么怎么了？"

"你表情有异，好像想起了什么。"

"也可能是因为想不起什么。"吉米说。

"我什么也没想。"厄苏拉说。的确无事可想，只是仿佛有什么轻扯了记忆一下，掀起一角，露出一些不知所谓的东西——总是如此——比如食柜上一条熏鲱鱼、铺绿油毡的房间、一个滚动的铁环。一些雾气般难以抓住的时刻。

厄苏拉去到女盥洗室，一个女孩，衣冠不整，正在里面痛哭。她化了浓妆，晕湿的睫毛膏顺着脸颊淌下来。厄苏拉先前曾见她在厅中与一年纪稍大的男人喝酒——梅丽肯定他是个"滑头"。女孩近看比刚才年轻了许多。厄苏拉帮她一起擦泪、补妆，但并不打听来龙去脉。"那人叫尼基。"女孩自己说了出来，"他是个浑蛋。你身边那个年轻人看来倒很可爱。我们四个人一起好吗？我带你们去丽思卡尔顿酒店的瑞福丽酒吧，我认识那里的一个门童。"

"呃——"厄苏拉犹疑地说，"那个年轻人是我弟弟，我想我们应该不会——"

女孩猛地往厄苏拉的肋下杵了一记，笑道："我开玩笑啦！你们俩好好跟他玩吧。"她让给厄苏拉一支烟，后者拒绝了。女孩有一个金烟盒，看起来值不少钱。"别人送的。"她见厄苏拉在看，这样说。她"啪"地关起烟盒，伸手让她仔细看。烟盒正面刻有一艘精美的战船，下端蚀刻"日德兰"三字。她知道如果自己将那烟盒再打开，便会发现盒盖边缘刻着花体首字母"A"和"C"，也即"阿里山德·克莱顿"的简写。她本能地伸手去接那烟盒，女孩将它一把收了回去，说："不管怎么说，得走了。我感觉好多了。你这人似乎挺不错。"她补充说，似乎厄苏拉的人品亟待她的评估。她又伸出手。"噢，对了，我叫蕾妮。下回见面你就知道我的名字了。虽然我觉得我们很可能endroit①不同。"她的法语发音居然很标准，多么奇怪，厄苏拉心想。她握住伸出的手——那手又结实又暖和，仿佛女孩正在发着烧——说："很高兴认识你。我叫厄苏拉。"

叫蕾妮的女孩最后一次朝镜子里满意地看了看自己，说了声"au revoir"②就走了。

厄苏拉回到咖啡厅后，蕾妮却再也不去理她了。"奇怪的女孩子。"她对梅丽说。

"一晚上都在朝我挤眉弄眼。"吉米说。

"那她可打错蒜瓣了，不是吗？"梅丽夸张地忽闪着纤长的睫毛说。

"算盘，"厄苏拉说，"应该说打错算盘。"

快乐三人去了几个吉米貌似相当熟悉的热闹酒吧喝酒。其中有几个，连梅丽这样常逛酒吧的老酒客都吃了一惊。

"天哪。"三人离开奥林奇路上的一家酒吧，歪歪斜斜往家去的路上，梅丽说，"这地方真不一样。"

---

① 法语：地段。
② 法语：再见。

"一个奇怪的endroit。"厄苏拉笑道。她已经很醉了。这是伊兹常用的一个词，因此从叫蕾妮的女孩嘴里听到，令她感觉十分古怪。

"答应我要活着。"三人盲人般向家的方向摸去时，厄苏拉对吉米说。

"我尽量。"吉米回答。

## 1940年10月

　　"由女子生降在世的凡人，生命短暂而充满痛苦。他降生又死去，如今日在此的花，明日便被折断：凡人生命易逝，仿佛影子，不能停留。"

　　天上落着毛毛细雨。厄苏拉忍不住想拿出手绢去擦棺材盖子。墓坑对面，帕米拉和布丽奇特柱子一样支撑着当中悲痛得几乎站不住脚的希尔维。厄苏拉觉得自己的心随母亲胸中喘出的一声声啜泣越缩越小、越来越硬。近几月希尔维对休一直很坏，毫无必要地坏，以至于现在的悲痛仿佛是做戏。"谁也搞不清婚姻，每一对夫妻都不一样。"

　　吉米前一周已坐船去北非，没能请出服丧假来。但泰迪赶到了。他穿着制服，英气逼人地从加拿大戴着"翅膀"①回来（"就像天使。"布丽奇特说），驻扎在了林肯郡。整场葬礼他与南希紧紧挽着臂。南希对自己的职业说得很含糊（"反正在办公室里做。"），厄苏拉感到自己隐隐嗅出一丝秘密行动协议的气味。

　　教堂人满为患，大半个村子都来了，然而葬礼上仍然有种古怪的气氛，仿佛有个德高望重的主宾还没有到场。的确没有德高望重的主宾。休不希望兴师动众。他曾告诉过厄苏拉："把我跟垃圾一起处理掉就行了。"

---

① "翅膀"（wings）是英国皇家空军发给合格飞行员佩戴的羽翼形胸章。

仪式按照惯常的模式进行——讲了死者的生平事迹——并以大段圣公会教辞"锦上添花"。厄苏拉惊讶地发现，本堂神父似乎与休相当熟悉。肖克洛斯先生选读了《天国八福》，读得十分动情，南希念了"托德先生很喜欢的一首诗"，托德家所有女人都大吃一惊，因为没有人知道休居然对诗歌有偏好。南希说话的声音很好听（实际上比梅丽过于戏剧化的声音要更好听一些）。"罗伯特·路易斯·史蒂文森，"南希说，"也许正适合眼下这样对人提出考验的时刻：

> 狂风降，痛楚难平，携带污浊罪孽，无依的旅人啊，
> 到我这里来，所有你们劳碌的人；来吧，我让你们安息。
> 抹去疑虑，不用再恐惧；擦干双眼，无须再哭泣！
> 听，那是主的声音；看，如歌的清晨即将来临。
>
> 此时此地的你，竭力挣扎，因原罪而受苦，流血而死亡；
> 在天父的国，你速将卸去一切负累。
> 再忍受片刻，这重担，用你精疲力竭的双手，和流着泪的眼睛。
> 听，那是度你的脚步；看，自由的时刻已经来临。"

（"一篇蠢话。"帕米拉悄声说，"但还挺安慰人。"）

伊兹在墓坑边喃喃道："我觉得自己仿佛在等待什么可怕的事发生，现在我知道这事已经发生了。"

伊兹是休去世前几天从加利福尼亚回来的。她相当大胆地从纽约坐票价昂贵的泛美航空来到里斯本，又在那里坐英国海外航空公司的飞机抵达布里斯托尔。"沿途看到两架德国轰炸机，"她说，"当时真以为他们是来袭击我们的。"

她说，作为一名英国妇女，她已下定决心，大战中绝不在橘树林里坐以待毙。贪生怕死、享乐至上绝不是她伊兹所为（虽然厄苏拉很想说这恰恰

就是她最喜欢做的事）。她与她的名剧作家丈夫一样，希望有人找他们写电影剧本，却只拿到一个写一部"愚蠢的"古装剧的机会，且该剧还未开拍就夭折了。厄苏拉感觉问题出在伊兹的剧本质量力有未逮上（"因为我写得太睿智。"）。另一方面她仍在写她的奥古斯都系列——《奥古斯都从军记》《奥古斯都盗墓记》等。事情不妙，伊兹说，浅薄的著名剧作家丈夫如今置身于好莱坞新锐女星的包围中，竟被她们迷住了。

"事实上，我们已经对彼此失去了兴趣。"她说，"不过所有的夫妻最终都是这样。这一点无可避免。"

休去世后，伊兹是第一个发现他的人，说他"坐在草坪上一张折叠躺椅中"。藤编桌椅早已腐烂，换了其时更常见的折叠椅。这堆会折叠的木条和帆布送来时，休很不高兴。他宁愿死在藤编卧榻上。厄苏拉满脑子跑着这些鸡毛蒜皮的小事。因为比起休的死来，她想，这些小事更容易应付。

"我还以为他在外面睡着了。"希尔维说，"所以不去打搅。医生说是犯了心脏病。"

"他看起来很平静。"伊兹告诉厄苏拉，"仿佛死而无憾。"

厄苏拉深深觉得他的遗憾恐怕有很多，但这么想对谁也没有好处。

她没有什么机会与母亲说话。希尔维看来总是就要离开的样子。"我坐不下来。"她说。她穿着休的一件旧毛衣。"我冷，"她说，"我冷极了。"仿佛一个受了惊吓的人。伍尔芙小姐一定知道如何处置希尔维。可能会给她一杯热甜茶和一些眼下无论是厄苏拉还是伊兹都无力说出的善意的安慰。厄苏拉觉得这样报复母亲似乎不公，但她们也有她们自己的伤口要包扎。

"我会陪她待一阵子。"伊兹说。厄苏拉觉得这主意不妙，心想伊兹也许不过是想躲避轰炸。

"那您最好是弄一本配给卡。"布丽奇特说，"你要把我们吃成穷光蛋了。"休的死深深地震动了布丽奇特。厄苏拉在储食间里撞见她伤心痛哭，说："我真为你难过。"仿佛死了亲人的是布丽奇特，而不是她。布丽奇特连忙用围裙麻利地擦着眼泪，说："得去弄茶了。"

厄苏拉自己只多待了两天，大部分时间用来协助布丽奇特整理休的遗物。（"我不行。"希尔维说，"我就是下不去手。""我也不行。"伊兹说。"那就只有你和我了。"布丽奇特对厄苏拉说。）休的衣服仍然真实，穿它们的人却消失了，这里面有一种近乎荒谬的感觉。厄苏拉从衣橱里拿出一件礼服，在身上比了比。要不是布丽奇特将礼服从她手中拿走，说了句"这是件好衣服，有幸得到它的人将心存感激"，她也许就会爬进衣橱，放弃生活，再也不出来。感谢上帝，布丽奇特的心并没有紧紧关上。悲剧当前时，她所显出的这尤为珍贵的勇气，相信她父亲要是活着也会表示赞许。

她们用牛皮纸和绳子将休的衣物包好，交由送奶工用奶车送去妇女志愿队。

伊兹的悲痛令她变得脆弱，不堪一击。她跟着厄苏拉在屋子里打转，不断追忆着休生前的样子。其他人亦然，厄苏拉想。没有人能接受他已永远离开的事实，因此大家都从虚无中抽出丝线，努力对他进行着重塑。伊兹是最努力的一个。"我怎么也想不起他最后对我说的话来。"伊兹说，"也想不起我对他说了什么。"

"记不记得有什么关系呢？"厄苏拉疲倦地说。死亡给谁造成的伤痛更惨重？是女儿还是姊妹？接着，她想起了泰迪。

厄苏拉试图回忆自己对休说的最后一句话。她想起来，自己说的是一句再平常不过的"回头见"。那是两人之间最后一次反讽。"我们谁都不知道哪一次会是最后一次。"她对伊兹说。这句话，连听在她自己耳里，都太潦草、太随便了。她见了太多别人的悲苦，于是已经麻木。除了在身上比他的礼服时（事后她回忆此时，总——愚蠢地——将它想成是她的"衣橱时刻"），她动了感情，其余时候她都将休的死亡暂时存放到了一个安静的地方，以待日后取出，再行思考。也许要等到大家都不再提起他的时候。

"问题是——"伊兹说。

"拜托你，"厄苏拉说，"我的头很疼。"

厄苏拉从甘草箱里收鸡蛋，恰逢伊兹无所事事地逛进鸡舍。鸡们一刻不停地咯咯叫着，似乎想念着母鸡希尔维的照应。"问题是，"伊兹说，"我有件事想告诉你。"

"哦？"厄苏拉忙着捡一只尤其多产的母鸡下的蛋，有些心不在焉。

"我也有孩子。"

"啊？"

"我也是个母亲。"伊兹说，带一种故意要表现戏剧冲突的语气。

"你在加利福尼亚时有孩子了？"

"不，不。"伊兹说，"是许多年以前。我自己都还没长大。才十六岁。在德国生下一个孩子。可以想象，家里怕丢脸，于是把我送了出去。最后是个男孩。"

"德国？然后把他过继给了别人？"

"是的。呃，确切说是送给了别人。是休去办的，所以肯定是户好人家。但再是好人家，也难保这孩子不受欺负。可怜的休，他是我家的主心骨，母亲肯定不知道这事。问题也就来了。只有他知道那人家的姓名地址等信息。"母鸡异常聒噪起来，厄苏拉说："我们出去吧。"

"我总是想，"伊兹挽着厄苏拉的手臂在草坪上绕圈，"总有一天我要问问休孩子的事，然后或许试着去找。"又补充道，"找我儿子。"似乎在试验说这三个字的感觉。眼泪滚下了她的脸颊。看起来悲伤是真实的。"现在休走了，我再也找不到那孩子了。当然，他已经不再是孩子。他与你同岁。"

"我？"厄苏拉说，努力理解此中的深意。

"对。但他是敌方的人。他也许就在天上，"——两人同时条件反射般扫了一眼秋日晴朗无云的天，天上既没有我方，也没有敌方——"也许在陆上作战。他可能已经死了，不然也可能很快就要死了，假设这场该死的战争继续下去的话。"伊兹已经哭得放开了嗓子，"收养他的还可能是犹太人，上帝啊。休不是反犹太主义者，恰恰相反，他和——就是你们邻居，还是很要好的朋友。他叫什么来着？"

"柯尔先生。"

"你知道德国犹太人现在的境况吧？"

"哦，看在上帝的分儿上，"仿佛坏仙女一样突然出现的希尔维说，"你这又是在小题大做什么？"

"你应该跟我一起回伦敦。"厄苏拉对伊兹说。对付德国纳粹空军至少比对付希尔维要简单直接得多。

## 1940年11月

伍尔芙小姐为大家演奏了钢琴曲。"贝多芬的钢琴曲,"她说,"我不是迈拉·赫斯,但听听琴总还是不错的调剂。"这两句话她都说得没错。唱歌剧的阿米蒂奇先生献演《费加罗的婚礼》咏叹调《不要再去》,邀请伍尔芙小姐为他伴奏,后者这晚尤其好兴致,说愿意一试。表演令人悸动(伍尔芙小姐评价它有"意想不到的性感意味"),当勃洛克先生(自然有他)和西姆斯先生(叫人吃惊)也加入进这淫词艳曲时,谁也没有反对。

"我知道这首歌!"史黛拉说,事实是她的确知道曲调,但并不知道歌词,于是她就"噔嘀噔,噔嘀噔,噔嘀噔噔"地唱着。

他们的小队近来添了新人。首先是埃姆斯利先生,他从其他小队过来,曾经卖杂货,炸弹炸毁了他的屋子、他的店面以及他小队管辖的整个片区。他与西姆斯先生、帕尔默先生一样,也打过一战。再来的这个新人背景十分新奇。史黛拉是勃洛克先生过去认识的一个"舞者",她坦白说自己(态度很主动)曾是"脱衣舞艺人",但阿米蒂奇先生说:"亲爱的,我们这里都是卖艺的。"

"那男人的心肠真他娘的好。"勃洛克先生喃喃地说,"该送他去参军,这样他就明白世态炎凉了。""我表示怀疑。"伍尔芙小姐说。(这便引出了一个亟待解决的问题,为什么身形强壮的勃洛克先生没有应征入伍?)"所以,"勃洛克先生总结道,"我们这儿现在不仅有犹太佬、娘娘腔，还有了个妓女，真像下流音乐喜剧。"

"是百折不挠、宁死不屈的心情把我们带到同一条路上来的，勃洛克先生。"她稍稍责备了他一句。自从帕尔默先生死后，大家——甚至伍尔芙小姐——都急剧地敏感易怒起来。厄苏拉觉得大家还是等仗打完了再相互撕咬比较合理。当然，造成大家情绪紧绷的不仅仅是帕尔默先生的死，还有睡眠的缺乏和夜间无休无止的空袭。德国人准备永远炸下去吗？

"而且，唉，我也不知道怎么了，"伍尔芙小姐煮茶时轻轻对她说，"只是这种脏兮兮的感觉叫人受不了，好像可怜的伦敦和里面的人们都再也不会干净起来了。一切都破烂得叫人忍无可忍。"

所以他们小小的即兴音乐会开得如此友善，人人看着比近来任何时候都要平和，不啻为一件令人欣慰的好事。

阿米蒂奇先生唱完"费加罗"，又充满激情地独自演绎了一首《亲爱的爸爸》（"他真多才多艺。"伍尔芙小姐说，"我一直以为这是女人唱的咏叹调。"），博得满堂疯狂的掌声。接着经他们收留的齐默曼先生也说自己想为大家演点什么。

"接下来你要不要跳个脱衣舞呢，甜心？"勃洛克先生问史黛拉，后者对厄苏拉眨眨眼，说："如果你们想看。"仿佛在与她串通一气。（"相信我，摊上一伙不听话的女人啊，你可就倒霉了。"勃洛克先生不时要这么哀叹一下。）

伍尔芙小姐面露担忧，对齐默曼先生说："您不会还带着您的提琴吧？安全吗？"他从没带提琴来过岗哨。伍尔芙小姐说，提琴价值不菲，不仅价格昂贵，而且因为齐默曼先生将自己的全部家眷都抛在了德国，提琴是他唯一对过去的念想。伍尔芙小姐说自己曾与齐默曼先生就德国局势进行了"令人心痛的"深夜"长谈"。"那边的情况很可怕，你知道。"

"我知道。"厄苏拉说。

"你知道？"伍尔芙小姐谈兴陡增，"你在那里有朋友？"

"没有，"厄苏拉说，"一个认识的人也没有，但这世上不是有些人无缘无故就能知道一些事吗？"

齐默曼先生拿出提琴，说："请大家原谅，我不擅长独奏。"接着，他几乎是语带歉意地为自己报了幕："巴赫，《G小调奏鸣曲》。"

"真有意思，"伍尔芙小姐在厄苏拉耳边轻轻说，"我们听的音乐里有这么多是德国人写的。大美能够超越一切。也许战争结束后还能治愈一切。想想那贝多芬的《第九交响曲》，*所有人都是兄弟姐妹①*。"

厄苏拉未及回答，齐默曼已经起弓，琴弓悬在弦上，预示演出即将开始，破陋的岗哨里，降下了一片音乐厅才有的深静。有些人静着是因为演出质量（"真是超凡。"伍尔芙小姐待演出结束后说。"真的很美。"史黛拉说。），有些人是为了尊重齐默曼先生逃难者的身份。音乐本身也的确四平八稳，以致听众很容易能沉入自己的思绪。厄苏拉不断回溯休的死亡，不断想着没有了他的日子。他已经死了两周，而她仍然期盼见到他。她曾把这种思绪放置一边，留待将来考察，而那个"将来"在此刻突然降临。她庆幸自己没有流下难堪的眼泪，只是深深地沉入了可怕的忧伤。这忧伤似乎惊动了伍尔芙小姐，后者伸出手来紧紧握住了她的手。厄苏拉觉得伍尔芙小姐满腔的情感都要使她颤抖起来了。

音乐落，四周弥漫着一种至深而纯洁的宁静，仿佛世界停止了呼吸，接着，大家还没有拍手称赞，宁静就被紫色警报打破了——"轰炸将在二十分钟内开始"。想想警报全部出自她自己供职的五区作战室，由手底下那些更年轻的女孩从发报室发出，她就未免感到奇怪。

"来吧，"西姆斯先生说，嘘着粗气站起来，"快离开这里。"等大家都撤到户外，警报已经换成红色。幸运的话，他们能有二十分钟时间在催命的警报声中将路人全部赶进防空洞。

厄苏拉从不使用公共防空洞。一想到人挤人的场面和幽闭的环境她就浑身起鸡皮疙瘩。他们片区就曾发生过一起空降弹直接击中防空洞的惨案。厄苏拉宁愿死在户外，也不做洞中之狐。

---

① 原文此处为德语：Alle Menschen werden Brüder。语出《欢乐颂》。

那是个美好的傍晚。众星捧着一弯新月，刺穿了夜幕深浓的黑暗。她想到了罗密欧对朱丽叶的赞美——**她姣然悬在暮天的颊上，像黑奴耳边璀璨的珠环**。忧郁哀伤的缘故，厄苏拉的心里荡起了诗意，也许有人，甚至连她自己，都觉得太过矫情。再也没有德金先生的胡乱引用了。他在一次任务中心脏病发作了。他正在恢复。"感谢上帝。"伍尔芙小姐说。她曾抽空去医院看望他，厄苏拉没去，心里却也毫不愧疚。休死了，德金先生还活着，她心上没有空间去同情生者。西姆斯先生取代了德金先生的位置，成为伍尔芙小姐的副官。

战争狂放的噪声又响起来了。隆隆炮响，轰炸机引擎单调而不规则的嗡嗡声，都令她作呕。枪声，探照灯在天空指戳的手指，因为恐惧而紧张得透不过气——这一切很快将诗意冲散了。

等他们抵达救助现场，其他人也都已经到了——水电煤工人、拆弹小组、重灾救援队、轻灾救援队、抬担架的、运死人的（那天用的是一辆面包店的面包车）。救火队的水龙皮带纠纠缠缠铺了一路，因为街侧有幢大楼起了大火，火星熔浆四溅。厄苏拉觉得自己好像在火光中惊鸿一瞥地看见了弗雷德·史密斯，最后决定认为那是自己的想象。

虽然身后火光冲天，救援队在使用电筒和提灯时仍然小心翼翼。但反过来人人嘴里却又都叼着烟，虽然煤气工还没有处理完现场的煤气泄漏，拆弹小组的出现更说明附近随时有炸弹可能爆炸。大家都努力应付手头的事（该凑合时需凑合），似乎没有意识到可能临头的大难，显得过于轻松。或者也许某些人（厄苏拉想，如今不知自己是否也成了这某些人的一员）已经不在乎生死了。

她感到有些不舒服，仿佛看见了某种征兆，预示着今晚要出事。"只是因为巴赫的音乐让你的灵魂悸动不安罢了。"伍尔芙小姐安慰道。

现场覆盖了两个片区，因此负责事故的官员需同两个片区的指挥官分别交涉，两个指挥官又都称自己将对救援全权负责。伍尔芙小姐没有参与这场闹剧，因为事故发生地段不在她管辖之内。但因为灾情过重，她对自己的队员宣布说，无论别人说什么，他们都要出力支援救援行动。

"您要我们违法乱纪。"勃洛克先生来了兴致。

"算不上。"伍尔芙小姐说。

未起火的半条街也遭到了严重轰炸，砖灰和无烟火药的酸味立即侵袭到肺里。厄苏拉心中想着狐狸角小树林后的青草地，盛开着亚麻花和飞燕草、虞美人、红石竹和牛眼雏菊。她想着新刈草地的清香，夏季阵雨的凉意。这是她新近想出的对抗炸药可怖气味的方法。（"有用吗？"埃姆斯利先生好奇地问。"不怎么有用。"厄苏拉说。）"我以前想母亲的香水味，"伍尔芙小姐说，"四月紫罗兰。不幸的是现在一想到母亲，就马上会想到炸弹。"

厄苏拉送给埃姆斯利先生一片薄荷糖。"这个有点用。"她说。

离轰炸现场越近，景况也就愈发惨烈（在厄苏拉的经验中，情况几乎一贯如此）。

首先映入眼帘的是一幕鲜活而血腥的图景——地上横满碎尸，许多人都被炸飞了四肢，只剩下躯干，赤身裸体，仿佛裁缝的制衣架子，使厄苏拉不禁想起约翰·刘易斯大楼被炸后与拉尔夫在牛津大街上看到的那些假模特。一个担架队员没有活人可抬，正在捡乱石上支出的胳膊和腿，看来仿佛要在日后将碎尸复原。有没有人真这样去做？厄苏拉突然想。比如在停尸间里，将死者尸体像拼图一样拼接完整？不过有些人的尸体已经没有复原的可能了——两个救援队员正用铲子往筐里装肉糊，而另一个则手持板刷刷洗溅在墙上的什么东西。

不知有没有认识的遇难者，厄苏拉心想。自己在菲力莫尔花园的处所离此不过几条街，也许她上班路上曾路过住在这里的什么人，甚或在菜店、肉铺里还发生过交谈。

"显然有很多已无法辨认。"伍尔芙小姐说。她已与负责事故的官员谈过话，后者似乎相当庆幸自己碰上了一个讲道理的人。"你听了一定会高兴的：我们不再是编外人员了。"

就在那拿板刷的男人楼上（虽然地板已经没了），墙头挂镜线上用衣架挂了条裙子。厄苏拉发觉自己总为家常细节——仍然坐在炉上的水壶，一桌无人消受的晚餐——动容，其程度要大于自己看见周遭更沉重的痛苦和更惨重的毁灭时。此时她看着那裙子，却发现里面还套着个女人。她的头和双腿被炸掉，但双臂还连着。高爆速炸弹造成的各种奇形怪状的结果从来都令厄苏拉惊讶不已。女人仿佛已经焊在了墙上。明亮的火光中，依稀还能看见裙上戴的一枚胸针。一只黑猫，镶着假钻做的眼睛。

她踩着满地碎石走向这栋楼房的后墙。乱石地上靠坐着一个女人，四肢像布娃娃般摊开。似乎被炸到半空后又胡乱地落到了地上——事实经过恐怕就是如此。厄苏拉想叫一架担架来，但头顶正好飞过一串轰炸机，谁也听不见她的叫喊。

女人满身灰土，看不出年龄。她手上有严重烧伤。厄苏拉在急救包里翻出比诺尔烫伤药膏，涂了些在她手上，自己也不知为何要这么做。女人伤得太严重，药膏根本是于事无补。她希望自己还带着水，女人的嘴唇干燥得令人心疼。突然，出乎厄苏拉意料，女人睁眼了，睫毛支棱着，因落满灰尘而显得苍白，她想说话，但声音过于沙哑，厄苏拉听不明白。难道她是外国人？"您说什么？"厄苏拉问。她感到女人就快要死了。

"孩子。"女人突然发出声音，"我的孩子在哪儿？"

"孩子？"厄苏拉重复着，环顾四周。她没有看见任何孩子的迹象。孩子可能被埋在了废墟堆下的任何位置。

"他叫，"女人滚动着喉咙，囫囵难辨地说——竭力要说得清楚，"埃米尔。"

"埃米尔？"

女人轻而又轻地点点头，好像再也说不出话了。厄苏拉再次环顾寻找婴儿。回身再想确认宝宝的年龄时，女人的头已经疲倦地垂下，厄苏拉号了号她的脉，什么也感觉不到了。

她丢下女人，继续寻找生还者。


"你能不能去给埃姆斯利先生拿一片吗啡？"伍尔芙小姐问。一个女人正在尖叫，且像工地壮劳力一样谩骂着。伍尔芙小姐又补了一句："就是给这个吵吵嚷嚷的女人的。"伤员吵得越凶，越说明不会死。这条定律经起了无数次考验。这个女人气势如虹，似乎准备单手从废墟中辟出一条道，再到肯辛顿花园跑一圈。

埃姆斯利先生位于房屋的地下室，厄苏拉不得不先被两个救援队员放下去，再在碎裂的桁架和砖块中挤出一条路。她意识到整栋房屋也都摇摇欲坠地支撑在这同一堆桁架和砖块上。她找到埃姆斯利先生时，后者几乎是平躺在一个女人身边，女人腰部以下完全被倒塌物压住，但神志还清醒，对自己痛苦处境的语言表达也十分生动。

"很快救您出去。"埃姆斯利先生说，"喝杯茶。怎么样？不错吧？我都想喝了。托德小姐还给您带了止痛的东西来呢。"他一个劲地安慰着。厄苏拉将小小的吗啡药片递给他。他看来相当擅长手头的事，想象他戴围裙称白糖、包黄油倒很困难。

地下室的一边堆满沙包，但许多沙包在爆炸中破开了，沙子流了一地。一时间，厄苏拉突然产生了令人惊异的幻觉，仿佛来到了不知是何处的一个海边，清爽的微风中滚动着一只圆环，海鸥在头顶旋鸣，接着幻觉又极其突然地消失了，她回到地下室。一定是缺睡，她心想，绝对是缺睡作怪。

"他妈的早该给我止痛药。"女人说着，贪婪地吃下吗啡药片，"慢慢吞吞，不知道的还以为你们在上头开茶会呢！"厄苏拉发觉她很年轻，且不知为何很面熟。她紧抓着她庞大的黑手袋，仿佛它能帮她在木材的海洋里浮起来。"你们谁有烟吗？"埃姆斯利先生克服了由于空间局限造成的困难，从口袋里掏出了一包压扁了的玩家牌香烟，接着更加艰难地掏出了一盒火柴。女孩的手指不耐烦地在黑皮包上敲打着。"你就继续慢慢吞吞的好了。"她不无讽刺地说。

"对不起。"她深深吸进一口烟后说，"卡在这样一个endroit，难免神经质一些。"

"你是蕾妮？"厄苏拉惊讶地说。

"你问这干吗？"她说，又恢复了原先的恶声恶气。

"我们在查令十字宾馆的盥洗室里见过，几周前。"

"你肯定认错人了。"她字正腔圆地强调说，"大家都这样。我肯定是长了一张大众脸。"

她又深长地吸入一口烟，继而相当受用地缓缓吐出。"你还有那种小药片吗？"她问，"黑市上肯定能卖出好价钱。"她的声音模模糊糊，这是吗啡起了作用，厄苏拉想，可是马上，香烟从她指间掉了下来，她眼睛上翻，开始抽搐。埃姆斯利先生紧紧捉住她的手。

厄苏拉扫了一眼埃姆斯利先生，无意中看见他身边一只沙包上，一条胶带正贴着一张米莱《肥皂泡》的复制品。她讨厌这幅画，她讨厌所有前拉斐尔时期画作中蔫头耷脑、药物中毒似的女人。眼下不是做艺术批评的时候，她想。自己对死亡已经麻木了。她柔软的灵魂已经结晶。（这样岂不更好，她想。）她是淬火的宝剑。接着，她又在时间中闪回。她在下楼梯，紫藤盛开，她从窗户飞了出去。

埃姆斯利先生鼓励着蕾妮。"来，加把劲，苏西，别放弃希望。只要一眨眼的工夫我们就能把你救出去。所有的小伙子都在努力。姑娘们也在努力。"他为了厄苏拉补充道。蕾妮不再抽搐了，开始吓人地颤抖起来，埃姆斯利先生更焦急了。"来，苏西，加把劲，姑娘，千万别睡过去。对，好样的。"

"她叫蕾妮。"厄苏拉说，"虽然她不承认。"

"我叫谁都是苏西。"埃姆斯利先生说，"我有个女儿叫苏西。很小的时候，被白喉带走了。"

蕾妮最后又狠狠抽了一下，半闭的双眼里便没有了生气。

"死了。"埃姆斯利先生难过地说，"多半是内伤。"他用杂货店老板的端正字迹在一个标签上写下"阿盖尔路"，捆在她手指上。厄苏拉从蕾妮固执的手里拽出皮包，将内容物倒尽。"身份证。"她说，举起让埃姆斯利先生看，证上"蕾妮·米勒"的字样还清晰可见。他又在标签上加了她的姓名。

埃姆斯利先生艰难地掉头，以便能往外爬，此时，厄苏拉捡起与粉饼、唇膏、法文信件和一些天知道是什么的东西，还有一起从包里掉出来的金烟盒。这肯定是偷来的东西，绝不会有人送她这个。厄苏拉再怎样天马行空，也无法想象蕾妮和克莱顿出现在同一间屋里，别说是同一张床上。战争的确让许多原本绝无交集的男女睡到了一起。他与她一定是偶遇，也许在某处宾馆，或某个更简陋的endroit。可她如何学会了法语呢？也许她只会说几个词。不管怎么说，绝不是克莱顿教的，克莱顿坚信只会说英语就足以统治世界了。

她将金烟盒和身份证放入自己的口袋。

两人倒着往地窖外爬行的过程中（他们已经不奢望掉头了），废墟以一种令人揪心的方式突然动了起来。两人浑身凝固，猫一样地匍匐着，吓得屏住呼吸。过了貌似永无休止的一段时间后，两人再度启动，却发现废墟内部重组后，后路已断，不得不以双膝和双手爬行着，在大楼倒塌的地基里重新寻找更为曲折的出路。"背被弄得疼死了。"埃姆斯利先生在她身后低声说。

"我膝盖疼。"厄苏拉说。两人精疲力竭地坚持着。厄苏拉心里想着黄油吐司给自己打气，虽然菲力莫尔花园已经没有黄油了，而且除非梅丽出门去排队（多半不会），菲力莫尔花园也已经没有面包了。

地窖仿佛无休止的迷宫，厄苏拉慢慢明白楼中下落不明的人们究竟去了哪里，他们都躲在这迷宫中了。这栋楼的居民显然将地窖作为他们的防空洞，死去的他们——男人、女人、小孩，甚至一只狗——都被凝固在各自生前的位置上，通体包裹灰尘，不像尸体，倒像雕塑或化石。这让她想起了庞贝，想起了赫库兰尼姆。这两个地方，厄苏拉在她踌躇满志的被称为"伟大之旅"的欧洲游中都去过。她在博洛尼亚借宿时结识了一个美国女孩——充满热情与活力的凯西——两人一起拦招火车，在意大利境内做了一次环游——威尼斯、佛罗伦萨、罗马、那不勒斯——其后厄苏拉去法国坐船，完成了她旅居国外一年的生涯。

因为那不勒斯着实令两人害怕，她们花钱雇了个私人导游，此君废话很多。两人在他的陪伴下花了生命中最难耐的一天，在南方酷烈的骄阳下，步履坚定地踏遍了罗马帝国那些失落的干枯、扬尘的古城。

"噢，天哪。"两人在荒芜的赫库兰尼姆中跋涉时，凯西说，"真希望这劳什子没有被挖出来就好了。"两人的友谊于短时间内放射出巨大的光芒，并在厄苏拉投奔南希后很快熄灭了。

"我已经展开了翅膀，学会了飞翔。"她离开慕尼黑、离开收留她的伯伦纳一家后，写信给帕米拉，"我见过了世界，成为了一个深邃的女人。"虽然事实上她几乎还羽翼未丰。由于旅途中为一系列学生做私人授课，这一年唯一教会她的事，便是以后再不想做老师了。

于是在她回国后——为准备从事市政工作——她去海威科姆一所卡夫先生办的学院突击了速记和打字。此人后因在公共场合露阴被捕。（"一个露肉的？"莫里斯厌恶得皱起了嘴唇。休厉声呵斥要他滚出去，且再不许在家里使用这样粗俗的语言。"幼稚。"莫里斯摔门去到花园中后，他说，"就他这样的人也能结婚？"莫里斯回家后宣布了一个消息，说自己已经同一个名叫埃德温娜的女孩订婚，彼方是某主教的长女。"天哪，"希尔维说，"我们见了他要单膝跪地吗？"

"开什么玩笑。"莫里斯说。休立即呵斥："不准这样跟你母亲说话！"这次会面总体上气氛相当恶劣。）

卡夫先生其实并不坏。他十分热衷世界语，当时看来是个非常生僻的爱好，但现在厄苏拉却觉得发展一种全世界都懂的语言其实是好事，比如拉丁语在过去那样。噢，对呀，伍尔芙小姐说，一门共通的语言自然好，但太过理想化了。所有真正的好事都过于理想化，她又伤感地补充道。

厄苏拉启程去欧陆时是个处子，回家时已经不同。事情发生在意大利。（"不在意大利找情人，还能上哪儿去？"梅丽说。）他叫吉安尼，在博洛尼亚大学进修哲学博士学位，比厄苏拉所理解的意大利人要沉重、严肃得多。（布丽奇特小说里的意大利人个个时髦英俊、玩世不恭。）吉安尼却为厄苏拉的"成人礼"加入了一种读书人特有的庄重，整个过程并不如厄苏拉所恐惧的那样尴尬。

"上帝，"凯西说，"你胆子真大。"她有时令厄苏拉想起帕米拉，但也有时与帕米拉截然不同——比如她表情宁静超然地否认达尔文进化论时。

凯西是浸洗派教徒，一直为了新婚而守身如玉，但是她回芝加哥后不过几个月，她母亲就来信说她在一次划船活动中出事死了。这位母亲一定翻遍了她女儿的通讯录，给每个人都一一去了信。多可怕的过程。休去世时，家里不过在《泰晤士报》上发了一篇讣告。可怜的凯西白白持守了。墓中固然舒适而隐蔽，想必其中却无人亲密。

"托德小姐？"

"对不起，埃姆斯利先生。这里真像是地下墓穴，不是吗？全是久远以前的故人。"

"是呀，我很想在自己也变成故人以前爬出去呢。"

她小心翼翼往前爬的过程中，膝盖突然触到一个柔软的东西，整个人往后一仰，头撞在一根折断的房梁上。灰尘扑簌簌往下落。

"您还好吧？"埃姆斯利先生说。

"还好。"她说。

"我们又碰到什么了？"

"稍等。"她曾不慎踩过一具尸体，明白那种湿软的血肉的触感。她觉得自己必须看一看，虽然天知道自己有多么不情愿。她将手电照在那摊看来仿佛灰堆的东西上，那是一堆破烂——提花织物、蝴蝶结、羊毛织物——一半已经入土。看来大可以是一包编织活计。其实不是。她一层层揭开织物，仿佛拆一个包装笨拙的包裹，或一个体积巨大的卷心菜。终于，包裹卷里露出一只几乎是洁白无瑕的小手，仿佛一颗小星星。她想她也许找到了埃米尔。幸而做母亲的已经死了，不需要知道这一幕，她想。

"小心这里，埃姆斯利先生。"她回头说，"有个婴儿，别碰到了。"

"好了吗？"两人终于像鼹鼠一样冒到地面上后，伍尔芙小姐问她。街对面的大火几乎已经扑灭，街面上炮灰、煤渣、垃圾一片狼藉。"有多少？"伍尔芙小姐问。

"不少。"厄苏拉说。

"挖掘难度大吗？"

"难说。"她将蕾妮的身份证递过去,"还有个婴儿,恐怕比较惨。"

"准备了茶。"伍尔芙小姐说,"去喝一点吧。"

与埃姆斯利先生一起去移动餐厅的路上,她惊讶地看见远处沿街一扇楼门前,有一只小狗正瑟缩着。

"你先走吧,我一会儿再来。"她对埃姆斯利先生说,"替我要一杯,好吗?加两袋糖。"

那是只其貌不扬的猎狐梗,因为恐惧而颤抖哀鸣着。楼门通向的那幢楼倒塌了大半,厄苏拉想那也许是小狗过去的家,小狗也许正在寻求安全,寻求某种保护,但它不知道能去哪里。她向它走去时,它却向远处跑去了。该死的狗,她一边想一边追去,终于追到它,揽到怀里,不让它再跑。它浑身颤抖,她将它抱紧在胸前,用声气温柔地对它说着话,就像埃姆斯利先生对蕾妮说话时一样,用自己的脸去摩擦它的皮毛(毛很脏,但她自己也不干净)。它小极了,也无助极了。"这是屠杀无辜啊。"有一天他们听说炸弹正中东区一所学校,炸死了许多孩子时,伍尔芙小姐说。可大人难道不是无辜的?(抑或其实他们有罪?)"反正小丑希特勒肯定不是无辜的。"休曾在他们最后一次谈话时说,"整个战争因他而起。"她真的再也见不到自己的父亲了吗?她忍不住发出一声啜泣,不知因为害怕还是同情,小狗也跟着呜咽起来。(托德家无一人不将自己人类的情感联系在狗身上,除了莫里斯。)

就在那一刻,人与狗的身后起了一声巨响,狗吓得就要逃跑,被她紧紧抱住。她转过身,看见刚才那幢大楼起火的山墙倒塌了。整个拍下来。砖块撞地发出野兽般的怒吼,恰好将妇女志愿队的移动餐车拍在了下面。

妇女志愿队的两名队员遇难,同时遇难的还有埃姆斯利先生以及他们的信报员托尼,彼时他正好骑车经过,不幸骑得不够快。伍尔芙小姐在参差不平的碎砖上跪下来,握住了托尼的手。厄苏拉蹲在她身边。

"噢,安东尼。"唤过他的名字后,伍尔芙小姐就再也说不出话来了。

她的发髻松了，看起来很疯狂，俨然从悲剧中走出来的人物。托尼正在昏迷中——头部重伤，两人匆忙将他从砖堆里捞了出来——厄苏拉觉得她们应该说些鼓励的话，切勿让托尼察觉两人的沮丧。她想到他是童子军，便对他说起露营的快乐来。说在地里支帐篷，听小溪潺潺，拾柴生火，在晨雾弥漫中准备露天早餐。"战争结束后，你会有很多很多好玩的事可做。"她说。

"今晚你回家，你母亲不知会多高兴。"伍尔芙小姐也帮忙打气。她用手捂嘴，忍住一阵啜泣。托尼似乎没有听见她们的话，只是逐渐苍白，白成了稀牛奶的颜色。他死了。

"噢，上帝。"伍尔芙小姐恸哭道，"真叫人难受。"

"但还是得受着。"厄苏拉说着，用手背擦掉鼻涕眼泪和脸颊上的脏东西，心想差一点，死在这里的就会是她自己。


"一群废物。"弗雷德·史密斯气愤地说，"她们把移动餐车停在那里干吗？停在山墙边上，这不是找死？"

"她们不知道。"厄苏拉说。

"啊，她们他妈的该有这个意识。"

"应该有个该死的谁给她们提个醒。"厄苏拉说，突然发起火来，"好比说你这个该死的救火队员。"

晨光初绽，两人听到了解除警报的汽笛。

"我刚才看到了你，所以才举消防员的例子。"厄苏拉做出和解的姿态。他气的到底是她们的死亡，不是她们的愚蠢。

她感到自己身处梦境，离现实越来越远。"我快死了。"她说，"再不睡我就要疯了。我就住在前面拐弯不远处。"她补充道，"幸而倒的不是我们的公寓。幸而我去追了这只狗。"救援队有人给了她一根绳子套在狗脖子上，她将小狗拴在地上支出来的一根烧焦的柱子上。她想起刚才担架员在废墟堆里捡残肢的事。"如此看来我该叫他'幸运儿'，虽然有点俗套。但他救了我，要不是他，我也会在山墙下喝茶。"

"一群废物。"他又骂道，"需要我送您回家吗？"

"那就太好了。"厄苏拉说，但她没有带他往"前面拐弯不远处"走，两人反而是疲惫地沿着金斯顿高街走去，且像孩子一样手牵着手，身边跑着那条小狗。清晨此时的街上一片荒芜，除了一条煤气管道还在起火。

厄苏拉知道，他们不得不去那里。

伊兹卧室的床榻对面墙上，挂着一幅画。那是初版《奥古斯都历险记》中的一幅插图，以线描手法描绘了一个轻慢无礼的男孩以及他的小狗。画风十分卡通，这从奥古斯都的学生帽、他像糖球一样鼓突的面颊和那与现实中的乔克毫无共同点的模样傻气的西高地白㹴都看得出来。

这幅画与厄苏拉记忆中伊兹在时的卧房格格不入——那曾经是一间闺房，充满象牙白丝绸和素白缎子，昂贵雕花玻璃酒瓶和珐琅发刷。墙上靠着一张卷得严严实实用粗绳捆起的奥布松地毯。另一面墙上曾经挂过一幅名不见经传的印象派画作，厄苏拉猜它的出现并非因为主人对画家有什么偏爱，而纯粹为起装饰效果。厄苏拉又想，不知奥古斯都挂在这里是否只为了提醒伊兹她自己的成就。印象派画作已经收起放好，但这幅插画却给忘在了墙上，或许伊兹对它已经不再关心。无论原因是什么，画框上的玻璃都已呈对角裂开。厄苏拉想到自己与拉尔夫来酒窖的那一天，荷兰公园区被炸，也许画框就是在那时裂开的。

伊兹理智地离开了狐狸角，没有同被她称为"悲伤寡妇"的希尔维待在一起，因为"我们定会像猫狗一样打起来"。她反而撤到了康沃尔，住在峭壁顶上的一栋房子里（"像《蝴蝶梦》里的曼陀丽庄园，又荒芜又浪漫，幸好没有丹弗斯夫人。"），正为《奥古斯都历险记》在一份名报上连载的漫画而"绞尽脑汁"。厄苏拉觉得如果她让她的奥古斯都像泰迪那样逐年长大，这个人物势必有意思得多。

此时的阳光一反冬季常态，现出黄油般的灿烂柔滑，正努力刺穿厚重的天鹅绒窗帘，要射进来。**为何你穿过窗棂，透过窗帘来召唤？**她想到。假设能在时间中逆流，在古代寻一个恋人，她会找多恩，而不是济慈，她知道后者英年早逝，故而有关他的一切都笼罩了悲剧色彩。这也是时间旅行的不便之处（除了根本不可能之外）——你永远都是个依仗自己的先见到处传播噩耗的卡珊德拉。虽然生命之轮的确过于不知疲惫，但一个人唯一的路只能是往前走。

虽然已经十一月，她听见窗外仍有鸟鸣。鸟一定也像人一样，对闪电轰炸充满了惊讶与不解。频繁轰炸究竟为何？为了杀死了不计其数的人，她想，为了让他们的心脏在轰炸中弃世、肺叶在真空中炸裂。为了让无足轻重的他们，从空中，仿佛石块般沉沉跌落。

"您看上去有心事。"弗雷德·史密斯说。他一只胳膊垫在头下躺着，正在吸烟。

"您却很奇怪，看上去仿佛在自己家。"她说。

"的确是。"他微笑着探身，将她拦腰揽住，吻着她脖子的后面。两人脏得仿佛挖了一夜煤。她想起那夜坐机车回伦敦时，两人身上也是这么脏。那天是她与休见的最后一面。

梅尔伯里路没有热水，甚至冷水也没有。也没有电。因为轰炸一切设施都关闭了。两人在黑暗中钻进了伊兹铺在光床垫上的罩布，双双睡得仿佛死了一样。几小时后两人同时醒来，做了爱。这种爱法（或者说，实际上是情欲）是灾难生还者——或者寻求灾难的人——的爱法，毫无禁忌，偶尔狂野，但却奇怪地透着柔情和蜜意。当中还穿插着一条伤感的伏线。就像齐默曼先生演奏的巴赫，这场性爱悸动着她的灵魂，使她身心分离。她试图回忆马维尔的另一句诗，似乎出自《灵与肉相谈》，有关"骨骼的栓"上挂着镣铐与锁链，但怎么也想不起来。诗句在这样一张弃床上、这样一堆无羁的柔软的肌肤面前显得生硬而无情。

"我刚才在想多恩。"她说，"你知道，就是那句，你这忙碌的老傻瓜，不守端方的太阳。"不，她心想，他不可能知道。

"哦？"他漠不关心地答。事实上比漠不关心更漠不关心。

猛然间，刚才那些地下室灰色的死尸和跪到婴儿尸体的记忆击中了她。接着，在长达数秒的时间里，她突然仿佛置身别处，不是阿盖尔路的地下室，不是伊兹荷兰公园区的卧房，而是某个居中的时空，她在那个时空里下坠，下坠——

"你要烟吗？"弗雷德提议。他用自己抽剩的烟头点了一支新烟递给她。她接过来说："我不怎么抽烟。"

"我也不常带陌生女人去豪宅上床。"

"多么劳伦斯①。我们并不陌生。我们从小就认识。"

"并不是现在这种认识法。"

"还好不是。"她已经开始讨厌他了。"不知现在几点。"她说，"但我可以给你些上好红酒做早餐，此地恐怕没有别的东西了。"

他看了看表说："早餐时间过了。现在是下午三点。"

小狗从门缝里挤进来，脚爪在光木地板上踏出踢踏声。它跳到床上，定睛凝视着厄苏拉。"可怜的东西，"她说，"它一定饿坏了。"


"弗雷德·史密斯？他怎么样？快告诉我。"

"令人失望。"

"哪里？在床上？"

"天哪，不是，完全不是。我从来没有⋯⋯那样过，你知道。但我本来以为会很浪漫。不，这个词太愚蠢，用得不对。也许该说更精神层面。"

"更脱俗？"梅丽提议。

"对，就是它。我就是想说脱俗。"

"这种事可遇不可求。对弗雷德来说，脱俗的要求太高了。"

"但我竟对他有所期待。"厄苏拉说，"或许我期待的不是他。或许我只是想恋爱罢了。"

"没恋爱成，却美美做了一场爱，够便宜你了！"

"你说得对，再求别的就不知足了。噢，天哪，我想我在他身边肯定显得特别装。居然引了一句多恩。你觉得我是个很爱装的人吗？"

---

① 指D. H. 劳伦斯，英国著名小说家，对情感和性爱的描绘直白、毫不隐讳，有"色情小说家"之称。

"特别爱装。全身都写着'爱装'。"梅丽精神头似乎很足，"抽烟、做爱、轰炸，天知道还发生了什么。要我给你放一盆洗澡水吗？"

"噢，那太好了，要。"

"你洗的时候，"梅丽说，"把你那该死的狗也洗洗。天堂都闻见它身上的味儿了。不过它长得倒很乖。"她模仿美国人口音说（差着火候）。

厄苏拉长出一口气，伸了伸懒腰："你知道吗？对这轰炸，我真的，真的真的，已经受不了了。"

"但这仗恐怕还得打下去啊。"梅丽说。

## 1941年5月

梅丽说得对。仗打啊打啊，一直打到了那一冬最冷的时候。年底又对伦敦进行了一次超大规模的轰炸，拉尔夫帮忙将圣保罗大教堂从火海里救了下来。那些美丽的雷恩教堂，厄苏拉心想，重建在伦敦大火后，如今又再度毁灭了。

其余时间两人像所有的情侣那样，看电影，上舞厅，去国立美术馆听午间音乐会。他们吃、喝、做爱。不是单纯的"上床"。那不是拉尔夫的作风。她虽曾对弗雷德说出"多么劳伦斯"这样的话——虽然他也许并不知道这话的意思——但出口后自己却被这粗俗的说法吓了一跳。她常在事故现场听到这个词，它是重灾救援队人员话里话外一个尤其重要的词汇，但她自己却从来不用。她在浴室镜前尝试性地再度说出这个词，感到一阵羞耻。

"你从哪里弄来的？"他问。

厄苏拉从没见克莱顿如此疑惑过。克莱顿将金烟盒放在手里掂了掂："还以为再也找不到了。"

"你真想知道？"

"真的，当然想知道。"克莱顿说，"干吗神神秘秘的？"

"蕾妮·米勒这个名字对你重要吗？"

他皱起眉，想着，继而摇摇头。"怕是不重要。应该重要吗？"

"你多半花钱买过她，或请她吃了一顿像样的晚饭，或仅仅是陪她玩了一会儿。"

"噢，那个蕾妮·米勒啊。"他笑道。沉默了几秒，才又说："不，真的，这名字不重要。而且无论怎么说，我似乎从来不花钱买女人。"

"你可是个海军啊。"

"好吧，至少上次买女人是很久很久很久以前的事了。但还是谢谢你，"他说，"你知道这烟盒对我来说很重要。我父亲——"

"在日德兰半岛战役后送给你的，我知道。"

"你是不是烦我了？"

"不。我们要出去吗？去你的二房？上床去？"

他忍不住大笑："如果你想的话。"


他说近来他愈发地不吝所谓的"礼数"了。这种不吝似乎也殃及了莫伊拉和他们的女儿，两人很快又偷偷恢复了婚外恋情，且比往日更为公开。他与拉尔夫之间天差地别，以至于她根本不觉得自己这是不忠。（"多冠冕堂皇的说辞！"梅丽说。）且说到底近来她几乎也见不到拉尔夫，似乎两人之间都在渐渐淡下去。


泰迪念着纪念碑上的文字。"**光荣的牺牲者**。你觉得他们光荣吗？"他问。

"呃，不管是不是光荣，反正牺牲总是真的。"厄苏拉说，"所谓光荣只是为了让我们感觉良好。"

"我觉得这些人都死了，肯定不会去关心这个。"泰迪说，"我觉得人死了就是死了，不相信死后还有什么，你呢？"

"战争前我或许还相信，"厄苏拉说，"但现在看了这么多尸体，和垃圾一模一样，就这样被扔掉。"（她想起休说"把我跟垃圾一起处理掉就行了"。）"死人的灵魂看来也并没有飞升到哪里去。"

"我可能会为英国而死。"泰迪说,"你也可能会。这样死算不算死得其所?"

"我觉得是。爸爸说他更希望我们做活着的缩头乌龟,也不愿意我们被称为牺牲的英雄。我觉得他只是随便说说的。贪生怕死逃避责任可不是他的作风。村里的战争纪念碑上写的什么来着?我们为你的明天付出了我们的今天。放弃一切,这就是你们要做的事,不知为什么似乎不太合理。"

厄苏拉宁为狐狸角死,而不愿为所谓的"英格兰"死。为青草地和小树丛死,为开满铃兰的树林中流淌的小溪而死。但是,那不正是英格兰的一部分吗?那不正是天佑之国土的一部分吗?

"我竟很爱国。"她说,"我自己也很惊讶,虽然不知为何惊讶。伊迪丝·卡维尔的雕塑上写什么来着?就是圣马丁大教堂边上的那一尊。"

"只爱国还不够。"泰迪替她补充道。

"你觉得她说得对吗?"她说,"就我个人而言,只爱国就已经够呛了。"她大笑着,两人挽臂走向白厅。到处是炸弹造成的残骸。厄苏拉指给泰迪看原来的内阁作战室。"我认识一个在里面工作的女孩,"她说,"睡觉的地方只有碗橱那么大。我不喜欢战壕、地窖、地下室这样的地方。"

"我常常担心你。"泰迪说。

"我才要担心你。"她说,"不过无论怎样担心对方,都于事无补。"这话很像伍尔芙小姐的风格。

泰迪("空军少尉托德")挨过了林肯郡的空军作战训练队严苛的训练,学会驾驶惠特尼轰炸机,并将在约一周后加入重型轰炸机换装训练部队学习驾驶新型哈利法克斯轰炸机,为更好地完成第一轮轰炸任务做准备。

空军部一个女职员说,只有一半人能从第一次轰炸任务中生还。

("无论哪次任务,生还率难道不都是一样的吗?"厄苏拉说,"这不是概率论的准则吗?"

"对轰炸机飞行来说并不如此。"空军部女职员说。)

泰迪与厄苏拉共进午饭,此时正送她回办公室。工作已不像过去那样繁重,因此厄苏拉午休的时间也就极为充裕。

两人本想去个什么高档饭店，最后却落脚在一个叫不列颠饭店的地方，吃了烤牛肉与蛋黄酱梅子派。梅子是罐头的，但两人吃得很满意。

"这么多名字，"泰迪盯着纪念碑说，"这么多条生命。现在竟又打起来了。我觉得人类是不是有什么问题，总是将自身的信仰碾得粉碎，你觉得呢？"

"想也无益。"她朗声说，"再想也还要活下去。"（她真的变成伍尔芙小姐了）"人只能活一次，应尽其所能。虽然永远活不对，但绝不该放弃。"（向伍尔芙小姐的转变是彻底的）

"可要是我们能不断死而复生，"泰迪说，"直到最后活得万无一失，难道不是很棒吗？"

"我觉得会很累。我可以引几句尼采做证，但这方面你八成更擅长。"

"八成是的。"他友好地说，"他是个纳粹主义者，不是吗？"

"不完全是。你还写诗吗，泰迪？"

"词穷了。无论写什么都像牵强附会，都是在美化战争。我没有心情写了。"

"是那颗跳动着黯然流血的心脏吗？"

"也许你应该写诗。"他笑道。


泰迪在时她不出街巡逻，伍尔芙小姐将她的名字从执勤表上勾掉了。空袭的攻势弱下来了。三月和四月炸得很凶，炸弹与炸弹之间几乎没有给他们留下休息的余地。"真有意思。"伍尔芙小姐说，"轰炸不停歇时，神经虽然紧绷，却要比一会儿炸一会儿停更容易应付。"

厄苏拉驻地的气氛变得极为慵懒。"希特勒可能移情巴尔干半岛了。"伍尔芙小姐说。

"他会转攻俄国。"克莱顿以内行的角度告诉她。梅丽又开始了新一轮的慰问表演，两人得以独享肯辛顿的公寓。

"简直是发疯。"

"他本来就是个疯子，不发疯还能怎样？"他叹息道，"我们别说打仗的事了。"两人边喝海军上将牌威士忌，边打克里比奇，仿佛一对老年夫妇。

泰迪将她一直送到了她在博览会路的办公室，说："我想你的'作战室'一定很宽敞——有前廊、立柱——绝不是个战壕。"

"前廊这种东西只有莫里斯才有。"

她一走进去，就被电报收发室新来的艾薇·琼斯捉住，她说："原来你是黑马，托德小姐，藏着这样好的男人。"厄苏拉心想这就是对下属过分亲切的后果。"我整个人都已经卖给每日情报部门了，"她说，"得走了，有急事。"

她自己的直系下属福塞特小姐等人，将独立事件归类汇总，分装在牛皮文件夹中，以便她制作每日、每周，有时甚至是以小时计的总结报告：每日登记、伤害登记、状态报告，不计其数，似无休止。报告再由打字员打出，归入新的牛皮纸文件夹内，交由她签字，然后上交到另一个不如莫里斯这样的人的手中。

"我们只是机器中的小齿轮，对吗？"福塞特小姐问她，厄苏拉说："但是别忘了，没有齿轮机器根本无从谈起。"

泰迪又带她出去喝酒。那是一个温暖的傍晚，繁花绽放枝头，一瞬间里仿佛战争已经过去了。

他不愿谈飞行，不愿谈战争，甚至不愿谈南希。南希在哪儿？显然在做一些她不能说的事。一下子仿佛谁都不愿意谈点什么了。

"这样，我们来说说爸爸吧。"他说，于是两人说起了休，休也在两人的谈话里，终于得到了他应得的迟到的祭奠。

泰迪赶翌日去狐狸角的火车走，要在家待几晚，厄苏拉问："你能再转移一个东西吗？"并将幸运儿递了过去。她平时上班，幸运儿就待在家里，晚上执勤，就带他去岗上，大家都把他当吉祥物一样宠着。甚至勃洛克先生，虽然看来并不喜欢狗，都会给他带些剩菜和肉骨头来。有时候，小狗吃得似乎比她更好。尽管如此，战争时期的伦敦仍然不是一个适于狗生存的地方，她告诉泰迪："这么大的噪声，对他来说一定很吓人。"

"我喜欢这只狗，"他揉着小狗的脑袋说，"他是一只很坦率的狗。"

她送人和狗去玛丽勒本车站。泰迪将小狗夹在一只胳膊下，对她行了个军礼，既亲切，又仿佛在自嘲，接着便登上了火车。她看见小狗离开，感到了离开泰迪同样的悲伤。

他们太乐观了。五月也发生了大型轰炸。

菲力莫尔花园的公寓被击中。所幸厄苏拉和梅丽都不在家，但房顶和二楼完全被炸毁了。厄苏拉搬回去露营了一段时间。天气不坏，露营的经历令厄苏拉相当享受。家里还有水，虽然电已经断了，办公室有人借了她一顶帐篷，所以她睡觉时得有帆布遮身。上次露营还是在巴伐利亚陪伯伦纳家女儿们参加BDM山中夏令营时，她与大女儿克拉拉睡一顶帐篷。两人逐渐彼此欣赏，但英德宣战后，两人失去了联系。

克莱顿对她的露宿安排相当乐观："仿佛睡在印度洋星空下的甲板上。"她感到一阵艳羡，自己连巴黎也没去过。慕尼黑－博洛尼亚－南希三轴一划，就划定了她未知世界的边界。她和女友希拉里——那个睡觉的地方只有碗橱大的女孩——本来计划了一个骑行穿越法国的假期计划，却因战争而搁置了。每个人都被困在这个王权统治的小岛上。细想来的确有些幽闭得可怕。

梅丽慰问表演归来，指责厄苏拉简直是疯了，要求马上另找住处，于是两人搬到列科森花园一处破落的所在，厄苏拉觉得自己永远也不会喜欢这个地方。（"你可以和我住在一起。"克莱顿说，"比如到骑士桥区租一个小公寓。"她表示异议。）

这还不算最糟。他们的岗哨在同一场大型轰炸中被击中。齐默曼先生和西姆斯先生双双遇难。

齐默曼先生的葬礼上，一支由异国难民组成的弦乐四重奏演奏了贝多芬。与伍尔芙小姐不同，厄苏拉觉得伟大作曲家的作品并不足以愈合他们内心的伤口。"战前我在威格摩尔音乐厅看过一次这四个人的演出。"伍尔芙小姐轻声说，"他们拉得很好。"

葬礼后，厄苏拉到消防站找到弗雷德·史密斯，两人在帕丁顿一家肮脏的小旅馆里开了一间房。性爱的效果一如往昔，两人事毕，在来往火车的隆隆震动中，摇摇晃晃地睡着了。她想他一定很想念这声音。

两人醒后，他说："上次我表现得很粗鲁，对不起。"他下床弄来两杯茶——这旅馆根本看不出有厨房，客房服务更是无从谈起，她猜他一定求旅馆里的什么人行了方便。他确实生来就讨人喜欢，这点与泰迪相似，因为两人都个性直率。吉米的魅力却不同，那更多依赖伴装的油滑。

他们坐在被窝里喝茶抽烟。她又想起多恩的诗来。《圣骨》，她很喜欢的一首——耀目的发丝仿佛一只手镯绕在尸骨上——但想到上次引诗的不愉快，立即制止了自己。要是此时旅馆被炸中，后人谁都不知道他们是谁、在此做什么，为何纠缠在一张化作了两人坟墓的床上，这该多么可笑。阿盖尔路的事故后她变得越来越病态，面对其他事故的态度也两样了。自己的坟墓上想要怎样的墓志铭呢？她悠然想着。也许是："厄苏拉·贝瑞斯福德·托德，至死效忠。"

"你知道你有什么问题吗，托德小姐？"弗雷德·史密斯一边摁灭香烟一边说。他捉住她的手，吻了吻她摊开的手掌，于是她想，留驻此刻，为它的甜蜜温柔，并问道："不知道，我有什么问题呢？"未及得到答案，警报就拉响了，他骂着"靠、靠、靠，现在是我的班"，将衣服草草套到身上，匆匆吻了她一下，就冲了出去。她便从此再也见不到他了。


她读着国防部战事日志有关5月11日上午恶性轰炸的记录——

时间——0045。来源——电文。收/发——收。正文——西南印度码头区办公室被高爆速炸弹炸毁。还有威斯敏斯特大道、议会大厦、戴高乐的总部、造币厂和司法院。她看见圣克莱门特戴恩斯教堂，像一杆巨大如怪物的烟囱，在河岸街边熊熊燃烧。还有南华克伊斯林顿的柏孟塞区，所有过着珍贵寻常日子的寻常人。名录无止无休。猛然间福塞特小姐进来打断了她："您的简信，托德小姐。"并递给她一张纸。

她熟识的一个女孩在消防部里认识另外一个女孩，给了她一份战时消防队的报告，附一字条，说："他生前是你的朋友，对吗？默哀……"

弗雷德里克·史密斯，消防员，在厄尔思考特的消防任务中被倒塌的墙体击中，因公殉职。

白痴，厄苏拉心想。十足的白痴，白痴。

## 1943年11月

　　告诉她这个消息的是莫里斯。他来时恰逢上午茶时间。"能跟你谈谈吗？"他说。

　　"你要不要喝茶？"她说着从办公桌前站起来，"我们肯定能匀给你一些，虽然肯定比你那里的锡兰或大吉岭要差得多。我们的饼干跟你那儿的比起来也像是下人见了亲王。"送茶女工悠然送着茶，完全不为这场她与高层之间发生的对话所动。

　　"不，不喝茶了，谢谢。"他说，语气竟然很平和礼貌。莫里斯这个人无时无刻不燃烧着要压制对方的怒火（多么奇特的生活状态），她觉得在有些地方他倒很像希特勒。（她曾听到莫里斯对秘书长时间狂轰滥炸地发火。"你嘴太坏了！"帕米拉说，"不过很好笑。"）

　　莫里斯从来是置身岸上。没下过一次事故现场，没拖过一个死人，再看着他从身体正中断开，也没有不慎跪在曾是婴儿的一捆破布和血肉上。

　　他来干什么呢，是又要对她的私生活指手画脚吗？她怎么也想不到，他来此是为了说："我沉痛地通知你（仿佛将要发布的是一条官方通告），恐怕泰迪也中了。"

　　"什么？"她无法理解话里的意思。中了什么？"我不明白，莫里斯。"

　　"泰迪。"他说，"泰迪的飞机掉下来了。"

泰迪一直安然无恙。他从第一轮轰炸任务中生还，被编入OUT做教员，是荣获过十字勋章的空军少校（厄苏拉、南希和希尔维都应邀去白金汉宫，满怀骄傲地观看了授勋礼），但却主动要求继续飞行。（"我只是觉得必须这样做。"）她在空军部认识的女孩——安妮——告诉她，四十个机组人员中只有一人能从第二次飞行任务中生还。

"厄苏拉？"莫里斯说，"你明白我说的话吗？我们已经失去他了。"

"那我们就找他回来。"

"不可能。官方已判定他为'因公失踪'。"

"那就是还没死。"厄苏拉说，"在哪里失踪的？"

"柏林，几天前的晚上。"

"他跳了伞，然后被敌人捉住了。"厄苏拉仿佛陈述事实一般说道。

"不，恐怕不是。"莫里斯说，"他坠落时浑身起火，不可能生还。"

"你怎么知道？"

"有目击者，另一个飞行员。"

"谁？目击者是谁？"

"我不知道。"他开始不耐烦。

"不。"她说。接着又重复，不。她的心跳加快，嘴中焦灼。视线模糊了，眼前的一切变成了一幅点彩画。她觉得自己即将晕倒。

"你还好吗？"她听到莫里斯说。我还好吗？她思考着，我还好吗？我怎么还能好呢？

莫里斯的声音越飘越远了。她听见他喊来一个人。那人搬来一把椅子，打来一杯水。女孩说："来，托德小姐，把头放在两膝当中。"那人是福塞特小姐，福塞特小姐是个好人。"谢谢你，福塞特小姐。"她喃喃道。

"母亲听了反应也很剧烈。"莫里斯说，仿佛他不理解悲痛的缘由。他从来没有像她们那样爱过泰迪。

"好了，"他拍了拍她的肩，她努力克制要避开的冲动。"我得回办公室了，我们狐狸角见。"他的语气几乎是轻松的，仿佛沉痛的消息已然传达，往下可以聊些无关痛痒的事了。

"为什么？"

"为什么？"

她坐直身体。杯中的水轻轻晃动。"为什么在狐狸角见？"她意识到福塞特小姐仍然关切地待在近旁。

"呃，"莫里斯说，"出了这种事，家里自然要聚会。不过不会办葬礼。"

"不会吗？"

"当然不会，没有尸体啊。"他说。他是不是还耸了耸肩？是不是？她颤抖起来，感到自己终归还是要晕倒了。她希望莫里斯以外的别人来扶她一把。福塞特小姐从她手里拿过水杯。莫里斯说："我自然会开车来接你。母亲似乎非常生气。"他补充道。

他是在电话里告诉她的？多么可怕而失当，她麻木地想。可又一想，也许一个人如何收到死讯并不重要。虽然如此，却也最好不要由莫里斯当面告知，他穿着三件套条纹礼服，正倚着她的办公桌检查手指甲，等待她说自己没事，他可以走了……

"我没事，你可以走了。"

福塞特小姐给她倒了加糖的热茶，说："我真为你难过，托德小姐。你要我陪你回家吗？"

"谢谢你的好意，"厄苏拉说，"我一个人能行。你能替我拿一下大衣吗？"

他手里转着自己的制帽。坐在她们面前令他尤其紧张。罗伊·霍尔特大口喝着凹点啤酒杯里的啤酒，仿佛觉得很渴。他是泰迪的朋友，是目击他死亡的证人，也即那"另一个飞行员"。厄苏拉上一次来看泰迪，是在1942年的夏天，与泰迪在啤酒花园吃了火腿三明治和腌白煮蛋。

罗伊·霍尔特来自谢菲尔德，虽然仍在约克郡境内，但空气质量没有约克郡大部分地区好。他的母亲和姊妹都死于1940年12月那场可怕的大型空袭，他说自己如果不在希特勒头上扔颗炸弹，就誓不为人。

　　"好样的。"伊兹说。厄苏拉发觉伊兹面对年轻男性时态度怪异，既具备母性，又显得轻佻（有一次则仅仅是轻佻），令旁观者难堪。

　　伊兹一听说死讯，就火速离开康沃尔来到伦敦，接着从"她在政府里认识的一个男人"那里调了一辆车和许多汽油票，与厄苏拉一起回到了狐狸角，紧接着奔赴泰迪的空军军营。（"你现在这个心情，"她说，"肯定受不了坐火车。"）"认识的男人"在伊兹那里通常用来委婉地指代过去的情人。（"你从哪儿弄来的？"路北一个坏脾气的修车老板给她们加油时问。"我睡着一个权倾朝野的大官。"伊兹娇声说。）

　　休的葬礼后，伊兹坦白了那个关于她有孩子的惊天秘密，此后厄苏拉未再与她见面，于是在开车前往约克郡的路上，她觉得既然伊兹显然为此伤着心，又没别人可以倾诉，那么自己或许有义务重提此话（虽然很尴尬）。厄苏拉问她："你还想再谈谈孩子吗？"谁知伊兹却说："哦，那件事啊。"仿佛它无关紧要。"你就当我没说，我那时不过是矫情。要停下来喝杯茶吗？我饿得能吃下一整块松饼，你呢？"


　　的确，大家都聚齐在狐狸角了，的确，谁也没找到泰迪的尸体。然而截至当时，泰迪的状态已从"因公失踪"改为"因公失踪，疑为殉职"。莫里斯说过，没有希望，大家务必不要再抱什么希望了。"希望总是有的。"希尔维说。

　　"不，"厄苏拉说，"有时的确没有希望。"她想起了那个叫埃米尔的婴儿。泰迪死后是什么样的呢？焦黑萎缩，像一段远古的木炭吗？也许什么也没有留下来，没有"尸体"。不，不，不，她深呼吸着。想着他小时候玩飞机、火车的样子——可这一想，却要比想象尸体更令人揪心了。

　　"这几乎是预料之中的。"南希阴郁地说。她们坐在露台上。已经喝下了过多休的烈酒。休已经去世，她们却在这里偷喝他的威士忌。威士忌保存在密室书桌上一只雕花琉璃瓶中。这是她第一次不由父亲的邀请而自己倒着喝。（"想来几滴好东西吗，小熊？"）

　　"他飞了那么多趟任务。"南希说，"生还率当然很低了。"

"我知道。"

"他也知道。"南希说，"甚至已经预先接受了死亡。他们都得如此。我听起来有点过于平静，对不起。"她轻声地继续道，"但我的心已经碎成两半。我曾深爱他。不，我仍然深爱他。我不知自己为什么说'曾'。爱人死了，爱是不会一起死的。甚至因着这深重的哀悼，我现在更爱他了。他永远也不会结婚生子，永远得不到天赋予他的美满生活，得不到这一切了。"她的手在空中画了个圈，笼统地代表了整个狐狸角、整个中产阶级生活以及整个英格兰。"而这都是因为他是那样一个好人。那样一个实诚的人，我觉得他实诚得像一口大钟。"她笑了，"我知道这比喻很愚蠢，但是你能明白。我不能哭，我甚至都不想哭。在这样的丧失面前，我的眼泪一文不值。"

泰迪曾说南希不爱聊，而现在她却说个不停。相反厄苏拉却没有几句话，只是间歇性地哭着。哭过一小时，眼睛还没有从红肿里恢复，眼泪必定又重新扑簌簌地落下来。克莱顿搂着她、哄着她，表现得极温柔，不停泡茶，她想那些好茶叶大概是从海军部顺出来的。他没有任何语言上的鼓励，没有说一句类似一切都会好、时间是良药、泰迪已经去了天堂之类的屁话。伍尔芙小姐也体贴极了。她前来与克莱顿坐在一起，对他的身份没有提出任何疑问，只是握着她的手，抚摸她的头发，还由着她继续哭泣。

那已经过去了，她想着，喝干了杯中的威士忌。如今什么都没有了。她的脑中只剩一片浩大、无形的虚空。后面是绝望，前头是死亡。

"你能为我做一件事吗？"南希说。

"当然，任何事都可以。"

"你能去查查他究竟还有没有生还的希望吗？他肯定也有被抓的可能性，虽然很小。我想你也许在空军部认识人——"

"我的确认识一个女孩……"

"或者莫里斯也许认识哪个能够……确认消息的人。"她突然站了起来，因喝了太多威士忌，身体有些摇晃，说，"我得走了。"


"我们以前见过。"罗伊·霍尔特对她说。

"对，我去年来看过泰迪。"厄苏拉说，"就住在这里的白鹿酒馆。他们有空房。白鹿是你们'自己人'常去的酒馆，不是吗？我是说空军基地人员。"

"我们在那儿喝过酒，我记得。"罗伊·霍尔特说。

"对，那天晚上很快乐。"

莫里斯自然指望不上，但克莱顿的确努力找过。但到头来总是一个答案：飞机起火坠落，无人紧急伞降。

"你是见到他的最后一个人。"厄苏拉说。

"我不太去想这回事。"罗伊·霍尔特说，"他是个好人，我是说泰迪，但很多好人都在死。他们不会回来了。喝茶时还在活着，到了早餐时人就没了。你哀悼一会儿也就不去想了。知道死亡统计数字吗？"

"我还真的知道。"

他耸耸肩，说："等打完仗以后吧，我不知道。我不知道你们想让我说什么。"

"我们只想了解知道，"伊兹柔声说，"他的确没有跳伞，他的确已经死了。你也遭到攻击，也在极端情形下，也许没有看清整个悲剧经过。"

"他肯定死了，相信我。"罗伊·霍尔特说，"飞机上所有人都死了。整架飞机通体起火。大部分人员八成还没坠机就已经被烧死。我们飞得很近，还保持着队形，我能看到他。他还转身看着我。"

"看着你？"厄苏拉说。泰迪在他生命的最后一刻，明白自己即将死去，那个时候，他想起了什么呢——是青草地、小树丛和开满铃兰的树林中流淌的小溪吗？还是面前的大火，即将吞噬他这以身殉国的人？

伊兹倾身，握住他的手。"请冷静。"她说。

"我只是因为丢下了他们，觉得内疚。他那架已经失控，我不想被他撞了。"他耸耸肩。他模样既相当年轻，又十分苍老。

"总不能为此停止生活。"他生硬地说，接着又软下语气补充道，"我把狗带来了。我想你也许想带走。"

幸运儿在厄苏拉的脚边睡着了，见到她时他高兴得几乎晕头转向。泰迪没有把他留在狐狸角，而是带到了北边的基地。"他叫着这样一个名字，我还有别的选择吗？"他写信说，随信寄来了他与机组人员的合照，大家坐在旧扶手椅上，幸运儿骄傲地雄踞泰迪膝头，很是显眼。

"但他是你们的吉祥物啊，"厄苏拉反对说，"难道不会坏了运气吗？要是让我带走的话。"

"泰迪走后我们的运气就没有好过。"罗伊·霍尔特郁闷地说。"他是泰迪的狗。"他和气地补充道，"就像人们说的那样，至死忠心耿耿。但他寄托的人已经腐烂了，你应该带他走。大家都不忍心看他每天在基地上徘徊，等泰迪回来。让大家觉得仿佛下一个就会轮到自己。"


"我受不了了。"两人开车离开时，她对伊兹说。她记得，这是托尼死时伍尔芙小姐说的话。一个人究竟必须忍受多少？小狗满足地坐在她腿上，也许在她身上感觉到了泰迪。至少她乐意这样想。

"除了忍受还能做什么？"伊兹说。

自然，还可以结束自己的生命。她也大可以去自杀，但她怎么能把小狗抛下呢？"难道不是很荒唐？"她问帕米拉。

"不，并不荒唐。"帕米拉说，"小狗是泰迪留下的唯一的东西。"

"有时候我觉得他就是泰迪。"

"好吧，这就有点荒唐了。"

她们坐在狐狸角的草坪上，那是同盟国投降两周后。（"真正艰难的部分开始了。"帕米拉说。）她们没有庆祝。就在盟军投降那一天，欧洲胜利日，希尔维吃下了过量的安眠药。

"真是自私，"帕米拉说，"不管怎么说，我们也都是她的孩子啊。"

她以举世无双的方式对泰迪的死做出了反应。她在他童年的睡床上躺下来，用休最后的一点威士忌送服了一整瓶安眠药。那也是吉米童年时的睡房，但她似乎并不重视吉米。如今是帕米拉的两个儿子睡在那房里，也是他们在玩搭在阁楼上格洛弗太太房间里的玩具火车。

他们和帕米拉还有哈罗德在狐狸角住了下来。大家都没有想到的是，布丽奇特竟真的如她所言回到了爱尔兰。一直到最后一刻都没人能懂的希尔维，做了一回真人版的延时炸弹。她的遗嘱被公布时，人们发现她竟还有一点遗产——股票、公司股份等。休这个金融师并不是白做的——这些注明均分，但狐狸角却留给了帕米拉。"为什么是我？"帕米拉疑惑道，"她生前并不偏爱我啊。"

"她谁也不偏，"厄苏拉说，"只偏爱泰迪。如果泰迪活着，肯定是要留给泰迪的。"

"如果泰迪活着，她根本就不会死。"

莫里斯气得要冒烟，吉米当时还未从战场归来，归来后对遗产如何安排似乎也不关心。厄苏拉却有些介意自己受到的冷落（将她所受的背叛形容为"冷落"是多么地轻描淡写），但她也认为帕米拉的确很适合常驻狐狸角，狐狸角有了帕米拉的照料她也很放心。帕米拉提议卖掉房产，均分所得，但令厄苏拉惊讶的是，竟被哈罗德劝住了。（帕米拉要做的事，旁人很难劝得住。）哈罗德从来讨厌莫里斯，讨厌他的政治观点，也讨厌他的人。厄苏拉怀疑他这么做正是为了惩罚莫里斯，谁让他，唉，谁让他是莫里斯呢。这真像福斯特的小说，是阶级差异的一个典型后果，虽然确实很可恶，但厄苏拉选择不去怨怼它。

遗产将在大家头上均分。吉米什么也不要，他决定去纽约，且已被一家广告公司录用，多亏打仗时"我认识的一个人"，他像伊兹一样说。莫里斯则决定不与大家争产业（"虽然我当然能争赢。"他说。），只遣来一辆车，几乎拉走了房子里的一切。所有拉走的东西也没有在莫里斯的家里重新露面，于是大家想他肯定是卖掉了。这么做或许只是为了让大家生气。帕米拉为希尔维漂亮的地毯、摆设、摄政王朝风格的大餐桌、安妮女王时代几把上好的椅子、曾放在门厅里的祖父的座钟和那些"我们看着长大的东西"而哭泣，但这似乎正称了莫里斯的心，也避免了一场即将爆发的家族战争。

厄苏拉只拿走了希尔维的金马车座钟。"其他我什么都不要，"她说，"只希望今后你还欢迎我回来。"

"我当然欢迎，这你是知道的。"

## 1947年2月

棒极了！真像个红十字会包裹，她写完，将印有皇家穹顶宫的旧明信片靠在壁炉台上希尔维小金钟和泰迪照片的旁边，准备趁明天下午的一班邮车将明信片寄走。抵达狐狸角当然还要好一段时间。

一张给她的生日贺卡却挨过了这样一段时间。由于天气情况她无法像往常那样回狐狸角庆祝，但克莱顿带她去多切斯特吃了晚饭，晚饭过半电力突然中断后，两人的桌上还点起了蜡烛。

"真浪漫。"他说，"像过去一样。"

"我不记得我们过去有多浪漫。"她说。他们的关系随战争结束也结束了，但他竟记得她的生日，这令她产生了他难以想象的深深感动。作为礼物，他送给她一个吉百利巧克力礼盒。（"恐怕不够多。"）

"这也是海军部的特供？"她问，两人都笑了。回到家她一口气吃完了一盒。

五点了。她把盘子放进水池，加入其他待洗的盘子。漫天灰土已经转为黑暗中的一场暴风雪，她合上薄如蝉翼的棉布窗帘，好遮蔽外面的景象。窗帘在轨道上卡得毫无希望，为了不把整面窗帘拉下来，她只好作罢。窗户老化了，无法关死，刺骨的空气从缝隙里钻进来。

忽然又停了电。她在壁炉台上摸索蜡烛。境况还能更恶劣吗？厄苏拉拿起蜡烛和威士忌，走向卧床，和衣钻进被窝。她累极了。饥饿和寒冷令人身上倦得厉害。

锐迪安特煤气炉上的小火苗抖了抖，叫人心里一紧。**在午夜里溘然魂离人间并没有那么惨。**比其更不堪的死法还有很多。比如奥斯维辛，比如特雷布林卡，比如泰迪乘着哈利法克斯坠入火海。饮酒是唯一止息眼泪的方法。好帕米拉。锐迪安特煤气炉上的火苗颤抖着熄灭了。引火也灭了。她想不知煤气什么时候会泄漏。不知气味是否会将自己惊醒，不知自己是否会重新将火打燃。她没想到自己会像一只狐狸一般冻死在窝里。帕米拉会看到明信片，会知道自己已经表示了谢意。厄苏拉闭上眼。她觉得自己已经一百多年没睡过觉了。已经非常、非常累了。

黑暗开始笼罩下来。


她突然惊醒。难道外面是白天？灯亮着，但外面的天还是黑的。她梦见自己困在一口地窖里。她爬下床，仍醉眼蒙眬，意识到吵醒自己的是突然打开的无线电。电力恢复了，正赶上收听海上天气预报。

她投了硬币，小火炉就又"噗"的一声活了过来。终究没有用煤气把自己毒死。

## 1967年6月

　　BBC播报员说，今晨，约旦攻打特拉维夫，目前正在轰炸耶路撒冷。播报员站在街头，应该就在耶路撒冷，她没有太留意背景里的炮火声，炮火听来十分遥远，对播报员无法构成威胁，但他身上逼真的高级军装和播报员激昂却郑重的口吻，都暗示着他内心的英雄主义情结。

　　本杰明·柯尔已成为以色列议会之一员。他曾在二战末期加入英军犹太旅。后又前往巴勒斯坦跟随斯特恩组织征讨家园。他小时候是那样正直善良，很难将那孩子与现在这个恐怖分子联系在一起。

　　他们在战争里曾碰面喝茶，会面颇尴尬。她少女时对他浪漫的希冀早已消逝，而他丝毫不把她当作女性一员的心态却有了一百八十度的转变。她还来不及喝完自己（寡淡的）柠檬姜茶，他就提议"去别的地方吧"。

　　她生了气。"我看起来是这样随便的人吗？"事后她问梅丽。

　　"呵，为什么不呢？"梅丽耸耸肩，"明天我们都可能被炸弹炸死。当然要把握今天①。"

　　"大家似乎都在以此为借口胡作非为。"厄苏拉愤怒地说，"要是人们信仰永世不得超生之苦，绝对不会这样强调今天了。"这天她在工作上也

---

① 原文此处为拉丁语：Carpe Diem。

不顺利。一个负责归档的女孩因为得知自己男友沉了船而急疯，将一份绝顶重要的文件丢失在浩瀚的牛皮文件袋的海洋里，为此招致了更多痛苦周折，虽然在程度和性质上都与她的痛苦有别。于是她便没有与本杰明·柯尔一起"把握今天"。虽然他急不可耐地向她展开了攻势。"我一直觉得我们之间有些特别，你呢？"

"您觉到得太晚了，恐怕。"她说完，拿起提包和大衣，"下一轮再说吧。"她想起科莱特大夫和他的转世论，思忖着来世自己想成为一个什么。大概是一棵树，她想。一棵在微风中舞蹈的参天古树。


BBC转而关注起唐宁街。某个要人辞了职。她在办公室早已听见一些捕风捉影的话，但并无心思仔细听。

她正把盘子放在膝头吃着晚饭——一块威尔士熔岩干酪吐司。晚上她通常都这么吃。独自吃饭，摆出碗盘、餐垫和各种花哨餐具感觉很荒诞。然后呢？难道在寂静中默默进食，或趴在一本书上看？有人认为吃饭时看电视标志着文明衰落的开始。（她这样热衷地维护这论点，是否正说明她骨子里也这样想？）但说这话的人显然不是独居。而且说到底，文明早就开始衰落了。恐怕从萨拉热窝事件就开始了，最晚不超过斯大林格勒战役。有人甚至会说，文明终结的种子早就埋下了，它的生长其实始于伊甸园。

再说看电视有什么坏处呢？一个人又不可能每天晚上都去剧院和影院（照此说来还有酒吧）。当这个人还是个独居动物时，她唯一的谈话对象仅限于一只猫，于是对话常常只在单方面进行。狗不一样，但自幸运儿以后她就不养狗了。幸运儿死于1949年，兽医说是因为岁数大了。厄苏拉一直都把他当作一只年轻的狗。大家把他埋在了狐狸角，帕米拉买了一株深红玫瑰种在坟上。狐狸角花园称得起是狗的公墓。无论走到哪里，都能撞见一株玫瑰，下面埋着一条狗，虽然唯一分得清谁是谁的人只有帕米拉。

再说不看电视又能干什么？（她不愿停止论辩，虽然论辩双方都是她自己。）难道拼拼图？当然可以看书啦，但一个人刚精疲力竭地下了班，看了一天信息、记录和日程报告，又怎么可能用更多的文字来劳累自己的眼睛呢？无线电和电唱机当然都很好，但都似乎过于"唯我"，仿佛除了自己世上没有别人。（好吧，她似乎有些狡辩了。）至少看电视不要求思考。不思考不见得是坏事。

她今日用餐较晚，因为自己要退休，请同事们聚了聚——颇似参加自己的葬礼，只是退休聚会后自己还能活着离开。大家去酒吧喝了几杯，属于简单的饯行，却很愉快，且结束得挺早，令她松了口气（虽然其他人大概觉得不甚满意）。虽然正式退休的日子是在周五，但她觉得在中间的日子就把这件事办了比较好，不要耽误了同事们周末的安排。他们也许会不高兴。

聚会早先，在办公室里时，同事们送了她一台金马车座钟，上刻"给厄苏拉·托德，感谢她多年来的效忠"。嚯，她心想，多么俗套的墓志铭。金钟是这样的场合惯常会送的东西，她不忍心告诉同事们自己已经有一台，且比这台好得多。他们还极贴心地送了她两张逍遥音乐会贝多芬《第九交响曲》的门票（座位很好），她怀疑这出自贾奎琳·罗伯茨——她的私人秘书——的手笔。

"您为妇女得任高级职务做出了贡献。"贾奎琳轻声说，递给她一杯杜本内，她那段时间最喜欢的饮料。不幸的是也没有多高级，她想。还没有话语权。这世界的话语权仍然掌握在诸多莫里斯之辈的手里。

"唉，干杯。"她说着，碰了碰贾奎琳的波特加柠檬汁。她喝得不多，偶尔一两杯杜本内，周末一瓶勃艮第。伊兹不同，她仍然住在梅尔伯里路，像《远大前程》里的郝薇香小姐，整天在家里的许多个房间里徘徊，且嗜酒如命。厄苏拉每周六早晨买一大袋吃用的物品给她送去，其中一大部分似乎又都被她扔掉了。再也没有人看《奥古斯都历险记》。泰迪在天有灵一定会感到欣慰，然而厄苏拉却感到难过，仿佛他身上的一部分被世界遗忘了。

"这下你退休了，"莫里斯说，"他们可能会给你授勋。发一枚帝国勋章之类的给你。"上一轮嘉奖他已被封了爵士勋衔，（"上帝，"帕米拉说，"这个国家怎么了？"）还给家里每个人寄了一张他在白金汉宫舞会大厅内向女王鞠躬的照片，张张都拿相框装着。"这人自我感觉真好。"哈罗德笑道。

请伍尔芙小姐同去阿尔伯特音乐厅听《第九交响曲》再合适不过了。厄苏拉上一次见她也在那里，那是1944年，音乐厅正举办纪念亨利·伍德诞辰75周年音乐会。几个月后，她在奥德维奇火箭弹袭击事件中身亡。空军部的安妮也死于此次事故。彼时她正同一群女同事一起在部里的楼顶，一边吃自带的午饭，一边晒太阳。事情已经过去了很久，却也历历如昨。

厄苏拉本来与她约好午餐时间在圣詹姆斯公园见面，因为空军部女职员安妮有事要对她说，厄苏拉还在想会不会是泰迪的事。也许有人找到了飞机残骸或尸体。当时早已接受了泰迪永不复归的事，倘若他成了战争罪犯，或从德国逃到了瑞典，他们都早该听说了才对。

然而勃洛克先生却代表命运在前一天傍晚意外造访了厄苏拉（他怎么会知道她的地址呢？），请求她出庭为他的品行做个证明。他被控在黑市牟利，对此厄苏拉毫不意外。她是他的第二选择，本来要找伍尔芙小姐，可伍尔芙小姐升任了地区指挥官，负责保护着25万人的生命，其中每一个人都排在他勃洛克先生的前面。他涉足黑市正是导致她与他决裂的原因。而过去一起工作的其他指挥员在1944年以前就都离开了。

她惊讶地发现勃洛克先生要去的竟然是中央刑事法庭，本以为他不过犯了点只配去治安法庭审理的小事。她在中央刑事法庭等了一早上，也没等到自己被传唤，就在法官们起身宣布中午休庭时，她听到一声炸弹的闷响，但并不知道那是火箭弹在奥德维奇大开杀戒。不用说，勃洛克先生最后被判无罪。


克莱顿陪她去参加了伍尔芙小姐的葬礼。他曾坚如磐石，但最后还是回到了沃格雷夫的妻儿身边。

"他们的遗体必被人安葬，名誉必留于永世。"首相的嗓门势大力沉，仿佛担心听讲的人耳力不济，"取自《德训篇》44章14句。"厄苏拉不信。谁会记得埃米尔和蕾妮？谁会记得可怜的小托尼、弗雷德·史密斯还有伍尔芙小姐？连厄苏拉自己都已忘了许多逝者的名字。还有那么多英年早逝的飞行员。泰迪死时才二十九岁，正是他们中队的指挥官。中队最小的指挥官才二十一岁。时间像在济慈身上那样，在这些男孩的身上加速飞逝而去。

大家唱了《信徒精兵歌》，她第一次发觉克莱顿唱起歌来嗓音浑厚低沉。她知道比起这斗志昂扬的教堂赞美诗，伍尔芙小姐必定更中意贝多芬。

伍尔芙小姐曾预见贝多芬能让战后世界恢复和平，这一过分乐观的预见被指向耶路撒冷的榴弹炮彻底击败了。如今厄苏拉自己也到了伍尔芙小姐在二战爆发时的年纪。过去她觉得伍尔芙老。"现在我们自己也老了。"她对帕米拉说。

"你说你，别带上我。再说你还不到六十岁呢。不算老。"

"心老。"

帕米拉的孩子们已长到无须她再悉心看护的年纪，她就像某些女性那样投身到了正义的事业中。（厄苏拉丝毫没有讽刺的意思，恰恰相反，她很支持。）她从治安调停做到治安法庭庭长，在慈善会中也积极活跃，去年还以无党派人士的身份进入地方政府任职。此外还要照看家宅（不过她说她"有个女人帮忙做"），侍弄一个奇大的花园。1948年全国免费医疗制度出台后，哈罗德接任费洛维大夫，成为地方上的医生。村镇在狐狸角四周发展起来，房子越来越多了。青草地没有了，小树林也没有了，开发商买走了许多艾特林汉庄园自耕农场的地皮。庄园空置，久无人问津，小车站被"铁路杀手"毕钦判了死刑，停运已经两月有余，虽然帕米拉曾雄赳赳地带头举行了一次停运抗议。

"但这里还是挺美，"她说，"走五分钟就能看到豁然开朗的乡村景色。树林也……也还完好无损。"

莎拉。她要带莎拉去逍遥音乐会。她是对帕米拉耐心的奖赏——1949年诞生的小女儿。夏日过后就要去剑桥上学——正如她母亲一样，莎拉也是聪明绝顶，各方面都很优秀。厄苏拉将莎拉视为珍宝。做莎拉的阿姨帮她愈合了泰迪在她心中留下的巨大空洞。近来她总是想——如果有一个自己的孩子就好了……多年来她有过各种关系，既没有值得一提的惊喜（错误多半在她，无法"彻底托付"），也没有怀孕，从没有成为母亲或者妻子。直到她已经没有回旋余地，一切都已太晚，这才意识到自己失去了什么。帕米拉死后，生命还会延续，她的后代，将如岔口的河水流向四面八方。然而厄苏拉一死就没有了下文，是一条日渐枯竭的小溪。

聚会还送了花，厄苏拉猜测也是贾奎琳的主意。感谢上苍，花朵挨过了酒吧一晚。可爱的粉色百合现在正插放在她的床头柜上，屋内花香四溢。起居室朝西，洒满了傍晚的落日余晖。外面天还亮着，公用花园里的树正披挂着一年中最好的新叶。这是一套上好的公寓，邻近布朗普顿圣堂，她花掉希尔维留给她的所有遗产，这才置办下来。寓中小厨房、小卫生间，都是现代设备。但装修时她则尽量趋于古早。战后人们都追着现代去了，她乘机买了些式样简洁、品味高雅的老家具。地上合着尺寸铺了柳绿色地毯，窗帘与坐具棉套采用相同布料——一种花型较低调的莫里斯印花棉。四壁都漆上了一种淡淡的柠檬黄，即便是雨天，室内仍显得明亮、清爽。家里还摆着几件梅森和乌斯特的瓷器——几个糖果盘和一组瓷瓶，也都是战后便便宜宜买来的。瓶里总是插着花。这贾奎琳是知道的。

家里唯一有失精致的是两只艳橘色斯塔福郡陶制狐狸，各自嘴里叼着一只白兔，是几年前她从波多贝罗市集上顺手买来的。它们令她想起狐狸角。

"我喜欢到你家来。"莎拉说，"你的东西都这么好看，而且永远这么干净整洁，跟家里真不一样。"

"等你自己住了，也可以弄得干净整洁。"厄苏拉说，心里对莎拉的赞美备感受用。她心想，自己也该立一份遗嘱，把带不走的东西都留给某个人。她很愿意让莎拉来继承自己的公寓，但想到希尔维死后大家因为狐狸角而产生的争执，她又犹豫了。一个人到底应不应该无所顾忌地祖露出自己的偏爱？也许不该。她必须将房产平均分给七个子侄，甚至分给那些她不喜欢的，甚或见也没见过的。吉米自然一直没有结婚，也没有孩子。他住在加利福尼亚。"他是同性恋，你肯定以前就知道吧？"帕米拉说，"他一直有这方面的苗头。"这番话帕米拉只当一种陈述来说，并非谴责，但她对用词的选择，语气里难以察觉的一丝不屑，都说明她谈这个话题的能力，远远不及她谈论民主政治的能力。厄苏拉心想，等她知道了杰拉德（帕米拉六个儿子中的一个）和他"这方面的苗头"以后，不知会怎么样。

"吉米只是做他自己罢了。"她说。


上周，她午餐归来曾在办公桌上看到一份《泰晤士报》。报纸整整齐齐折好，最上面露出的一版讣告栏里有一张克莱顿年轻时的军装照，那时她还不认识他。她已经忘了他是多么英俊。讣告很长，自然提到了日德兰。讣告说他的妻子莫伊拉"先他而去"，说他是好几个孩子的祖父，说他爱打高尔夫。他过去一直讨厌高尔夫，不知何时竟变了口味？又是谁在她办公桌上留下了这份《泰晤士报》？这么多年后谁竟然还记得要来告诉她？她愣在当场，毫无头绪，到现在也想不明白。过去两人秘恋时，他曾有一段时间热衷于在她桌上留条。小段言语淫秽的情信，变魔术般说出现就出现。也许正是同一只魔术师的手，在多年以后，又送来了这份《泰晤士报》吧。

"海军部的那个男的死了。"她告诉帕米拉，"不过当然，谁早晚都会死。"

"这是废话。"帕米拉笑道。

"不，我是说，一个人认识的所有人都会死去，包括这个人自己。"

"还是废话。"

"尼采总说Amor fati（顺随命运）。"厄苏拉说，"过去我不理解，我以为是A more fatty（更肥的胖子）。你记得我以前去看过一个心理医生吗？我叫他科莱特大夫。他骨子里是个哲学家。"

"爱命运？"

"是顺随、接受的意思。命中发生的任何事，无论好坏，都全心接受。死亡只是需要接受的事之一，我想。"

"听上去像佛教。我有没有提过克利斯要去印度的事？他说是去寺庙'归隐'。从牛津毕业后他一直定不下来。肯定是个'嬉皮'了。"厄苏拉觉得帕米拉对她的几个儿子太过放任。克利斯朵夫分明是个行为诡异的孩子。她努力试想更温和的词语去形容他，然而失败了。他会定定地看着你，脸上带一种意味深长的微笑，仿佛他在智力和灵性方面都胜你一筹。其实他只是不懂如何社交而已。

百合的香甜在刚入水时还显得可人，现在已经开始令她感到头晕。房间被香味挤满了。她应该开一扇窗。她起身要将餐盘拿去厨房，右太阳穴突然感到一阵几乎令人目盲的刺痛。她只得坐下，等待疼痛退去。疼痛几周前就开始了。先是小范围的刺痛，接着整个脑袋都变得昏沉，发着嘤嘤嗡嗡的声响。有时甚至是擂鼓般的剧痛。她曾以为这是高血压所致，经过一系列繁复的检查，终于被医院宣判"很可能是"神经痛。医院给她开了强力镇痛药，并保证一旦退休症状就将减轻。"您会有休息的时间，生活可以慢下来。"医生用对老年人说话的语气说。

疼痛过去了，她小心翼翼地站起身。

余生她还能做什么呢？她斟酌着是否要搬去乡下，住在乡村小别墅里，过与村民一样的生活。也许可以离帕米拉住得很近。她想象阿加莎·克里斯蒂笔下的圣玛丽米德，想象里德小姐笔下的仙地村。说不定她也能写本小说呢？至少可以打发时间。再养只狗吧，是再养只狗的时候了。帕米拉养过一系列金毛，一条接一条地养，每一条都很像，看在厄苏拉眼里毫无区别。

她洗净几个孤零零的瓷盘，准备冲杯阿华田早早上床看书。她近来看格林的《喜剧演员》。虽然的确需要多休息，她却变得害怕入睡了。入睡后她常陷入极为逼真的梦境，以至于难以将之仅仅当作梦来看待。近来有几次，她觉得有几件匪夷所思的怪事切实发生在了自己身上，虽然逻辑地说，显然并没有。还有坠落。她总是在自己的梦中坠落。从楼梯上、悬崖上。坠落的感觉相当不好受。这难道是老年痴呆症的先兆？终结的伊始，伊始的终结？

从卧室的窗口望出去，一轮胖乎乎的圆月升起来了。那正是济慈的月后，她想。*夜这般温柔*。她的头又痛起来了。她从水龙头里放了一杯水，吞下几枚止痛片。

"但如果希特勒在成为总理前被刺杀，阿拉伯和以色列之间的冲突也就不复存在，不是吗？"他们称为"六日战争"的东西已经结束，以色列人大获全胜。"我的意思是，我理解犹太人为什么迫切需要独立领土，为什么如此顽强地保卫它。"厄苏拉继续道，"而且我一直都同情并理解复国主义的宗旨，早从战前我就是这样，但是，另一方面我也能理解阿拉伯人的愤恨。但如果希特勒不能施行犹太种族屠杀——"

"因为他死了？"

"对，如果他死了的话。那么建造犹太人自己的家园一事就站不住脚……"

"历史真是充满了'如果'。"奈杰尔说。帕米拉的大儿子、厄苏拉最喜欢的外甥奈杰尔在休的母校牛津大学布雷齐诺斯学院任历史教员。她请他在福特纳姆梅森酒店吃午饭。

"能有人聊聊这样深刻的话题真好。"她说，"我前段一直在法国南部度假，与梅丽·肖克洛斯一起。你见过她吗？没见过？不过她的姓早就改掉了，嫁了好几次，夫君是一个比一个有钱。"

梅丽在大战中结婚后，从美国匆忙返英，说自己新郎家里都是"干粗活的"。她曾重新"登台献艺"，有过好几次惨淡不堪的关系。终于一锹挖在金矿上，嫁给一个在外流亡避税的石油家族后裔。

"住在摩纳哥。这个国家小得闻所未闻，我完全不能想象。那些年月梅丽真是个傻姑娘啊。我是不是又东拉西扯了？"

"哪里的话。我给您添杯茶好吗？"

"独居人难免东拉西扯。生活没有禁忌嘛，至少说话方面如此。"

奈杰尔笑了。他戴着眼镜，略显严肃，笑起来像哈罗德一样好看。摘下眼镜用纸巾擦拭时，他看起来相当年轻。

"你这么年轻。"厄苏拉说，"当然，你本来就小。我是不是很像又老又疯的阿姨？"

"上帝啊，当然不是，"他说，"您是我认识的最聪敏的人。"

她满心受用，给一个面包卷涂上黄油。"我曾听人说事后洞悉力是伟大的，因为没有它，我们便有了历史。"

"恐怕说得没错。"

"但是想一想事情本可以多么不同。"厄苏拉坚持道，"铁幕本可以永不落下，俄国未必能吞并整个东欧。"

"吞并？"

"嗯，整件事本来就是赤裸裸的贪婪。而没有战争经济，美国也可能不会这么快从大萧条中恢复，也就不会对战后世界产生如今这样大的影响——"

"将有一大批人至今还活着。"

"嗯，是呀，这不用说。整个欧洲的文化呈现，也会因为犹太人而不同。不会再有人被从一个国家驱赶到另一个国家。英国也还会继续施行帝制，至少不会像现实中这样戛然而止——倒不是说帝制就合理。而且我们也不会为了打仗倾空国库，又花这么久来恢复财力和心理上的创伤。也就不会有欧共体——"

"反正也没有让我们加入嘛。"

"但是想一想，如果希特勒早早死了，如今的欧洲将是多么强大！当然，没有希特勒，也还有戈林和希姆莱。一切也许不会有任何改变。"

"也许吧。但纳粹党一直到上台前几乎都很冷僻。成员全是疯狂的反社会人士，但谁都没有希特勒的个人魅力。"

"噢，我懂。"厄苏拉说，"他的个人魅力的确非比寻常。人们说到个人魅力，总把它当作一样好东西。实际上它不过是一种魅惑——就如中蛊，你懂吗？我想他的魅力也许来自他的双眼。他有世上最蛊惑人心的双眼。看着它们，你会觉得自己身处即将被迫相信的险境——"

"你与他会过面？"奈杰尔惊讶地说。

"怎么说呢，"厄苏拉说，"不算会面。你想吃甜点吗，亲爱的？"


她在七月难耐的暑热中从福特纳姆梅森酒店沿皮卡迪利街往家走。连色彩看来都是热的。一切变得十分鲜艳——充满了青春活力。她办公室的年轻女孩们穿起一种窗帘帘头那么短的裙子。如今的年轻人满心想的都是自己，仿佛是他们在一片虚无里创造了未来。前辈在战争中为这一代牺牲，这一代人却有口无心地念着"和平"，仿佛它只是一则广告标语。他们中没有一个人经历过战争。（"没打过仗好，"她穿越时空，听到了希尔维的话，"无论多么一无是处，也还是没打过仗的好。"）照丘吉尔的话说，他们生来就被赋予了自由的"所有权"。至于如何行使这所有权，就是他们自己的事了，她想。（听起来真像个吹毛求疵的老古董，她已然变成她一直以为自己不会变成的人了。）

她准备先穿过街这边的各个公园，再过马路到对面的绿园去。过去她总在星期天到公园散步，现在她退休了，所以每天都是星期天了。她步履不停，走过了白金汉宫，走进了海德公园。在九曲湖边的小亭子里买了一客冰激凌，决定租一把小躺椅。她累得要命，午餐似乎穷尽了她所有的气力。

她肯定是睡着了——毕竟刚吃了饭，一不留神已经出来几条船，人们蹬着船，水面上传来阵阵欢声笑语。噢，该死，她心想，恼人的头疼似乎又要冒头，她的手袋里却没有准备止痛片。也许在马车道上能叫到出租车吧？在头疼和暑热中走回去是不现实的了。然而这样想着，疼痛却并未加剧，反而减轻了。这违反了平常的程序。她又闭上眼睛，骄阳依然似火。她感到一种舒心的困乏。

在人前睡着的行为极其怪异，这本应令她感到不安，她却相反觉得十分舒服。田纳西·威廉斯不是说过什么——"陌生人的好意"吗？1955年，梅丽最后一次舞台献演，就在萨莫赛特郡的巴斯演了一次布兰奇·杜波依斯。

她任由公园里嘤嘤嗡嗡的嘈杂声哄她入睡。生活不在未来，而在当下，不是吗？科莱特大夫肯定会支持这种想法的。一切都稍纵即逝，一切又都亘古长存，她睡意蒙眬地想着。不知何处，一只狗叫了两声。有个孩子哭起来了。那是她自己的孩子，她在自己的臂弯里感觉到了它轻盈的重量。那感觉真好。她又做梦了。她梦到自己来到一片青草地——盛开着亚麻花和飞燕草、虞美人、红石竹和牛眼雏菊——天上竟下着雪。这是梦里才有的怪事啊，她想着，听到希尔维的小金马车座钟鸣响了午夜十二点。有个孩子，声音又尖又细，唱着，*我有棵苹果树，啥也不结*。Muskatnuss，她想——德语里"肉豆蔻"的意思。多年以来她一直在回想这个单词，此刻，突然间，它被想起来了。

她置身一个花园。听见茶杯碰茶碟的轻响，一台除草机发出的哐啷、咯吱的声音。她闻见粉色石竹辛辣的香味。一个男人将她抱起，往空中抛着，糖块滚了一草地。这似乎是另一世，但确乎又是此一世。虽然她知道在公共场合自己对自己笑的人多半有精神病，却还是忍不住轻笑了一声。

虽然正值炎夏，天上却飘起了飞雪。说到底，这也是梦里才有的事。雪花渐渐掩盖了她的脸。天气这么热，这样倒很清凉舒服。接着她便坠落起来，往幽深黑暗处滑去——

却立即又看见了雪景——纯白、友好，光明仿佛利剑，刺穿厚重的窗帘，她被抱起来，搂在柔软的臂弯里。

"我想叫她厄苏拉。"希尔维说，"你觉得好吗？"

"我喜欢。"休说。他的脸逐渐在视野内清晰。他的连鬓胡茬儿，他慈爱的绿眼睛。"欢迎来到这世界，小熊。"他说。

*Part 4*

第四部分

　　时间到了，她想。与此同时，一口钟在某处敲响，仿佛明白她的心思。她想着泰迪与伍尔芙小姐，罗兰和小安吉拉，南希与希尔维。她想着科莱特大夫和品达。想着他所说的，明白你是谁，成为你自己。她已经明白了。她是厄苏拉·贝瑞斯福德·托德，是历史的见证。

# 开始的终结

"欢迎来到世上。"那是她的父亲。两人眼睛酷似。

休已按照惯例，在与内室隔离的正厅中来来回回地踱过那条沃西长毯。他对门后正发生的事不很了解，庆幸自己倒也不需要了解什么分娩的机理。希尔维的叫喊说明，分娩是一种折磨，或者干脆说是一种残暴的酷刑。女人真是勇敢啊，休心想。为了不像个女人那样颤抖起来，休一支又一支地抽着烟。

费洛维大夫低沉厚重的嗓音给了他些许安慰，不幸打杂女仆操着凯尔特口音歇斯底里喋喋不休，又削弱了这种安慰效果。格洛弗太太哪里去了？这种时候厨子也能派上大用场嘛。他小时候在汉普斯泰德的厨子就是个处变不惊、临危不惧的人。

突然出现了一阵集中骚乱，反映出卧室门那一边的战争或是大获全胜或是以失败告终了。休不得允许不敢进门，却迟迟无人来叫他。终于，费洛维敞开产房的门，宣布说："生了个瘦而不弱、生龙活虎、惹人怜爱的女儿。差点就死了。"他想了想又补充道。

感谢上帝，休心想，幸而自己赶在大雪封路前回到了狐狸角。他已将妹妹成功地拽上了跨海渡轮运抵英国，终结了她在法国漫长的吃喝玩乐生涯。他忍受着手上的咬伤，不懂自己的妹妹什么时候学得这样野蛮。完全不像出自保姆米尔丝和汉普斯泰德的家教之手。

伊兹手上还戴着那个标志婚姻的假戒指，纪念着在巴黎某酒店与自己的情夫度过的令人不齿的一周，虽然休很诧异，何以法国这个置伦理纲常于度外的民族能出这样一个顾表面礼仪的人。她奔赴欧陆时身穿短裙，头戴划船草帽（他母亲跟他详细说明了外貌特征，仿佛她是在逃犯），回来时身上是一件沃斯高级定制礼服（她再三强调，仿佛这事很值得自豪）。从裙子在腰腹部紧绷的程度来看，那个浑球在两人离开前已经占了她的便宜。

他最终在巴黎圣杰曼区的阿尔萨斯酒店掘地三尺把在逃的妹妹找了出来，在休看来那是个下等endroit，奥斯卡·王尔德死在这里就足以说明问题。

未曾想到，竟发生了一场争执，不仅伊兹，连那个骗子都参与进来，休只得从骗子怀里拽出伊兹，这才好歹将又踢又喊的她，塞进了收了钱等在酒店门外的双门雷诺出租车里。休心想，要是自己有辆车就好了。但凭自己的工资能买得起吗？自己又能不能学会驾驶？开车究竟能有多难？

渡轮上，两人吃了上好的法国粉红小羊排，伊兹想叫香槟，休便叫来了，他已因私奔事件精疲力竭，不想再起争执。可能的话，真想把她直接扔到护栏外深灰色的海水中去。

他从加来给母亲阿德莱德打了电报，觉得应该让她在亲眼看见自己的小女儿前有个心理准备，毕竟伊兹的情况已经无法掩饰了。

船上同室用餐的人都以为他们是夫妻关系，伊兹收到了无数对未来妈妈的祝福和赞美。休心想不如将错就错，总比让这些陌生人发觉真相要好。于是他不知不觉地，在整个渡海的过程中，也努力融入这场荒谬的赞美，竟至不得不否认自己现实中太太和孩子的存在，假装伊兹是自己的小新娘，就此彻底成了个骗取未成年少女芳心的老流氓（也许他忘了，自己向真正的妻子求婚时，对方也不过十七岁）。

伊兹却乐得如此，为了报复不惜竭尽全力让休难堪，**拿我亲爱的丈夫**①

---

① 原文此处为法语：mon cher mari。

和其他一系列极其亲昵的话去称呼他。

"您的小妻子真可爱。"休在甲板上抽饭后烟、吸新鲜空气时，一个比利时男人说，"才出襁褓不久，自己就要做妈妈了。在她们年轻时就得到她们再好不过，这样您就可以照着自己的意思塑造她们了。"

"您英文说得真好，先生。"休说着将烟头弹入海里，转身走了。倘若他不是那么一个绅士，或许就会拳脚相向。万不得已时他或许会为国家而战，但是为他不负责任的妹妹那业已不保的名节而战就太愚蠢了。（虽然将一个女人按自己的意思塑造确是一件令人舒心的事，就像他在哲曼路定制礼服那样。）

发给母亲的电报措辞相当困难。他最终决定这样发出：**正午抵达汉普斯泰德停顿伊索贝尔同我在一起停顿她怀孕了停顿**。信息公开得相当大胆直接。他或许应该多花几个钱，再加上几个副词做缓和。比如"不幸地"。电报（不幸地）起了反效果，两人刚在多佛尔下船，便立即在码头接到了回复。**任何情况下都不要将她带回我的房子来停顿**。最后的"停顿"二字铅一般沉重，确凿不容置疑。这令休无比疑惑，不知该拿伊兹怎么才好了。她毕竟还是孩子，才十六岁，他又不能把她丢在街上了事。急着想回狐狸角的他，最后不得不扯上她一起回家了。

等他们终于在午夜冻得像冰人一般回到家，一惊一乍的布丽奇特开门就说："噢，不，我还以为是大夫呢，瞧这闹的。"看起来，他的第三个孩子已经踏上了降临人世的旅程。她的旅程，他低头看着手中这一小团蜷缩的肉体，高兴地想道。休很喜欢孩子。


"我们拿她怎么办？"希尔维心烦意乱地说，"总不至于生在我家吧？"

"我们家。"

"她必须送走。"

"孩子也是我们家族的一员。"休说，"它体内流着与我的孩子体内一样的血。"

"我们的孩子。"

"我们就说这孩子是从亲眷那里过继来的。"休说，"父母双亡。谁也不会怀疑，也没什么好怀疑的。"

孩子终究出生在了狐狸角。是个男孩。希尔维一见婴儿的面，就不很愿意送人了。"多叫人欢喜的小东西。"她说。希尔维觉得所有婴儿都叫人欢喜。

伊兹在孕期的后半段，一直在狐狸角禁足，最多不能走出花园去。她说自己仿佛囚犯，"就像《基督山伯爵》"。婴儿一降生她就塞给了别人，貌似对他再也没有兴趣，仿佛整件事——怀孕、监禁——是他们强加于她的苦差事，而现在钱货两讫，她自由了。她躺在床上，由布丽奇特怨声载道地伺候了两周，就被送上火车，去往汉普斯泰德，又从那里被打发到洛桑的一所家政学校。

休是对的。谁也没有对这突然多出来的孩子的来历表示怀疑。格洛弗太太和布丽奇特都发誓不将秘密张扬出去，各自为此得了一些钱，虽然希尔维并不知道。费洛维大夫本着职业操守，大概也会自动守口如瓶。

"罗兰，"希尔维说，"这个名字我一直挺喜欢。在《罗兰之歌》中他是个骑士。"

"最后八成死在战场上了吧？"休说。

"多数骑士死于战场，不是吗？"


银色的小野兔，在她眼前转动着，璀璨晶莹的光颤抖着。山毛榉树上，叶子舞蹈着。花园里无须她帮手，繁花各自抽蕊、绽放、结果。摇啊摇，宝宝，希尔维唱着。摇篮和宝宝，统统摔着。厄苏拉不为这句唱词而胆怯，与罗兰一起，开始了她短暂却又英勇顽强的一生。

罗兰是个天性可人的孩子，希尔维花了好一会儿才发觉他"脑子似乎有些不济事"，有次休从银行累了一天回到家，她便这样对他说了。休知道自己无谓与希尔维探讨什么财政问题，但有时他希望从银行回到家所面对的是一个喜欢看财务报表、资产负债表、对茶叶价格的增长和羊毛市场的动荡感兴趣的女人，一个按自己的意思"塑造"出来的女人，而不是现实中这个美丽、聪敏、常与自己对着干的女人。

他躲进密室，坐在书桌前，倒了一大杯威士忌，点了一小支雪茄，本想享受享受清静。枉费工夫，希尔维龙卷风一样刮进来，在他对面坐下，像个上银行贷款的客户，说："我发觉伊兹的孩子好像是傻子。"截至那一刻前，希尔维还都一直叫他罗兰，现在发生了重大缺陷，他又再一次成了伊兹的孩子。

休起先不以为然，但时间一久，罗兰与其他同龄孩子的差距就拉开了。他学习速度缓慢，且似乎没有正常儿童天生对外部世界的好奇。如果把他放在火炉前的地毯上，在他旁边放上布页书和积木，过半小时再看，他却怔怔地坐着，或是望着炉火（小心隔离，不会伤到孩子），或是望着坐在身边理毛的大猫昆妮（未加隔离，而且很是凶残）。罗兰能够胜任简单的跑腿活，且很愿意替托德家的女眷们跑来跑去拿东西。布丽奇特，甚至格洛弗太太这样的大人都舍得让他跑腿，上储食间里拿袋糖，从大陶罐里拿把木勺什么的。看来要罗兰有朝一日也去休的母校上学是不可能了，不知为何，休为此反而更喜欢上了这个男孩。

"也许我们应该给他弄条狗。"他建议道，"养狗对男孩子有百利而无一害。"于是，宝森来了，宝森是只大狗，喜爱人前人后地跟随保护，大家很快发现他这个特点，便给他派了更重要的用场。

至少男孩很沉得住气，休心想，不像他那个风风火火的母亲，也比他自己成天打架的长子长女要好。厄苏拉，当然，与所有人都不同。她相当警觉，仿佛要用她那两只酷似他的绿眼睛将整个世界吸进去。有时这令人看了发怵。

❋

文登先生面海支着画架。他对目前画成的蓝、绿、白——和土咖啡色——的康沃尔海滩很是满意。几个在沙滩上散步的路人驻足观赏未完成的画。他期待着褒奖，但褒奖没有来。

海天之间有几艘小帆船，文登先生想，它们也许正在比赛。他在自己画上的天际线处添上一抹瓷白，后退几步欣赏着成果。文登先生看出了帆船，路人也许只看见一坨坨白颜料。再在沙滩上加些人物，就能与白帆遥相辉映，他想。就画那两个正在努力搭沙堡的小女孩吧。他一边凝视画布，一边咬着笔杆，心想，怎样才能画得好呢？

建造沙堡是厄苏拉的主意。她对帕米拉说，她们应该合力造出世界上最好的沙堡来。她对古堡的描述极为生动——护城河什么样，炮楼什么样，城墙什么样——说得帕米拉眼前不禁浮现出中世纪妇女裹着头巾挥别骑士的场景，骑士胯下的铁骑正铮铮踏过吊桥（她们准备找一条碎木来充当这个东西）。虽然工程尚处雏形阶段，两人已经在全力以赴，挖了两圈护城河，只待涨潮时由海水灌满，来保护城中头裹长巾的妇女不受外敌（比如迟早要来搞破坏的莫里斯）的侵害。她们忠诚的小跟班罗兰被派遣到海边去找装饰用的鹅卵石和顶顶重要的吊桥。

与她们距离很远的地方，希尔维和布丽奇特正沉浸在各自阅读的小说里，新生儿爱德华——泰迪——睡在近旁遮阳伞阴凉中的一块毯子上。莫里斯在海滩另一头的岩滩中挖泥巴。他与当地一些野孩子交了朋友，常与他们一起游泳攀岩。对当时的莫里斯来说，人就是人，他还没有学会用口音标准和社会阶层去衡量他们的价值。

莫里斯这个人极为皮实，谁也不为他担心，尤其他母亲更是几乎任其生死。

可怜的宝森被托给了柯尔家照顾。

依照古来搭建沙堡的习惯，从护城河里挖出的沙子，全部被堆在了护城河的中心，作为堡垒的建材。两个小姑娘挖了半天，又热又黏糊，都停下手来，退后几步审视着护城河中的不成形的沙堆。帕米拉对建造炮楼和城墙是否可行更为怀疑了，蒙长巾的女人更是仿佛痴人说梦。这堆沙让厄苏拉想起了什么，可究竟是什么呢？似乎是某个熟悉的东西，但是云遮雾罩，难以辨清，仿佛脑中一个模糊的影子。她常有这样的感受，仿佛有人将躲在意识深处的记忆拖了出来。她以为每个人应该都是这样的。

接着，这种感受被恐惧取代了，战栗一闪而逝，恍惚间似乎雷暴滚滚，海雾向沙滩弥漫过来。任何东西都可能藏匿着危险：云、浪、远天的帆船、作画的男人。她立即往希尔维的方向跑去，要把这恐惧带到她面前，让她来安慰自己。

希尔维觉得厄苏拉这孩子很古怪，成天杞人忧天，总拿性命攸关的问题去问她——房子着火怎么办？火车撞车怎么办？发大水了怎么办？还不能不回答，必须给出切实可行的建议才能安抚这种焦虑（怎么想起问这个，亲爱的？我们可以把东西都收拾起来，爬到屋顶上等水退啊）。

与此同时，帕米拉重新开始恪尽职守地挖起护城河。文登先生则为了描绘帕米拉的遮阳帽而全神贯注地近距离作着画。两个女孩选在了画面正中的位置来搭沙堡，这是多么令人愉快的巧合。他暗自准备将这幅画命名为《挖掘的人》，或者《挖沙的人》。

希尔维读《特派员》读得睡了过去，突然被吵醒，很不高兴。"怎么了？"她说。她瞥了一眼海滩，望见了正在勉力挖沙的帕米拉。远处传来的喧哗与叫喊说明了莫里斯的位置。

"罗兰呢？"她问。

"罗兰？"厄苏拉说着，环顾四周，寻找她们任劳任怨的小奴隶，但是哪儿也看不见他的身影，"他在找吊桥。"希尔维已站起了身，焦急地巡视起海岸线。

"找什么？"

"吊桥。"厄苏拉重复道。


他们推测罗兰必定在海里看到一小片浮木，便乖乖地蹚水去拿了。他还不懂什么是危险，当然也还不会游泳。如果宝森在，定会毫不顾虑危险，在浪中狗刨而去，将罗兰拽回来。宝森不在，*阿奇博尔德·文登先生，伯明翰业余水彩画爱好者*——地方报纸如是说——便试图见义勇为，救下孩子（与家人一起度假的四岁儿童罗兰）。文登先生扔下画笔，向海里游去，将孩子救上了岸，然而，呜呼，已于事无补。这则报道被他仔细剪下保存，以便展示给伯明翰的父老。在短短三英寸见长的豆腐块文章中，文登先生同时以英雄和艺术家的身份出现。他想象自己谦逊地说："哪里哪里，这没什么大不了的。"事实这也的确不算什么，因为孩子并没能救活。

厄苏拉眼看着文登先生蹚水上岸，怀里抱着罗兰软绵绵的小身体。帕米拉和厄苏拉本以为正在退潮，谁知海水涨起来了，很快灌满了护城河，拍打着即将被冲垮的沙堆。一个不知是谁的圆环乘着清风滚过沙滩。当一大帮各式各样的陌生人忙着急救罗兰时，厄苏拉将视线久久地投向大海。帕米拉走来站在她身边，两人随即牵起了手。浪潮进犯，舔着两人的脚丫。要是没想到搭沙堡就好了，厄苏拉想。虽然这主意原来显得那么好。

❋

"我为您的儿子感到遗憾，托德太太，夫人。"乔治·格洛弗喃喃地说，作势举了举不存在的帽子。希尔维正在前往观看田间丰收的路上。大家必须从沉闷的悲痛中摆脱出来，她说。罗兰溺水后，整个夏天自然都消沉了下来。罗兰死后似乎比活着时更重要了。

"你的儿子？"乔治·格洛弗回去做工后，伊兹嘟囔道。她来参加了罗兰的葬礼，穿着时髦的黑丧服，并趴在罗兰的棺材上哭喊了"我的儿子，我的儿子"。

"他就是我的儿子。"希尔维激动地说，"你敢说他是你的试试看？"虽然她心里知道，倘若死的是她的亲骨肉，她此时的心情要悲痛得多。为此她感到内疚。但那不是理所当然的事吗？现在他死了，倏忽间大家都想跟他沾亲带故。（要是有人愿意倾听，连格洛弗太太和布丽奇特都会这么说。）

"小朋友的离去"对休的影响最大，但他知道，为了自己的家庭，自己必须照常生活下去。

伊兹没有马上离开，这令希尔维不快。她已经二十岁，"被困于"家中，等待一个尚不知是谁的男人来做自己的丈夫，将自己从阿德莱德的"魔爪"中解救出来。汉普斯泰德本就禁提"罗兰"二字，如今他死了，阿德莱德更是来不及要"感恩"。休为自己的妹妹感到难过，与此同时，希尔维则在乡间寻觅家道殷实却又老实巴交的地主，能够忍受并接纳伊兹。

大家顶着热浪，辛辛苦苦地在田间行进，上高下低，涉过小溪。希尔维用一条披肩将宝宝绑在身上。宝宝很重，布丽奇特连拖带拽搬运着的野餐篮更重。宝森在她们身边步步不离地走着，他不爱跑在前面，更喜欢留在后面赶掉队的人。他还不知道罗兰为什么不见了，于是更尽心地要看好余下的人。伊兹落在队伍最后，原有的对牧场远足的些许兴致已经消退。宝森竭尽所能地催着她。

一路上的气氛不善，野餐时也没有好到哪里去，因为布丽奇特忘了带三明治。"这么奇葩的事你是怎么办到的？"希尔维生气地说。结果大家只好吃掉了格洛弗太太做给乔治吃的猪肉馅饼。（"看在上帝的分上，别告诉她。"希尔维说。）帕米拉被一丛荆棘剌了皮肉，厄苏拉一个趔趄摔进了荨麻丛中。连平常总是乐呵呵的泰迪，此时都被晒晕了头，坐也不舒服，站也不舒服。

❈

乔治带来两只小兔给他们看，说："你们想带走吗？"希尔维立即阻拦："不，谢谢，乔治。不是养死就是一窝一窝地生小兔子，不管哪个都令人头疼。"帕米拉烦闷不已，必须要希尔维让她养一只小猫。（令帕米拉意外的是，希尔维竟答应了，没过多久便从庄园上要来了一只小猫。一周后小猫一阵痉挛后死了。葬礼相当隆重。"看来我命里不能养宠物呀。"帕米拉宣布说，一反常态，显得十分悲情。）

"他很英俊，那个犁田的人，不是吗？"伊兹说。希尔维答道："别，无论如何别再惹事了。"伊兹说："我完全听不懂你在说什么。"

下午也没有凉快下来，最终大家不得不顶着来时相同的热浪打道回府。已经因为兔子的事痛不欲生的帕米拉，这回又踩到了一根刺，厄苏拉的脸上也被树枝抽了一下。泰迪哭起来，伊兹一路抱怨，希尔维热得要喷火，布丽奇特说，要不是自杀有罪，她就要跳进下一条小溪淹死算了。

"瞧你们，"休见大家精疲力竭地走进家门，笑着说，"被太阳晒得金光闪闪的。"

"噢，算了吧，"希尔维推开他径直走去，"我得上楼躺一会儿。"

休说："今晚可能要下雷阵雨。"结果真的下了。厄苏拉睡得浅，被雷雨吵醒过来。她溜下床，小步走到老虎床前，爬上一把椅子往外看。

远处，天雷仿佛枪炮般隆隆作响。绛紫的天空饱含不祥之兆，突然劈下一道闪电。一只鬼鬼祟祟的狐狸，匍匐在猎物上，瞬间被这闪电照亮，仿佛摄影师打亮闪光灯，将它的身影捕捉下来。

厄苏拉还来不及回过神数数，便被几乎响在头顶的一声炸雷吓了一跳。

战争的声音就是这样的，她想。

❋

厄苏拉决定开门见山。在厨房桌上切洋葱的布丽奇特已经泪水盈眶。厄苏拉在她身边坐下，说："我去村上了。"

"哦。"布丽奇特意兴阑珊地应道。

"我去买糖了。"厄苏拉说，"在糖店里。"

"是吗？"布丽奇特说，"在糖店里买糖呀？谁想得到呢？"其实店里还卖许多其他东西，但狐狸角的孩子们对其他的东西都毫无兴趣。

"克拉伦斯也在。"

"克拉伦斯？"布丽奇特说。听到心上人的名字，她停下了手上的活。

"他买糖了。"厄苏拉说。"买了薄荷小蜜蜂。"为了效果真实，她补充说。又说：“你认识摩丽·莱斯特吗？”

“认识，”布丽奇特警惕地说，“她在店里上班。”

“嗯，克拉伦斯亲她嘴了。”

布丽奇特从椅子里站起身，手里还拿着刀。“亲嘴？克拉伦斯为什么亲摩丽·莱斯特？”

“摩丽·莱斯特也这么问呢！她问，‘你干吗亲我，克拉伦斯·杜德兹？谁不知道你跟狐狸角的那个女仆已经订婚了？’”

布丽奇特平日最爱悲情故事和大众恐怖小说，她等待着自己业已知晓的那个答案。

厄苏拉满足了她。“然后克拉伦斯讲，‘哦，你说布丽奇特呀，我才不在乎她呢。她长得那么丑。我那是吊她胃口玩呀。’”早慧的厄苏拉已经通过阅读布丽奇特的小说掌握了爱情剧的套路。

刀子掉到地上。传来一声班西女妖的哭号。爱尔兰语脏话连珠炮一样涌现。“这个不要脸的东西。”布丽奇特说。

“嗯，可恶的坏蛋。”厄苏拉附和道。

布丽奇特将希尔维送给她的镶钻订婚戒指（“一个小玩意”）还了回去。克拉伦斯的解释，她一个字也不肯听。


“你可以跟格洛弗太太一起去伦敦，”希尔维对布丽奇特说，“去庆祝停战。好像有晚班车可以回来。”

格洛弗太太因为流感大爆发的缘故说什么也不肯靠近首都一步。布丽奇特说她希望克拉伦斯去，最好再带上摩丽·莱斯特，然后两人都死于西班牙流感。


除了“早上好，先生，您要点什么？”这种清白无害的话以外，摩丽·莱斯特连句整话都没有对克拉伦斯说过，为了庆祝停战她参加了村上的一个大路派对，但是克拉伦斯的确跟几个朋友去了伦敦，后来也的确死了。

“至少没有人从楼梯上被推下去了。”厄苏拉说。

"你这话是什么意思？"希尔维问。

"我也不知道。"厄苏拉说。她真的不知道。

因为常梦见飞翔和坠落，她被自己搞的心烦意乱。她站在椅子上往卧室窗外望，有时竟忍不住想爬出去跳楼。她十分肯定自己会被什么东西接住，绝不会像个烂熟的苹果一样砸碎在地。（到底是什么呢？她不知道。）她克制自己，不以身试法。帕米拉的小瓷娃娃，一位裙摆蓬松宽大的女士，却在一次午茶时间里，被邪恶的莫里斯于百无聊赖中扔出了同一扇卧室窗户。一听到他逼近的脚步——伴随印第安蛮族的战歌——厄苏拉就将自己最爱的编织娃娃索兰洁女王迅速藏到枕头下，她便安全地躲在那里，与此同时，不幸的瓷娃娃女士却被扔出窗外，摔碎在房顶上。"我只是想看看丢出去会怎么样。"莫里斯事后向希尔维撒娇。"嗯，现在你知道了。"她说。帕米拉对此次事件歇斯底里的反应令她感到心烦无比。"我们还在打仗，"她对帕米拉说，"比装饰品破碎惨痛一万倍的事到处都在发生。"可是对帕米拉来说，再没有比这更惨痛的事了。

如果厄苏拉允许莫里斯扔自己的木制编织娃娃，就能拯救瓷娃娃女士的生命了。

即将因为犬疫死去的宝森，那天晚上拱进门来，同情地将一只前爪在帕米拉的被子上搭了一会儿，这才在两人床铺正中的地垫上卧倒下来。

第二天，因为对孩子的态度冷漠而满心自责的希尔维，又从庄园上弄来一只小猫。庄园上小猫泛滥成灾，村上家长们要补偿或奖励孩子——比如谁家的孩子丢了布娃娃，谁家的孩子考试通过了——就带上点东西去庄园换一只猫咪，猫咪俨然成了一种货币形式。

一周后，莫里斯与柯尔家的小子们激烈地玩着战争游戏，不慎将小猫踩死，虽然宝森一直竭尽所能看护着它。希尔维火速捞起猫咪的小身体，让布丽奇特拿走，怕小猫痛苦的死状被人看见。

"我又不是故意的！"莫里斯喊道，"我又没看见那蠢东西。"希尔维一掌掴在他脸上，他便哭了起来。莫里斯委屈的样子令人不忍直视，事情的确是个意外，厄苏拉试图安慰他，却惹得他发了火，帕米拉则完全丧失理智，扑上去要扯下莫里斯的头发。柯尔家的孩子早就逃回了自己素来平静无事的家。

有时候，过去比未来更难改变。

"她头疼。"希尔维说。

"可我是精神科医师。"科莱特大夫对希尔维说，"不是神经科医师。"

"还做各种梦，也有噩梦。"希尔维继续试探。

不知为何，厄苏拉待在这间屋里感到十分安心。橡木地板、熊熊炉火、红蓝图案厚地毯、皮椅子，甚至那个异域风格的茶炉，看来都极眼熟。

"梦？"科莱特大夫的兴趣如期而至。

"对，"希尔维说，"还梦游。"

"我梦游？"厄苏拉惊讶地问。

"还有一直有déjà vu（即视感）。"希尔维颇带厌恶地说。

"是吗？"科莱特大夫说着，摸出海泡石烟斗，在炉栅上磕起来。这个土耳其式烟斗像老宠物一样令人熟悉。

"啊，"厄苏拉说，"我以前来过这里！"

"你瞧！"希尔维大喜，说。

"嗯……"科莱特大夫沉思着。他转身面对厄苏拉，直接问道："你听说过轮回吗？"

"哦，当然，当然听说过。"厄苏拉激动地说。

"不可能听说过。"希尔维说，"难道是天主教的东西？再说那又是什么？"她被茶炉吸引了过去。

"那是茶炊，俄国货。"科莱特大夫说，"不过我不是俄国人，远远不是。我是梅德斯通人。大革命前我去彼得堡玩过。"然后他又对厄苏拉说："你能为我画点什么吗？"说着给了她一支铅笔、一张纸。"您要喝杯茶吗？"他又问希尔维。后者仍然极为不满地瞪着那俄式茶炊。她只对用瓷器泡的茶放心，因此拒绝了大夫的好意。

厄苏拉画完画，交了出去，等待着表扬。

"这是什么东西？"希尔维问，越过厄苏拉的肩头看着她的画作，"指环，头冠？是王冠吗？"

"不是。"科莱特大夫说，"这是一条蛇，衔着自己的尾巴。"他满意地点点头，对希尔维说："它象征着宇宙的无限循环。线性时间只是一种构想，实际上万物流转，没有过去未来，只有现在。"

"好一句至理名言。"希尔维无动于衷地说。

科莱特大夫支起胳膊，托住双颊。"我说，"他面向厄苏拉，"我觉得我们肯定能相处得很愉快。你要吃饼干吗？"

只有一件事令她不解。原本摆在边几上的那张照片不见了，照片上是在阿拉斯殉职的盖伊，身穿白色板球制服。她问科莱特大夫："盖伊的照片呢？"不曾料到自己的这个问题引出了后续一系列的问题。科莱特大夫问："盖伊是谁？"

看来时间无常，难免有疏漏的时候。

❄

"不过是辆奥斯汀。"伊兹说，"大路旅者——虽然是四开门——但价格远不及宾利，上帝保佑，休，跟你那部穷奢极侈的车比，这部绝对是大众品牌。""无疑是分期付款买的了。"休说。"不不不，一次付清，还是现金支付。有人出版我的书了，我有钱了，休。你再也不用为我担心了。"

所有人都在叹赏那樱桃红的小汽车，只听梅丽说："我得走了，晚上有一个舞会。谢谢您的茶，托德太太。"

"来，我送你。"厄苏拉说。

送完梅丽回来，她避开了花园尽头那条大家都很熟悉的捷径，改走大路，差点被高速开过的伊兹撞死。后者潦草地挥挥手，以示告别。

"这人是谁？"为了避开奥斯汀把自行车骑进了树篱的本杰明·柯尔问。厄苏拉一见他，心里便七上八下，打起鼓来。她情感的归属！她绕远路就为了说不定能"偶遇"本杰明·柯尔，现在他近在眼前！多么好的运气。

"他们把我的球搞丢了。"泰迪对回到餐厅的厄苏拉这样说，似乎从此即将一蹶不振。

"我知道，"厄苏拉说，"我们等一会儿就去找。"

"我说，你的脸怎么红成这样。"他问，"怎么了？"

怎么了？她想。何止是怎么了。那可是世上最英俊的男孩在我十六岁生日这天吻了我啊。他推着车陪她一起走了回来，路上两人的手轻擦在一起，都涨红了脸（充满了诗意），他说："你知道，我很喜欢你，厄苏拉。"接着，就在她家门口（在所有人都能看见的地方），他将脚踏车往墙上一靠，把她揽到了面前。那个吻！甜蜜又绵长，比她想象得舒服得多，虽然的确令她——嗯，是的……满脸通红。本杰明的脸上也烧了起来，两人分开站立良久，都有些吃惊。

"天哪，"他说，"我以前从来没有吻过女孩，原来感觉竟然这么……令人兴奋。"他像狗一样猛地摇了摇头，仿佛被自己词句的贫乏吓了一跳。

这一刻，厄苏拉心想，这一刻将会成为她一生中最美好的一刻，无论还会发生什么。他们本可以多吻一会儿，但街角突然转进一辆拾荒车，拾荒者吊着嗓子，含糊不清地喊"废品回收咧"，搅扰了他们初萌的爱情。

"不，没怎么。"她对泰迪说，"我刚才在跟伊兹道别。可惜你没看见她的车，看见了肯定喜欢。"

泰迪耸耸肩，将《奥古斯都历险记》从桌面上推了下去。"写得乱七八糟。"他说。

厄苏拉拿起半杯香槟，杯缘沾有红唇印，倒一点在果冻杯里递给泰迪。"干杯。"她说。两人碰响酒杯，各自一饮而尽。

"生日快乐。"泰迪说。

✳

我的日子多么奇妙！

身边纷落熟透的苹果。

藤蔓上一束束甘甜，

在我唇间滴下琼浆……

"你在念什么？"希尔维狐疑地问。

"马维尔。"

希尔维从她手里拿过书，翻了几篇。"好像有很多植物。"她总结道。

"植物——这有什么不好的呢？"厄苏拉笑了，咬了一口手中的苹果。

"你可千万别太早慧。"希尔维叹了口气，"对女孩子来说这可不大好。新学期你准备学什么——拉丁文？希腊文？你不会想学文学吧？这个东西百无一用。"

"文学百无一用？"

"我是说学它没用。大家不过是读一读它而已，不是吗？"她又叹气。她的两个女儿哪个都不像她。一瞬间，希尔维陷入了儿时的记忆。她站在伦敦晴朗的天空下，闻到了春花带雨洁净的浓香，听见蒂芬脚掌轻柔舒缓的踢跶。

"我可能学现代语。但也不一定。我还不确定，还没怎么想计划。"

"计划？"

✳

他们安静下来。静谧中，狐狸漫不经心地缓步走入。莫里斯一直想射一只。可惜他并非自己所想的是个神射手，又或许终究没有母狐高明。厄苏拉

393

和希尔维都倾向于后一种推测。"她真漂亮。"希尔维说，"尾巴真大。"狐狸坐了下来，仿佛一直等待晚餐的狗，双眼紧盯着希尔维。"我什么也没有。"希尔维说着，摊开两只空无一物的手。为了不吓着它，厄苏拉将吃剩的苹果核轻轻地由下往上抛出去。狐狸追着苹果核跑去，艰难地叼起来，拔腿就跑了。"什么都吃，"希尔维说，"像吉米。"

莫里斯出现了。两人都吓了一跳。他手拿一杆普迪猎枪，功架已经摆好，急不可耐地问："是那只该死的东西来了吗？"

"注意语言，莫里斯。"希尔维责备道。

他大学毕业回到家里，假期后即将去学法律，眼下正无聊得难受。希尔维建议他去庄园里干活，庄园常年招收短工。"你让我像农民那样去种地？"莫里斯说，"这就是你花大钱送我受教育的目的？"（"我们究竟何苦花那么多钱让他受教育？"休说。）

"那你教我射击吧。"厄苏拉说着一跃而起，掸了掸裙摆，"来吧，我问爸爸要他的老式鸟枪。"

莫里斯耸耸肩说："也好。但女孩学不了射击，这谁都知道。"

"对对对，女孩最没用。"厄苏拉同意道，"世上简直没有女孩能做的事。"

"你讽刺我？"

"我有吗？"

"作为新手你打得很不错了。"莫里斯心有不甘地说。树篱近旁的墙头摆着一溜瓶子，两人正在练枪法，厄苏拉击中目标的次数比莫里斯多得多。"你以前真的没打过枪？"

"这有什么办法？"她说，"谁让我学东西快呢？"

莫里斯突然掉转枪头，瞄准树篱深处，不及厄苏拉看清那是什么，他已经扣下了扳机，把什么东西从有打成了无。

"终于把这该死的东西收拾了。"他志得意满地说。

厄苏拉一路小跑过去，离得老远就看见了红褐色毛茸茸的一堆。那美丽的尾巴上，白色尾尖还在微微颤抖，但希尔维的狐狸已经永远离开了。

她在露台上找到正在翻杂志的希尔维。"莫里斯把狐狸打死了。"她说。希尔维将头靠在藤编躺椅上，闭上了眼睛。"迟早的事。"她说。再睁眼已是热泪盈眶。厄苏拉从来没见过母亲哭。"有朝一日我要取消他的继承权。"一想到可以这样报仇雪恨，她的泪也就干了。

帕米拉也来到露台上，疑惑地对厄苏拉抬了抬眉毛，后者说："莫里斯把狐狸打死了。"

"我希望你也把他打死。"帕米拉真心实意地说。

"我要去火车站接爸爸。"帕米拉回身进屋后，厄苏拉宣布。


她不是真要去接休。自从生日那天起，她与本杰明·柯尔就开始秘密私会。他成了她心中的本。他们在草地中、树林里、田间路上相见。（几乎是户外的任何一处。"还好天公作美，让你们这样搂搂抱抱。"梅丽面带夸张假笑，眉飞色舞地说她。）

厄苏拉意识到自己原来很会撒谎。（难道她以前不也是这样？）*需要我替您去买点什么？*或，*我去路上捡野莓。*如果暴露了，后果是否会很恶劣？"怎么说呢，我觉得你母亲会叫人把我杀了。"本说。（"他是犹太人？"她假想希尔维的反应。）

"还会杀了我的双亲。"他说，"我们还太小。"

"就像罗密欧与朱丽叶。"厄苏拉说，"灾星下的恋人什么的。"

"不过我们可不会因为爱情而死。"本说。

"为爱情而死真有那么不值？"厄苏拉思索着。

"真的有。"

两人变得愈发"炽烈"，相见充满了笨拙的抚摸和呻吟（多半是他）。他说自己已经难再"压抑"，她不知道他在压抑的究竟是什么。难道爱情不正要求他们将自己完全交付彼此？她预料两人会结婚。如此，难道她要改信犹太教了？

他们走着走着就到了青草地，两人相拥着躺下来。真浪漫，厄苏拉想，虽然猫尾草挠着她的痒痒，牛眼雏菊又让她打喷嚏。本突然腾动身体，压在上面，令她觉得仿佛身处一口塞满泥土的棺木，更是很不舒服。他突然仿佛抽搐起来，她以为他就要死了，也许是内脏出血，便抚摸着他的头发，仿佛关切一个久病的人那样问："你还好吗？"

"对不起，"他说，"不是有意这么做的。"（可是他做了什么？）

"我要回去了。"厄苏拉说。他们起身，出发前互相摘去了对方身上的花草。

厄苏拉心想自己大概错过了休的火车。本看了看表说："他们肯定早就到家了。"（休和柯尔先生乘同一班伦敦火车。）他们离开草地，翻护栏进入田间路边的奶场。奶牛们被挤完奶，还没有归栏。

他双手扶她的腰，将她抱下护栏，两人又再一次接吻。分开时，恰好看见一个男人从奶场另一头通往树篱的地方横穿奶场走过来。他朝小路的方向，一路飞速小跑——破衣烂衫，看来是个乞丐。他在一丛草的根上绊了一下，但很快恢复速度，三步并作两步往护栏的出口赶。

"这家伙样子真可疑。"本笑道，"不知他要去干吗。"


"晚饭已经上桌了，你怎么这么晚回来？"希尔维说，"去哪儿了？格洛弗太太又做了那个à la Russe（俄式）小牛肉。"


"莫里斯把狐狸打死了？"泰迪说，满脸写着失望。

就从此起，餐桌上为了死去的狐狸爆发了一场恶战，休心想，可它们是恶兽呀，他很想这样提醒大家，但场面已经失控，他不想火上浇油，于是只说："晚饭时间，大家先别吵了，小牛肉已经够难消化了。"大家继续照吵不误。他试图忽视他们，兀自在小牛肉上猛力切割（心里揣测，格洛弗太太自己有没有尝过这道菜？）。于是突然传来敲门声时，他松了一口气。

"啊，肖克洛斯少校，"休说，"快请进。"

"哦，不，我不想打扰你们用餐。"他手足难安地说，"我就想问问你家泰迪有没有看见我家南希。"

"南希？"泰迪说。

"对，"肖克洛斯少校说，"我们找不到她了。"

他们不再去树篱、小路、青草地见面了。南希的尸体被发现后，休下了一道严格的门禁。即便没有门禁，厄苏拉和本也都被可怕的愧疚扰乱了心思。如果两人没有耽搁，按时回家，哪怕只提早五分钟经过奶场，就有可能救下南希。然而等这无知的两人东游西荡慢悠悠走回家时，南希已经死在了农场北角的牛槽里。于是，果真应了罗密欧与朱丽叶的故事，结局出现了死亡。南希成了他们爱情的牺牲品。

"这事是很悲痛。"帕米拉说，"但又不是你的错，干吗表现得好像是你造成的？"

因为的确是她造成的。她现在知道了。

冥冥中有什么破碎、分裂，闪电的长戟，划穿了膨胀的苍穹。

十月中旬，她去伊兹处小住。两人坐在南肯辛顿的俄式茶馆。"这里的常客全是右翼分子，"伊兹说，"不过他们的薄饼做得是真好吃。"那里也有一套俄式茶炊。（难道就是这套茶炊令她感到不安吗？因为它令人想起了科莱特大夫？倘若真是如此，那就太荒谬了。）她们喝完了茶，伊兹说："稍等片刻，我去给鼻子补粉。你叫人拿账单来，好吗？"

厄苏拉耐心地等待着，突然间，恐惧降临，仿佛一只猎隼，旋即来到眼前。她预感到即将发生的可怕事件里蕴藏着未知然而致命的威胁。在杯盘碰撞发出的彬彬有礼的轻响中，它向她逼近过来。她猛地站起身，碰翻了身后的椅子。她感到头晕目眩，面前仿佛起了一层迷雾。虽然尚未经历过轰炸，迷雾却使她想起了炸弹的烟尘。

她穿过迷雾，走出俄式茶馆，来到哈灵顿路，拔腿起跑，不驻足地跑到了布朗普顿路，又不知不觉跑到了艾格顿花园。

她觉得来过这里。她从未来过这里。

有什么东西，似乎恰恰躲在她视野的边界，躲在前方转弯的某个位置，而她无论如何无法将它缉获——又或许是它在试图缉获她。她既是猎人，又是猎物。恰如狐狸一样。她继续跑，绊在什么东西上，直接面朝下摔倒，磕破了鼻子。疼痛异乎寻常。血流如注。她坐在人行道上，剧痛使她哭了起来。街上本来没有人，一个男人的声音却突然从身后传来："噢，天哪！您摔得真不轻。让我来帮您吧。您桃色围脖上都沾满血了。是桃色吗？还是三文鱼色？我叫德雷克·奥利芬特。"

她觉得自己认识这个声音。其实她不认识。过去似乎渗透进了当下，某处仿佛出现了断层。难道是未来渗入了过去？无论哪个都是噩梦，无论哪个，都像是她内心黑暗的景观成了真。里外调过儿，时间脱臼，这一点是肯定的。

她踉跄地站起，并不敢往四下望，不顾剧痛又跑起来。直跑到贝尔格莱维亚，终于再也跑不动了。这里也一样，她想。这里也来过。但实际上她没有来过这里。我投降，她想。无论那危险是什么，她都准备好了要坐以待毙。她在人行道坚硬的表面上跪下来，抱成一团，仿佛一只无洞可归的狐狸。

她肯定昏过去了。醒来时，置身一间被刷白的房间。屋里有扇大窗户，窗外有棵七叶树。七叶树还没开始落叶，她转头，看见了科莱特大夫。

"你的鼻梁断了。"科莱特大夫说，"是被打了吗？"

"不是。"她说，"是我摔的。"

"有个牧师发现了，叫出租车把你送到了圣乔治医院。"

"但是您为什么在这里呢？"

"你父亲联系的。"科莱特大夫说，"他不知道还能联系谁。"

"我不明白。"

"是这样，你到了圣乔治医院后，不停尖叫。大家觉得肯定发生了什么可怕的事。"

"这里不是圣乔治医院吧？"

　　"不是，"他和蔼地说，"这里是私人诊疗所，利于休养，伙食精美。他们的花园也很漂亮。花园质量对休养很重要，不是吗？"


　　"时间不是环形的。"她对科莱特大夫说，"它有点像一张老字还未擦净的羊皮纸，又覆上了新字。"

　　"哦，天哪，"他说，"这可真叫人伤脑筋啊。"

　　"回忆有时处于未来。"

　　"你的心已经老了，"他说，"日子想必艰难。但来日方长，每一天都要过。"他已经不是她的医生，已经退休不做，他说，他只是来"探病"。

　　疗养院以她患有轻微结核病为由将她收进来。白天，她坐在露台的阳光下，没完没了地阅读，护工自会送来饮料和食物。她在花园中信步闲游，礼貌地与医生和精神理疗师交谈，并与病友们谈话（至少是她所在这一层的病友。真正的精神病全都关在阁楼上，就像《简·爱》里的罗切斯特太太）。她房里甚至还常备鲜花和一盆苹果。这里的住院费一定价格不菲，她心想。

　　"肯定很贵吧？"休来看她时，她问他。休经常来看望。

　　"钱由伊兹出。"他说，"她坚持要出。"


　　科莱特大夫若有所思地点燃海泡石烟斗。两人坐在露台上。厄苏拉十分乐意在此度过余生。这里无忧无虑的生活仿佛置身仙境。

　　"我若有先知讲道之能，也明白各样的奥秘、各样的知识……"科莱特大夫说。

　　"而且有全备的信，叫我能够移山，却没有爱，我就算不得什么。"厄苏拉接上。

　　"爱，也就是Caritas①。当然你肯定已经知道。"

---

① 拉丁文：同charity，慈、善。

"我有爱。"厄苏拉说，"我们为什么要引《哥林多书》？我以为您信奉的是佛教。"

"我并不信奉什么。"科莱特大夫说。又补充道："当然，又什么都信一点。"在厄苏拉看来这无须赘言。

"问题在于够不够。"他说。

"什么东西够不够？"对话变得稀松起来，科莱特大夫忙着吸烟斗，没有回答她。此时，茶来了。

"他们的巧克力蛋糕相当美味。"科莱特大夫说。

❋

"好些了吗？小熊？"休一边将她扶上车，一边问。为了接她，他把宾利开来了。

"全好了。"她说。

"那就好。我们回家吧。你不在家里都不一样了。"

❋

她浪费了许多时间，但终于有了个计划。她躺在自己的床上，在黑暗中这样想。白雪也将出现在这个计划里，这毋庸置疑。银色野兔、舞蹈的树叶等等。要学现代德语，而非古拉丁语，接着报班学速记打字，也许再多学一门世界语，万一乌托邦大同真的实现时能够用上。加入附近的射击俱乐部。应聘一个办公室职位，工作一段时间，存下钱——找一份正经普通的营生，尽量不引人注意。她会考虑父亲的建议，虽然那建议他还没有对她提，她准备缩起脖子做人，点火时拿东西挡着。接着，等到时机成熟，等她有了足够过活的积蓄，她要直捣野兽的心脏，摘除那里日渐膨胀的黑色毒瘤。

这样，有一天她会走在阿马林街，驻足霍夫曼摄影店前，凝视橱窗里

400

的柯达、莱卡和福伦达相机，开门时银铃叮咚，向柜台后的女孩报告她的光临，女孩大概会招呼Guten Tag, gnädiges Fräulein（你好，亲爱的女士），或者会说Grüss Gott（你好）。因为那是1930年，人们还可以用Guten Tag, gnädiges Fräulein和Grüss Gott来问好和道别，而不必没完没了地说"嗨，希特勒"，行那滑稽的希特勒式军礼。

厄苏拉会拿出她的柯达布朗尼盒式相机，说："我胶卷装不进去了。"而十七岁活泼的伊娃·布劳恩会说："让我替您看一看吧。"

她的心因这一计划的壮丽神圣而膨胀着。箭在弦上。她既是持矛的武士，又是那银晃晃的矛本身。是夜的深处闪着寒光的宝剑，是刺穿黑暗的长枪。这一次她将万无一失。

当人们已入睡，家里归于宁静，厄苏拉下床爬上椅子，朝小小的老虎窗外望去。

时间到了，她想。与此同时，一口钟在某处敲响，仿佛明白她的心思。她想着泰迪与伍尔芙小姐，罗兰和小安吉拉，南希与希尔维。她想着科莱特大夫和品达。想着他所说的，**明白你是谁，成为你自己**。她已经明白了。她是厄苏拉·贝瑞斯福德·托德，是历史的见证。

她向黑蝙蝠展开双臂，它们癫狂飞舞，仿佛迷失已久的灵魂，在空中相互撞在一起，拥在一起。这就是爱，她想。而她的实践，将令它圆全完美。

# 要做勇敢的人

## 1930年12月

厄苏拉对伊娃了如指掌。知道她酷爱潮流、化妆、家长里短，能溜冰、能滑雪，最喜欢跳舞。于是，当她在奥伯林格百货昂贵的女装柜台前流连忘返时，厄苏拉便陪着她，直到尽兴了，这才去咖啡馆喝杯咖啡、吃块蛋糕，或到英国花园去吃一客冰激凌，坐看孩子们玩旋转木马。她陪伊娃和她妹妹格丽泰去溜冰场。曾应邀去布劳恩家吃晚饭。"你的英国朋友真是大方得体。"布劳恩太太对伊娃说。

她告诉他们，自己此来德国是为了历练自己的语言能力，才好回英国教书。伊娃认为这计划无聊得很，感到惋惜。

伊娃喜欢拍照，厄苏拉便用自己的布朗尼盒式相机拍下许多许多的伊娃，整晚整晚地往照相簿上贴照片，欣赏赞美伊娃摆出的各种姿势。"你应该去拍电影。"厄苏拉对伊娃说，后者被捧得忘了形。厄苏拉恶补名流知识，不拘是好莱坞的、英国的还是德国的，熟知最时兴的歌舞。她比伊娃年长，把她看作羽翼未丰的小妹妹护在身侧。伊娃被自己的这个博学多识的朋友彻底征服了。

厄苏拉也知道伊娃有个她为之神魂颠倒的"大叔"。她满怀爱意地看他、跟随他，在他无休无止大谈政治的时候被一个人冷落在餐馆和咖啡馆的角落里。伊娃渐渐也带她去参加那些聚会——不管怎么说，厄苏拉都是她最要好的朋友。只要能接近希特勒，伊娃就满足了。而这也正是厄苏拉的愿望。

厄苏拉对伯格霍夫和那里的防空洞也都很熟悉。她的出现，对懵懂无知的伊娃来说，着实是件再好不过的事。

于是，正像他们习惯了伊娃，他们也习惯了常跟在伊娃身边的英国小朋友。厄苏拉很满意，她只是个"小朋友"，好不引人注意。大家与她混得太熟，即便她带着几可乱真的假笑单独出现，假意逢迎那即将成就大业的伟大的人时，大家也不感到奇怪了。他理所当然地接受赞美。对自己丝毫没有怀疑，她想，多么不可思议的特质。

美中不足，聚会的生活是无聊的。海客咖啡馆和巴伐利亚餐厅的桌上蒸腾着热气，仿佛炉火上的烟。你很难想象这烟雾中的希特勒，会在几年后摧毁世界。

气温较往年同期冷了许多。雪像尘埃，像格洛弗太太撒在碎果仁派上的糖霜，扑扑簌簌地撒满了慕尼黑。马利亚广场上立起了超大圣诞树，四处是松针和烤栗的香味。节庆装扮下的慕尼黑有着英国难以企及的童话感。

霜冻的空气令人神清气爽，她向咖啡馆走去，心怀一个伟大的目的，也期待着喝一杯醇厚泛着泡沫的热巧克力。

咖啡厅里烟雾弥漫，与清爽的户外空气一比，愈发显得腌臜不堪。女人们都套着毛皮大衣。厄苏拉后悔没有穿希尔维的貂皮大衣来。这衣服她母亲从来不穿，如今就放在衣橱里白白被虫蛀着。

他坐在尽里一张桌边，身边仍是那几个平常见惯的拥趸。多丑的一群人，厄苏拉暗自笑道。

"啊，我们的英国小姐。"他一见她便招呼，"你好，亲爱的女士。"①

---

① 此处原文为德语：Ah. Unsere Englische Freundin.Guten Tag, gnädiges Fräulein。

他小指一挥，赶走坐在对面的一个随从似的毛头小伙，她坐下来。小伙很不高兴。

Es schneit，她说。"下雪了。"因为一直没有留意天气，此时他瞟了眼窗外。他在吃可丽饼①，看起来挺不错。但是当极度热情的侍者前来点单时，她还是选择了黑森林蛋糕②来配自己的热巧克力。味道好极了。

"不好意思③，"她喃喃地说着，弯腰从包里掏出一块手帕。这是帕米拉送给她的生日礼物，蕾丝包边，绣着厄苏拉的姓名首字母"UBT"，Ursula Beresford Todd。她礼貌地揩了揩嘴角的蛋糕屑，弯腰又把手帕放回包里，拿起了藏身其中的另一件重器。那是父亲在军中使用的左轮手枪，一把韦伯利马克五代。女英雄的心加速跳动起来。"醒来吧。"④厄苏拉沉静地说。这话引起了元首的注意，她又继续道："曙光即将来临。"⑤

这是个排演了上百次的动作。只需一枪。关键是速度，不过在她拔枪瞄准他的心脏后，总有那么一瞬，时光里似乎浮动着一只泡泡，一切仿佛突然暂停。

直到她说"元首，献给您⑥"，时间才再度流淌。

四下枪套里纷纷拔出许多枪对着她。呼吸。射击。

厄苏拉一指扣下。

黑暗随之降临。

---

① 此处原文为德语：Palatschinken。
② 此处原文为德语：Schwarzwälder Kirschtorte。
③ 此处原文为德语：Entschuldigung。
④ 此处原文为德语：Wacht auf。
⑤ 此处原文为德语：Es nahet gen dem Tag。（此句与"Wacht auf"均引自瓦格纳歌剧《纽伦堡的名歌手》。）
⑥ 此处原文为德语：Führer, Für Sie。

# 雪

咚，咚，咚。有人轻敲布丽奇特的卧室门，声音潜入她的梦境。梦中她身处基尔肯尼郡的老家，敲门的是她父亲的魂魄。咚，咚，咚！她流着泪醒来。咚，咚，咚！发现真的有人在敲门。

"布丽奇特？布丽奇特？"托德太太在门外急切地轻唤。布丽奇特画了个十字，半夜敲门准没有好消息。难道托德先生在巴黎遇难了？还是莫里斯或帕米拉生病了？她手忙脚乱地下了床。在阁楼冰凉的空气中，她闻到了雪的气味。她打开门，发现希尔维弯着腰，几乎抱成球。仿佛成熟的豆荚，就要炸开。"孩子提前了。"她说，"你能帮我吗？"

"我？"布丽奇特惊呼。布丽奇特虽然只有十四岁，可对生孩子的事相当了解，知道个中苦难。她没有告诉托德太太，她自己的母亲就是因为分娩而死掉的。现在当然更不能提这事。她搀着希尔维回到楼下主卧室。

"不用去找费洛维大夫了。"希尔维说，"雪大，他过不来。"

"圣母马利亚。"布丽奇特惊呼，见希尔维忽然跪倒，双手撑地，发出了呻吟。

"恐怕孩子要来了。"希尔维说，"时间到了。"

布丽奇特将她拽回床上，开始了两人漫长、孤独的分娩之夜。

✳

"噢，夫人。"布丽奇特突然喊，"她浑身都发青了。"

"是女孩？"

"脐带缠住脖子了。噢，耶稣基督。它被勒着了，这可怜的小东西，被脐带勒着了。"

"我们得救她。布丽奇特，我们怎么救她？"

"噢，托德太太，夫人，她已经去了。还没来得及活就去了。"

"不，这不可能。"希尔维说着挣扎坐起，血染的床单红的红、白的白，孩子与希尔维之间仍然连着那条生命线。布丽奇特呜呜咽咽的当口，希尔维强拉开床头柜抽屉，愤怒地在里面翻着。

"噢，托德太太，"布丽奇特边哭边说，"躺下吧，没用了。要是托德先生在就好了呀。"

"闭嘴。"希尔维说着，把那终于找到的东西高高举了起来——一把外科剪刀，反射着台灯灯光。"有备而无患。"她喃喃自语。"把孩子抱到灯下来。快。布丽奇特。没时间浪费了。"

咔嚓、咔嚓。

实践造就完美。

# 阳光普照高地

## 1945年5月

他们围坐在温室街上一家酒馆里。他们在多佛尔外的大路上拦招顺风车，被美军军官看见，将他们送到了皮卡迪利。他们不等飞机，提前两天在法国勒阿弗尔挤上美国运兵船回到了英国。理论上说这属于擅离职守，但他们管不了那么许多了。

这是两人着陆皮卡迪利后走进的第三家酒馆，两人都承认已经醉了，但也都觉得不妨继续喝。那是周六，酒馆人满为患。因为身穿军装，那晚的酒钱两人分文未付。空气中仍然弥漫着战争结束的轻松和战争胜利的喜悦。

"来，"维克举杯说，"这杯敬还乡。"

"干杯。"泰迪说，"这杯敬未来。"

1943年他被德军击落，关进了德国东部的第六战俘营。幸而他不是俄国战俘——俄国战俘活得猪狗不如。与之相比他觉得自己的待遇还过得去。紧接着，2月初的一个午夜，战俘们被一阵熟悉的"Raus! Raus! "①吵醒，俄军东进，德军要向西撤离。晚走一两天，他们说不定就能被释放。然而命

---

① 德语：快走！快走！

运多舛。那以后的两周里，战俘们忍饥挨饿，在零下二十摄氏度的苦寒中行进。

维克是个相当自负的小个子军官，任兰卡斯特轰炸机的导航员，飞机在鲁尔区上空遇难。战争令两个八竿子打不着的人睡在了一起。两人在行军过程中互相扶持，正是这扶持让两人活了下来。当然，也因为两人意外找到了一个红十字包裹。

泰迪的飞机在柏林附近被击中，为了给机组争取跳伞时间，他坚持驾驶飞机到最后一刻，差点就要来不及跳伞。船上只要还有一个船员，船长就不能离开。这不成文的规则在轰炸机上也适用。

哈利法克斯轰炸机通体起火，他已经接受即将赴死的命运。不知为何竟感到一阵轻盈，心潮澎湃，突然意识到自己不会有事的，死亡将拥他入怀。然而死亡没有来，来的是他的澳大利亚无线电报员，他爬进驾驶舱，启动了泰迪背上的降落伞。"快走，你这个浑蛋。"他再也没见过他，再也没见过自己的机组，不知他们的死活。他在最后一刻弹出机舱外，刚来得及开伞就落在了地上，幸而只摔断脚踝手腕。他被送往医院，在病房中遭盖世太保拘捕，对方表示"战争于你已经结束"，这是一句不朽的名言，也是每个飞行员被投入监狱前听到的最后一句话。

他已在院中填写了俘虏登记卡，正在等家里人来信，信没有来。他不知道红十字会的俘虏名单上是否有他的名字，家里的人是否知道他还活着，就这样过了两年。

战争结束时，他们正走到汉堡城外一条大路上。维克特别得意地对押运官说："噢，我的朋友，战争于你们已经结束了。"①

"联系到你女友了吗？泰迪？"泰迪问酒馆老板娘借过私人电话后，维克问他。

"联系到了。"他笑道，"显然大家早以为我死了。她似乎不相信电话

① 原文此处为德语：Ach so, mein Freund, für sie der Krieg ist zu ende.

里的人是我。"

两人又喝了半小时。维克说："起来吧，泰迪。从面部微笑看，门口进来的那个女人八成是你的女友。"

"南希。"泰迪轻呼。

"我爱你。"南希在一片嘈杂中无声说道。

"噢，瞧，她还带了个女的，正好归我，多么周到。"维克说。泰迪笑道："说话小心点，那是我姐姐。"


南希用力掐手，并不在乎疼痛。他就在眼前，他是真实的，坐在伦敦酒馆一张桌前，喝着英国啤酒，令人难以置信。南希只轻轻呜咽一声，厄苏拉努力遏制眼泪，她们像两个圣母马利亚，静对耶稣复活。

接着泰迪看见她们，微笑绽放在脸上。他一跃而起，险些碰翻酒杯。南希挤过人群，飞扑上前，而厄苏拉留在原地，担心自己一动，一切即将消失，面前的喜悦即将崩溃。但她又想，不，这是现实，这是真的。她抛却忧虑，感到了纯粹的喜悦，而泰迪也已与南希分开，立正军姿，朝着她的方向，英姿飒爽地行了个军礼。

他在吵嚷的酒馆那头对她喊话，声音被淹没了。她看着好像是说了"谢谢你"，但也许是她看错了。

# 雪

哈莫太太尽量做淑女状，小口啜饮热朗姆酒。这已经是第三杯，她已经面红耳赤。她本来要去一户人家接生，被风雪堵在半路，无奈进入查尔芬特－圣彼得外的蓝狮酒馆的雅座上休息。除非迫不得已，此类地方她平常不会来。不料酒馆内竟有一炉旺火，气氛和谐愉快，身边的人竟也都很友善。黄铜马饰、锡制酒壶交相映着炉火。从雅座可以看到吧台另一侧，觥筹交错的大酒池，酒精流量比这边雅座要频繁得多，粗放狂野，毫无秩序。大家正齐声高唱一首歌。哈莫太太惊讶地发现，自己的脚也和着节奏在地板上踏起来。

"您该看看外头的雪，"酒馆老板凑过擦得锃亮的黄铜大吧台说，"说不定大伙儿都得在这儿困上好几天。"

"好几天？"

"您不妨再来一小杯朗姆酒。反正今晚您哪儿也去不了了。"

图书在版编目（CIP）数据

生命不息 / （英）凯特·阿特金森（Kate Atkinson）
著；何静芝译 . — 长沙：湖南文艺出版社，2019.1
书名原文：Life after life
ISBN 978-7-5404-8851-2

Ⅰ . ①生… Ⅱ . ①凯… ②何… Ⅲ . ①长篇小说—英
国—现代 Ⅳ . ① I561.45

中国版本图书馆 CIP 数据核字（2018）第 217265 号

著作权合同登记号：图字 18-2014-017

LIFE AFTER LIFE By KATE ATKINSON
Copyright:©Kate Costello Ltd, 2013
This edition arranged with THE MARSH AGENCY LTD
through BIG APPLE AGENCY, INC., LABUAN, MALAYSIA.
Simplified Chinese edition copyright:
2018 China South Booky Culture Media Co.,Ltd
All rights reserved.

上架建议：畅销·外国文学

SHENGMING BU XI
生命不息

著　　者：[英]凯特·阿特金森（Kate Atkinson）
译　　者：何静芝
出 版 人：曾赛丰
责任编辑：薛　健　刘诗哲
监　　制：蔡明菲　邢越超
策划编辑：马冬冬　文雅茜
特约编辑：尚佳杰
营销支持：张锦涵　傅婷婷　文刀刀
版权支持：刘子一　文赛峰
版式设计：张丽娜
封面设计：天行健设计 QQ1156584786
美术设计：利　锐
封面图片：Ilona Wellmann/Millennium Images,UK
内文排版：百朗文化
出版发行：湖南文艺出版社
　　　　　（长沙市雨花区东二环一段 508 号　邮编：410014）
网　　址：www.hnwy.net
印　　刷：三河市兴博印务有限公司
经　　销：新华书店
开　　本：880mm×1270mm　1/32
字　　数：384 千字
印　　张：13
版　　次：2019 年 1 月第 1 版
印　　次：2019 年 1 月第 1 次印刷
书　　号：ISBN 978-7-5404-8851-2
定　　价：49.80 元

若有质量问题，请致电质量监督电话：010-59096394
团购电话：010-59320018